胡適著作選

胡適著作選

耿雲志 編

臺灣商務印書館發行

編選說明

一、胡適著述甚多，約在二千萬字以上。從這樣多的著述中選出不超過三十萬字的代表文字來，實非易事。目前尚無比較完整的胡適著作集。本書選錄的來源，包括胡適自編的《胡適文存》一、二、三集和《胡適論學近著》、《胡適文選》以及散見於其他書籍和報刊(包括大陸和台灣的)的文章。此外，還從編者所見的大量胡適遺稿中，挑選了其中少部分不曾發表過的文字。

二、本書所收文章，皆注明來源，並據最早或較早的，比較好的版本加以校勘。凡原文用字與現在通行的規範用字不同的，皆改成現在通行的規範用字免生誤解。如「狠好」的「狠」字，改成「很」字；指物的「牠」字，改成「它」字等等。標點符號皆按現在的標準用法加以校訂。

三、書信及原文無標題者，編者酌擬標題；節錄的文字，有的亦視情況另外酌擬標題。凡編者所擬之標題，皆加＊符號，以示區別。

編者　一九九四・八・三十

目錄

二、文學革命 五七

三、啟蒙思想 一三一

四、哲學與方法 二三七

五、歷史與文化

一、在上海讀書時與同學合影。右第一人是胡適。

二、在美國留學時的胡適。

三、在美國留學時與同學合影。右第三人是胡適。

五、胡適和他的美國老師杜威。

四、二十年代在北京大學任教授的胡適。

六、與日本禪學家鈴木大拙合影。

七、四〇年代任北京大學校長時期的胡適。

導言

胡適是對中國近現代史發生過重大影響的學者和思想家之一。在他死後三十多年的今天，中國知識界、學術界仍很關注他。在中國大陸，甚至出現了「胡學熱」。

這個現象最適當的解釋，就是胡適生前熱切關注的一些重要問題，今天仍舊是大多數中國人所面對的。而胡適對這些問題的見解、主張，對今天的中國人仍有一定參考、借鑒的意義。

一、家世與青年時期

胡適字適之，祖籍安徽績溪。一八九一年十二月十七日生於上海。一八九三年隨母親到台灣其父的任所。他的父親胡傳（一八四一——一八九五）原在上海任官，後奉調到台灣。一八九五年，甲午戰敗，台灣割讓給日本，胡傳便先遣妻、子回內地家鄉，而自己則在內渡到廈門時病死。從此，胡適便只有與年輕的寡母相依為命。

胡適回到績溪後，受了九年的傳統私塾教育，於一九〇四年，到上海就讀梅溪學堂、澄衷學堂和中國公學等新式學堂，開始接觸到西學。在這期間，嚴復、梁啟超的著作對他發生了很大影響。在中國公學裏，革命氣氛很濃，胡適結識了許多革命黨的朋友，他被介紹加入競業學會，並主編《競業旬報》達一年之久。他用期自勝生、希彊、適之、鐵兒、適庵、冬心、蝶、騂等筆名先後在《競業旬報》上發表了四十多篇文章和大量的新聞、時評、雜俎、詩詞，其中頗有一些激烈攻擊舊禮俗和譏彈政府官吏的內容。這一段辦報的經歷，對胡適是一種重要的文字訓練。可以說，後來他那思路清晰、文字淺顯、明白曉暢的文風，這時便初步打下了根基。

一九〇八年秋天，中國公學發生學潮。學潮的起因是學生反對修改基於民主自治精神的原有管理制度。胡適是反對最堅決的學生之一，他曾和一大批學生毅然退出公學，自立新公學，這個新公學竟在艱苦竭厥中堅持了一年之久。

一九一〇年夏，胡適赴北京參加第二屆庚款官費留美的資格考試，並被錄取。九月入康奈爾大學農科。一年多以後，改學文科。正如他的朋友（又是論敵）梅光迪所説，胡適的改科，實是「中國學術史上一大關鍵」①。

胡適在一九一四年夏就得到了文學學士學位。但他又留校繼續研究。一九一五年夏，他決定轉入哥倫比亞大學師從杜威②學哲學。杜威是當時最有影響的美國哲學家，也是世界知名的哲學家之一。他把由皮爾士③、詹姆斯④所發展起來的「實用主義」哲學，進一步推向新的高度，形成以思想方法為核心的一種經驗主義哲學體系。而胡適喜歡把它叫做「實驗主義」。

胡適在美國七年的留學生活，為他在各方面都打下了基礎。

胡適在讀書之餘，積極參加學校內外的各種活動，他經常被邀請到各地、各種團體去演講，這幾乎成了他一種嗜好，以致荒時廢課在所不惜，而且還因此失掉了一份獎學金，一度生活困窘。然而，他因講演而出了名。後來他於一九一四年獲得「卜朗吟徵文獎」，被當地報紙紛紛報導，視為殊榮，使他贏得了更大的名聲。

胡適曾在中國留學生會任職，還曾擔任康奈爾大學的「世界學生會」會長。在主持各種會議的經驗中，他熟悉了西方的議會程序。他還曾十分熱衷地參與當地的選舉活動。這些經歷，對他日後的政治思想、政治信念，都起了重要的作用。

對胡適尤有終生影響的，是他領悟了杜威實驗主義哲學的方法論。他曾說，赫胥黎教會他如何懷疑；杜威教會他如何思想⑤。思想方法問題，成為胡適一生始終認為最重要的問題。用他的話說，「方法」實在主宰了他一生的所有著述⑥。

胡適一生事業的肇端也是在留學時期。胡適在留學期間，受西方寫實主義文學影響，深感中國文學脫離了現實和羣眾，於是產生了「文學革命」的主張。他的主張遭到留學界幾個最相熟、最要好的朋友的反對，其中以梅光迪反對最為激烈。他們反覆辯論，梅光迪愈辯愈保守，胡適卻愈辯愈急進。他終於下定決心：切身嘗試用白話創作新文學。

二、文學革命「首舉義旗的先鋒」

一九一七年一月，胡適的《文學改良芻議》在《新青年》上發表，主張以白話文學代替文言文學。這篇文章成為一場影響深遠的文學革命的開篇之作，引起了全國性的反響。胡適也因此名揚海內。他於是年七月回國，即被聘為北京大學的文科教授。

《新青年》的創辦人和主編陳獨秀是北京大學的文科學長。他積極支持胡適的文學主張。他的《文學革命論》緊接着《文學改良芻議》，在《新青年》上發表，把胡適溫和的主張變成了革命的口號和綱領；把學理式的討論變成了轟轟烈烈的革命運動。但這場運動始終是圍繞胡適的幾項根本主張進行的。

胡適的主張有着深刻的學理根據和歷史基礎。主要可歸結為以下幾點：

1.文學不應脫離生活。胡適到美國留學後，有機會大量閱讀西方文學作品。他對西方十九世紀的寫實主義作家如英國的莎士比亞、狄更斯、薩克雷，法國的都德，俄國的契可夫、托爾斯泰等人的作品非常欽敬。而他對易卜生反映社會現實的戲劇作品尤有興趣。他深深感受到現實主義文學作品那種偉大的藝術力量。對照中國的文壇，其鄙陋十分明顯。其最大的缺點「在於徒有形式而無精神」⑦。胡適認為，欲糾此弊，「第一，須言之有物；第二，須講文法；第三，當用『文之文字』時，不可避之」⑧。所謂「文之文字」，指的就是白話的或近乎白話的文字。胡適認為，只有用近乎生活現實的語言文字寫成的作品，才會易於表現生活的真實內容，才會有鮮活的生命力。

2.文學當以平民為對象。胡適認為中國文學另一弊病是文學家脫離了實際生活，文學的內容既然是實際生活，文學的對象就應以生活中的民眾為對象。胡適深鄙那些專供給少數文人，或貴族們賞玩的消遣品。他認為：「文學在今日不當為少數人之私產，而當以普及最大多數之國人為一大能事。」⑨文學既要普及於大多數民眾，則只有用大多數民眾喜聞樂見的白話才能做到。

3.文學是進化的。胡適和清末以來追求進步的知識分子一樣，是進化論的堅定信徒。他認為，文學和眾多社會現象一樣，也是進化的。以詩而論，《三百篇》變而為《騷》是一大進化；

又變為五、七言詩，是又一大進化；詩變為詞，詞又變為曲，皆是文學的進化。散文、小說、戲曲的遞進演變，也可證明此理。總之，「一部中國文學史，只是一部文學形式（工具）新陳代謝的歷史；只是『活文學』隨時起來代替『死文學』的歷史。文學的生命全靠能用一個時代的活的工具來表現一個時代的情感與思想。工具僵了，必須另換新的、活的，這就是『文學革命』。」⑩所謂「文學革命」，就是每一時代的人都應創造適合自己時代的新文學。

由胡適等人倡導起來的文學革命運動，遭到舊文人和舊勢力的頑強抵抗。還有很多人對白話文學應否佔據文學正宗的地位持懷疑態度。胡適和他的朋友們一方面對舊勢力的攻擊予以堅決的回應；另一方面，繼續深入地討論和闡明白話文學必將代替舊的文言文學而成為文學正宗的道理。繼《文學改良芻議》之後，胡適發表了大量有關文學革命的文章。其中有幾篇影響特別廣大而深遠。

一九一八年三月，胡適發表《論短篇小說》，提倡學習西方寫實主義文學大師的技法，從創作短篇小說做起，為中國新文學開闢新路。接着於四月間發表了《建設的文學革命論》。標出「國語的文學，文學的國語」這一中心口號。他指出：「我們所提倡的文學革命，只是要替中國創造一種國語的文學。有了國語的文學，方才可有文學的國語。有了文學的國語，我們的國語才可算得真正國語。」⑪文章還系統地提出了創造國語的新文學的方法，包括搜集材料的方法，結構的方法，描寫的方法等等，有許多是中國舊文學家們所不曾聞見的新觀念。這是文學革命中最有份量的一篇論文。文學史家鄭振鐸譽之為「文學革命最堂皇的宣言」⑫。一九一九年十月，胡適在《星期評論》的雙十節紀念號上發表長篇論文《談新詩》，總結了他自己和許多同道們數年來嘗試作新詩的經驗，提出了對新詩創作中最關鍵的問題——音韻問題的嶄新見解。他認為，新詩的音節「全靠兩個重要分子：一是語氣的自然節奏；二是每句內部所用字的自然的和諧。至於句末的韻腳，句中的平仄都是不重要的事。」當時新詩最受攻擊的就是說它無韻。胡適的看法，打破了傳統成見，為新詩的成立，提供了重要的理論依據。胡適並論證，用白話寫新詩，最能委婉、細膩地表達感情，樸素真實地描寫景物。新詩的發展乃是《詩三百篇》以來詩歌發展的必至之勢。著名新詩詩人朱自清說，胡適的《談新詩》「差不多成了詩的創造與批評的金科玉律」⑬。足見此文影響之大。

在此期間，胡適還就文學的歷史進化問題、戲劇改革問題、文學改革的內容與形式的關係問題、文學改革的進行程序問題等等發表文章或通訊，個別做出精要的闡釋。作為文學革命倡導者，他的這些著述自然產生了廣泛的影響。

後來胡適回顧文學革命的歷程時，總感到有一種遺憾，覺得自己「提倡有心，創作無力」。

胡適的文學作品確實不多，尤乏傳世之作。但也並非無所作為。他翻譯的《短篇小說集》，他創作的新劇《終身大事》以及幾篇短篇小說，都曾產生過良好的影響。尤其是他的白話新詩集——《嘗試集》的出版，可說是中國新文壇的一件大事。著名的文學史家陳炳堃說：「《嘗試集》的真價值，不在建立新詩的軌範，不在與人以陶醉於其欣賞裏的快感；而在與人以放膽創造的勇氣。」⑭一九三六年，胡適寫了一篇《談談胡適之體的詩》，對他所提倡的白話新詩作了這樣的總結：「第一，說話要明白清楚」；「第二，用材料要有剪裁」；「第三，意境要平實」⑮。

由於胡適的倡導和他的一羣朋友們的努力，白話文學終於取代了文言文學的地位，白話的國語也終於得到社會的認同。一九一九年「五四」運動的發生，大大促進了這一過程。當時白話報刊風行全國。自一九二〇年起，政府明令規定，小學採用白話新課本。可以說，胡適提出的「國語的文學，文學的國語」的口號和目標，此時已獲得了社會的承認。

三、新文化運動的領袖

國內史家通常都把《新青年》雜誌的創刊定為新文化運動的肇始，這大體是不錯的，沒有

《新青年》，就談不上新文化運動。但必須看到，當陳獨秀於一九一五年九月在上海創辦《青年》雜誌的時候，還只是少數人在上面發表一些有關思想解放意義的文章，發行量很有限，遠遠談不上甚麼「運動」。只是到了陳獨秀北上任北大文科學長，《新青年》在北京出版，並發表了胡適、陳獨秀倡導文學革命的文章以後，才真正具有了全國性反響和形成運動的氣象。所以，文學革命運動是新文化運動的一支先鋒部隊。

新文化運動一開始就是面向青年的運動。而當時最使廣大青年為之激動的，是個性解放與思想自由。胡適於一九一八年六月發表在《新青年》上的《易卜生主義》，被視為「個性解放的宣言」。文中借易卜生之口說：「社會最大的罪惡莫過於摧折個人的個性，不使他自由發展。」要發展個人的個性，「第一須使個人有自由意志；第二須使個人擔干係，負責任」⑯。他要青年人充分認識自己的價值，發展自己的個性。要他們明白：「你要想有益於社會，最好的法子莫如把你自己這塊材料鑄造成器。」⑰

要發展個性，要最大限度地造成使每個人得到自由發展的機會，必須以社會自由為條件。胡適主張：「極力提倡思想自由和言論自由，養成一種自由的空氣。」⑱一九二〇年八月，他同北大教授蔣夢麟、李大釗、高一涵等聯名發表《爭自由的宣言》，嚴厲抨擊北洋政府實行假共和真專制，要求廢除一切破壞人民言論、出版、結社、遷徙及人身等自由權的法律和命令，切實保障幾種最基本的人民自由權力。對於深受西方自由主義影響的胡適來講，這些主張，是他終生堅持不渝的。在新文化運動中，胡適已經養成了一種自由主義知識領袖的風範。

新文化運動也為教育改革提供了契機。他就任北大教授的頭一年，就創辦了北大第一個研究所——哲學研究所，提高了教師、學生的研究興趣，進一步造成高等學府應有的環境氣氛。他倡辦教授會，實行教授治校；又支持學養較高的學生舉辦各種文化團體，出版刊物；鼓吹平民教育，推動女子教育，……他的有關女子貞操問題，女子人格問題，女子社會作用問題的言論和文章，都成為中國女子解放運動的重要文獻。

一九一九年十一月，胡適發表《新思潮的意義》一文，最清楚明白地提出了新文化運動的綱領：「研究問題，輸入學理，整理國故，再造文明」。貫穿這個綱領的基本精神就是「重新估定一切價值」。這是最具革命性的思想和態度。從這種態度出發，才能擺脫對舊事物、舊教條、舊經驗的迷信；敢於借鑒祖宗不曾用過的新觀念、新方法，要對過去的歷史文化有清醒的認識，才能創造民族的新文化。胡適之所以能以一剛剛歸國的留學生，一最年輕的大學教授，而被公認為新文化運動的領袖，這同他高屋建瓴地提出新文化的綱領是分不開的。

胡適等人倡導的新文化運動，受到了具有保守傾向的文化領袖們的反對。首先是梁漱溟於一九二一年發表《東西文化及其哲學》，認為印度、中國同西方的文化走着各自不同的路，學習西方文化會把青年引到追求物質生活和擴張個人慾望的錯誤道路上去。張君勱則一九二三年發表《人生觀》的講演，宣稱科學不能解決人生觀的問題，提倡科學只會引導人們「務分逐物」，他甚至認為科學要對世界戰爭的大禍負一定的責任。

胡適毫不含糊地批評了梁漱溟和張君勱以及他們所代表的文化傾向，先後發表了《評梁漱溟先生的〈東西文化及其哲學〉》，和《〈科學的人生觀〉序》，提出了人類文化同一性的觀念，他指出中國、印度將來亦必定走上科學與民治之路；而任何排斥科學的言論，在我們科學極端落後的中國，都有開倒車的嫌疑。

一九二六年，胡適發表《我們對於西洋近代文明的態度》一文，着重闡釋了物質文明與精神文明的統一性，尖銳批駁了那種把西洋文明看作是物質文明，把中國文明看作是精神文明，並宣揚這種精神文明具有永恆的價值，西洋的物質文明相比之下則顯得有沒有甚麼價值等謬論，堅持推動中國新文化繼續進步。錢玄同稱胡適是中國「思想界的醫生」⑲。

四、新學術的開拓者

文學革命運動和新文化運動，使胡適贏得了極大的聲譽。但真正為他在學術上奠定不拔之基的是他的《中國哲學史大綱（上）》一書。此書於一九一九年二月出版，不到兩個月即售罄再版。足見此書受觀迎之程度。此書以方法和見解的新穎，而引起學界的極大注意。蔡元培在為此書寫的序言中說，治中國哲學史必須具備兩種本事：一是深厚的「漢學」功夫，二是系統的方法。後者在中國學術史上甚少可以借鑒的東西，必須借鑒西洋哲學史。然而懂「漢學」的人很少懂得西洋哲學史。而懂得西洋哲學史的人，又多不具備「漢學」功夫。唯有胡適，既懂西洋哲學史，又有深厚的「漢學」功底，胡能成就此書。在中國，以新方法治中國哲學史，胡適是開山的人。

《中國哲學史大綱（上）》一書的主要特點是，首先，胡適在鑒別材料上要嚴謹得多、科學得多。從前講哲學史的老先生們，往往花一年多的工夫，講伏羲到《洪範》的種種傳説。胡適卻只從《詩經》等幾種可靠的文獻中取材，從老子、孔子講起。單是這一點就具有極大的解放作用。其次，全書極注意條理系統。胡適在《導言》中說：「我做這部哲學史的最大奢望，在於把各家的哲學融會貫通，要使他們各成有頭緒條理的學說。」⑳他相當成功地貫徹了這一點，而且比後來一些哲學史家們強古就今、生搬硬套地用現代哲學角度去解釋古人思想的做法要好得多。第三，擺脫儒家正統的觀念，以平等的眼光看待古代各派哲學，為中國哲學史研究開闢了一條正確的道路。最後，全書特別突出哲學方法問題。他明確指出，先秦諸子哲學都有自己的哲學方法，書中勾畫了這些哲學方法在歷史上演進的輪廓。對墨家學派的邏輯思想，書中論述尤詳。給哲學方法以首要的意義，是胡適此書的最大特色。而此書之所以能影響一整代青年學子，主要原因亦在於此。

這本書既是開創性著作，在材料和見解上難免有錯誤。但這絲毫不會減低它在學術史上的地位和影響。

胡適在學術界產生重大影響，還由於他在另一個領域取得了同樣的，甚至是更加輝煌的成就。這就是他對幾部影響廣泛的古典小說的考證和研究。

一九二〇年七月，胡適寫成兩萬多字的《〈水滸傳〉考證》。文章用嚴謹的考證方法求出水滸故事的歷史演變，揭出其中幾個主要典型人物的創造過程，以及《水滸》成書之後的版本源流與變遷。這種推尋歷史演化軌迹的方法，是中國傳統考證學的一種新的發展，它啟發了年輕的歷史學家顧頡剛。顧氏在其《〈古史辨〉自序》中說，這篇《〈水滸傳〉考證》給他以有力的啟示，使他相信，古史傳說亦可應用這種方法加以研究。他所提出的「層累地造成的古史」說，顯然與胡適的啟示有緊密的關係。

一九二一年十一月，胡適又寫成《〈紅樓夢〉考證》。這篇文章在學術界產生了更為廣泛的影響。它打破了清末以來種種附會的索隱派「紅學」的迷霧，首次提出《紅樓夢》一書是作者自敍身世的寫實主義的小說，他考定作者曹雪芹的家世際遇及寫作《紅樓夢》有關的背景情況。文中的一些材料和見解，後來雖經作者本人和其他學者作了不少修訂，但此文的最大貢獻是把以往舊文人猜謎式的《紅樓夢》研究，引上了學術研究的正當軌道，使「紅學」成為一種專門學術對象，對於中國文學史研究具有極大的解放作用和創立新規範的意義。

在以後數年中，胡適相繼寫了十幾篇古小說考證的文章。經他考證又重新出版的古典小說，一時都成了暢銷書。著名歷史學家陳寅恪先生最佩服胡適的小說考證文學，認為是無人可及的上品。

作為早享大名的學者，如此津津有味地作小說考證，這是同他更大的學術目標相互關聯的。前面曾提到，胡適的新文化綱領便提出過「整理國故」。胡適認為，過去的一切文化歷史都是國故。這些曾經流行一時，甚或流傳幾世紀的古小說，當然是國故之一種。中國人要走向現代世界，應當對過去的文化遺產作一番評判整理的工夫。一要弄清真相，二要重新估定價值。其中後者尤為重要。胡適指出，整理國故「從胡說謬解裏面尋出一個真意義來；從武斷迷信裏面尋出一個真價值來」㉑。「這是化黑暗為光明、化神奇為臭腐、化玄妙為平常、化神聖為凡庸，這才是重新估定一切價值」㉒。簡言之，「我們的使命是打倒一切成見，為中國學術謀解放」㉓。

一九二三年一月，胡適發表《〈國學季刊〉發刊宣言》。《國學季刊》是北京大學出版的最重要也是最有成績的學術刊物。胡適是該刊的主持人。他在宣言裏提出：一、要用歷史的眼光來擴大國學研究的範圍；二、要用系統的方法來整理國學研究的材料；三、要用比較研究來幫助國學的材料的整理與解釋。胡適的文章成了當時整理國故的學者們共同的綱領。

在整理國故的帶動下，古史的研究出現了興盛的氣象。胡適所提倡的「疑古」口號，很得一部分學者的贊同。疑古是針對「信古」、「泥古」的思想提出來的。從前治古史的人，對古代文獻，甚至是古代的傳說，往往不作嚴格的考辨，皆作為歷史的材料。有些稍具眼光和判斷力的人，特別是清代一些考證學者，也頗做一些辨偽的工作。然而，他們對儒家經典，不敢懷疑，所以仍難求信史。胡適的「疑古」精神，就是要求不信任一切沒有充分根據的材料。他主張「寧可疑而過，不可信而過」㉔。

胡適的「疑古」的態度，頗受到一些學者的攻擊。當然，「疑古」難免有因疑而失誤。但平心而論，因「疑古而失之」，確比因「信古而失之」為愈。因為疑是為求信。因疑而失，自己可有機會求得新證據而致信。反之，因信而失，是在證據不足的情況下，不疑而信，故難自省悟，有導致盲從迷信的危險。

本着無徵不信的態度，胡適在寫中國哲學史的後半部的時候，遇到禪宗史的問題。他發現，國內現有禪宗史料太少，無法寫下去。一直等到一九二六年，胡適利用赴英國參加中英庚款諮詢委員會的機會，才在倫敦大英博物館和巴黎法國國家圖書館查得一批禪宗史的材料，歸國後加以整理，相繼寫出《荷澤大師神會傳》等數篇討論禪宗史的文章。此後，禪宗史便成為他最感興趣的學術課題之一。日本學者柳田聖山曾把胡適有關禪宗史的著作集為《胡適禪學案》一書出版。

五、無結果的政治「努力」

胡適留學歸國的時候，曾暗下決心，二十年不談政治，力圖「在思想文藝上替中國政治建築一個革新的基礎」㉕。但五四運動把尖銳的政治問題提到每個人的面前。當他看到李大釗、陳獨秀等人大力宣傳馬克思主義和俄國革命的時候，當他看到無數青年因憤慨軍閥專制、惡勢力橫行、國家前途昏暗、人民痛苦而醉心於無政府主義的時候，他從自己的信仰出發，發表了後來自稱為「政論的導言」的著名文章——《多研究些問題，少談些主義》。其中心意思是說，中國問題太多，只有一個一個地逐一求解決，不可能有甚麼根本解決。所以高談主義是無濟於事的，必須研究實際問題。他諷刺說：「空談好聽的『主義』，是極容易的事，是阿貓阿狗都能做的事。」[26]胡適的文章受到李大釗等人的批評。問題與主義的爭論，使胡適與李大釗、陳獨秀的思想分歧公開化。此後，圍繞《新青年》要不要談政治，要不要宣傳馬克思主義的問題，令雙方的分歧更形加劇。當《新青年》最終變成了共產主義者的機關刊物的時候，胡適和他的朋友們遂另謀創辦一個談政治的刊物。

一九二一年六月，胡適同他的幾位好友丁文江、任鴻雋、朱經農、王徵等組織了一個叫「努力會」的小團體。其《章程》中列有一條：「我們當盡我們的能力——或單獨的或互助的——謀中國政治的改善與社會的進步」[27]。第二年五月，在胡適主持下，《努力週報》創刊。在該報第二號上，胡適發表了他的政治宣言《我們的政治主張》，爭取建立一個「好政府」作為現階段政治改革的起首目標。「好政府」，就是一個「憲政的政府」，一個「公開的政府」，一個實行「有計劃的政治」的政府[28]。同時他還提出召開南北和會、實行裁兵、裁官、改革選舉制度、整頓財政等項主張。因為有一大批學界教育界名流，包括蔡元培、王寵惠、梁漱溟以及李大釗等十六人在這份宣言上簽名，所以在社會上頗引起一些反響。但終究是「書生論政」，沒有人肯實行他們的主張。

一九二二年十月，在《努力週報》第廿二號上，胡適發表《國際的中國》一文，乃是針對中國共產黨第二次全國代表大會的宣言而發的。文中說，中共以反帝為基調的宣言是一派「瞎說的國際形勢論」。此時只須「努力向民主主義的一個簡單目標上去做，不必在這個時候牽涉到甚麼國際帝國主義的問題」㉙。

儘管胡適一再強調國家內部的改革才是唯一出路，儘管他提出了許多改革的主張，但中國的昏亂卻毫無解決的頭緒。一九二三年十月，曹錕賄選當上總統，污濁的政治到了無可救藥的地步。胡適自己也承認：「今日反動的政治已到了登峯造極的地位」，「我們談政治的人，到此地步，真可謂上了壁了」㉚。

胡適辦《努力週報》，本來是出於一種「忍不住」的政治上的努力。結果毫無所得。他自己說，「《努力》裏最有價值的文章恐怕不是我們的政論，而是我們批評梁漱溟、張君勱一班先生的文章和《讀書雜誌》（作為《努力週報》的附刊而發行——引者）裏討論古史的文章」㉛。

六、漫遊歸來的際遇

一九二六年七月，南方革命政府發動北伐戰爭之際，胡適因獲邀參加中英庚款諮詢委員會的會議而經莫斯科赴英國。在莫斯科參觀訪問期間，胡適對其印象頗佳，在給國內朋友的信中有所稱道。北洋方面的一些人，因此認為胡適「赤化」了。胡適在歐遊的半年中，還在大英博物館及巴黎法國國家圖書館查閱敦煌卷子，所得資料不少。這些便成為他作禪宗史研究最主要的依據。

一九二七年「四·一二」事變爆發，南方國共分裂。胡適身處外地，他因與陳獨秀、李大釗是好朋友，又有稱讚蘇俄的言論。故被北洋政府視為革命軍的朋友。在南方，共產黨早就把胡適看成是「反動」人物了。即使國民黨中人，亦因胡適批評過孫中山，見過溥儀，反對清室出宮，參加段祺瑞的善後會議等等「罪狀」，也視胡適為異己。就這樣，胡適在政治上成了各種勢力都不歡迎的人。他回國後，不能再回北京，只好暫在上海羈留。不久，在私立光華大學謀一教職。

但國民黨中有不少是胡適的同學和朋友。特別是胡適曾在革命黨人聚集的中國公學讀過書，師友甚多。一九二八年四月，胡適受聘任中國公學校長。當時，以蔣介石為首的南京政府，為鞏固自己的統治，大力誅鋤異己，作為自由主義者的胡適，對此極為反感。於是，他同國民黨當權者的衝突不可避免地發生了。

一九二九年四月，胡適在《新月》雜誌上發表《人權與約法》一文，列舉大量事實說明，在國民黨統治下，「人權被剝奪幾乎沒有絲毫剩餘」㉜。指責國民黨隨意給人定反革命罪，人民權利沒有絲毫法律的保障。他要求盡快制定保障人權的法律。接着，他又發表《知難行亦不易》，批評國民黨當權者的專制主義。在《我們甚麼時候才可以有憲法》一文中，胡適又指出：「『先知先覺』的政府諸公……口口聲聲說訓政，而自己所行所為皆不足為訓，小民雖愚，豈易欺哉！」㉝最後，又在《新文化運動與國民黨》一文裏，毫不客氣地指出，國民黨是與新文化運動的精神相悖逆的「反動派」㉞。

胡適連篇累牘的批評，激怒了國民黨當權派，他們不給中國公學辦理註冊手續，又組織黨內的「理論家」寫文章圍攻胡適，並屢次下令查禁胡適的文章，還通過教育部給胡適下達警告令。從此時起，中國公學內部學潮不斷，胡適不得不於一九三〇年五月辭去中國公學校長的職務。

其實，胡適寫文章批評國民黨，用意只是「希望它自身改善」㉟。然而，專制主義者，卻並不明白他的用心。而使他的政見，不能見用於世，實在十分可惜。

七、「獨立」時期

一九二八年，北洋軍閥政府倒台，胡適北歸的障礙已不復存在。一九三〇年十一月，他便攜眷北上。一年多以後，任北京大學文學院院長。

胡適回北大不到一年，就爆發了「九．一八」事變。日本侵佔東三省，全國形勢發生巨變。蔣介石的國民政府奉行「先安內後攘外」的方針，日本侵略氣燄日盛，人民普遍不滿。曾與蔣介石及其政府鬧過意見的胡適，此刻在對日方針上，卻與蔣介石頗為相近。而在國內問題上，他既贊成反共，但也反對獨裁。

一九三二年五月，胡適和他的朋友丁文江、蔣廷黻、傅斯年等創辦《獨立評論》，討論時政及思想、學術問題。此刊直到一九三七年「七．七」事變才停刊。

在創辦並主持《獨立評論》時期，胡適發表過討論民主與專制以及中西文化問題等許多文章，在思想史和文化史上產生重要的影響。

《憲政問題》（一九三二年五月）胡適指出，立憲政治和議會制度並非資產階級所專有，憲政只是政治必須依據法律、政府必須對人民負責任的兩個原則而已。實行憲政，未必即可救國，但它卻能夠引導中國政治走上軌道。

《再論建國與專制》（一九三三年十二月）　該文主旨是說，中國兩千年舊式的專制沒有完成建設民族國家的大業。今日的建國事業，也不能指望某種新式的專制。只有民主憲政才是較容易訓練人民、實行建國大業的一條路。

《信心與反省》（一九三四年五月）　文章猛烈地批評了一些中國人盲目的民族自大心理。指出：「今日的大患在於全國人不知恥。所以不知恥者，只是因為不曾反省」。「民族的信心必須站在反省的唯一基礎之上」㊱。由反省而知恥，知恥而後始肯奮發向上。

《寫在孔子誕辰紀念之後》（一九三四年九月）　此文尖銳地批評政府當局，消極的未能防患除弊，積極的未能興利惠民，卻大張旗鼓地辦甚麼祭孔儀式，美其名曰「奮起國民之精神，恢復民族的自信」。胡適指出，最近二三十年中國取得了偉大的進步，這些進步「不是孔夫子之賜，是大家努力革命的結果，是大家接受了一個新世界的新文明的結果。」㊲「只有向前走是有希望的，開倒車是不會有成功的」㊳。

《試評所謂中國本位的文化建設》（一九三五年三月）　此文本其一貫反保守主義的立場，一針見血地指出，「十教授」所謂的「中國本位的文化建設」，實質上只不過是「中體西用」論的新式化妝。胡適指出，「應該虛心接受這個科學工藝的世界文化和它背後的精神文明，……」而且我們老文化中一切優秀的東西，「自然會因這一番科學文化的淘洗而格外發輝光大的」㊴。

《個人自由與社會進步》（一九三五年五月）在這篇為紀念五四運動和新文化運動而寫的文章中，胡適明白指出，五四新文化運動的偉大歷史意義就在於思想解放、個性解放。由這種思想解放和個性解放所造成的忠誠勇敢的新人格，是中國社會取得進步的根本動力。他批評了各種曲解個性主義的謬見，認為養成「健全的個人主義」的忠誠勇敢的人格，是一切社會都不可缺少的。

在《獨立評論》這一時期（一九三二至一九三七），胡適在學術上的主要工作，仍是治中國思想史，尤其是從事儒學與佛學的研究。其中《說儒》一篇最為重要。這篇五萬字的長文，對儒的起源、儒者的社會職能，以及孔子的歷史地位等等做了詳細的考證與分析。文章發表後，郭沫若、錢穆等學者都紛紛發表文章參加討論。

由於胡適在對日方針問題上同國民政府十分接近，他除經常就此發表文章外，還不時向有關當局有所建議。在國內問題上，在堅持反專制的立場的同時，他基本上站在國民政府一邊，因此當福建事變、兩廣事變，直至西安事變發生時，他都一再明確地反對以任何理由反對中央政權。

八、從駐美大使到北大校長

一九三七年「七．七」事變爆發後，胡適匆匆南下，參加廬山談話會。起初，他仍堅持避戰。後來，看到形勢的發展和蔣介石決心抗戰的態度，遂改變「低調」的主張，贊成抗戰。同年九月，胡適受蔣介石委託，前往美國進行「民間外交」，尋求美國對中國抗戰的支持。在美國將近一年的時間裏，胡適多次發表演講，廣泛接觸美國朝野人士。一九三八年七月他轉赴歐洲。九月，受命擔任駐美大使。

平心而論，胡適談不上是一個很稱職的外交家，但他作為國際知名學者，又是一位受過美國教育的自由主義者，卻很能得到一些美國朝野人士的敬重。他沒有很高明的外交手腕，但他的演說才能，確能贏得一部分美國人對中國抗戰的同情。他在任大使四年的時間裏，先後在美國和加拿大各地作過一百多次講演，聽者包括政界、新聞界、學界、實業界以及商界和婦女界的人士。這對於幫助美國、加拿大各界人士了解中國抗戰的意義和困難，爭取國際援助是有一定作用的。

一九四二年九月，胡適卸任大使，在紐約租屋住下來，開始重理故業，做他的學術研究。其間他曾一度任美國國會圖書館的東方部顧問，並曾在芝加哥大學講學。

這時期，一件歷史上的學術公案——戴震偷竊趙一清《水經注》研究成果的問題，吸引了他極大的注意。從一九四三年十一月起，「水經注案」的考證研究成了他最主要的課題，為此胡適寫下了大量的文稿和札記。

一九四五年九月，抗戰勝利。國民黨政府任命胡適為北京大學校長。然而他卻因心臟病暫未歸國，由傅斯年代理校長職務。

一九四六年六月，胡適啟程回國。當船到上海時，許多記者和朋友到船上歡迎他，他在同記者談話時，說到他幾年來最大的興趣是考證《水經注》的案子。這個談話在報上發表，等於替他做一次廣告。海內學人，特別是一些藏書家、圖書館工作人員，都爭相為胡適提供各種《水經注》版本，給他的研究工作提供了很大的方便。

胡適回國後所面對的是內戰隨時可能爆發的局勢。學生由於不滿時局，經常有罷課示威的舉動。十二月，當胡適還在南京參加「國大」的時候，北京大學因美軍士兵強姦北大女生事件而掀起了猛烈的反美示威運動。此一運動得到全國學生和各界的同情與響應。胡適不得不緊急返回學校。從這時起，北大和全國大多數學校一樣，幾乎無一日安寧。到一九四七年全面內戰爆發時，腐敗的國民政府已無力控制局面。物價飛漲，民不聊生，學生、教師食不果腹。反飢餓、反壓迫、反內戰的抗議運動遍及各地。在風雨飄搖之中，胡適苦撐北大，力不從心。唯一可作精神依托的，仍然是考證《水經注》的案子。一九四七年二月十四日，他在給張元濟的信中說：「在此天地翻覆之日，我乃作此小校勘，念之不禁自笑！」㊵

在內戰烽火連天的日子裏，由於青年學生不滿情緒的日益增長，不少年輕學子，憤而離開學校，投奔共產黨，使得政府當局十分不安。他們力圖控制青年，卻沒有有效的辦法，只好採取特務盯梢、綁架、軍警抓人的下策，這倒更加激起學生的反抗。胡適一向不贊成青年過於熱心政治，尤不贊成革命。但他也不贊成軍警入校捉人。面對兩面困局，胡適已感有心無力，他一度產生辭職的念頭。然而這個念頭很快就在政府中友人的勸說下打消了。

政治上越來越陷入困境的蔣介石，很想借重胡適這個享有國際聲譽的知識領袖，來改善政府的形象。為此他先後兩次勸說胡適加入政府，卻都被胡適推辭了。胡適認為，他處於在野的地位，可能對政府有更大助益。

一九四八年九月，正當內戰方酣之時，胡適再次利用他演說家的才能，開始到許多地方發表演講，希望以自由主義為號召，使一部分青年免受共產黨的影響，站到國民黨政府這邊來。但國民黨的所作所為，實在離自由主義太遠了。所以，胡適的宣傳幫不了國民黨的忙。

一九四八年十二月十五日，胡適匆匆坐上蔣介石所派的專機，離開已被重重包圍的北平城，飛到南京。在那裏再度「臨危受命」，前往美國，替國民黨政府開展對美的「民間外交」，爭取美國進一步的援助。但胡適到達美國的第三天，國民政府的首都南京就落入中國人民解放軍的手中。胡適幾乎來不及做任何事情，就只好重新回到他從前租住過的紐約舊屋中，過起寓公的生活了。

九、晚年

國民黨政權的失敗，給胡適精神上的打擊甚大。很長一段時間，他無心做事，整天剪貼報紙材料，想從中悟出失敗的道理。他在給朋友的信中說：「這十幾年中，止有國際共產黨大致知道他們的目的與步驟，止有他們比較地明白他們所謂戰略與策略。此外，所謂大國領袖，所謂大政治家，都不免古人所謂『盲人騎瞎馬，夜半臨深池』。」㊶

一九五〇年五月，胡適聘為普林斯頓大學葛斯德東方圖書館的館長，為期兩年。期滿後，被聘為該館的名譽館長。

一九五二年十一月，胡適到台灣講學，兩個月之中，先後在各大學及其他政府的或民間的機構作了近三十次的講演。其中有幾次比較重要的學術講演，如在台灣大學講的《治學方法》、《〈水經注〉考》，在台灣師範學院講的《杜威哲學》、《傳記文學》，以及在傅斯年紀念會上講的《傅孟真先生的思想》，在蔡元培紀念會上講的《禪宗史的一個新看法》等等。

其間，胡適還參加了政論刊物《自由中國》雜誌創刊三週年的紀念會，並發表講話，宣稱：「人人應該把言論自由看作最寶貴的東西，隨時隨地的努力爭取，隨時隨地的努力維持。」㊷胡適是《自由中國》的創辦人之一，自一九四九年十一月發刊後，一直擔任它的發行人，至一九五三年二月始辭去。

一九五四年二月，胡適為參加「國大」再度到台灣，停留不到兩個月，其間又多次發表演講，其中以政論性講演居多。他在聯合國同志會演講《美國的民主制度》，強調說：「無條件的自由權利並沒有多大危險。對人民自由的保障，寧可失之於周全。……一個無權無告的小民對有權萬能的政府，人民多得一點保障是沒有大危險的。人民的權利最容易為有力量的政府所侵犯，所以，對人民的保障寧可是無條件的周全。」㊸

一九五五年十二月，胡適應中央研究院院刊編委會之請，開始撰寫《丁文江的傳記》，同時着手撰寫《論中共清算胡適思想的意義》。前者於次年三月脫稿。後者始終沒有寫成。

一九五六年十月，胡適應《中央日報》社長胡健中之請，撰寫並發表《述艾森豪威爾總統的兩個故事給蔣總統祝壽》一文。文中勸蔣介石「不可躬親庶務」，要放手讓下屬做事，自己做個「無智、無能、無為」的守法守憲的領袖。此文發表後，蔣家父子極為不滿，蔣經國利用他的職權，廣泛散發《向毒素思想總攻擊》的小冊子，將胡適和以他為精神領袖的《自由中國》雜誌視為統治當局最危險的敵人。從這時起，自由主義的胡適，與蔣介石為首的統治當局再度發生矛盾。這種矛盾到一九五九至一九六〇年間達到了新的高潮。

一九五七年十一月，經中央研究院評議會選舉，蔣介石發布任命胡適為中研院院長。歸國前，由當時的史語所所長李濟暫代。胡適於一九五八年四月回台就任。

一九五九年十一月間，為蔣介石要第三次連任總統的問題，輿論沸沸揚揚。蔣氏及其擁護者為此大造輿論，報紙上連篇累牘地登載「勸進」的函電。高層人士則極力策動修改憲法（原國民政府於一九四六年公布的憲法規定，總統只許連任一次），為蔣介石三連任鋪平道路。胡適和一部分自由主義知識分子，包括《自由中國》雜誌社的同人們，都不贊成「改憲」，不贊成蔣介石第三次連任。為此，胡適特請「總統府」秘書長張羣向蔣介石轉達他的意見，要蔣明白表示，不做第三任「總統」，不修改憲法，停止各種「勸進」的表示。並指出，「勸進」的表示，是對蔣

介石的侮辱，是對國民黨的侮辱，也是對老百姓的侮辱。㊹

蔣介石沒有接受胡適的勸告，仍利用他的權力和影響，於次年當上第三任總統。此事對台灣的自由主義者是很大的刺激。《自由中國》的主持人雷震㊺出面籌建公開的反對黨。對此，胡適深表同情，讚許他爭自由的勇氣。曾幾次說過，將來應為雷震立銅像。但臨到反對黨即將正式成立前夕，蔣介石下令逮捕雷震。以「通共」的罪名將他判刑十年。當時，胡適正在美國。歸來後，除了幾次聲言雷震「愛國反共」以外，實無力保護他的朋友。

胡適晚年，實際上相當鬱鬱不得志。他一方面盼望蔣介石的政權逐步改善，積蓄力量，「反攻大陸」。另方面，他的自由主義態度，又屢次與當局發生矛盾。雷震的被捕入獄，胡適的無力營救，表明他的自由主義實處於很可憐的地位。從一九四九年到美寓居，到一九六二年在台北病逝，在這十餘年中，他只是靠考證「水經注案」之類，以維持他的精神平衡。關於「水經注案」，胡適積下幾百萬字的文稿、筆記和講演稿，然而終未寫出定稿。不過他的基本意見是明確的，他不承認戴震偷竊趙一清《水經注》稿，認為是百餘年來學者意氣所致，沒有考證學上的可靠證據。

胡適晚年，對中國傳統文化的價值有進一步的評估，與二三十年代着力批判傳統文化的消極面略有不同，晚年，他多次講演、著文，稱揚中國文化中的積極精神。其中以在夏威夷「東西方哲學會議」上講的《中國哲學裏的科學精神與方法》（一九五九年）及在西雅圖華盛頓大學的「中美學術合作會議」上講的《中國的傳統與將來」（一九六〇年）兩篇最為重要。但一九六一年十一月，在台北舉行的「亞東區科學教育會議」開幕式上，他發表《科學發展所需要的社會改革》一篇講演，卻再次對中國傳統文化作激烈的批評，以致由此引起許多人的攻擊。不久即病倒。三個月後，即一九六二年二月二十四日，因心臟病發而去世。

注釋

① 見耿雲志著《胡適年譜》第二十九頁。四川人民出版社，一九八九年。

② 杜威（一八五九——一九五二），先後在密執安大學、明尼蘇達大學、芝加哥大學和哥倫比亞大學任哲學教授。主要著作有《我們怎樣思想》、《實驗邏輯論文集》、《哲學的改造》、《經驗與自然》、《人的問題》等等，他是美國實用主義哲學的集大成者，二十年代左右相繼在日本、中國、蘇聯等國講學，產生很大影響。

③ 皮爾士（一八三九——一九一四），美國實用主義哲學創始人。生前僅發表過一系列論文，死後有人編成文集八卷出版。其最有影響的論文是《怎樣使我們的觀念清晰》。

④詹姆斯（一八四二——一九一○）是使實用主義擴大影響的關鍵人物。然而，他把實用主義應用到宗教經驗上去，對此，皮爾士及後來的一些實用主義哲學家都不滿意。其主要著作有《心理學原理》、《實用主義》等等。
⑤見胡適：《介紹我自己的思想》，《胡適作品集》第二冊，第二頁。台北遠流出版社，一九八六年。
⑥見《胡適口述自傳》第九十四頁，台北傳記文學社，一九八六年。
⑦《胡適留學日記》（三）第八四四頁，商務印書館，一九四七年。
⑧同上，第八九三頁。
⑨同上，第九五六頁。
⑩《逼上梁山》，《中國新文學大系·建設理論集》，第九至十頁。
⑪見《胡適文存》卷一，第七四頁，亞東圖書館，一九二一年。
⑫見鄭振鐸編《中國新文學大系·文學論爭集導言》，第四頁。
⑬朱自清編《中國新文學大系·詩集導言》，第二頁。
⑭陳炳堃：《最近三十年中國文學史》，第二二七頁。
⑮見台北《自由評論》第十二期，現收載於《胡適手稿》第十集。
⑯見《胡適文存》卷四，第三四頁。
⑰同上，第三二頁。
⑱《不老》，《胡適文存》卷四，一二六頁。
⑲錢玄同致胡適的信（一九二五年春），見耿雲志編《胡適遺稿及秘藏書信》第四十卷，第三五四頁。黃山書社，一九九

四年。

⑳《中國哲學史大綱（上）》第三一頁，商務印書館，一九二二年第八版。

㉑《新思潮的意義》，《胡適文存》卷四，第一六二頁，亞東圖書館，一九二五年第八版。

㉒《整理國故與打鬼》，《胡適文存》三集卷二，第二一一頁，亞東圖書館，一九三〇年。

㉓《胡適的日記》（一九二二年八月二十六日）。

㉔《自述古史觀書》，《古史辨》第一冊，第十二頁。

㉕《我的歧路》，《胡適文存》二集卷三，第九六頁。

㉖見《胡適文存》卷二，第一四八頁。

㉗見耿雲志著《胡適年譜》，第九五頁。

㉘見《胡適文存》二集卷三，第二八頁。

㉙見同上，第一二八頁之i。

㉚《一年半的回顧》，《胡適文存》二集卷三，第一五〇、一五一頁。

㉛同上，第一五〇頁。

㉜見《新月》二卷二期。

㉝同上，二卷四期。

㉞同上，二卷六至七期合刊。

㉟據胡適遺稿《我們對於政治的主張》，見耿雲志編《胡適遺稿及秘藏書信》第十二卷，第三五頁。

㊱見《胡適論學近著》，第四八四頁。商務印書館，一九三五年。
㊲同上，第五一二頁。
㊳同上。
㊴同上，第五五六、五五七頁。
㊵據原信復印件。
㊶見胡頌平：《胡適之先生年譜長編初稿》，第二三一九頁，台北聯經出版事業公司，一九八四年。
㊷同上，第二二三六頁。
㊸見《大陸雜誌》（台灣）八卷六期。
㊹見《胡適的日記》，一九五九年十一月十五日條，台灣遠流出版社，一九九〇年。
㊺雷震（一八九七——一九七九）字儆寰，浙江長興人。曾留學日本，精於法政，抗戰時期任國民參政會副秘書長，抗戰勝利後任政治協商會議秘書長。繼曾任「國大」副秘書長。到台灣後，曾任「總統府國策顧問」，因主持《自由中國》雜誌，經常著文批評國民黨失政，觸忌而被免職，後被開除國民黨黨籍。一九六〇年，因籌組反對黨，被蔣介石以「通共」的罪名監禁十年。死後，有《雷震全集》行世。

人生最神聖的責任是努力思想得好。

——胡適自述

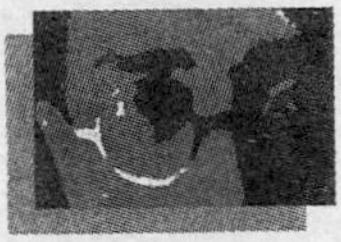

介紹我自己的思想

——《胡適文選》自序

（一九三〇年十一月二十七日）

我在這十年之中，出版了三集《胡適文存》，約計有一百四五十萬字。我希望少年學生能讀我的書，故用報紙印刷，要使定價不貴。但現在三集的書價已在七元以上，貧寒的中學生已無力全買了。字數近百五十萬，也不是中學生能全讀的了。所以我現在從這三集裏選出了二十二篇論文，印作一冊，預備給國內的少年朋友們作一種課外讀物。如有學校教師願意選我的文字作課本的，我也希望他們用這個選本。

我選的這二十二篇文字，可以分作五組。

第一組六篇，泛論思想的方法。

第二組三篇，論人生觀。

第三組三篇，論中西文化。

第四組六篇，代表我對於中國文學的見解。

第五組四篇，代表我對於整理國故問題的態度與方法。

為讀者的便利起見，我現在給每一組作一個簡短的提要，使我的少年朋友們容易明白我的思想的路徑。

一

第一組收的文字是：

演化論與存疑主義

杜威先生與中國

杜威論思想

問題與主義

新生活

新思潮的意義

我的思想受兩個人的影響最大：一個是赫胥黎，一個是杜威先生。赫胥黎教我怎樣懷疑，教我不信任一切沒有充分證據的東西。杜威先生教我怎樣思想，教我處處顧到當前的問題，教我把一切學說理想都看作待證的假設，教我處處顧到思想的結果。這兩個人使我明瞭科學方法的性質與功用，故我選前三篇介紹這兩位大師給我的少年朋友們。

從前陳獨秀先生曾說，實驗主義和辯證法的唯物史觀是近代兩個最重要的思想方法，他希望這兩種方法能合作一條聯合戰線。這個希望是錯誤的。辯證法出於海格爾的哲學，是生物進化論成立以前的玄學方法。實驗主義是生物進化論出世以後的科學方法。這兩種方法所以根本不相容，只是因為中間隔了一層達爾文主義。達爾文的生物演化學說給了我們一個大教訓：就是教我們明瞭生物進化，無論是自然的演變，或是人為的選擇，都由於一點一滴的變異。所以是一種很複雜的現象，決沒有一個簡單的目的地可以一步跳到，更不會有一步跳到之後可以一成不變。辯證法的哲學本來也是生物學發達以前的一種進化理論。依他本身的理論，這個一正一反相毀相成的階段應該永遠不斷的呈現。但狹義的共產主義者卻似乎忘了這個原則，所以武斷的虛懸一個共產共有的理想境界，以為可以用階級鬥爭的方法一蹴即到，既到之後又可以用一階級專政方法把持不變。這樣的化複雜為簡單，這樣的根本否定演變的繼續便是十足的達爾文以前的武斷思想，比那頑固的海格爾更頑固了。

實驗主義從達爾文主義出發，故只能承認一點一滴的不斷的改進是真實可靠的進化。我在《問題與主義》和《新思潮的意義》兩篇裏，只發揮這個根本觀念。我認定民國六年以後的新文化運動的目的是再造中國文明，而再造文明的途徑全靠研究一個個的具體問題。我說：

文明不是籠統造成的，是一點一滴的造成的。進化不是一晚上籠統進化的，是一點一滴的進化的。現今的人愛談「解放」與「改造」，須知解放不是籠統解放，改造也不是籠統改造。解放是這個那個制度的解放，這種那種思想的解放，這個那個人的解放，都是一點一滴的解放。改造是這個那個制度的改造，這種那種思想的改造，這個那個人的改造，都是一點一滴的改造。

再造文明的下手工夫是這個那個問題的研究。再造文明的進行是這個那個問題的解決。

我這個主張在當時最不能得各方面的瞭解。當時（民國八年）承「五四」、「六三」之後，國內正傾向於談主義。我預料到這個趨勢的危險，故發表《多研究些問題，少談些主義》的警告。我說：

凡是有價值的思想，都是從這個那個的具體問題下手的。先研究了問題的種種方面的種種事實，看看究竟病在何處，這是思想的第一步工夫。然後根據於一生的經驗學問，提出種種解決的方法，提出種種醫病的丹方，這是思想的第二步工夫。然後用一生的經驗學問，加上想像的能力，推思每一種假定的解決法應該可以有甚麼樣的效果，更推想這種效果是否真能解決眼前這個困難問題。推想的結果，揀定一種假定的（最滿意的）解決，認為我的主張，這是思想的第三步工夫。凡是有價值的主張，都是先經過這三步工夫來的。

我又說：

一切主義，一切學理，都該研究。但只可認作一些假設的（待證的）見解，不可認作天經地義的信條；只可認作參考印證的材料，不可奉為金科玉律的宗教；只可用作啟發心思的工具，切不可用作蒙蔽聰明，停止思想的絕對真理。如此方才可以漸漸養成人類的創造的思想力，方才可以漸漸使人類有解決具體問題的能力，方才可以漸漸解放人類對於抽象名詞的迷信。

這些話是民國八年七月寫的。於今已隔了十幾年，當日和我討論的朋友，一個已被殺死了，一個也頹唐了，但這些話字字句句都還可以應用到今日思想界的現狀。十幾年前我所預料的種種危險，——「目的熱」而「方法盲」，迷信抽象名詞，把主義用作蒙蔽聰明停止思想的絕對真理，——一一都顯現在眼前了。所以我十分誠懇的把這些老話貢獻給我的少年朋友們，希望他們不可再走錯了思想的路子。

《新生活》一篇，本是為一個通俗週報寫的。十幾年來，這篇短文走進了中小學的教科書，讀過的人應該在一千萬以上了。但我盼望讀過此文的朋友們把這篇短文放在同組的五篇裏重新讀一遍。赫胥黎教人記得一句「拿證據來！」我現在教人記得一句「為甚麼？」少年的朋友們，請仔細想想：你進學校是為甚麼？你進一個政黨是為甚麼？你努力做革命工作是為甚麼？革命是為了甚麼而革命？政府是為了甚麼而存在？

請大家記得：人同畜生的分別，就在這個「為甚麼」上。

二

第二組的文字只有三篇：

科學與人生觀序

不朽

易卜生主義

這三篇代表我的人生觀，代表我的宗教。

《易卜生主義》一篇寫的最早，最初的英文稿是民國三年在康奈爾大學哲學會宣讀的，中文稿是民國七年寫的。易卜生最可代表十九世紀歐洲的個人主義的精華，故我這篇文章只寫得一種健全的個人主義的人生觀。這篇文章在民國七、八年間所以能有最大的興奮作用和解放作用，也正是因為它所提倡的個人主義在當日確是最新鮮又最需要的一針注射。

娜拉拋棄了家庭丈夫兒女，飄然而去，只因為她覺悟了她自己也是一個人，只因為她感覺到她「無論如何，務必努力做一個人」。這便是易卜生主義。易卜生說：

> 我所最期望於你的是一種真實純粹的為我主義，要使你有時覺得天下只有關於你的事最要緊，其餘的都算不得甚麼。……你要想有益於社會，最好的法子莫如把你自己這塊材料鑄造成器。……有的時候我真覺得全世界都像海上撞沉了船，最要緊的還是救出自己。

這便是最健全的個人主義。救出自己的唯一法子便是把你自己這塊材料鑄造成器。

把自己鑄造成器，方才可以希望有益於社會。真實的為我，便是最有益的為人。把自己鑄造成了自由獨立的人格，你自然會不知足，不滿意於現狀，敢說老實話，敢攻擊社會上的腐敗情形，做一個「貧賤不能移，富貴不能淫，威武不能屈」的斯鐸曼醫生。斯鐸曼醫生為了說老實話，為了揭穿本地社會的黑幕，遂被全社會的人喊作「國民公敵」。但他不肯避「國民公敵」的惡名，他還要說老實話。他大膽的宣言：

世上最強有力的人就是那最孤立的人！

這也是健全的個人主義的真精神。

這個個人主義的人生觀一面教我們學娜拉，要努力把自己鑄造成個人；一面教我們學斯鐸曼醫生，要特立獨行，敢說老實話，敢向惡勢力作戰。少年的朋友們，不要笑這是十九世紀維多利亞時代的陳腐思想！我們去維多利亞時代還老遠哩。歐洲有了十八九世紀的個人主義，造出了無數愛自由過於麵包，愛真理過於生命的特立獨行之士，方才有今日的文明世界。

現在有人對你們說：「犧牲你們個人的自由，去求國家的自由！」我對你們說：「爭你們個人的自由，便是為國家爭自由！為你們自己的人格，便是為國家爭人格！自由平等的國家不是一羣奴才建造得起來的！」

《科學與人生觀序》一篇略述民國十二年的中國思想界裏的一場大論戰的背景和內容。（我盼望讀者能參讀《文存》三集裏「幾個反理學的思想家」的吳敬恒一篇，頁一五一——一八六。）在此序的末段，我提出我所謂「自然主義的人生觀」。這不過是一個輪廓，我希望少年的朋友們不要僅僅接受這個輪廓，我希望他們能把這十條都拿到科學教室和實驗室裏去細細證實或否證。

這十條的最後一條是：

根據於生物學及社會學的知識，叫人知道個人——「小我」——是要死滅的，而人類——「大我」——是不死的，不朽的；叫人知道「為全種萬世而生活」就是宗教，就是最高的宗教；而那些替個人謀死後的天堂淨土的宗教乃是自私自利的宗教。

這個意思在這裏說的太簡單了，讀者容易起誤解。所以我把《不朽》一篇收在後面，專說明這一點。

我不信靈魂不朽之說，也不信天堂地獄之說，故我說這個小我是會死滅的。死滅是一切生物的普遍現象，不足怕，也不足惜。但個人自有他的不死不滅的部分：他的一切作為，一切功德罪惡，一切語言行事，無論大小，無論善惡，無論是非，都在那大我上留下不能磨滅的結果和影響。他吐一口痰在地上，也許可以毀滅一村一族。他起一個念頭，也許可以引起幾十年的血戰。他也許「一言可以興邦，一言可以喪邦」。善亦不朽，惡亦不朽；功蓋萬世固然不朽，種一擔穀子也可以不朽，喝一杯酒，吐一口痰也可以不朽。古人說，「一出言而不敢忘父母，一舉足而不敢忘父母。」我們應該說，「說一句話而不敢忘這句話的社會影響，走一步路而不敢忘這步路的社會影響。」這才是對於大我負責任。能如此做，便是道德，便是宗教。

這樣說法，並不是推崇社會而抹煞個人。這正是極力抬高個人的重要。個人雖渺小，而他的一言一動都在社會上留下不朽的痕迹，芳不止流百世，臭也不止遺萬年，這不是絕對承認個人的重要嗎？成功不必在我，也許在我千百年後，但沒有我也決不能成功。毒害不必在眼前，「我躬不閱，遑恤我後！」然而我豈能不負這毒害的責任？今日的世界便是我們的祖宗積的德，造的孽。未來的世界全看我們自己積甚麼德或造甚麼孽。世界的關鍵全在我們手裏，真如古人說的「任重而道遠」，我們豈可錯過這絕好的機會，放下這絕重大的擔子？

有人對你說，「人生如夢。」就算是一場夢罷，可是你只有這一個做夢的機會。豈可不振作一番，做一個痛痛快快轟轟烈烈的夢？

有人對你說，「人生如戲。」就說是做戲罷，可是，吳稚暉先生說的好，「這唱的是義務戲，自己要好看才唱的；誰便無端的自己扮做跑龍套，辛苦的出台，止算做沒有呢？」

其實人生不是夢，也不是戲，是一件最嚴重的事實。你種穀子，便有人充飢；你種樹，便有人砍柴，便有人乘涼；你拆爛污，便有人遭瘟；你放野火，便有人燒死。你種瓜便得瓜，種豆便得豆，種荊棘便得荊棘。少年的朋友們，你愛種甚麼？你能種甚麼？

三

第三組的文字，也只有三篇：

我們對於西洋近代文明的態度

漫遊的感想

請大家來照照鏡子

在這三篇裏，我很不客氣的指摘我們的東方文明，很熱烈的頌揚西洋的近代文明。

人們常說東方文明是精神的文明，西方文明是物質的文明，或唯物的文明。這是有誇大狂的妄人捏造出來的謠言，用來遮掩我們的羞臉的。其實一切文明都有物質和精神的兩部分，材料都是物質的，而運用材料的心思才智都是精神的。木頭是物質，而刳木為舟、構木為屋，都靠人的智力，那便是精神的部分。器物越完備複雜，精神的因子越多。一隻蒸汽鍋爐，一輛摩托車，一部有聲電影機器，其中所含的精神因子比我們老祖宗的瓦罐、大車、毛筆多的多了。我們不能坐在舢板船上自誇精神文明，而嘲笑五萬噸大汽船是物質文明。

但物質是倔強的東西，你不征服他，他便要征服你。東方人在過去的時代，也曾製造器物，做出一點利用厚生的文明。但後世的懶惰子孫得過且過，不肯用手用腦去和物質抗爭，並且編出「不以人易天」的懶人哲學，於是不久便被物質戰勝了。天旱了，只會求雨。河決了，只會拜金龍大王。風浪大了，只會禱告觀音菩薩或天后娘娘。荒年了，只好逃荒去。瘟疫來了，只好閉門等死。病上身了，只好求神許願。樹砍完了，只好燒茅草。山都精光了，只好對着歎氣。這樣又愚又懶的民族，不能征服物質，便完全被壓死在物質環境之下，成了一分像人九分像鬼的不長進民族。所以我說：

這樣受物質環境的拘束與支配，不能跳出來，不能運用人的心思智力來改造環境改良現狀的文明，是懶惰不長進的民族的文明，是真正唯物的文明。

反過來看看西洋的文明，

這樣充分運用人的聰明智慧來尋求真理以解放人的心靈，來制服天行以供人用，來改造物質的環境，來改革社會政治的制度，來謀人類最大多數的最大幸福，——這樣的文明是精神的文明。

這是我的東西文化論的大旨。

少年的朋友們，現在有一些妄人要煽動你們的誇大狂，天天要你們相信中國的舊文化比任何國高，中國的舊道德比任何國好。還有一些不曾出國門的愚人鼓起喉嚨對你們喊道，「往東走！往東走！西方的這一套把戲是行不通的了！」

我要對你們說：不要上他們的當！不要拿耳朵當眼睛！睜開眼睛看看自己，再看看世界。我們如果還想把這個國家整頓起來，如果還希望這個民族在世界上佔一個地位，——只有一條生路，就是我們自己要認錯。我們必須承認我們自己百事不如人，不但物質機械上不如人，不但政治制度不如人，並且道德不如人，知識不如人，文學不如人，音樂不如人，藝術不如人，身體不如人。

肯認錯了，方才肯死心塌地的去學人家。不要怕模仿，因為模仿是創造的必要預備工夫。不要怕喪失我們自己的民族文化，因為絕大多數人的惰性已儘夠保守那舊文化了，用不着你們少年人去擔心。你們的職務在進取，不在保守。

請大家認清我們當前的緊急問題。我們的問題是救國，救這衰病的民族，救這半死的文化。

在這件大工作的歷程裏，無論甚麼文化，凡可以使我們起死回生，返老還童的，都可以充分採用，都應該充分收受。我們救國建國，正如大匠建屋，只求材料可以應用，不管他來自何方。

四

第四組的文字有六篇：

建設的文學革命論
嘗試集自序
文學進化觀念
國語的進化
文學革命運動
詞選自序

這裏有一部分是敍述文學革命運動的經過的，有一部分是我自己對於文學的見解。

我在這十幾年的中國文學革命運動上，如果有一點點貢獻，我的貢獻只在：

一、我指出了「用白話作新文學」的一條路子。

二、我供給了一種根據於歷史事實的中國文學演變論，使人明瞭國語是古文的進化，使人明瞭白話文學在中國文學史上佔甚麼地位。

三、我發起了白話新詩的嘗試。

這些文字都可以表出我的文學革命論也只是進化論和實驗主義的一種實際應用。

五

第五組的文字有四篇：

國學季刊發刊宣言

古史討論的讀後感

紅樓夢考證

治學的方法與材料

這都是關於整理國故的文字。

《季刊宣言》是一篇整理國故的方法總論，有三個要點：

第一，用歷史的眼光來擴大研究的範圍。

第二，用系統的整理來部勒研究的資料。

第三，用比較的研究來幫助材料的整理與解釋。

這一篇是一種概論，故未免覺的太懸空一點。以下的兩篇便是兩個具體的例子，都可以説明歷史考證的方法。

《古史討論》一篇，在我的《文存》裏算是最精采的方法論。這裏面討論了兩個基本方法：一個是用歷史演變的眼光來追求傳説的演變，一個是用嚴格的考據方法來評判史料。

顧頡剛先生在他的《古史辨》的自序裏曾説他從我的〈水滸傳考證〉和〈井田辨〉等文字裏得着歷史方法的暗示。這個方法便是用歷史演化的眼光來追求每一個傳説演變的歷程。我考證《水滸》的故事，包公的傳説，狸貓換太子的故事，井田的制度，都用這個方法。顧先生用這方法來研究中國古史，曾有很好的成績。顧先生説的最好：「我們看史迹的整理還輕，而看傳説的經歷卻重。凡是一件史事，應看他最先是怎樣，以後逐步逐步的變遷是怎樣。」其實對於紙上的古史迹，追求其演變的步驟，便是整理他了。

在這篇文字裏，我又略述考證的方法，我說：

我們對於「證據」的態度是：一切史料都是證據。但史家要問：

一、這種證據是在甚麼地方尋出的？

二、甚麼時候尋出的？

三、甚麼人尋出的？

四、依地方和時候上看起來，這個人有做證人的資格嗎？

五、這個人雖有證人資格，而他說這句話時有作偽（無心的或有意的）的可能嗎？

《紅樓夢考證》諸篇只是考證方法的一個實例。我說：

我覺得我們做《紅樓夢》的考證，只能在「著者」和「本子」兩個問題上着手；只能運用我們力所能搜集的材料，參考互證，然後抽出一些比較的最近情理的結論。這是考證學的方法。我在這篇文章裏，處處想撇開一切先入的成見，處處存一個搜求證據的目的，處處尊重證據，讓證據做嚮導，引我到相當的結論上去。

這不過是赫胥黎、杜威的思想方法的實際應用。我的幾十萬字的小說考證，都只是用一些「深切而著明」的實例來教人怎樣思想。

試舉曹雪芹的年代一個問題作個實例。民國十年，我收得了一些證據，得着這些結論：

我們可以斷定曹雪芹死於乾隆三十年左右（約西曆一七六五年）。……我們可以猜想曹雪芹大約生於康熙末葉（約一七一五—一七二〇），當他死時，約五十歲左右。

民國十一年五月，我得着了《四松堂集》的原本，見敦誠輓曹雪芹的詩題下注「甲申」二字，又詩中有「四十年華」的話，故修正我的結論如下：

曹雪芹死在乾隆二十九年甲申（一七六四年），……他死時只有「四十年華」，我們可以斷定他的年紀不能在四十五歲以上。假定他死時年四十五歲，他的生時當康熙五十八年（一七一九年）。

但到了民國十六年，我又得了脂硯齋評本《石頭記》，其中有「壬午除夕，書未成，芹為淚盡而逝」的話。壬午為乾隆二十七年，除夕當西曆一七六三年二月十二日，和我七年前的斷定（「乾隆三十年左右，約西曆一七六五年」）只差一年多。又假定他活了四十五歲，他的生年大概在康熙五十六年（一七一七年），這也和我七年前的猜測正相符合。

考證兩個年代，經過七年的時間，方才得着證實。證實是思想方法的最後又最重要的一步。不曾證實的理論，只可算是假設；證實之後，才是定論，才是真理。我在別處（《文存》三集，頁二七三）說過：

我為甚麼要考證《紅樓夢》？

在消極方面，我要教人懷疑王夢阮、徐柳泉一班人的謬說。

在積極方面，我要教人一個思想學問的方法。我要教人疑而後信，考而後信，有充分證據而後信。

我為甚麼要替《水滸傳》作五萬字的考證？我為甚麼要替盧山一個塔作四千字的考證？

我要教人知道學問是平等的，思想是一貫的。……肯疑問「佛陀耶舍究竟到過盧山沒有」的人，方才肯疑問「夏禹是神是人」。有了不肯放過一個塔的真偽的思想習慣，方才敢疑上帝的有無。

少年的朋友們，莫把這些小說考證看作我教你們讀小說的文字。這些都只是思想學問的方法的一些例子。在這些文字裏，我要讀者學得一點科學精神，一點科學態度，一點科學方法。科學精神在於尋求事實，尋求真理。科學態度在於撇開成見，擱起感情，只認得事實，只跟着證據走。科學方法只是「大膽的假設，小心的求證」十個字。沒有證據，只可懸而不斷；證據不夠，只可假設，不可武斷；必須等到證實之後，方才奉為定論。

少年的朋友們，用這個方法來做學問，可以無大差失；用這種態度來做人處事，可以不至於被人蒙着眼睛牽着鼻子走。

從前禪宗和尚曾說，「菩提達摩東來，只要尋一個不受人惑的人。」我這裏千言萬語，也只是要教人一個不受人惑的方法。被孔丘、朱熹牽着鼻子走，固然不算高明；被馬克思、列寧、斯大林牽着鼻子走，也算不得好漢。我自己決不想牽着誰的鼻子走。我只希望盡我的微薄的能力，教我的少年朋友們學一點防身的本領，努力做一個不受人惑的人。

抱着無限的愛和無限的希望，我很誠摯的把這一本小書貢獻給全國的少年朋友！

（《胡適文存》四集卷五）

我的信仰（節錄）①

（一九三一年）

五

我年甫十三，即離家上路，以求「新教育」於上海。自這次別離後，我於十四年之中，只省候過我母親三次，一總同她住了大約七個月。出自她對我偉大的愛忱，她送我出門，分明沒有灑過一滴眼淚就讓我在這廣大的世界中，獨自求我自己的教育和發展，所帶着的，只是一個母親的愛，一個讀書的習慣，和一點點懷疑的傾向。

我在上海過了六年（一九〇四—一九一〇），在美國過了七年（一九一〇—一九一七）。在我停留在上海的時期內，我經歷過三個學校（無一個是教會學校），一個都沒有畢業。我讀了當時所謂的「新教育」的基本東西，以歷史、地理、英文、數學，和一點零碎的自然科學為主。從故林紓氏及其他諸人的意譯文字中，我初次認識一大批英國和歐洲的小說家，司各提（Scott）、狄更司（Dickens）、大小仲馬（Dumas père et fils）、囂俄（Hugo），以及托爾斯泰（Tolstoy）等氏的都在內。我讀了中國上古、中古幾位非儒教和新儒教哲學家的著作，並喜歡墨翟的兼愛說與老子、莊子有自然色彩的哲學。

從當代力量最大的學者梁啟超氏的通俗文字中，我漸得略知霍布士（Hobbes）、笛卡兒（Descartes）、盧騷（Rousseau）、賓坦（Bentham 今譯邊沁）、康德（Kant）、達爾文（Darwin）等諸泰西思想家。梁氏是一個崇拜近代西方文明的人，連續發表了些文字，坦然承認中國人以一個民族而言，對於歐洲人所具的許多良好特性，感受缺乏；顯著的是注重公共道德，國家思想，愛冒險，私人權利觀念與熱心防其被侵，愛自由，自治能力，結合的本事與組織的努力，注意身體的培養與健康等。就是這幾篇文字猛力把我以我們古舊文明為自足，除戰爭的武器，商業轉運的工具外，沒有甚麼要向西方求學的這種安樂夢中，震醒出來。它們開了給我，也就好像開了給幾千幾百別的人一樣，對於世界整個的新眼界。

我又讀過嚴復所譯穆勒（John Stuart Mill）的《自由論》（On Liberty）和赫胥黎（Huxley）的《天演論》（Evolution and Ethic）。嚴氏所譯赫胥黎的論著，於一八九八年就出版，並立即得到知識階級的接受。有錢的人拿錢出來翻印新版以廣流傳（當時並沒有版權），因為有人以達爾文的言論，尤其是它在社會上與政治上的運用，對於一個感受惰性與濡滯日久的民族，乃是一個合宜的刺激。

數年之間，許多的進化名詞在當時報章雜誌的文字上，就成了口頭禪。無數的人，都採來做自己的和兒輩的名號，由是提醒他們國家與個人在生存競爭中消滅的禍害。向嘗一度聞名的陳炯明以「競存」為號。我有兩個同學名楊天擇和孫競存。

就是我自己的名字，對於中國以進化論為時尚，也是一個證據。我請我二哥替我起個學名的那天早晨，我還記得清楚。他只想了一刻，他就說，「『適者生存』中的『適』字怎麼樣？」我表同意；先用來做筆名，最後於一九一〇年就用作我的名字。

六

我對於達爾文與斯賓塞兩氏進化假說的一些知識，很容易的與幾個中國古代思想家的自然學說聯了起來。例如在道家偽書《列子》所述的下面這個故事中，發現二千年前有一個一樣年輕，同抱一樣信仰的人，使我的童心歡悦：

「齊田氏祖于庭，食客千人。中坐有獻魚雁者，田氏視之，乃歎曰：『天之于民厚矣！殖五穀，生魚鳥以為之用。』眾客和之如響。鮑氏之子，年十二，預于次，進曰：『不如君言。天地萬物，與我並生，類也。類無貴賤，徒以大小智力而相制，迭相食，非相為而生之。人取食者而食之，豈天本為人而生之？且蚊蚋噆膚，虎狼食肉，豈天本為蚊蚋生人，虎狼生肉者哉？』」

一九〇六年，我在中國公學同學中，有幾位辦了一個定期刊物，名《競業旬報》，——達爾文學說通行的又一例子——其主旨在以新思想灌輸於未受教育的民眾，係以白話刊行。我被邀在創刊號撰稿。一年之後，我獨自做編輯。我編輯這個雜誌的工作不但幫助我啟發運用現行口語為一種文藝工具的才能，且以明白的話語及合理的次序，想出自我幼年就已具了形式的觀念和思想。在我為這個雜誌所著的許多論文內，我猛力攻擊人民的迷信，且坦然主張毀棄神道，兼持無神論。

一九〇八年，我家因營業失敗，經濟大感困難。我於十七歲上，就必需供給我自己讀書，兼供養家中的母親。我有一年多停學，教授初等英文，每日授課五小時，月得脩金八十元。一九一〇年，我教了幾個月的國文。

那幾年（一九〇九—一九一〇）是中國歷史上的黑暗時代，也是我個人歷史上的黑暗時代。革命在好幾省內爆發，每次都歸失敗。中國公學原是革命活動的中心，我在那裏的舊同學參加此等密謀的實繁有徒，喪失生命的為數也不少。這班政治犯有好些來到上海與我住在一起，我們都是意氣消沉、厭世悲觀的。我們喝酒，作悲觀的詩詞，日夜談論，且往往作沒有輸贏的賭博。我們甚至還請了一個老伶工來教我們唱戲。有一天早上，我作了一首詩，中有這一句：「霜濃欺日淡」（此詩的英譯文是："How proudly does the wintry frost scorn the powerless rays of the sun."——譯者。）

意氣消沉與執勞任役驅使我們走入了種種的流浪放蕩。有一個雨夜，我喝酒喝得醺醺大醉，在街上與巡捕角鬥，把我自己弄進監裏去關了一夜。到我次晨回寓，在鏡中看出我臉上的血痕，就記起李白飲酒歌中的這一句：「有人用武力，任出吾身物。」②（Some use might yet be made of this material born in me. 這一句一時也查不出原文。）我決心脫離教書和我的這班朋友。下了一個月的苦工夫，我就前往北京投考用美國退還庚子賠款所設的學額。我考試及格，即於七月間放洋赴美③。

七

我到美國，滿懷悲觀。但不久便交結了些朋友，對於那個國家和人民都很喜愛。美國人出自天真的樂觀與朝氣給了我很好的印象。在這個地方，似乎無一事一物不能由人類智力做得成的。我不能避免這種對於人生持有喜氣的眼光的傳染，數年之間，就漸漸治療了我少年老成的態度。

我第一次去看足球比賽時，我坐在那裏以哲學的態度看球賽時的粗暴及狂叫歡呼為樂。而這種狂叫歡呼在我看來，似乎是很不夠大學生的尊嚴的。但是到競爭愈漸激烈，我也就開始領悟這種熱心。隨後我偶然回頭望見白了頭髮的植物學教授勞理先生（Mr. W. W. Rowlee）誠心誠意的在歡呼狂叫，我覺得如是的自慚，以致我不久也就熱心的陪着眾人歡呼了。

就是在民國初年最黑暗的時期內，我還是想法子打起我的精神。在致一個華友的信裏面，我說道：「除了你我自己灰心失意，以為無希望外，沒有事情是無希望的。」（譯意——譯者。）在我的日記上，我記下些引錄的句子，如引克洛浦（Clough）的這一句：「如果希望是麻醉物，恐懼就是作偽者。」又如我自己譯自勃朗寧的這一節詩：

從不轉背而挺身向前，

從不懷疑雲要破裂，
雖合理的弄糟，違理的佔勝，
而從不作迷夢的，
相信我們沉而再升，敗而再戰，
睡而再醒。

一九一四年一月，我寫這一句在我的日記上：「我相信我自離開中國後，所學得的最大的事情，就是這種樂觀的人生哲學了。」一九一五年，我以關於勃朗寧最優的論文得受柯生獎金(Hiram Corson Prize)。我論文的題目是《勃朗寧樂觀主義辨》(In Defense of Browning's Optimism)。我想來大半是我漸次改變了的人生觀使我於替他辯護時，以一種誠信的意識來發言。

我係以在康奈耳大學做紐約農科學院的學生開始我的大學生涯。我的選擇是根據了當時中國盛行的，謂中國學生須學點有用的技藝，文學、哲學是沒有甚麼實用的這個信念。但是也有一個經濟的動機。農科學院當時不收學費，我心想或許還能夠把每月的月費省下一部來匯給我的母親。

農場上的經驗我一點都不曾有過，並且我的心也不在農業上。一年級的英國文學及德文課程，較之農場實習和養果學，反使我感覺興趣。躊躇觀望了一年又半，我最後轉入文理學院，受一次繳納四個學期的學費，就是使我受八個月困境的處分④。但是我對於我的新學科覺得更為自然，從不懊悔這番改變。

有一科《歐洲哲學史》——歸故克萊頓教授（Professer J. E. Creighton）那位恩師主持，——領導我以哲學做了主科。我對於英國文學與政治學也深有興趣。康奈耳的哲學院（The Sage School of Philosophy）是唯心論的重鎮。在其領導之下，我讀了古代近代古典派哲學家比較重要的著作。我也讀過晚近唯心論者如布拉特萊（Bradley）、鮑森揆（Bosanquet）等的作品，但是他們提出的問題從未引起我的興趣。

一九一五年，我往哥林比亞大學（Columbia University），就學於杜威教授（Professor John Dewey），直至一九一七年我回國之時為止。得着杜威的鼓勵，我著成我的論文《先秦名學史》這篇論文，使我把中國古代哲學著作重讀一過，並立下我對於中國思想史的一切研究的基礎。

八

我留美的七年間，我有許多課外的活動，影響我的生命和思想，説不定也與我的大學課業一樣。當意氣頹唐的時候，我對於基督教大感興趣，且差不多把《聖經》讀完。一九一一年夏，我出席於在賓雪凡尼亞（Pennsylvania）普柯諾派恩司（Pocono Pines）舉行的中國基督教學生會的大會做來賓時，我幾乎打定主意做了基督徒。

但是我漸漸地與基督教脱離，雖則我對於其發達的歷史曾多有習讀，因為有好久時光我是一個信仰無抵抗主義的信徒。耶穌降生前五百年，中國哲學家老子曾傳授過上善若水，水善應萬物而不爭。我早年接收老子的這個教訓，使我大大的愛着《登山寶訓》。

一九一四年，世界大戰爆發，我深為比利時的命運所動，而成了一個確定的無抵抗者。我在康奈耳大同俱樂部（Cornell Cosmopolitan Club）住了三年，結交了許多各種國籍的熱心朋友。我受着像那士密氏（George Nasmyth）和麥慈（John Mez）那樣唯心的平和論者的影響，我自己也成了一個熱心的平和論者。大學廢軍聯盟因維臘特（Oswald Garrison Villard）的提議而成立於一九一五年，我是其創辦人之一。

到後來，各國際政體俱樂部（International Polity Clubs）成立，我在那士密氏和安格爾（Norman Angell）的領導之下，做了一個最活動的會員，且曾參加過其起首兩屆的年會。一九一六年，我以我的論文《國際關係中有代替武力的嗎？》（Is There a Substitute for Force in International Relations?）得受國際政體俱樂部的獎金。在這篇論文裏面，我闡明依據以法律為有組織的武力建立一個國際聯盟的哲理。

我的平和主義與國際大同主義往往使我陷入十分麻煩的地位。日本由攻擊德國在山東的領土以加入世界大戰時，向世界宣布說，這些領土「終將歸還中國」。我是留美華人中唯一相信這個宣言的人，並以文字辯駁說，日本於其所言，說不定是意在必行的。關於這一層，我為許多同輩的學生所嘲笑。及一九一五年日本提出有名的對華二十一條件，留美學生，人人都贊成立即與日本開戰。我寫了一封公開的信給《中國留美學生月報》，勸告處之以溫和，持之以冷靜。我為這封信受了各方面的嚴厲攻擊，且屢被斥為賣國賊。戰爭是因中國接受一部要求而得避免了，但德國在華領土則直至七年之後才交還中國。

我讀易卜生（Ibsen）、莫黎（John Morley）和赫胥黎諸氏的著作，教我思考誠實與發言誠實的重要。我讀過易卜生所有的戲劇，特別愛着《人民之敵》（An Enemy of the People），莫黎的《論妥協》（On Compromise），先由我的好友威廉思女士（Miss Edith Clifford Williams）介紹給我，她是一直做了左右我生命最重要的精神力量。莫黎曾教我：「一種主義，如果健全的話，是代表一種較大的便宜的。為了一時似是而非的便宜而將其放棄，乃是為小善而犧牲大善。疲弊時代，剝奪高貴的行為和向上的品格，再沒有甚麼有這樣拿得定的了。」

赫胥黎還更進一步教授一種理知誠實的方法。他單單是說：「拿也如同可以證明我相信別的東西為合理的那種種證據來，那麼我就相信人的不朽了。向我說類比和或能是無用的。我說我相信倒轉平方律時，我是知道我意何所指的，我必不把我的生命和希望放在較弱的信證上。」赫胥黎也曾說過，「一個人生命中最神聖的舉動，就是說出並感覺得我相信某項某項是真的。生在世上一切最大的賞，一切最重要的罰，都是繫在這個舉動上。」

人生最神聖的責任是努力思想得好（to think well），我就是從杜威教授學來的。或思想得不精，或思想而不嚴格的到它的前因後果，接受現成的整塊的概念以為思想的前提，而於不知不覺間受其個人的影響，或多把個人的觀念由造成結果而加以測驗，在理知上都是沒有責任心的。真理的一切最大的發現，歷史上一切最大的災禍，都有賴於此。

杜威給了我們一種思想的哲學，以思想為一種藝術，為一種技術。在《思維術》（How To

Think）和《實驗邏輯論文集》（Essays in Experimental Logic）裏面，他製出這項技術。我察出不但於實驗科學上的發明為然，即於歷史科學上最佳的探討，內容的詳定，文字的改造，及高等的批評等也是如此。在這種種境域內，曾由同是這個技術而得到最佳的結果。這個技術主體上是具有大膽提出假設，和〔加〕上誠懇留意於制裁與證實。這個實驗的思想技術，堪當創造的智力（creative intelligence）這個名稱，因其在運用想像機智以尋求證據，做成實驗上，和在自思想有成就的結實所發出滿意的結果上，實實在在是有創造性的。

奇怪之極，這種功利主義的邏輯竟使我變成了一個做歷史探討工作的人。我曾用進化的方法去思想，而這種有進化性的思想習慣，就做了我此後在思想史及文學工作上的成功之鑰。尤更奇怪的，這個歷史的思想方法並沒有使我成為一個守舊的人，而時常是進步的人。例如，我在中國對於文學革命的辯論，全是根據無可否認的歷史進化的事實，且一向都非我的對方所能答覆得來的。

九

我母親於一九一八年逝世。她的逝世，就是引導我把我在這廣大世界中摸索了十四年多些的信條第一次列成條文的時機。這個信條係於一九一九年發表在以《不朽》（Immortality, My Religion）為題的一篇文章裏面。

因有我在幼童時期讀書得來的學識，我早久就已摒棄了個人死後生存的觀念了。好多年來，我都是以一種「三不朽」的古說為滿意，這種古說我是在《春秋左氏傳》裏面找出來的。傳記裏載賢臣叔孫豹於紀元前五四八年（時孔子還只有三歲。譯者按，即魯襄公二十四年）謂有立德、立功、立言三不朽。此三者「雖久不廢，此之謂不朽」。這種學說引動我心有如是之甚，以致我每每向我的外國朋友談起，並給了它一個名字，叫做「三W的不朽主義」（三W即Worth, Work, Words 三字的頭一個字母）。

我母親的逝世使我重新想到這個問題。我就開始覺得三不朽的學說有修正的必要。第一層，其弱點在太過概括一切。在這個世界上，有多少人其在德行功績言語上的成就，其哲理上的智慧能久久不忘的呢？例如哥倫布是可以不朽的了，但是他那些別的水手怎樣呢？那些替他造船或供給他用具的人，那許多或由作有勇敢的思考，或由在海洋中作有成無成的探險，替他鋪下道路的前導又怎樣呢？簡括的說，一個人應有多大的成就，才可以得不朽呢？

次一層，這個學說對於人類的行為沒有消極的裁制。美德固是不朽的了，但是惡德又怎樣呢？我們還要再去借重審判日或地獄之火嗎？

我母親的活動從未超出家庭間瑣屑細事之外，但是她的左右力，能清清楚楚的從來弔祭她的男男女女的臉上看得出來。我檢閱我已死的母親的生平，我追憶我父親個人對她畢生左右的力量，及其對我本身垂久的影響，我遂誠信一切事物都是不朽的。我們所做的一切甚麼人，我們所幹的一切甚麼事，我們所講的一切甚麼話，從在世界上某個地方自有其影響這個意義看來，都是不朽的。這個影響又將依次在別個地方有其效果，而此事又將繼續入於無限的空間與時間。

正如列勃涅慈（Leibnitz）有一次所說：「人人都感覺到在宇宙中所經歷的一切，以是〔及？〕那目睹一切的人，可以從經歷其他各處的事物，甚麼曾經並將識別現在的事物中，解識出在時間與空間上已被移動的事物。我們是看不見一切的，但一切事物都在那裏，達到無窮境無窮期。」一個人就是他所吃的東西，所以達柯塔的農務者，加利芳尼亞的種果者，以及千百萬別的糧食供給者的工作，都是生活在他的身上。一個人就是他所想的東西，所以凡曾於他有所左右的人——自蘇格拉底（Socrates）、柏拉圖（Plato）、孔子以至於他本區教會的牧師和撫育保姆——都是生活在他的身上。一個人也就是他所享樂的東西，所以無數美術家和以技取悅的人，無論現尚生存或久已物故，有名無名，崇高粗俗，都是生活在他的身上。諸如此類，以至於無窮。

一千四百年前，有一個人寫了一篇論「神滅」的文章，被認為褻瀆神聖，有如是之甚，以致其君皇勅七十個大儒來相駁難，竟給其駁倒。但是五百年後，有一位史家把這篇文章在他的偉大的史籍中紀了一個撮要。又過了九百年，然後有一個十一歲的小孩偶然碰到這個三十五個字的簡單撮要，而這三十五個字，於埋沒了一千四百年之後，突然活了起來而生活於他的身上，更由他而生活於幾千百個男男女女的身上。

一九一二年，我的母校來了一位英國講師，發表一篇演說，《論中國建立共和的不可能》。他的演講當時我覺得很為不通，但是我以他對於母音O的特異的發音方法為有趣，我就坐在那裏摹擬以自娛。他的演說久已忘記了，但是他對於母音O的發音方法，這些年來卻總與我不離，說不定現在還在我的幾千百個學生的口上，而從沒有覺察到是由於我對於布蘭特先生（Mr. J. C. P. Bland）的惡作劇的摹仿，而布蘭特先生也是從不知道的。

兩千五百年前，希馬拉雅山的一個山峽裏死了一個乞丐。他的屍體在路傍已在就腐了，來了一個少年王子，看見這個怕人的景象，就從事思考起來。他想到人生及其他一切事物的無常，遂決心脫離家庭，前往曠野中去想出一個自救以救人類的方法。多年後，他從曠野裏出來，做了釋迦佛，而向世界宣布他所找出的拯救的方法。這樣，甚至一個死丐屍體的腐潰，對於創立世界上一個最大的宗教，也曾不知不覺的貢獻了其一部分。

這一個推想的線索引導我信了可以稱為社會不朽（Social Immortality）的宗教，因為這個推想在大體上全係根據於社會對我的影響，日積月累而成小我，小我對於其本身是些甚麼，對於可以稱社會、人類或大自在的那個大我有些甚麼施為，都留有一個抹不去的痕記這番意思。小我是會要死的，但是他還是繼續存活在這個大我身上。這個大我乃是不朽的，他的一切善惡功罪，他的一切言行思想，無論是顯著的或細微的，對的或不對的，有好處或有壞處——樣樣都是生存在其對於大我所產生的影響上。這個大我永遠生存，做了無數小我勝利或失敗的垂久宏大的左證。

這個社會不朽的概念之所以比中國古代三不朽學說更為滿意，就在於包括英雄聖賢，也包括賤者微者，包括美德，也包括惡德，包括功績，也包括罪孽。就是這項承認善的不朽，也承認惡的不朽，才構成這種學說道德上的許可。一個死屍腐爛可以創立一個宗教，但也可以為患全個大陸。一個酒店侍女偶發一個議論，可以使一個波斯僧侶豁然大悟，但是一個錯誤的政治或社會改造議論，卻可以引起幾百年的殺人流血。發現一個極微的桿菌，可以福利幾千百萬人，但是一個害癆的人吐出的一小點痰涎，也可以害死大批的人，害死幾世幾代。

人所做的惡事，的確是在他們身後還存在的！就是明白承認行為的結果才構成我們道德責任的意識。小我對於較大的社會的我負有巨大的債項，把他幹的甚麼事情，作的甚麼思想，做的甚麼人物，概行對之負起責任，乃是他的職分。人類之為現在的人類，固是由我們祖先的智行愚行所造而成，但是到我們做完了我們分內時，我們又將由人類將成為怎麼樣而受裁判了。我們要說，「我們之後是大災大厄」嗎？抑或要說，「我們之後是幸福無疆」嗎？

十

一九二三年，我又得了一個時機把我們信條列成更普通的條文。地質學家丁文江氏所著，在我所主編的一個週報上發表，論《科學與人生觀》的一篇文章，開始了一場差不多延持了一個足年的長期論戰。在中國凡有點地位的思想家，全都曾參與其事。到一九二三年終，由某個善經營的出版家把這論戰的文章收集起來，字數竟達二十五萬。我被請為這個集子作序。我的序言給這本已卷帙繁重的文集又加了一萬字，而以我所擬議的「新宇宙觀和新人生觀的輪廓」為結論，不過有些含有敵意的基督教會，卻以惡作劇的口吻，稱其為「胡適的新十誡」，我現在為其自有其價值而選擇出來：（譯者按：以下原係由中文譯成英文，故不再譯，即徑錄胡先生中文原文。）

（1）根據於天文學和物理學的知識，叫人知道空間的無限之大。

（2）根據於地質學及古生物學的知識，叫人知道時間的無窮之長。

（3）根據於一切科學，叫人知道宇宙及其中萬物的運行變遷皆是自然的，——自已如此的，——正用不着甚麼超自然的主宰或造物者。

（4）根據於生物學的科學知識，叫人知道生物界的生存競爭的浪費與慘酷，——因此叫人更可以明白那「有好生之德」的主宰的假設是不能成立的。

（5）根據於生物學、生理學、心理學的知識，叫人知道人不過是動物的一種；他和別種動物只有程度的差異，並無種類的區別。

（6）根據於生物的科學及人類學、人種學、社會學的知識，叫人知道生物及人類社會演進的歷史和演進的原因。

（7）根據於生物的及心理的科學，叫人知道一切心理的現象都是有因的。

（8）根據於生物學及社會學的知識，叫人知道德禮教是變遷的，而變遷的原因都是可以用科學的方法尋求出來的。

（9）根據於新的物理化學的知識，叫人知道物質不是死的，是活的；不是靜的，是動的。

（10）根據於生物學及社會學的知識，叫人知道個人——「小我」——是要死滅的，而人類——「大我」——是不死的，不朽的；叫人知道「為全種萬世而生活」就是宗教，就是最高的宗教。而那些替個人謀死後的「天堂」、「淨土」的宗教，乃是自私自利的宗教。

我結論道：「這種新人生觀是建築在二三百年的科學常識之上的一個大假設，我們也許可以給他加上『科學的人生觀』的尊號。但為避免無謂的爭論起見，我主張叫他做『自然主義的人生觀』」。

「我們在那個自然主義的宇宙裏，在那無窮之大的空間裏，在那無窮之長的時間裏，這個平均高五尺六寸，上壽不過百年的兩手動物——人——真是一個藐乎其小的微生物了。在那個自然主義的宇宙裏，天行是有常度的，物變是有自然法則的，因果的大法支配着他——人——的一切生活，生存競爭的慘劇鞭策着他的一切行為，——這個兩手動物的自由真是很有限的了。

「然而那個自然主義的宇宙裏的這個渺小的兩手動物，卻也有他的相當的地位和相當的價值。他用的兩手和一個大腦，居然能作出許多器具，想出許多方法，造成一點文化。他不但馴伏了許多禽獸，他還能考究宇宙間的自然法則，利用這些法則來駕馭天行，到現在他居然能叫電氣給他趕車，以太給他送信了。

「他的智慧的長進就是他的能力的增加。然而智慧的長進卻又使他的胸襟擴大，想像力提高。他也曾拜物拜畜牲，也曾怕神怕鬼，但他現在漸漸地脫離了這種種幼稚的時期，他現在漸漸明白：空間之大只增加他對於宇宙的美感；時間之長只使他格外明瞭祖宗創業之艱難；天行之有常只增加他制裁自然界的能力。

「甚至於因果律之籠罩一切，也並不見得束縛他的自由。因為因果律的作用，一方面使他可以由因求果，由果推因，解釋過去，預測未來；一方面又使他可以運用他的智慧，創造新因，以求新果。甚至於生存競爭的觀念也並不見得就使他成為一個冷酷無情的畜牲，也許還可以格外增加他對於同類的同情心，格外使他深信互助的重要，格外使他注重人為的努力，以減免天然競爭的慘酷與浪費。總而言之，這個自然主義的人生觀裏，未嘗沒有美，未嘗沒有詩意，未嘗沒有道德的責任，未嘗沒有充分運用創造的智慧的機會。」

（原載美國《論壇》月刊一九三一年一、二月號）

注釋

①此文原為英文，由向真譯成中文。

②此句誤譯，當是《將進酒》中的「天生我材必有用」。

③胡適赴美當在八月十六日，——編者。

④此句原譯文如此。

我的歧路（節錄）

（一九二二年六月十六日）

……

四、我的自述

以上三篇通信，梅先生是向來不贊成我談思想文學的，現在卻極贊成我談政治；孫先生是向來最贊成我談思想文學的，現在很懇摯的怪我不該談政治；常先生又不同了，他並非不贊成我談思想文學，他只希望我此時把全副精神用在政治上。——這真是我的歧路了！

我在這三岔路口，也曾遲迴了三年；我現在忍着心腸來談政治，一隻腳已踏上東街，一隻腳還踏在西街，我的頭還是回望着那原來的老路上！伏廬的怪我走錯了路，我也可以承認；燕生怪我精神不貫注，也是真的。我要我的朋友們知道我所以「變節」與「變節而又遲迴」的原故，我不能不寫一段自述的文章。

我是一個注意政治的人。當我在大學時，政治經濟的功課佔了我三分之一的時間。當一九一二至一九一六年，我一面為中國的民主辯護，一面注意世界的政治。我那時是世界學生會的會員，國際政策會的會員，聯校非兵會的幹事。一九一五年，我為了討論中日交涉的問題，幾乎成為眾矢之的。一九一六年，我的國際非攻論文曾得最高獎金。但我那時已在中國哲學史的研究上尋着我的終身事業了，同時又被一班討論文學問題的好朋友逼上文學革命的道路了。從此以後，哲學史成了我的職業，文學做了我的娛樂。

一九一七年七月我回國時，船到橫濱，便聽見張勳復辟的消息。到了上海，看了出版界的孤陋，教育界的沉寂，我方才知道張勳的復辟乃是極自然的現象。我方才打定二十年不談政治的決心，要想在思想文藝上替中國政治建築一個革新的基礎。我這四年多以來，寫了八九十萬字的文章，內中只有一篇曾琦《國體與青年》的短序是談政治的，其餘的文字都是關於思想與文藝的。

一九一八年十二月，我的朋友陳獨秀、李守常等發起《每週評論》。那是一個談政治的報，但我在《每週評論》做的文字總不過是小說文藝一類，不曾談過政治。直到一九一九年六月中，獨秀被捕，我接辦《每週評論》，方才有不能不談政治的感覺。那時正當安福部極盛的時代，上海的分贓和會還不曾散夥。然而國內的「新」分子閉口不談具體的政治問題，卻高談甚麼無政府主義與馬克思主義。我看不過了，忍不住了，——因為我是一個實驗主義的信徒，——於是發憤要想談政治。我在《每週評論》第三十一號裏提出我的政論的導言，叫做《多研究些問題，少談些主義》！我那時說：

我們不去研究人力車夫的生計，卻去高談社會主義；……不去研究安福部如何解散，不去研究南北問題如何解決，卻去高談無政府主義；我們還要得意揚揚的誇口道：「我們所談的是根本解決。」老實說罷，這是自欺欺人的夢話，這是中國思想界破產的鐵證，這是中國社會改良的死刑宣告！……

高談主義，不研究問題的人，只是畏難求易，只是懶！

但我的政論的「導言」雖然出來了，我始終沒有做到「本文」的機會！我的導言引起了無數的抗議：北方的社會主義者駁我，南方的無政府主義者痛罵我。我第三次替這篇導言辯護的文章剛排上版，《每週評論》就被封禁了；我的政論文章也就流產了。

《每週評論》是一九一九年八月三十日被封的。這兩年零八個月之中，忙與病使我不能分出工夫來做輿論的事業。我心裏也覺得我的哲學文學事業格外重要，實在捨不得丟了我舊戀來巴結我的新歡。況且幾年不談政治的人，實在不容易提起一股高興來作政論的文章，心裏總想國內有人起來幹這種事業，何必要我來加一忙呢？

然而我等候了兩年零八個月，中國的輿論界仍然使我大失望。一班「新」分子天天高談基爾特社會主義與馬克思社會主義，高談「階級戰爭」與「贏餘價值」。內政腐敗到了極處，他們好像都不曾看見。他們索性把「社論」、「時評」都取消了，拿那馬克思——克洛泡特金——愛羅先珂的附張來做擋箭牌，掩眼法！外交的失敗，他們確然也還談談，因為罵日本是不犯禁的。然而華盛頓會議中，英美調停，由中日兩國代表開議，國內的報紙就加上一個「直接交涉」的名目。直接交涉是他們反對過的，現在這個莫名其妙的東西又叫做「直接交涉」了，所以他們不能不極力反對。然而他們爭的是甚麼呢？怎樣才可以達到目的呢？是不是要日本無條件的屈服呢？外交問題是不是可以不交涉而解決呢？這些問題就很少人過問了。

我等候了兩年零八個月，實在忍不住了。我現在出來談政治，雖是國內的腐敗政治激出來的，其實大部分是這幾年的「高談主義而不研究問題」的「新輿論界」把我激出來的。我現在的談政治，只是實行我那「多研究問題，少談主義」的主張。我自信這是和我的思想一致的。梅迪生說我談政治「較之談白話文與實驗主義勝萬萬矣」，他可錯了。我談政治只是實行我的實驗主義，正如我談白話文也只是實行我的實驗主義。

實驗主義自然也是一種主義，但實驗主義只是一個方法，只是一個研究問題的方法。他的方法是：細心搜求事實，大膽提出假設，再細心求實證。一切主義，一切學理，都只是參考的材料，暗示的材料，待證的假設，絕不是天經地義的信條。實驗主義注重在具體的事實與問題，故不承認根本的解決。他只承認那一點一滴做到的進步，——步步有智慧的指導，步步有自動的實驗，——才是真進化。

我這幾年的言論文字，只是這一種實驗主義的態度在各方面的應用。我的唯一目的是要提倡一種新的思想方法，要提倡一種注重事實，服從證驗的思想方法。古文學的推翻，白話文學的提倡，哲學史的研究，《水滸》、《紅樓夢》的考證，一個「了」字或「們」字的歷史，都只是這一個目的。我現在談政治，也希望在政論界提倡這一種「注重事實，尊崇證驗」的方法。

我的朋友們，我不曾「變節」；我的態度是如故的，只是我的材料與實例變了。

孫伏廬說他想把那被政治史奪去的我，替文化史奪回來。我很感謝他的厚意。但我要加一句：沒有不在政治史上發生影響的文化；如果把政治劃出文化之外，那就又成了躲懶的，出世的，非人生的文化了。

至於我精神不能貫注在政治上的原因，也是很容易明白的。哲學是我的職業，文學是我的娛樂，政治只是我的一種忍不住的新努力。我家中政治的書比其餘的書，只成一與五千的比例；我七天之中，至多只能費一天在《努力週報》上；我做一段二百字的短評，遠不如做一萬字「李觀學說」的便利愉快。我只希望提倡這一點「多研究問題，少談主義」的政論態度。我最希望國內愛談政 治又能談政治的學者來霸佔這個週報。以後我七天之中，分出一天來替他們編輯整理，其餘六天仍舊去研究我的哲學與文學，那就是我的幸福了。

我很承認常燕生的責備，但我不能承認他責備的理由。他說：

> 至於思想文藝等事，先生們這幾年提倡的效果也可見了，難道還期望他尚能再有進步嗎？

他下文又說「現在到了山頂以後，便應當往下走了。」這些話我不大懂得。燕生決不會承認現在的思想文藝已到了山頂，不能「再有進步」了。我對於現今的思想文藝，是很不滿意的。孔丘、朱熹的奴隸減少了，卻添上了一班馬克思、克洛泡特金的奴隸；陳腐的古典主義打倒了，卻換上了種種淺薄的新典主義。我們「提倡有心，創造無力」的罪名是不能避免的。這也是我在這歧路上遲迴瞻顧的一個原因了。

（《胡適文存》二集卷三）

*日記兩則

一、一九二一年八月二十六日

到都益處吃飯，主人為鄭來（萊）。鄭來（萊）曾學西洋看手紋法，今天在座的人都請他看手紋為戲。他說的話多很有趣。他看我的手紋，說的有些話不足為憑，因為他同我很熟。但有兩事頗不是他平日能知道的：（1）他說，我受感情和想像的行動大於受論理的影響。此是外人不易知道的，因為我行的事，做的文章，表面上都像是偏重理性知識方面的，其實我自己知道很不如此。我是一個富於感情和想像力的人，但我不屑表示我的感情，又頗使想像力略成系統。（2）他說，我雖可以過規矩的生活，雖不喜歡那種 gay 的生活，雖平時偏向莊重的生活，但我能放肆我自己，有時也能做很 gay 的生活。（gay 字不易譯，略含快活與放浪之意。）這一層也是很真，但外人很少知道的。我沒有嗜好則已，若有嗜好，必然沉溺很深。我自知可以大好色，可以大賭。我對於那種比較嚴重的生活，如做書讀詩，也容易成嗜好，大概也是因為我有這個容易沉溺的弱點，有時我自己覺得也是一點長處。我最恨的是平凡，是中庸。

二、一九二一年八月三十日

夢旦邀我到消閒別墅（福建館）吃飯，飯時大談。他談起我的婚事，他說許多舊人都恭維我不背舊婚約，是一件最可佩服的事！他說，他的敬重我，這也是一個原因。我問他，這一件事有甚麼難能可貴之處？他說，這是一件大犧牲。我說，我生平做的事，沒有一件比這件事最討便宜的了，有甚麼大犧牲？他問我何以最討便宜。我說，當初我並不曾準備甚麼犧牲，我不過心裏不忍傷幾個人的心罷了。假如我那時忍心毀約，使這幾個人終身痛苦，我的良心上的責備，必然比甚麼痛苦都難受。其實我家庭裏並沒有甚麼大過不去的地方。這已是佔便宜了。最佔便宜的，是社會上對於此事的過分讚許，這種精神上的反應，真是意外的便宜。我是不怕人罵的，我也不曾求人讚許，我不過行吾心之所安罷了，而竟得這種意外的過分報酬，豈不是最便宜的事嗎？若此事可算犧牲，誰不肯犧牲呢？

*致周作人的信

二、一九三六年一月九日的信

我是一個「好事者」，我相信「多事總比少事好，有為總比無為好」。我相信種瓜總可以得瓜，種豆總可以得豆，但不下種必不會有收穫。收穫不必在我，而耕種應該是我們的責任。這種信仰已成一種宗教——個人的宗教，——雖然有時也信道不堅，守道不篤，也想嘲笑自己，「何苦乃爾！」但不久又終捨棄此種休假態度，回到我所謂「努力」的路上。「朋舊雕喪」，只使我更感覺任重而道遠；「青年無理解」，只使我更感覺我不應該拋棄他們。即如十二月卅一日下午的談話會，頗有十來個青年人顯出無理解的行為。但我絲毫不怪他們，我只覺得我們教學二十年，實在不曾盡力，實在對不起青年人，他們的錯誤都應該我們負責。

王介甫有一首白話詩，我最愛誦：

風吹瓦墮屋，正打破我頭。瓦亦自破碎，豈但我血流？我終不嗔渠，此瓦不自由。……

我對於無理解之青年，時時存此想，念其「不自由」，每生度脫之心，毫無嗔渠之念。

生平自稱為「多神信徒」。我的神龕裏，有三位大神：一位是孔仲尼，取其「知其不可而為之」；一位是王介甫，取其「但能一切捨，管取佛歡喜」；一位是張江陵，取其「願以其身為蓐薦，使人寢處其上，溲溺垢穢之，吾無間焉，有欲割取我身鼻者，吾亦歡喜施與」。嗜好已深，明知老莊之旨亦自有道理，終不願以彼易此。

吾兄勸我「汔可小休」，我豈不知感謝？但私心總覺得我們休假之時太多，緊張之時太少。少年時初次讀《新約》，見耶穌在山上看見人多，歎息道：「收成是很多的，可惜工作的人太少了！」我讀此語，不覺淚流滿面。至今時時不能忘此一段經驗。三年多以來，每星期一晚編撰《獨立評論》，往往到早晨三四點鐘。妻子每每見怪，我總對她說：「一星期之中，只有這一天是我為公家做工，不為吃飯，不為名譽，只是完全做公家的事。所以我心裏舒服，做完之後，一上床就熟睡。你可曾看見我星期一晚上睡不着的嗎？」她後來看慣了，也就不怪我了。

你說：「我們平常以為青年是在我們這一邊。」我要抗議；我從來不作此想。我在這十年中，明白承認青年人多數不站在我這一邊。因為我不肯學時髦，不能說假話，又不能供給他們

「低級趣味」，當然不能抓住他們。但我始終不肯放棄他們。我仍然要對他們說我的話，聽不聽由他們，我終不忍不說。

但我也有我的酬報。良心上的譴責減輕一點，上床時能熟睡，都是最好的酬報。至於最大的安慰，當然是我收到窮鄉僻壤或海角天涯一個、兩個青年人來信，訴說他們在某一點上受了我的某句話的影響，使他們得到某種的改變。無心插柳，也可成蔭；有意栽花，豈能完全不活！其不活者，只是耕鋤不深，灌溉不力，只可責己，未可怨花也。私見如此，老兄定笑我痴迷不悟吧？

我多管閒事，是最妨礙我「講學論學」的。吾兄勸我專門講學論學，這一方面是我最應該懺悔的。以後倘能做到來信所謂「少管」，而多注意於學術，也許可以多做出一點成績來，減少一點罪過。

文學革命，只是要替中國創造一種國語的文學。有了國語的文學，方才可有文學的國語。

文學改良芻議

（一九一七年一月）

今之談文學改良者眾矣，記者末學不文，何足以言此？然年來頗於此事再四研思，輔以友朋辯論，其結果所得，頗不無討論之價值。因綜括所懷見解，列為八事，分別言之，以與當世之留意文學改良者一研究之。

吾以為今日而言文學改良，須從八事入手。八事者何？

一曰，須言之有物。

二曰，不摹仿古人。

三曰，須講求文法。

四曰，不作無病之呻吟。

五曰，務去爛調套語。

六曰，不用典。
七曰，不講對仗。
八曰，不避俗字俗語。

一曰須言之有物

吾國近世文學之大病，在於言之無物。今人徒如「言之無文，行之不遠」；而不知言之無物，又何用文為乎？吾所謂「物」，非古人所謂「文以載道」之說也。吾所謂「物」，約有二事：

一、情感　「詩序」曰：「情動於中而形諸言。言之不足，故嗟歎之。嗟歎之不足，故詠歌之。詠歌之不足，不知手之舞之，足之蹈之也。」此吾所謂情感也。情感者，文學之靈魂。文學而無情感，如人之無魂，木偶而已，行屍走肉而已。（今人所謂「美感」者，亦情感之一也。）

二、思想　吾所謂「思想」，蓋兼見地、識力、理想三者而言之。思想不必皆賴文學而傳，而文學以有思想而益貴；思想亦以有文學的價值而益貴也。此莊周之文，淵明、老杜之詩，稼軒之詞，施耐菴之小説，所以夐絕千古也。思想之在文學，猶腦筋之在人身。人不能思想，則雖面目姣好，雖能笑啼感覺，亦何足取哉？文學亦猶是耳。

文學無此二物，便如無靈魂無腦筋之美人，雖有穠麗富厚之外觀，抑亦末矣。近世文人沾沾於聲調字句之間，既無高遠之思想，又無真摯之情感，文學之衰微，此其大因矣。此文勝之害，所謂言之無物者是也。欲救此弊，宜以質救之。質者何？情與思二者而已。

二曰不摹仿古人

文學者，隨時代而變遷者也。一時代有一時代之文學：周秦有周秦之文學，漢魏有漢魏之文學，唐宋元明有唐宋元明之文學。此非吾一人之私言，乃文明進化之公理也。即以文論，有《尚書》之文，有先秦諸子之文，有司馬遷、班固之文，有韓、柳、歐、蘇之文，有語錄之文，有施耐菴、曹雪芹之文：此文之進化也。試更以韻文言之：「擊壤」之歌，「五子」之歌，一時期也；《三百篇》之詩，一時期也；屈原、荀卿之騷賦，又一時期也；蘇、李以下，至於魏晉，又一時期也；江左之詩流為排比，至唐而律詩大成，此又一時期也；老杜、香山之「寫實」體諸詩

（如杜之《石壕吏》，《羌村》，白之《新樂府》），又一時期也；詩至唐而極盛，自此以後，詞曲代興，唐五代及宋初之小令，此詞之一時代也；蘇、柳（永）、辛、姜之詞，又一時代也；至於元之雜劇傳奇，則又一時代矣。凡此諸時代，各因時勢風會而變，各有其特長。吾輩以歷史進化之眼光觀之，決不可謂古人之文學皆勝於今人也。左氏、史公之文奇矣，然施耐菴之《水滸傳》視《左傳》、《史記》何多讓焉？《三都》、《兩京》之賦富矣，然以視唐詩、宋詞，則糟粕耳。此可見文學因時進化，不能自止。唐人不當作商周之詩，宋人不當作相如、子雲之賦，——即令作之，亦必不工。逆天背時，違進化之迹，故不能工也。

既明文學進化之理，然後可言吾所謂「不摹仿古人」之說。今日之中國，當造今日之文學，不必摹仿唐宋，亦不必摹仿周秦也。前見《國會開幕詞》，有云：「於鑠國會，遵晦時休」。此在今日而欲為三代以上之文一證也。更觀今之「文學大家」，文則下規姚、曾，上師韓、歐；更上則取法秦漢魏晉，以為六朝以下無文學可言，此皆百步與五十步之別而已，而皆為文學下乘。即令神似古人，亦不過為博物院中添幾許「逼真贋鼎」而已，文學云乎哉！昨見陳伯嚴先生一詩云：

濤園鈔杜句，半歲禿千毫。所得都成淚，相過問奏刀。

萬靈噤不下，此老仰彌高。胸腹回滋味，徐看薄命騷。

此大足代表今日「第一流詩人」摹仿古人之心理也。其病根所在，在於以「半歲禿千毫」之工夫作古人的鈔胥奴婢，故有「此老仰彌高」之歎。若能灑脫此種奴性，不作古人的詩，而唯作我自己的詩，則決不致如此失敗矣。

吾每謂今日之文學，其足與世界「第一流」文學比較而無愧色者，獨有白話小說（我佛山人、南亭亭長、洪都百鍊生，三人而已）一項。此無他故，以此種小說皆不事摹仿古人（三人皆得力於《儒林外史》、《水滸》、《石頭記》。然非摹仿之作也），而唯實寫今日社會之情狀，故能成真正文學。其他學這個，學那個之詩古文家，皆無文學之價值也。今之有志文學者，宜知所從事矣。

三曰須講文法

今之作文作詩者，每不講求文法之結構。其例至繁，不便舉之，尤以作駢文律詩者為尤甚。夫不講文法，是謂「不通」。此理至明，無待詳論。

四曰不作無病之呻吟

此殊未易言也。今之少年往往作悲觀，其取別號曰「寒灰」、「無生」、「死灰」；其作為詩文，則對落日而思暮年，對秋風而思零落，春來則唯恐其速去，花發又唯懼其早謝；此亡國之哀音也。老年人為之猶不可，況少年乎？其流弊所至，遂養成一種暮氣，不思奮發有為，服勞報國，但知發牢騷之音，感喟之文；作者將以促其壽年，讀者將亦短其志氣：此吾所謂無病之呻吟也。國之多患，吾豈不知之？然病國危時，豈痛哭流涕所能收效乎？吾唯願今之文學作費舒特（Fichte），作瑪志尼（Mazzini），而不願其為賈生、王粲、屈原、謝皋羽也。其不能為賈生、王粲、屈原、謝皋羽，而徒為婦人醇酒喪氣失意之詩文者，尤卑卑不足道矣！

五曰務去爛調套語

今之學者，胸中記得幾個文學的套語，便稱詩人。其所為詩文處處是陳言爛調，「蹉跎」、「身世」、「寥落」、「飄零」、「蟲沙」、「寒窗」、「斜陽」、「芳草」、「春閨」、「愁魂」、「歸夢」、「鵑啼」、「孤影」、「雁字」、「玉樓」、「錦字」、「殘更」，……之類，纍纍不絕，最可憎厭。其流弊所至，遂令國中生出許多似是而非，貌似而實非之詩文。今試舉吾友胡先驌先生一詞以證之：

「熒熒夜燈如豆，映幢幢孤影，凌亂無據。翡翠衾寒，鴛鴦瓦冷，禁得秋宵幾度？么絃漫語，早丁字簾前，繁霜飛舞。裊裊餘音，片時猶繞柱。」

此詞驟觀之，覺字字句句皆詞也，其實僅一大堆陳套語耳。「翡翠衾」、「鴛鴦瓦」，用之白香山「長恨歌」則可，以其所言乃帝王之衾之瓦也。「丁字簾」、「么絃」，皆套語也。此詞在美國所作，其夜燈決不「熒熒如豆」，其居室尤無「柱」可繞也。至於「繁霜飛舞」，則更不成話矣。誰曾見繁霜之「飛舞」耶？

吾所謂務去爛調套語者，別無他法，唯在人人以其耳目所親見親聞所親身閱歷之物，一一自己鑄詞以形容描寫之；但求其不失真，但求能達其狀物寫意之目的，即是工夫。用爛調套語者，皆懶惰不肯自己鑄詞狀物者也。

六曰不用典

吾所主張八事之中，唯此一條最受朋友攻擊，蓋以此條最易誤會也。吾友江亢虎來書曰：

「所謂典者，亦有廣狹二義。餖飣獺祭，古人早懸為厲禁；若並成語故事而屏之，則非唯文字之品格全失，即文字之作用亦亡。……文字最妙之意味，在用字簡而涵義多。此斷非用典不為功。不用典不特不可作詩，並不可寫信，且不可演說。來函滿紙『舊雨』、『虛懷』、『治頭治腳』、『捨本逐末』、『洪水猛獸』、『發聾振聵』、『負弩先驅』、『心悅誠服』、『詞壇』、『退避三舍』、『滔天』、『利器』、『鐵證』，……皆典也。試盡抉而去之，代以俚語俚字，將成何說話？其用字之繁簡，猶其細焉。恐一易他詞，雖加倍蓰而涵義仍終不能如是恰到好處，奈何？……」

此論甚中肯要。今依江君之言，分典為廣狹二義，分論之如下：

一、廣義之典非吾所謂典也。廣義之典約有五種：

甲、古人所設譬喻，其取譬之事物，含有普通意義，不以時代而失其效用者，今人亦可用之。如古人言「以子之矛，攻子之盾」，今人雖不讀書者，亦知用「自相矛盾」之喻，然不可謂為用典也。上文所舉例中之「治頭治腳」、「洪水猛獸」、「發聾振聵」，……皆此類也。蓋設譬取喻，貴能切當；若能切當，固無古今之別也。若「負弩先驅」、「退避三舍」之類，在今日已非通行之事物，在文人相與之間，或可用之，然後以不用為上。如言「退避」，千里亦可，百里亦可，不必定用「三舍」之典也。

乙、成語　成語者，合字成辭，別為意義。其習見之句，通行已久，不妨用之。然今日若能另鑄「成語」，亦無不可也。「利器」、「虛懷」、「捨本逐末」，……皆屬此類。此非「典」也，乃日用之字耳。

丙、引史事　引史事與今所論議之事相比較，不可謂為用典也。如老杜詩云：「未聞殷周衰，中自誅褒妲」，此非用典也。近人詩云：「所以曹孟德，猶以漢相終」，此亦非用典也。

丁、引古人作比　此亦非用典也。杜詩云：「清新庾開府，俊逸鮑參軍」，此乃以古人比今人，非用典也。又云：「伯仲之間見伊呂，指揮若定失蕭曹」，此亦非用典也。

戊、引古人之語　此亦非用典也。吾嘗有句云：「我聞古人言，艱難唯一死。」又云：「嘗試成功自古無，放翁此語未必是。」此乃引語，非用典也。

以上五種為廣義之典，其實非吾所謂典也。若此者可用可不用。

二、狹義之典，吾所主張不用者也。吾所謂用「典」者，謂文人詞客不能自己鑄詞造句以寫眼前之景，胸中之意，故借用或不全切，或全不切之故事陳言以代之，以圖含混過去，是謂「用典」。上所述廣義之典，除戊條外，皆為取譬比方之辭。但以彼喻此，而非以彼代此也。狹義之用典，則全為以典代言，自己不能直言之，故用典以言之耳。此吾所謂用典與非用典之別也。狹義之典亦有工拙之別，其工者偶一用之，未為不可，其拙者則當痛絕之。

子、用典之工者　此江君所謂用字簡而涵義多者也。客中無書不能多舉其例，但雜舉一二，以實吾言：

1. 東坡所藏「仇池石」，王晉卿以詩借觀，意在於奪。東坡不敢不借，先以詩寄之，有句云：「欲留嗟趙弱，甯許負秦曲。傳觀慎勿許，間道歸應速。」此用藺相如返璧之典，何其工切也！

2. 東坡又有「章質夫送酒六壺，書至而酒不達。」詩云：「豈意青州六從事，化為烏有一先生。」此雖工已近於纖巧矣。

3. 吾十年前嘗有《讀〈十字軍英雄記〉》一詩云：「豈有酖人羊叔子？焉知微服趙主父？十字軍真兒戲耳，獨此兩人可千古。」以兩典包盡全書，當時頗沾沾自喜，其實此種詩，儘可不作也。

4. 江亢虎代華僑誄陳英士文有「未懸太白，先壞長城。世無鉏麑，乃戕趙卿」四句，余極喜之。所用趙宣子一典，甚工切也。

5. 王國維詠史詩，有「虎狼在堂室，徙戎復何補？神州遂陸沉，百年委榛莽。寄語桓元子，莫罪王夷甫。」此亦可謂使事之工者矣。

上述諸例，皆以典代言，其妙處，終在不失設譬比方之原意：唯為文體所限，故譬喻變而為稱代耳。用典之弊，在於使人失其所欲譬喻之原意。若反客為主，使讀者迷於使事用典之繁，而轉忘其所為設譬之事物，則為拙矣。古人雖作百韻長詩，其所用典不出一二事而已（《北征》與白香山《悟真寺詩》皆不用一典）。今人作長律則非典不能下筆矣。嘗見一詩八十四韻，而用典至百餘事，宜其不能工也。

丑、用典之拙者　用典之拙者，大抵皆懶惰之人，不知造詞，故以此為躲懶藏拙之計。唯其不能造詞，故亦不能用典也。總計拙典亦有數類：

1. 比例泛而不切，可作幾種解釋，無確定之根據。今取王漁洋「秋柳」一章證之：

娟娟涼露欲為霜，萬縷千條拂玉塘。浦裏青荷中婦鏡，江干黃竹女兒箱。

空憐板渚隋堤水，不見瑯琊大道王。若過洛陽風景地，含情重問永豐坊。

此詩中所用諸典無不可作幾樣說法者。

2. 僻典使人不解。夫文學所以達意抒情也。若必求人人能讀五車之書，然後能通其文，則此種文可不作矣。

3. 刻削古典成語，不合文法。「指兄弟以孔懷，稱在位以曾是」（章太炎語），是其例也。今人言「為人作嫁」亦不通。

4. 用典而失其原意。如某君寫山高與天接之狀，而曰「西接杞天傾」是也。

5. 古事之實有所指，不可移用者，今往亂用作普通事實。如古人灞橋折柳，以送行者，本是一種特別土風。陽關渭城亦皆實有所指。今之懶人不能狀別離之情，於是雖身在滇越，亦言灞橋；雖不解陽關渭城為何物，亦皆言「陽關三疊」、「渭城離歌」。又如張翰因秋風起而思故鄉之蓴羹鱸膾，今則雖非吳人，不知蓴鱸為何味者，亦皆自稱有「蓴鱸之思」。此則不僅懶不可救，直是自欺欺人耳！

凡此種種，皆文人之下下工夫，一受其毒，便不可救。此吾所以有「不用典」之說也。

七曰不講對仗

排偶乃人類言語之一種特性，故雖古代文字，如老子孔子之文，亦間有駢句。如「道可道，非常道；名可名，非常名。無名天地之始，有名萬物之母。故常無，欲以觀其妙；常有，欲以觀其微。」此三排句也。「食無求飽，居無求安。」「貧而無諂，富而無驕。」「爾愛其羊，我愛其禮。」——此皆排句也。然此皆近於語言之自然，而無牽強刻削之迹；尤未有定其字之多寡，聲之平仄，詞之虛實者也。至於後世文學末流，言之無物，乃以文勝；文勝之極，而駢文律詩興焉，而長律興焉。駢文律詩之中非無佳作，然佳作終鮮。所以然者何？豈不以其束縛人之自由過甚之故耶？（長律之中，上下古今，無一首佳作可言也。）今日而言文學改良，當「先立乎其大者」，不當枉廢有用之精力於微細纖巧之末。此吾所以有廢駢廢律之說也。即不能廢此兩者，亦但當視為文學末技而已，非講求之急務也。

今人猶有鄙夷白話小說為文學小道者，不知施耐菴、曹雪芹、吳趼人，皆文學正宗，而駢文律詩乃真小道耳。吾知必有聞此言而卻走者矣。

八曰不避俗語俗字

吾唯以施耐菴、曹雪芹、吳趼人為文學正宗，故有「不避俗字俗語」之論也（參看上文第二條下）。蓋吾國言文之背馳久矣。自佛書之輸入，譯者以文言文不足以達意，故以淺近之文譯之，其體已近白話。其後佛氏講義語錄尤多用白話為之者，是為語錄體之原始。及宋人講學以白話為語錄，此體遂成講學正體（明人因之）。當是時，白話已久入韻文，觀唐宋人白話之詩詞可見也。及至元時，中國北部已在異族之下，三百餘年矣（遼金元）。此三百年中，中國乃發生一種通俗行遠之文學。文則有《水滸》、《西遊》、《三國》……之類，戲曲則尤不可勝計（關漢卿諸人，人各著劇數十種之多。吾國文人著作之富，未有過於此時者也）。以今世眼光觀之，則中國文學當以元代為最盛；可傳世不朽之作，當以元代為最多，此可無疑也。當是時，中國之文學最近言文合一，白話幾成文學的語言矣。使此趨勢不受阻遏，則中國幾有一「活文學」出現，而但丁、路得之偉業（歐洲中古時，各國皆有俚語，而以拉丁文為文言，凡著作書籍皆用之，如吾國之以文言著書也。其後意大利有但丁〔Dante〕諸文豪，始以其國俚語著作。諸國踵興，國語亦代起。路得〔Luther〕

創新教始以德文譯《舊約》、《新約》，遂開德文學之先。英法諸國亦復如是。今世通用之英文《新舊約》乃一六一一年譯本，距今才三百年耳。故今日歐洲諸國之文學，在當日皆為俚語。迨諸文豪興，始以「活文學」代拉丁之死文學；有活文學而後有言文合一之國語也），幾發生於神州。不意此趨勢驟為明代所阻，政府既以八股取士，而當時文人如「何李七子」之徒，又爭以復古為高，於是此千年難遇言文合一之機會，遂中道夭折矣。然以今世歷史進化的眼光觀之，則白話文學之為中國文學之正宗，又為將來文學必用之利器，可斷言也（此「斷言」乃自作者言之，贊成此說者今日未必甚多也）。以此之故，吾主張今日作文作詩，宜採用俗語俗字。與其用三千年前之死字（如「於鑠國會，遵晦時休」之類），不如用二十世紀之活字；與其作不能行遠不能普及之秦漢六朝文字，不如作家喻戶曉《水滸》、《西遊》文字也。

結　論

上述八事，乃吾年來研思此一大問題之結果。遠在異國，既無讀書之暇晷，又不得就國中先生長者質疑問難，其所主張容有矯枉過正之處。然此八事皆文學上根本問題，一一有研究之價值。故草成此論，以為海內外留心此問題者作一草案。謂之芻議，猶云未定草也，伏唯國人同志有以匡糾是正之。

（《胡適文存》一集卷一）

建設的文學革命論

國語的文學——文學的國語

（一九一八年四月）

一

我的《文學改良芻議》發表以來，已有一年多了。這十幾個月之中，這個問題居然引起了許多很有價值的討論，居然受了許多很可使人樂觀的響應。我想我們提倡文學革命的人，固然不能不從破壞一方面下手。但是我們仔細看來，現在的舊派文學實在不值得一駁。甚麼桐城派的古文哪，文選派的文學哪，江西派的詩哪，夢窗派的詞哪，聊齋誌異派的小說哪，——都沒有破壞的價值。他們所以還能存在國中，正因為現在還沒有一種真有價值，真有生氣，真可算作文學的新文學起來代他們的位置。有了這種「真文學」和「活文學」，那些「假文學」和「死文學」，自然會消滅了。所以我望我們提倡文學革命的人，對於那些腐敗文學，個個都該存一個「彼可取而代也」的心理，個個都該從建設一方面用力，要在三五十年內替中國創造出一派新中國的活文學。

我現在做這篇文章的宗旨，在於貢獻我對於建設新文學的意見。我且先把我從前所主張破壞的八事引來做參考的資料：

一，不做「言之無物」的文字。

二，不做「無病呻吟」的文字。

三，不用典。

四，不用套語爛調。

五，不重對偶：——文須廢駢，詩須廢律。

六，不做不合文法的文字。

七，不摹仿古人。

八，不避俗話俗字。

這是我的「八不主義」，是單從消極的，破壞的一方面着想的。

自從去年歸國以後，我在各處演說文學革命，便把這「八不主義」都改作了肯定的口氣，又總括作四條，如下：

一，要有話說，方才說話。這是「不做言之無物的文字」一條的變相。

二，有甚麼話，說甚麼話；話怎麼說，就怎麼說。這是二、三、四、五、六諸條的變相。

三，要說我自己的話，別說別人的話。這是「不摹仿古人」一條的變相。

四，是甚麼時代的人，說甚麼時代的話。這是「不避俗話俗字」的變相。

這是一半消極，一半積極的主張。一筆表過，且說正文。

二

我的「建設新文學論」的唯一宗旨只有十個大字：「國語的文學，文學的國語」。我們所提倡的文學革命，只是要替中國創造一種國語的文學。有了國語的文學，方才可有文學的國語。有了文學的國語，我們的國語才可算得真正國語。國語沒有文學，便沒有生命，便沒有價值，便不能成立，便不能發達。這是我這一篇文字的大旨。

我曾仔細研究：中國這二千年何以沒有真有價值真有生命的「文言的文學」？我自己回答道：「這都因為這二千年的文人所做的文學都是死的，都是用已經死了的語言文字做的。死文字決不能產出活文學。所以中國這二千年只有些死文學，只有些沒有價值的死文學。」

我們為甚麼愛讀《木蘭辭》和《孔雀東南飛》呢？因為這兩首詩是用白話做的。為甚麼愛讀陶淵明的詩和李後主的詞呢？因為他們的詩詞是用白話做的。為甚麼愛杜甫的《石壕吏》、《兵車行》諸詩呢？因為他們都是用白話做的。為甚麼不愛韓愈的《南山》呢？因為他用的是死字死話。……簡單說來，自從《三百篇》到於今，中國的文學凡是有一些價值有一些兒生命的，都是白話的，或是近於白話的。其餘的都是沒有生氣的古董，都是博物院中的陳列品！

再看近世的文學：何以《水滸傳》、《西遊記》、《儒林外史》、《紅樓夢》，可以稱為「活文學」呢？因為他們都是用一種活文字做的。若是施耐菴、邱長春、吳敬梓、曹雪芹，都用了文言做書，他們的小說一定不會有這樣生命，一定不會有這樣價值。

讀者不要誤會，我並不曾說凡是用白話做的書都是有價值有生命的。我說的是，用死了的文言決不能做出有生命有價值的文學來。這一千多年的文學，凡是有真正文學價值的，沒有一種不帶有白話的性質，沒有一種不靠這個「白話性質」的幫助。換言之，白話能產出有價值的文學，也能產出沒有價值的文學；可以產出《儒林外史》，也可以產出《肉蒲團》。但是那已死的文言只能產出沒有價值沒有生命的文學，決不能產出有價值有生命的文學；只能做幾篇《擬韓退之〈原道〉》或《擬陸士衡〈擬古〉》，決不能做出一部《儒林外史》。若有人不信這話，可先讀明朝古文大家宋濂的《王冕傳》，再讀《儒林外史》第一回的《王冕傳》，便可知道死文學和活文學的分別了。

為甚麼死文字不能產生活文學呢？這都由於文學的性質。一切語言文字的作用在於達意表情；達意達得妙，表情表得好，便是文學。那些用死文言的人，有了意思，卻須把這意思翻成幾千年前的典故；有了感情，卻須把這感情譯為幾千年前的文言。明明是客子思家，他們須說「王粲登樓」、「仲宣作賦」；明明是送別，他們卻須說「陽關三疊」、「一曲渭城」；明明是賀陳寶琛七十歲生日，他們卻須說是賀伊尹、周公、傅說。更可笑的，明明是鄉下老太婆說話，他們卻要叫他打起唐宋八家的古文腔兒；明明是極下流的妓女說話，他們卻要他打起胡天游、洪亮吉的駢文調子……請問這樣做文章如何能達意表情呢？既不能達意，既不能表情，那裏還有文學呢？即如那《儒林外史》裏的王冕，是一個有感情、有血氣、能生動、能談笑的活人。這都因為做書的人能用活言語活文字來描寫他的生活神情。那宋濂集子裏的王冕，便成了一個沒有生氣，不能動人的死人。為甚麼呢？因為宋濂用了二千年前的死文字來寫二千年後的活人；所以不能不把這個活人變作二千年前的木偶，才可合那古文家法。古文家法是合了，那王冕也真「作古」了！

因此我說，「死文言決不能產出活文學」。中國若想有活文學，必須用白話，必須用國語，必須做國語的文學。

三

上節所說，是從文學一方面着想，若要活文學，必須用國語。如今且說從國語一方面着想，國語的文學有何等重要。

有些人說：「若要用國語做文學，總須先有國語。如今沒有標準的國語，如何能有國語的文學呢？」我說這話似乎有理，其實不然。國語不是單靠幾位言語學的專門家就能造得成的；也不是單靠幾本國語教科書和幾部國語字典就能造成的。若要造國語，先須造國語的文學。有了國語的文學，自然有國語。這話初聽了似乎不通。但是列位仔細想想便可明白了。天下的人誰肯從國語教科書和國語字典裏面學習國語？所以國語教科書和國語字典，雖是很要緊，決不是造國語的利器。真正有功效有勢力的國語教科書，便是國語的文學，便是國語的小說、詩文、戲本。國語的小說、詩文、戲本通行之日，便是中國國語成立之時。試問我們今日居然能拿起筆來做幾篇白話文章，居然能寫得出好幾百個白話的字，可是從甚麼白話教科書上學來的嗎？可不是從《水滸傳》、《西遊記》、《紅樓夢》、《儒林外史》，……等書學來的嗎？這些白話文學的勢力，比甚麼字典教科書都還大幾百倍。字典說「這」字該讀「魚彥反」，我們偏讀他做「者個」的者字。字典說「麼」字是「細小」，我們偏把他用作「甚麼」、「那麼」的麼字。字典說「沒」字是「沉也」，「盡也」，我們偏用他做「無有」的無字解。字典說「的」字有許多意義，我們偏把他用來代文言的「之」字，「者」字，「所」字和「徐徐爾，縱縱爾」的「爾」字。……總而言之，我們今日所用的「標準白話」，都是這幾部白話的文學定下來的。我們今日要想重新規定一種「標準國語」，還須先造無數國語的《水滸傳》、《西遊記》、《儒林外史》、《紅樓夢》。

所以我以為我們提倡新文學的人，儘可不必問今日中國有無標準國語。我們儘可努力去做白話的文學。我們可儘量採用《水滸傳》、《西遊記》、《儒林外史》、《紅樓夢》的白話。有不合今日的用的，便不用他；有不夠用的，便用今日的白話來補助；有不得不用文言的，便用文言來補助。這樣做去，決不愁語言文字不夠用，也決不用愁沒有標準白話。中國將來的新文學用的白話，就是將來中國的標準國語。造中國將來白話文學的人，就是制定標準國語的人。

我這種議論並不是「嚮壁虛造」的。我這幾年來研究歐洲各國國語的歷史，沒有一種國語不是這樣造成的。沒有一種國語是教育部的老爺們造成的。沒有一種是言語學專門家造成的。沒有一種不是文學家造成的。我且舉幾條例為證：

一，意大利。五百年前，歐洲各國但有方言，沒有「國語」。歐洲最早的國語是意大利文。那時歐洲各國的人多用拉丁文著書通信。到了十四世紀的初年，意大利的大文學家但丁（Dante）極力主張用意大利話來代拉丁文。他說拉丁文是已死了的文字，不如他本國俗話的優美。所以他自己的傑作《喜劇》，全用脫斯堪尼（Tuscany）（意大利北部的一邦）的俗話。這部《喜劇》，風行一世，人都稱他做「神聖喜劇」。那「神聖喜劇」的白話後來便成了意大利的標準國語。後來的文學家包卡嘉（Boccacio, 1313—1375）和洛倫查（Lorenzo de Medici）諸人也都用白話作文學。所以不到一百年，意大利的國語便完全成立了。

二，英國。英倫雖只是一個小島國，卻有無數方言。現在通行全世界的「英文」，在五百年前還只是倫敦附近一帶的方言，叫做「中部土話」。當十四世紀時，各處的方言都有些人用來做書。後來到了十四世紀的末年，出了兩位大文學家，一個是趙叟（Chaucer, 1340—1400）一個是威克列夫（Wycliff, 1320—1384）。趙叟做了許多詩歌，散文都用這「中部土話」。威克列夫把耶教的《舊約》、《新約》也都譯成「中部土話」。有了這兩個人的文學，便把這「中部土話」變成英國的標準國語。後來到了十五世紀，印刷術輸進英國，所印的書多用這「中部土話」，國語的標準更確定了。到十六、十七兩世紀，蕭士比亞和「伊里沙白時代」的無數文學大家，都用國語創造文學。從此以後，這一部分的「中部土話」，不但成了英國的標準國語，幾乎竟成了全地球的世界語了！

此外，法國、德國及其他各國的國語，大都是這樣發生的，大都是靠着文學的力量才能變成標準的國語的。我也不去一一的細說了。

意大利國語成立的歷史，最可供我們中國人的研究。為甚麼呢？因為歐洲西部北部的新國，如英吉利、法蘭西、德意志，他們的方言和拉丁文相差太遠了，所以他們漸漸的用國語著作文學，還不算希奇。只有意大利是當年羅馬帝國的京畿近地，在拉丁文的故鄉，各處的方言又和拉丁文最近。在意大利提倡用白話代拉丁文，真正和在中國提倡用白話代漢文，有同樣的艱難。所以英、法、德各國語，一經文學發達以後，便不知不覺的成為國語了。在意大利卻不然。當時反對的人很多，所以那時新文學家，一方面努力創造國語的文學，一方面還要做文章鼓吹何以當廢古文，何以不可不用白話。有了這種有意的主張（最有力的是但丁〔Dante〕和阿兒白狄〔Alberti〕兩個人），又有了那些有價值的文學，才可造出意大利的「文學的國語」。

我常問我自己道：「自從施耐菴以來，很有了些極風行的白話文學，何以中國至今還不曾有一種標準的國語呢？」我想來想去，只有一個答案。這一千年來，中國固然有了一些有價值的白話文學，但是沒有一個人出來明目張膽的主張用白話為中國的「文學的國語」。有時陸放翁高興了，便做一首白話詩；有時柳耆卿高興了，便做一首白話詞；有時朱晦菴高興了，便寫幾封白話信，做幾條白話札記；有時施耐菴、吳敬梓高興了，便做一兩部白話的小說。這都是不知不覺的自然出產品，並非是有意的主張。因為沒有「有意的主張」，所以做白話的只管做白話，做古文的只管做古文，做八股的只管做八股。因為沒有「有意的主張」，所以白話文學從不曾和那些「死文學」爭那「文學正宗」的位置。白話文學不成為文學正宗，故白話不曾成為標準國語。

我們今日提倡國語的文學，是有意的主張。要使國語成為「文學的國語」。有了文學的國語，方有標準的國語。

四

上文所說，「國語的文學，文學的國語」。乃是我們的根本主張。如今且說要實行做到這個根本主張，應該怎樣進行。

我以為創造新文學的進行次序，約有三步：一、工具，二、方法，三、創造。前兩步是預備，第三步才是實行創造新文學。

一、工具　古人說得好：「工欲善其事，必先利其器」，寫字的要筆好，殺豬的要刀快。我們要創造新文學，也須先預備下創造新文學的「工具」。我們的工具就是白話。我們有志造國語文學的人，應該趕緊籌備這個萬不可少的工具。預備的方法，約有兩種：

甲、多讀模範的白話文學　例如《水滸傳》、《西遊記》、《儒林外史》、《紅樓夢》；宋儒語錄；白話信札；元人戲曲；明清傳奇的說白；唐宋的白話詩詞，也該選讀。

乙、用白話作各種文學　我們有志造新文學的人，都該發誓不用文言作文：無論通信，做詩，譯書，做筆記，做報館文章，編學堂講義，替死人作墓誌，替活人上條陳，……都該用白話來做。我們從小到如今，都是用文言作文，養成了一種文言的習慣。所以雖是活人，只會作死人的文字。若不下一些狠勁，若不用點苦工夫，決不能使用白話圓轉如意。若單在《新青年》裏面做白話文字，此外還依舊做文言的文字，那真是「一日暴之，十日寒之」的政策，決不能磨練成白話的文學家。

不但我們提倡白話文學的人應該如此做去。就是那些反對白話文學的人，我也奉勸他們用白話來做文字。為甚麼呢？因為他們若不能做白話文字，便不配反對白話文學。譬如那些不認得中國字的中國人，若主張廢漢文，我一定罵他們不配開口。若是我的朋友錢玄同要主張廢漢文，我決不敢說他不配開口了。那些不會做白話文字的人來反對白話文學，便和那些不懂漢文的人要廢漢文，是一樣的荒謬。所以我勸他們多做些白話文字，多做些白話詩歌，試試白話是否有文學的價值。如果試了幾年，還覺得白話不如文言，那時再來攻擊我們，也還不遲。

還有一層。有些人說，「做白話很不容易，不如做文言的省力。」這是因為中毒太深之過。受病深了，更宜趕緊醫治，否則真不可救了。其實做白話並不難。我有一個姪兒，今年才十五歲，一向在徽州不曾出過門。今年他用白話寫信來，居然寫得極好。我們徽州話和官話差得很遠，我的姪兒不過看了一些白話小說，便會做白話文字了。這可見做白話並不是難事，不過人性懶惰的居多數，捨不得拋「高文典冊」的死文字罷了。

二、方法　我以為中國近來文學所以這樣腐敗，大半雖由於沒有適用的「工具」，但是單有「工具」，沒有方法，也還不能造新文學。做木匠的人，單有鋸鑿鑽鎊，沒有規矩師法，決不能造成木器。文學也是如此。若單靠白話便可造新文學，難道把鄭孝胥、陳三立的詩翻成了白話，就可算得新文學了嗎？難道那些用白話做的《新華春夢記》、《九尾龜》，也可算作新文學嗎？我以為現在國內新起的一班「文人」，受病最深的所在，只在沒有高明的文學方法。我且舉小說一門為例。現在的小說（單指中國人自己著的），看來看去，只有兩派。一派最下流的，是那些學《聊齋誌異》的劄記小說。篇篇都是「某生，某處人，生有異稟，下筆千言，……一日於某地遇一女郎，……好事多磨，……遂為情死。」或是「某地某生，遊某地，眷某妓，情好綦篤，遂訂白頭之約，……而大婦妒甚，不能相容，女抑鬱以死，……生撫屍一慟幾絕。」……此類文字，只可抹桌子，固不值一駁。還有那第二派是那些學《儒林外史》或是學《官場現形記》的白話小說。上等的如《廣陵潮》，下等的如《九尾龜》。這一派小說，只學了《儒林外史》的壞處，卻不曾學得他的好處。《儒林外史》的壞處在於體裁結構太不緊嚴，全篇是雜湊起來的。例如婁府一羣人自成一段;杜府兩公子自成一段;馬二先生又成一段;虞博士又成一段;蕭雲仙,郭孝子,又各自成一段。分出來,可成無數箚記小説;接下去,可長至無窮無極。《官場現形記》便是這樣。如今的章回小説,大都犯這個沒有結構,沒有布局的懶病。卻不知道《儒林外史》所以能有文學價值者,全靠一副寫人物的畫工本領。我十年不曾讀這書了,但是我閉了眼睛,還覺得書中的人物,如嚴貢生,如馬二先生,如杜少卿,如權勿用,……個個都是活的人物。正如讀《水滸》的人,過了二三十年,還不會忘記魯智深、李逵、武松、石秀,……一班人。請問列位讀過《廣陵潮》和《九尾龜》的人,過了兩三個月,心目中除了一個「文武全才」的章秋谷之外,還記得幾個活靈活現的書中人物?——所以我説,現在的「新小説」,全是不懂得文學方法的:既不知布局,又不知結構,又不知描寫人物,只做成了許多又長又臭的文字,只配與報紙的第二張充篇幅,卻不配在新文學上佔一個位置。——小説在中國近年,比較的説來,要算文學中最發達的一門了。小説尚且如此,別種文學如詩歌戲曲,更不用説了。

如今且説甚麼叫做「文學的方法」呢?這個問題不容易回答,況且又不是這篇文章的本題,我且約略説幾句。

大凡文學的方法可分三類:

（一）收集材料的方法　中國的「文學」，大病在於缺少材料。那些古文家，除了墓誌、壽序、家傳之外，幾乎沒有一毫材料。因此，他們不得不做那些極無聊的「漢高帝斬丁公論」，「漢文帝唐太宗優劣論」。至於近人的詩詞，更沒有甚麼材料可說了。近人的小說材料，只有三種：一種是官場，一種是妓女，一種是不官而官，非妓而妓的中等社會（留學生，女學生之可作小說材料者，亦附此類），除此以外，別無材料。最下流的，竟至登告白徵求這種材料。做小說竟須登告白徵求材料，便是宣告文學家破產的鐵證。我以為將來的文學家收集材料的方法，約如下：

甲、推廣材料的區域　官場妓院與齷齪社會三個區域，決不夠採用。即如今日的貧民社會，如工廠之男女工人，人力車夫，內地農家，各處大負販及小店鋪，一切痛苦情形，都不曾在文學上佔一位置。並且今日新舊文明相接觸，一切家庭慘變，婚姻苦痛，女子之位置，教育之不適宜，……種種問題，都可供文學的材料。

乙、注意實地的觀察和個人的經驗　現今文人的材料大都是關了門虛造出來的，或是間接又間接的得來的。因此我們讀這種小說，總覺得浮泛敷衍，不痛不癢的，沒有一毫精采。真正文學家的材料大概都有「實地的觀察和個人自己的經驗」做個根底。不能作實地的觀察，便不能做文學家；全沒有個人的經驗，也不能做文學家。

丙、要用周密的理想作觀察經驗的補助　實地的觀察和個人的經驗，固是極重要，但是也不能全靠這兩件。例如施耐菴若單靠觀察和經驗，決不能做出一部《水滸傳》。個人所經驗的，所觀察的，究竟有限。所以必須有活潑精細的理想（Imagination），把觀察經驗的材料，一一的體會出來，一一的整理如式，一一的組織完全：從已知的推想到未知的，從經驗過的推想到不曾經驗過的，從可觀察的推想到不可觀察的。這才是文學家的本領。

（二）結構的方法　有了材料，第二步須要講究結構。結構是個總名詞，內中所包甚廣，簡單說來，可分剪裁和布局兩步。

甲、剪裁　有了材料，先要剪裁。譬如做衣服，先要看那塊料可做袍子，那塊料可做背心。估計定了，方可下剪。文學家的材料也要如此辦理。先須看這些材料該用做小詩呢？還是做長歌呢？該用做章回小說呢？還是做短篇小說呢？該用做小說呢？還是做戲本呢？籌畫定了，方才可以剪下那些可用的材料，去掉那些不中用的材料，方才可以決定做甚麼體裁的文字。

乙、布局　體裁定了，再可講布局。有剪裁，方可決定「做甚麼」；有布局，方可決定「怎樣做」。材料剪定了，須要籌算怎樣做去始能把這材料用得最得當又最有效力。例如唐朝天寶時代的兵禍，百姓的痛苦，都是材料。這些材料，到了杜甫的手裏，便成了詩料。如今且舉他的

「石壕吏」一篇，作布局的例。這首詩只寫一個過路的客人一晚上在一個人家內偷聽得的事情。只用一百二十個字，卻不但把那一家祖孫三代的歷史都寫出來，並且把那時代兵禍之慘，壯丁死亡之多，差役之橫行，小民之苦痛，都寫得逼真活現，使人讀了生無限的感慨。這是上品的布局工夫。又如古詩「上山採蘼蕪，下山逢故夫」一篇，寫一家夫婦的慘劇，卻不從「某人娶妻甚賢，後別有所歡，遂出妻再娶」說起，只挑出那前妻山上下來遇着故夫的時候下筆，卻也能把那一家的家庭情形寫得充分滿意。這也是上品的布局工夫。——近來的文人全不講求布局，只顧湊足多少字可賣幾塊錢，全不問材料用的得當不得當，動人不動人。他們今日做上回的文章，還不知道下一回的材料在何處！這樣的文人怎樣造得出有價值的新文學呢！

(三) 描寫的方法　局已布定了，方才可講描寫的方法。描寫的方法，千頭萬緒，大要不出四條：

1. 寫人；
2. 寫境；
3. 寫事；
4. 寫情。

寫人要舉動，口氣，身分，才性，……都要有個性的區別。件件都是林黛玉，決不是薛寶釵；件件都是武松，決不是李逵。寫境要一喧，一靜，一石，一山，一雲，一鳥，……也都要有個性的區別。《老殘遊記》的大明湖，決不是西湖，也決不是洞庭湖；《紅樓夢》裏的家庭，決不是《金瓶梅》裏的家庭。寫事要線索分明，頭緒清楚，近情近理，亦正亦奇。寫情要真，要精，要細膩婉轉，要淋漓盡致。——有時須用境寫人，用情寫人，用事寫人；有時須用人寫境，用事寫境，用情寫境；……這裏面的千變萬化，一言難盡。

如今且回到本文。我上文說的，創造新文學的第一步是工具，第二步是方法。方法的大致，我剛才說了。如今且問，怎樣預備方才可得着一些高明的文學方法？我仔細想來，只有一條法子，就是趕緊多多的翻譯西洋的文學名著做我們的模範。我這個主張，有兩層理由：

第一，中國文學的方法實在不完備，不夠作我們的模範。即以體裁而論，散文只有短篇，沒有布置周密，論理精嚴，首尾不懈的長篇；韻文只有抒情詩，絕少紀事詩，長篇詩更不曾有過；戲本更在幼稚時代，但略能紀事掉文，全不懂結構；小說好的，只不過三四部，這三四部之中，還有許多疵病；至於最精采的「短篇小說」、「獨幕戲」，更沒有了。若從材料一方面看來，中國文學更沒有做模範的價值。才子佳人，封王挂帥的小說；風花雪月，塗脂抹粉的詩；不能說理，不能言情的「古文」；學這個，學那個的一切文學，這些文字，簡直無一毫材料可說。至於布局一方面，除了幾首實在好的詩之外，幾乎沒有一篇東西當得「布局」兩個字！——所以我說，從文學方法一方面看去，中國的文學實在不夠給我們作模範。

第二，西洋的文學方法，比我們的文學，實在完備得多，高明得多，不可不取例。即以散文而論，我們的古文家至多比得上英國的倍根（Bacon）和法國的孟太恩（Montaigne），至於像柏拉圖（Plato）的「主客體」，赫胥黎（Huxley）等的科學文字，包士威爾（Boswell）和莫烈（Morley）等的長篇傳記，彌兒（Mill）、弗林克令（Franklin）、吉朋（Gibbon）等的「自傳」，太恩（Taine）和白克兒（Buckle）等的史論；……都是中國從不曾夢見過的體裁。更以戲劇而論，二千五百年前的希臘戲曲，一切結構的工夫，描寫的工夫，高出元曲何止十倍。近代的蕭士比亞（Shakespeare）和莫逆爾（Molière），更不用說了。最近六十年來，歐洲的散文戲本，千變萬化，遠勝古代，體裁也更發達了。最重要的，如「問題戲」，專研究社會的種種重要問題；「象徵戲」（Symbolic Drama），專以美術的手段作的「意在言外」的戲本；「心理戲」，專描寫種種複雜的心境，作極精密的解剖；「諷刺戲」，用嬉笑怒罵的文章，達憤世救世的苦心。——我寫到這裏，忽然想起今天梅蘭芳正在唱新編的《天女散花》，上海的人還正在等着看新排的《多爾滾袞》呢！我也不往下數了。——更以小說而論，那材料之精確，體裁之完備，命意之高超，描寫之工切，心理解剖之細密，社會問題討論之透切，……真是美不勝收。至於近百年新創的「短篇小說」，真如芥子裏面藏着大千世界；真如百鍊的精金，曲折委婉，無所不可；真可說是開千古未有的創局，掘百世不竭的寶藏。——以上所說，大旨只在約略表示西洋文學方法的完備。因為西洋文學真有許多可給我們作模範的好處，所以我說，我們如果真要研究文學的方法，不可不趕緊翻譯西洋的文學名著，做我們的模範。

現在中國所譯的西洋文學書，大概都不得其法，所以收效甚少。我且擬幾條翻譯西洋文學名著的辦法如下：

（一）只譯名家著作，不譯第二流以下的著作　我以為國內真懂得西洋文學的學者應該開一會議，公共選定若干種不可不譯的第一流文學名著。約數如一百種長篇小說，五百篇短篇小說，三百種戲劇，五十家散文，為第一部《西洋文學叢書》，期五年譯完，再選第二部。譯成之稿，由這幾位學者審查，並一一為作長序及著者略傳，然後付印。其第二流以下，如哈葛得之流，一概不選。詩歌一類，不易翻譯，只可從緩。

（二）全用白話韻文之戲曲，也都譯為白話散文　用古文譯書，必失原文的好處。如林琴南的「其女珠，其母下之」，早成笑柄，且不必論。前天看見一部偵探小說《圓室案》中，寫一位偵探「勃然大怒，拂袖而起」。不知道這位偵探穿的是不是康橋大學的廣袖制服！——這樣譯書，不如不譯。又如林琴南把蕭士比亞的戲曲，譯成了記敘體的古文！這真是蕭士比亞的大罪人，罪在《圓室案》譯者之上！

三、創造　上面所說工具與方法兩項，都只是創造新文學的預備。工具用得純熟自然了，方法也懂了，方才可以創造中國的新文學。至於創造新文學是怎樣一回事，我可不配開口了。我以為現在的中國，還沒有做到實行預備創造新文學的地步，儘可不必空談創造的方法和創造的手段。我們現在且先去努力做那第一第二兩步預備的工夫罷！

（《胡適文存》一集卷一）

論短篇小說（節錄）

（一九一八年三月十五日）

這一篇乃是三月十五日在北京大學國文研究所小說科講演的材料。原稿由研究員傅斯年君記出，載於《北京大學日刊》。今就傅君所記，略為更易，作為此文。

一、甚麼叫做「短篇小說」？

中國今日的文人大概不懂「短篇小說」是甚麼東西。現在的報紙雜誌裏面，凡是筆記雜纂，不成長篇的小說，都可叫做「短篇小說」。所以現在那些「某生，某處人，幼負異才，……一日，遊某園，遇一女郎，睨之，天人也，……」一派的爛調小說，居然都稱為「短篇小說」！其實這是大錯的。西方的「短篇小說」（英文叫做Short story），在文學上有一定的範圍，有特別的性質，不是單靠篇幅不長便可稱為「短篇小說」的。

我如今且下一個「短篇小說」的界說：

短篇小說是用最經濟的文學手段，描寫事實中最精采的一段，或一方面，而能使人充分滿意的文章。

這條界說中，有兩個條件最宜特別注意。今且把這兩個條件分說如下：

一、「事實中最精采的一段或一方面」　譬如把大樹的樹身鋸斷，懂植物學的人看了樹身的「橫截面」，數了樹的「年輪」，便可知道這樹的年紀。一人的生活，一國的歷史，一個社會的變遷，都有一個「縱剖面」和無數「橫截面」。縱面看去，須從頭看到尾，才可看見全部。橫面截開一段，若截在要緊的所在，便可把這個「橫截面」代表這個人，或這一國，或這一個社會。這種可以代表全部的部分，便是我所謂「最精采」的部分。又譬如西洋照相術未發明之前，有一種「側面剪影」（Silhouette），用紙剪下人的側面，便可知道是某人。（此種剪像曾風行一時。今雖有照相術，尚有人為之。）這種可以代表全形的一面，便是我所謂「最精采」的方面。若不是「最精采」的所在，決不能用一段代表全體，決不能用一面代表全形。

二、「最經濟的文學手段」　形容「經濟」兩個字，最好是借用宋玉的話：「增之一分則太長，減之一分則太短；着粉則太白，施硃則太赤。」須要不可增減，不可塗飾，處處恰到好處，方可當「經濟」二字。因此，凡可以拉長演作章回小說的短篇，不是真正「短篇小說」；凡敍事不能暢盡，寫情不能飽滿的短篇，也不是真正「短篇小說」。

能合我所下的界說的，便是理想上完全的「短篇小說」。世間所稱「短篇小說」，雖未能處處都與這界說相合，但是那些可傳世不朽的「短篇小說」，決沒有不具上文所說兩個條件的。

如今且舉幾個例。西曆一八七〇年，法蘭西和普魯士開戰，後來法國大敗，巴黎被攻破，出了極大的賠款，還割了兩省地，才能講和。這一次戰爭，在歷史上，就叫做普法之戰，是一件極大的事。若是歷史家記載這事，必定要上溯兩國開釁的遠因，中記戰爭的詳情，下尋戰與和的影響。這樣記去，可滿幾十本大冊子。這種大事到了「短篇小說家」的手裏，便用最經濟的手腕去寫這件大事的最精采的一段或一面。我且不舉別人，單舉 Daudet 和 Maupassant 兩個人為例。Daudet 所做普法之戰的小說，有許多種。我曾譯出一種叫做《最後一課》（*a derni re classe*）（初譯名《割地》，登上海《大共和日報》，後改用今名，登《留美學生季報》第三年）。全篇用法國割給普國兩省中一省的一個小學生的口氣，寫割地之後，普國政府下令，不許再教法文法語。所寫的乃是一個小學教師教法文的「最後一課」。一切割地的慘狀，都從這個小學生眼中看出，口中寫出。還有一種，叫做《柏林之圍》（*Le siege de Berlin*）（曾載《甲寅》第四號），寫的是法皇拿破崙第三出兵攻普魯士時，有一個曾在拿破崙第一麾下的老兵官，以為這一次法兵一定要大勝了，所以特地搬到巴黎，住在凱旋門邊，準備着看法兵「凱旋」的大典。後來這老兵官病了，他的孫女兒天天假造法兵得勝的新聞去哄他。那時普國的兵已打破巴黎。普兵進城之日，他老人家聽見軍樂聲，還以為是法兵打破了柏林奏凱班師呢！這是借一個法國極強時代的老兵來反照當日法國大敗的大恥，兩兩相形，真可動人。

Maupassant 所做普法之戰的小說也有多種。我曾譯他的《二漁夫》（*Deuxamis*），寫巴黎被圍的情形，卻都從兩個酒鬼身上着想。還有許多篇，如「*Mde. Fifi*」之類（皆未譯出），或寫一個妓女被普國兵士擄去的情形，或寫法國內地村鄉裏面的光棍，乘着國亂，設立「軍政分府」，作威作福的怪狀，……都可使人因此推想那時法國兵敗以後的種種狀態。這都是我所說的「用最經濟的手腕，描寫事實中最精采的片段，而能使人充分滿意」的短篇小說。

……

三、結　論

最近世界文學的趨勢，都是由長趨短，由繁多趨簡要。——「簡」與「略」不同，故這句話與上文說「出略而詳」的進步，並無衝突。——詩的一方面，所重的在於「寫情短詩」（*Lyrical Poetry*）（或譯「抒情詩」），像 Homer, Milton, Dante 那些幾十萬字的長篇，幾乎沒有人做了；就有人做（十九世紀尚多此種），也很少人讀了。戲劇一方面，蕭士比亞的戲，有時竟長到五齣二十幕（此所指乃 Hamlet 也），後來變到五齣五幕；又漸漸變成三齣三幕；如今最注重的是「獨幕戲」了。小說一方面，自十九世紀中段以來，最通行的是「短篇小說」。長篇小說如 Tolstoy 的《戰爭與和平》，竟是絕無而僅有的了。所以我們簡直可以說，「寫情短詩」、「獨幕戲」、「短篇小說」三項，代表世界文學最近的趨向。這種趨向的原因，不止一種。一、世界的生活競爭一天忙似一天，時間越寶貴了，文學也不能不講究「經濟」。若不經濟，只配給那些吃了飯沒事做的老爺太太們看，不配給那些在社會上做事的人看了。二、文學自身的進步，與文學的「經濟」有密切關係。斯賓塞說，論文章的方法，千言萬語，只是「經濟」一件事。文學越進步，自然越講求「經濟」的方法。有此兩種原因，所以世界的文學都趨向這三種「最經濟的」體裁。今日中國的文學，最不講「經濟」。那些古文學家和那「聊齋濫調」的小說家，只會記「某時到某地，遇某人，作某事」的死賬，毫不懂狀物寫情是全靠瑣屑節目的。那些長篇小說家又只會做那無窮無極，《九尾龜》一類的小說，連體裁布局都不知道，不要說文學的經濟了。若要救這兩種大錯，不可不提倡那最經濟的體裁，——不可不提倡真正的「短篇小說」。

（《胡適文存》一集卷一）

談新詩

——八年來一件大事

（一九一九年十月）

一

民國六年（一九一七年）一月一日，《新青年》第二卷第五號出版，裏面有我的朋友高一涵的一篇文章，題目是《一九一七年預想之革命》。他預想從那一年起中國應該有兩種革命：一、於政治上應揭破賢人政治之真相；二、於教育上應打消孔教為修身大本之憲條。高君的預言，不幸到今日還不曾實現。「賢人政治」的迷夢總算打破了一點，但是打破他的，並不是高君所希望的「立於萬民之後，破除自由的阻力，鼓舞自動之機能」的民治國家，乃是一種更壞更腐敗更黑暗的武人政治。至於孔敎為修身大本的憲法，依現今的思想趨勢看來，這個當然不能成立。但是安福部的參議院已通過這種議案了，今年雙十節的前八日北京還要演出一齣徐世昌親自祀孔的好戲！

但是同一號的《新青年》裏，還有一篇文章，叫做《文學改良芻議》，是新文學運動的第一次宣言書。《新青年》的第二卷第六號接着發表了陳獨秀君的《文學革命論》。後來七年四月裏又有一篇《建設的文學革命論》。這一種文學革命的運動，在我的朋友高君做那篇《一九一七年預想的革命》時雖然還沒有響動，但是自從一九一七年一月以來，這種革命——多謝反對黨送登廣告的影響——居然可算是傳播得很廣很遠了。文學革命的目的是要替中國創造一種「國語的文學」——活的文學。這兩年來的成績，國語的散文是已過了辯論的時期，到了多數人實行的時期了。只有國語的韻文——所謂「新詩」——還脫不了許多人的懷疑。但是現在做新詩的人也就不少了。報紙上所載的，自北京到廣州，自上海到成都，多有新詩出現。

這種文學革命預算是辛亥大革命以來的一件大事。現在《星期評論》出這個雙十節的紀念號，要我做一萬字的文章。我想，與其枉費筆墨去談這八年來的無謂政治，倒不如讓我來談談這些比較有趣味的新詩罷。

二

我常說，文學革命的運動，不論古今中外，大概都是從「文的形式」一方面下手，大概都是先要求語言文字文體等方面的大解放。歐洲三百年前各國國語的文學起來代替拉丁文學時，是語言文字的大解放；十八十九世紀法國囂俄、英國華次活（Wordsworth）等人所提倡的文學改革，是詩的語言文字的解放；近幾十年來西洋詩界的革命，是語言文字和文體的解放。這一次中國文學的革命運動，也是先要求語言文字和文體的解放。新文學的語言是白話的，新文學的文體是自由的，是不拘格律的。初看起來，這都是「文的形式」一方面的問題，算不得重要。卻不知道形式和內容有密切的關係。形式上的束縛，使精神不能自由發展，使良好的內容不能充分表現。若想有一種新內容和新精神，不能不先打破那些束縛精神的枷鎖鐐銬。因此，中國近年的新詩運動可算得是一種「詩體的大解放」。因為有了這一層詩體的解放，所以豐富的材料，精密的觀察，高深的理想，複雜的感情，方才能跑到詩裏去。五七言八句的律詩決不能容豐富的材料，二十八字的絕句決不能寫精密的觀察，長短一定的七言五言決不能委婉達出高深的理想與複雜的感情。

最明顯的例就是周作人君的《小河》長詩（《新青年》六卷二號）。這首詩是新詩中的第一首傑作，但是那樣細密的觀察，那樣曲折的理想，決不是那舊式的詩體詞調所能達得出的。周君的詩太長了，不便引證，我且舉我自己的一首詩作例：

應該

他也許愛我，——也許還愛我，——
但他總勸我莫再愛他。
他常常怪我，
這一天他眼淚汪汪的望着我，
說道：「你如何還想着我？
想着我你又如何能對他？
你要是當真愛我，
你應該把愛我的心愛他，
你應該把待我的情待他。」

……………

他的話句句都不錯，——

上帝幫我！

我「應該」這樣做！（《嘗試集》二，四九。）

這首詩的意思神情都是舊體詩所達不出的。別的不消説，單説「他也許愛我，——也許還愛我」這十個字的幾層意思，可是舊體詩能表得出的嗎？

再舉康白情君的《窗外》：

窗外的閒月，
緊戀着窗內蜜也似的相思。
相思都惱了，
他還涎着臉兒在牆上相窺。
回頭月也惱了，
一抽身兒就沒了。
月倒沒了，

相思倒覺着捨不得了。（《新潮》一，四。）

這個意思，若用舊詩體，一定不能說得如此細膩。

就是寫景的詩，也必須有解放了的詩體，方才可以有寫實的描畫。例如杜甫詩「江天漠漠鳥飛去」，何嘗不好？但他為律詩所限，必須對上一句「風雨時時龍一吟」，就壞了。簡單的風景，如「高台芳樹，飛燕蹴紅英，舞困榆錢自落」之類，還可用舊詩體描寫。稍微複雜細密一點，舊詩就不夠用了。如傅斯年君的《深秋永定門晚景》中的一段：（《新潮》一，二。）

……那樹邊，地邊，天邊，
如雲，如水，如煙，
望不斷，——一線。
忽地裏撲喇喇一響，
一個野鴨飛去水塘，
彷彿像大車音浪，漫漫的工——東——噹。
又有種說不出的聲息，若續若不響。

這一段的第六行，若不用有標點符號的新體，決做不到這種完全寫實的地步。又如俞平伯君的

《春水船》中的一段：（《新潮》一，四。）

……對面來了個縴人，
拉着個單桅的船徐徐移去。
雙櫓掛在船脣，
皺面開紋，
活活水流不住。
船頭曬着破網。
漁人坐在板上，
把刀劈竹拍拍的響。
船口立個小孩，又憨又蠢，
不知為甚麼？
笑迷迷痴看那黃波浪。……

這種樸素真實的寫景詩乃是詩體解放後最足使人樂觀的一種現象。

以上舉的幾個例，都可以表示詩體解放後，詩的內容之進步。我們若用歷史進化的眼光來看中國詩的變遷，便可看出自《三百篇》到現在，詩的進化沒有一回不是跟着詩體的進化來的。《三百篇》中雖然也有幾篇組織很好的詩如「氓之蚩蚩」、「七月流火」之類；又有幾篇很妙的長短句，如「坎坎發檀兮」「園有桃」之類；但是《三百篇》究竟還不曾完全脱去「風謠體」(Ballad)的簡單組織。直到南方的騷賦文學發生，方才有偉大的長篇韻文。這是一次解放。但是騷賦體用兮些等字煞尾，停頓太多又太長，太不自然了。故漢以後的五七言古詩刪除沒有意思的煞尾子，變成貫串篇章，便更自然了。若不經過這一變，決不能產生《焦仲卿妻》、《木蘭辭》一類的詩。這是二次解放。五七言成為正宗詩體以後，最大的解放莫如從詩變為詞。五七言詩是不合語言之自然的，因為我們説話決不能句句是五字或七字。詩變為詞，只是從整齊句法變為比較自然的參差句法。唐五代的小詞雖然格調很嚴格，已比五七言詩自然的多了。如李後主的「剪不斷，理還亂，是離愁。別有一般滋味在心頭。」這已不是詩體所能做得到的了。試看晁補之的《驀山溪》：

……愁來不醉，不醉奈愁何？
汝南周，東陽沈，
勸我如何醉？

這種曲折的神氣，決不是五七言詩能寫得出的。又如辛稼軒的《水龍吟》：

……落日樓頭，斷鴻聲裏，江南游子，
把吳鈎看了，闌干拍遍，
無人會，登臨意。

這種語氣也決不是五七言的詩體能做得出的。這是三次解放。宋以後，詞變為曲，曲又經過幾多變化。根本上看來，只是逐漸刪除詞體裏所剩下的許多束縛自由的限制，又加上詞體所缺少的一些東西如襯字套數之類。但是詞曲無論如何解放，終究有一個根本的大拘束。詞曲的發生是和音樂合併的，後來雖有可歌的詞，不必歌的曲，但是始終不能脫離「調子」而獨立，始終不能完全打破詞曲譜的限制。直到近來的詩發生，不但打破五言七言的詩體，並且推翻詞調曲譜的種種束縛；不拘格律，不拘平仄，不拘長短；有甚麼題目，做甚麼詩；詩該怎樣做，就怎樣做。這是第四次的詩體大解放。這種解放，初看去似乎很激烈，其實只是《三百篇》以來的自然趨勢。自然趨勢逐漸實現，不用有意的鼓吹去促進他，那便是自然進化。自然趨勢有時被人類的習慣性守舊性所阻礙，到了該實現的時候均不實現，必須用有意的鼓吹去促進他的實現，那便是革命了。一切文物制度的變化，都是如此的。

三

上文我說新體詩是中國詩自然趨勢所必至的，不過加上了一種有意的鼓吹，使他於短時期內猝然實現，故表面上有詩界革命的神氣。這種議論很可以從現有的新體詩裏尋出許多證據。我所知道的「新詩人」，除了會稽周氏弟兄之外，大都是從舊式詩、詞、曲裏脫胎出來的。沈尹默君初作的新詩是從古樂府化出來的。例如他的「人力車夫」：(《新青年》四，一。)

日光淡淡，白雲悠悠，
風吹薄冰，河水不流。
出門去，雇人力車。街上行人，往來很多；車馬紛紛，不知幹些甚麼。
人力車上人，個個穿棉衣，個個袖手坐，還覺風吹來，身上冷不過。
車夫單衣已破，他卻汗珠兒顆顆往下墮。

稍讀古詩的人都能看出這首詩是得力於「孤兒行」一類的古樂府的。我自己的新詩，詞調很多，這是不用諱飾的。例如前年做的「鴿子」：(《嘗試集》二，二六。)

雲淡天高，好一片晚秋天氣！

有一羣鴿子，在空中遊戲。
看他們三三兩兩，
迴環來往，
夷猶如意，——
忽地裏，翻身映日，白羽襯青天，鮮明無比！

就是今年做詩，也還有帶着詞調的。例如《送任叔永回四川》的第二段：（《嘗試集》二，五一。）

你還記得，我們暫別又相逢，正是赫貞春好？
記得江樓同遠眺，雲影渡江來，驚起江頭鷗鳥？
記得江邊石上，同坐看潮回，浪聲遮斷人笑？
記得那回同訪友，日暗風橫，林裏陪他聽松嘯？

懂得詞的人，一定可以看出這四長句用的是四種詞調裏的句法。這首詩的第三段便不同了：

這回久別再相逢，便又送你歸去，未免太匆匆！
多虧得天意多留你兩日，使我做得詩成相送。

萬一這首詩趕得上遠行人，
多替我說聲「老任珍重珍重！」

這一段便是純粹新體詩。此外新潮社的幾個新詩人——傅斯年、俞平伯、康白情，——也都是從詞曲裏變化出來的，故他們初做的新詩都帶着詞或曲的意味音節。此外各報所載的新詩，也很多帶着詞調的。例太多了，我不能遍舉，且引最近一期的《少年中國》（第二期）裏周無君的《過印度洋》：

圓天蓋着大海，黑水托着孤舟。
也看不見山，那天邊只有雲頭。
也看不見樹，那水上只有海鷗。
那裏是非洲？那裏是歐洲？
我美麗親愛的故鄉卻在腦後！
怕回頭，怕回頭，
一陣大風，雪浪上船頭，
颼颼，吹散一天雲霧一天愁。

這首詩很可表示這一半詞一半曲的過渡時代了。

四

我現在且談新體詩的音節。

現在攻擊新詩的人，多說新詩沒有音節。不幸有一些做新詩的人也以為新詩可以不注意音節。這都是錯的。攻擊新詩的人，他們自己不懂得「音節」是甚麼，以為句腳有韻，句裏有「平平仄仄」「仄仄仄平平」的調子，就是有音節了。中國字的收聲不是韻母（所謂陰聲），便是鼻音（所謂陽聲），除了廣州入聲之外，從沒有用他種聲母收聲的。因此，中國的韻最寬。句尾用韻真是極容易的事，所以古人有「押韻便是」的挖苦話。押韻乃是音節上最不重要的一件事。至於句中的平仄，也不重要。古詩「相去日已遠，衣帶日已緩。浮雲蔽白日，游子不顧返」，音節何等響亮？但是用平仄寫出來便不能讀了：

平仄仄仄仄，平仄仄仄仄。

平平仄仄仄，平仄仄仄仄。

又如陸放翁：

我生不逢柏梁建章之宮殿，安得峨冠侍游宴？

頭上十一個字是「仄平仄平仄平仄平平平仄」，讀起來何以覺得音節很好呢？這是因為一來這一句的自然語氣是一氣貫注下來的。二來呢，因為這十一個字裏面，逢宮疊韻，深章疊韻，不柏雙聲，建宮雙聲，故更覺得音節和諧了。

詩的音節全靠兩個重要分子：一是語氣的自然節奏，二是每句內部所用字的自然和諧。至於句末的韻腳，句中的平仄，都是不重要的事。語氣自然，用字和諧，就是句末無韻也不要緊。例如上文引晁補之的詞：「愁來不醉，不醉奈愁何？汝南周，東陽沈，勸我如何醉？」這二十個字，語氣又曲折，又貫串，故雖隔開五個「小頓」方才用韻，讀的人毫不覺得。新體詩中也有用舊體詩詞的音節方法來做的。最有功效的例是沈尹默君的「三絃」：（《新青年》五，二。）

中午時候，火一樣的太陽，沒法去遮闌，讓他直曬長街上。靜悄悄少人行路；祇有悠悠風來，吹動路旁楊樹。

誰家破大門裏，半院子綠茸茸細草，都浮着閃閃的金光。旁邊有一段低低的土牆，擋住了個彈三絃的人，卻不能隔斷那三絃鼓盪的聲浪。

門外坐着一個穿破衣裳的老年人，雙手抱着頭，他不聲不響。

這首詩從見解意境上和音節上看來，都可算是新詩中一首最完全的詩。看他第二段「旁邊」以下一長句中，旁邊是雙聲；有、一是雙聲；段、低、低、的、土、擋、彈、的、斷、盪、的，十一個都是雙聲。這十一個字都是「端透定」（D，T）的字，模寫三絃的聲響，又把「擋」、「彈」、「斷」、「盪」四個陽聲的字和七個陰聲的雙聲字（段、低、低、的、土、的、的）參錯夾用，更顯出三絃的抑揚頓挫。蘇東坡把韓退之「聽琴詩」改為送彈琵琶的詞，開端是「呢呢兒女語，燈火夜微明，恩冤爾汝來去，彈指淚和聲」。他頭上連用五個極短促的陰聲字，接着用一個陽聲的「燈」字，下面「恩冤爾汝」之後，又用一個陽聲的「彈」字，也是用同樣的方法。

吾自己也常用雙聲疊韻的法子來幫助音節的和諧。例如「一顆星兒」一首：（《嘗試集》二，五三。）

我喜歡你這顆頂大的星兒，

可惜我叫不出你的名字。

平日月明時，

月光遮盡了滿天星，總不能遮住你。
今天風雨後，悶沉沉的天氣，
我望遍天邊，尋不見一點半點光明，
回轉頭來，
只有你在那楊柳高頭依舊亮晶晶地。

這首詩「氣」字一韻以後，隔開三十三個字方才有韻，讀的時候全靠「遍、天、邊、見、點、半、點」一組疊韻字（遍、邊、半、明，又是雙聲字），和「有、柳、頭、舊」一組疊韻字夾在中間，故不覺得「氣」、「地」兩韻隔開那麼遠。

這種音節方法，是舊詩音節的精采（參看清代周春的《杜詩雙聲疊韻譜》），能夠容納在新詩裏固然也是好事。但是這是新舊過渡時代的一種有趣味的研究，並不是新詩音節的全部。新詩大多數的趨勢，依我們看來，是朝着一個公共方向走的。那個方向便是「自然的音節」。

自然的音節是不容易解說明白的。我且分兩層說：

第一，先說「節」——就是詩句裏面的頓挫段落。舊體的五七言詩是兩個字為一「節」的。隨便舉例如下：

風綻——雨肥——梅（兩節半）
江間——波浪——兼天——湧（三節半）
王郎——酒酣——拔劍——斫地——歌——莫哀（五節半）
我生——不逢——柏梁——建章——之——宮殿（五節半）
又——不得——身在——滎陽——京索——間（四節外兩個破節）
終——不似——一朵——釵頭——顫裊——向人——欹側（六節半）

新體詩句子的長短，是無定的；就是句裏的節奏，也是依着意義的自然區分與文法的自然區分來分析的。白話裏的多音字比文言多得多，並且不止兩個字的聯合，故往往有三個字為一節，或四五個字為一節的。例如：

萬一——這首詩——趕得上——遠行人。
門外——坐着——一個——穿破衣裳的——老年人。
雙手——抱着頭——他——不聲——不響。
旁邊——有一段——低低的——土牆——擋住了個——彈三絃的人。
這一天——他——眼淚汪汪的——望着我——說道——你如何——還想着我？——想着我

——你又如何——能對他？

第二，再說「音」，——就是詩的聲調。新詩的聲調有兩個要件：一是平仄要自然，二是用韻要自然。白話裏的平仄，與詩韻裏的平仄有許多大不相同的地方。同一個字，單獨用來是仄聲，若同別的字連用，成為別的字的一部分，就成了很輕的平聲了。例如「的」字，「了」字，都是仄聲字，在「掃雪的人」和「掃淨了東邊」裏，便不成仄聲了。我們簡直可以說，白話詩裏只有輕重高下，沒有嚴格的平仄。例如周作人君的《兩個掃雪的人》（《新青年》六，三）的兩行：

祝福你掃雪的人！
我從清早起，在雪地裏行走，不得不謝謝你。

「祝福你掃雪的人」上六個字都是仄聲，但是讀起來自然有個輕重高下。「不得不謝謝你」六個字又都是仄聲，但是讀起來也有個輕重高下。又如同一首詩裏有「一面儘掃，一面儘下」八個字都是仄聲，但讀起來不但不拗口，並且有一種自然的音調。白話詩的聲調不在平仄的調劑得宜，全靠這種自然的輕重高下。

至於用韻一層，新詩有三種自由：第一，用現代的韻，不拘古韻，更不拘平仄韻。第二，平仄可以互相押韻，這是詞曲通用的例，不單是新詩如此。第三，有韻固然好，沒有韻也不妨。新詩的聲調既在骨子裏，——在自然的輕重高下，在語氣的自然區分，——故有無韻腳都不成問題。例如周作人君的《小河》雖然無韻，但是讀起來自然有很好的聲調，不覺得是一首無韻詩。我且舉一段如下：

……小河的水是我的好朋友，
他曾經穩穩的流過我面前，
我對他點頭，他對我微笑，
我願他能夠放出了石堰，
仍然穩穩的流着，
向我們微笑……

又如周君的《兩個掃雪的人》中一段：

……一面儘掃，一面儘下：
掃淨了東邊，又下滿了西邊；
掃開了高地，又填平了窪地。

這是用內部詞句的組織來幫助音節，故讀時不覺得是無韻詩。內部的組織，——層次、條理、排比、章法、句法，——乃是音節的最重要方法。我的朋友任叔永說，「自然二字也要點研究」。研究並不是叫我們去講究那些「蜂腰」、「鶴膝」、「合掌」等等玩意兒，乃是要我們研究內部的詞句應該如何組織安排，方才可以發生和諧的自然音節。我且舉康白情君的《送客黃浦》一章（《少年中國》二）作例：

送客黃浦，

我們都攀着纜，——風吹着我們的衣服，——

站在沒遮闌的船邊樓上。

看看涼月麗空，

才顯出淡妝的世界。

我想世界上只有光，

只有花，

只有愛！

我們都談着，——

談到日本二十年來的戲劇，
也談到「日本的光，的花，的愛」的須磨子。
我們都相互的看着。
只是壽昌有所思，
他不看着我，
他不看着別的那一個。
這中間充滿了別意，
但我們只是初次相見。

五

我這篇隨便的詩談做得太長了。我且略談「新詩的方法」，作一個總結的收場。

有許多人曾問我做新詩的方法。我說，做新詩的方法根本上就是做一切詩的方法。新詩除了「詩體的解放」一項之外，別無他種特別的做法。

這話說得太攏統了。聽的人自然又問，那麼做一切詩的方法究竟是怎樣呢？

我說，詩須要用具體的做法，不可用抽象的說法。凡是好詩，都是具體的；越偏向具體的，越有詩意詩味。凡是好詩，都能使我們腦子裏發生一種——或許多種——明顯逼人的影像。這便是詩的具體性。

李義山詩「歷覽前賢國與家，成由勤儉敗由奢」，這不成詩。為甚麼呢？因為他用的是幾個抽象的名詞，不能引起甚麼明瞭濃麗的影像。

「綠垂紅折筍，風綻雨肥梅」是詩。「芹泥垂燕嘴，蕊粉上蜂鬚」是詩。「四更山吐月，殘夜水明樓」是詩。為甚麼呢？因為他們都能引起鮮明撲人的影像。

「五月榴花照眼明」是何等具體的寫法！

「雞聲茅店月，人迹板橋霜」是何等具體的寫法！

「枯藤老樹昏鴉，小橋流水人家，古道西風瘦馬，夕陽西下，——斷腸人在天涯！」這首小曲裏有十個影像，連成一串，並作一片蕭瑟的空氣。這是何等具體的寫法！

以上舉的例都是眼睛裏起的影像。還有引起聽官裏的明瞭感覺的。例如上文引的「呢呢兒女語，燈火夜微明，恩冤爾汝來去，彈指淚和聲。」是何等具體的寫法！

還有能引起讀者渾身的感覺的。例如姜白石詞，「暝入西山，漸喚我一葉夷猶乘興。」這裏面「一葉夷猶」四個合口的雙聲字，讀的時候使我們覺得身在小舟裏，在鏡平的湖水上盪來盪去。這是何等具體的寫法。

再進一步說，凡是抽象的材料，格外應該用具體的寫法。看《詩經》的《伐檀》：

坎坎伐檀兮，置之河之干兮，
河水清且漣猗，——
不稼不穡，胡取禾三百廛兮！
不狩不獵，胡瞻爾庭有縣貆兮！

社會不平等是一個抽象的題目，你看他卻用如此具體的寫法。

又如杜甫的《石壕吏》，寫一天晚上一個遠行客人在一個人家寄宿，偷聽得一個捉差的公人同一個老太婆的談話。寥寥一百二十個字，把那個時代的徵兵制度，戰禍，民生痛苦，種種抽象的材料，都一齊描寫出來了。這是何等具體的寫法！

再看白樂天的《新樂府》，那幾篇好的——如《折臂翁》、《賣炭翁》、《上陽宮人》，——都是具體的寫法。那幾篇抽像的議論——如《七德舞》、《司天台》、《采詩官》，——便不成詩了。

舊詩如此，新詩也如此。

現在報上登的許多新體詩，很多不滿人意的。我仔細研究起來，那些不滿人意的詩，犯的都是一個大毛病，——抽象的題目用抽象的寫法。

那些我不認得的詩人做的詩，我不便亂批評。我且舉一個朋友的詩做例。傅斯年君在《新潮》四號裏做了一篇散文，叫做《一段瘋話》，結尾兩行說道：

我們最當敬重的是瘋子，最當親愛的是孩子。瘋子是我們的老師，孩子是我們的朋友。
我們帶着孩子，跟着瘋子走，走向光明去。

有一個人在北京《晨報》裏投稿，說傅君最後的十六個字是詩不是文。後來《新潮》五號裏傅君有一首《前倨後恭》的詩，——一首很長的詩。我看了說，這是文，不是詩。

何以前面的文是詩，後面的詩反是文呢？因為前面那十六個子是具體的寫法，後面的長詩是抽象的題目用抽象的寫法。我且抄那詩中的一段，就可明白了：

倨也不由他，恭也不由他——
你還報他。

向你倨，你也不削一塊肉；向你恭，你也不長一塊肉。

沉且終竟他要向你變的，理他呢！

這種抽像的議論是不會成為好詩的。

再舉一個例。《新青年》六卷四號裏面沈尹默君的兩首詩。一首是《赤裸裸》：

人到世間來，本來是赤裸裸，

本來沒污濁，卻被衣服重重的裹着，這是為甚麼？

難道清白的身不好見人嗎？那污濁的，裹着衣服，就算免了恥辱嗎？

他本想用具體的比喻來攻擊那些作偽的禮教，不料結果還是一篇抽象的議論，故不成為好詩。還有一首《生機》：

颳了兩日風，又下了幾陣雪。

山桃雖是開着卻凍壞了夾竹桃的葉。

地上的嫩紅芽，更殭了發不出。

人人說天氣這般冷，

草木的生機恐怕都被摧折；

誰知道那路旁的細柳條，
他們暗地裏卻一齊換了顏色！

這種樂觀，是一個很抽象的題目，他卻用最具體的寫法，故是一首好詩。

我們徽州俗話說，人自己稱讚自己的是「戲台裏喝采」。我這篇談新詩裏常引我自己的詩做例，也不知犯了多少次「戲台裏喝采」的毛病。現在且再犯一次，舉我的「老鴉」做一個「抽象的題目用具體的寫法」的例罷：

我大清早起，
站在人家屋角上啞啞的啼。
人家討嫌我，
說我不吉利：
我不能呢呢喃喃討人家的歡喜！

（《胡適文存》一集卷一）

*與徐志摩論新詩

（約寫於一九三一年五月）

志摩：

我讀了《詩刊》第一期，心裏很高興，曾有信給你們說我的歡喜。我覺得新詩的前途大可樂觀，因為《詩刊》的各位詩人都抱着試驗的態度，這正是我在十五年前妄想提倡的一點態度。只有不斷的試驗，才可以給中國的新詩開無數的新路，創無數的新形式，建立無數的新風格。若拋棄了這點試驗的態度，稍有一得，便自命為「創作」，那是自己畫地為牢，我們可以斷定這種人不會有多大前途的。

實秋給你的信（《創刊號》），我讀了頗有一點意見，今天寫出來請你和實秋、一多諸位朋友指教。

實秋說「新詩實際就是中文寫的外國詩」，說我「對於詩的基本觀念大概是頗受外國文學的影響的」。對於後一句話，我自然不能否認。但我是有歷史癖的人，我在中國文學史上得着一個基本觀念，就是：中國文學有生氣的時代多是勇於試驗新體裁和新風格的時代；從大膽嘗試退到模仿與拘守，文學便沒有生氣了，所以我當時用「嘗試」做詩集的名稱，並在自序裏再三說明這試驗的態度。

但我當時的希望卻不止於「中文寫的外國詩」。我當時希望——我至今還繼續希望的是用現代中國語言來表現現代中國人的生活、思想、情感的詩。這是我理想中的「新詩」的意義，——不僅是「中文寫的外國詩」，也不僅是「用中文來創造外國詩的格律來裝進外國式的詩意」的詩。

所以我贊成實秋最後的結論：「唯一的希望就是你們寫詩的人自己創造格調」，「要創造新的合於中文的詩的格調。」他說：「在這點上我不主張模仿外國詩的格調，……用中文寫Sonnet永遠寫不像。」其實不僅是寫的像不像的問題。Sonnet 是拘束很嚴的體裁，最難沒有湊字的毛病。我們剛從中國小腳解放出來，又何苦去裹外國小腳呢？

這一封未完的信，本預備再寫下去，中間一擱就已是半年多了，收信的志摩已死去二十天了。我今天檢看原稿，不忍再續下去了，所以把已寫成的一段送給《詩刊》發表了。

我寧可保持我「無力」的思想，決不肯換取任何有力而不思想的宗教。

三　啟蒙思想

新思潮的意義

——研究問題／輸入學理／整理國故／再造文明

（一九一九年十一月一日）

一

近來報紙上發表過幾篇解釋「新思潮」的文章。我讀了這幾篇文章，覺得他們所舉出的新思潮的性質，或太瑣碎，或太籠統，不能算作新思潮運動的真確解釋，也不能指出新思潮的將來趨勢。即如包世傑先生的《新思潮是甚麼》一篇長文，列舉新思潮的內容，何嘗不詳細？但是他究竟不曾使我們明白那種種新思潮的共同意義是甚麼。比較最簡單的解釋要算我的朋友陳獨秀先生所舉出的新青年兩大罪案，——其實就是新思潮的兩大罪案，——一是擁護德莫克拉西先生（民治主義），一是擁護賽因斯先生（科學）。陳先生說：

要擁護那德先生，便不得不反對孔教、禮法、貞節、舊倫理、舊政治。要擁護那賽先生，便不得不反對舊藝術、舊宗教。要擁護德先生，又要擁護賽先生，便不得不反對國粹和舊文學。（《新青年》六卷一號頁一〇）

這話雖然很簡明，但是還嫌太籠統了一點。假使有人問：「何以要擁護德先生和賽先生便不能不反對國粹和舊文學呢？」答案自然是：「因為國粹和舊文學是同德賽兩位先生反對的」。又問：「何以凡同德賽兩位先生反對的東西都該反對呢？」這個問題可就不是幾句籠統簡單的話所能回答的了。

據我個人的觀察，新思潮的根本意義只是一種新態度。這種新態度可叫做「評判的態度」。評判的態度，簡單說來，只是凡事要重新分別一個好與不好。仔細說來，評判的態度含有幾種特別的要求：

一、對於習俗相傳下來的制度風俗，要問：「這種制度現在還有存在的價值嗎？」

二、對於古代遺傳下來的聖賢教訓，要問：「這句話在今日還是不錯嗎？」

三、對於社會上糊塗公認的行為與信仰，都要問：「大家公認的，就不會錯了嗎？人家這樣做，我也該這樣做嗎？難道沒有別樣做法比這個更好，更有理，更有益的嗎？」

尼采說現今時代是一個「重新估定一切價值」（Transvaluation of all values）的時代。「重新估定一切價值」八個字便是評判的態度的最好解釋。從前的人說婦女的腳越小越美。現在我們不但不認小腳為「美」，簡直說這是「慘無人道」了。十年前，人家和店家都用鴉片煙敬客。現在鴉片煙變成犯禁品了。二十年前，康有為是洪水猛獸一般的維新黨。現在康有為變成老古董了。康有為並不曾變換，估價的人變了，故他的價值也跟着變了。這叫做「重新估定一切價值」。

我以為現在所謂「新思潮」，無論怎樣不一致，根本上同有這公共的一點：——評判的態度。孔教的討論只是要重新估定孔教的價值。文學的評論只是要重新估定舊文學的價值。貞操的討論只是要重新估定貞操的道德在現代社會的價值。舊戲的評論只是要重新估定舊戲在今日文學上的價值。禮教的討論只是要重新估定古代的綱常禮教在今日還有甚麼價值。女子的問題只是要重新估定女子在社會上的價值。政府與無政府的討論，財產私有與公有的討論，也只是要重新估定政府與財產等等制度在今日社會的價值。……我也不必往下數了，這些例很夠證明這種評判的態度是新思潮運動的共同精神。

二

這種評判的態度，在實際上表現時，有兩種趨勢。一方面是討論社會上、政治上、宗教上、文學上種種問題。一方面是介紹西洋的新思想、新學術、新文學、新信仰。前者是「研究問題」，後者是「輸入學理」。這兩項是新思潮的手段。

我們隨便翻開這兩三年以來的新雜誌與報紙，便可以看出這兩種的趨勢。在研究問題一方面，我們可以指出：一、孔教問題，二、文學改革問題，三、國語統一問題，四、女子解放問題，五、貞操問題，六、禮教問題，七、教育改良問題，八、婚姻問題，九、父子問題，十、戲劇改良問題，……等等。在輸入學理一方面，我們可以指出《新青年》的「易卜生號」、「馬克思號」，《民鐸》的「現代思潮號」，《新教育》的「杜威號」，《建設》的「全民政治」的學理，和北京《晨報》、《國民公報》、《每週評論》，上海《星期評論》、《時事新報》、《解放與改造》，廣州《民風週刊》……等等雜誌報紙所介紹的種種西洋新學說。

為甚麼要研究問題呢？因為我們的社會現在正當根本動搖的時候，有許多風俗制度，向來不發生問題的，現在因為不能適應時勢的需要，不能使人滿意，都漸漸變成困難的問題，不能不徹底研究，不能不考問舊日的解決法是否錯誤。如果錯了，錯在甚麼地方；錯誤尋出了，可有甚麼更好的解決方法；有甚麼方法可以適應現時的要求。例如孔教的問題，向來不成甚麼問題；後來東方文化與西方文化接近，孔教的勢力漸漸衰微，於是有一班信仰孔教的人妄想要用政府法令的勢力來恢復孔教的尊嚴；卻不知道這種高壓的手段恰好挑起一種懷疑的反動。因此，民國四、五年的時候，孔教會的活動最大，反對孔教的人也最多。孔教成為問題就在這個時候。現在大多數明白事理的人，已打破了孔教的迷夢，這個問題又漸漸的不成問題了，故安福部的議員通過孔教為修身大本的議案時，國內竟沒有人睬他們了！

又如文學革命的問題。向來教育是少數「讀書人」的特別權利，於大多數人是無關係的，故文字的艱深不成問題。近來教育成為全國人的公共權利，人人知道普及教育是不可少的，故漸漸的有人知道文言在教育上實在不適用，於是文言白話就成為問題了。後來有人覺得單用白話做教科書是不中用的，因為世間決沒有人情願學一種除了教科書以外便沒有用處的文字。這些人主張：古文不但不配做教育的工具，並且不配做文學的利器；若要提倡國語的教育，先須提倡國語的文學。文學革命的問題就是這樣發生的。現在全國教育聯合會已全體一致通過小學教科書改用國語的議案，況且用國語做文章的人也漸漸的多了，這個問題又漸漸的不成問題了。

為甚麼要輸入學理呢?這個大概有幾層解釋。一來呢,有些人深信中國不但缺乏砲彈、兵船、電報、鐵路,還缺乏新思想與新學術,故他們儘量的輸入西洋近世的學說。二來呢,有些人自己深信某種學說,要想他傳播發展,故盡力提倡。三來呢,有些人自己不能做具體的研究工夫,覺得翻譯現成的學說比較容易些,故樂得做這種稗販事業。四來呢,研究具體的社會問題或政治問題,一方面做那破壞事業,一方面做對症下藥的工夫,不但不容易,並且很遭犯忌諱,很容易惹禍,故不如做介紹學說的事業,借「學理研究」的美名,既可以避「過激派」的罪名,又還可以種下一點革命的種子。五來呢,研究問題的人,勢不能專就問題本身討論,不能不從那問題的意義上着想。但是問題引申到意義上去,便不能不靠許多學理做參考比較的材料,故學理的輸入往往可以幫助問題的研究。

這五種動機雖然不同,但是多少總含有一種「評判的態度」,總表示對於舊有學術思想的一種不滿意,和對於西方的精神文明的一種新覺悟。

但是這兩三年新思潮運動的歷史應該給我們一種很有益的教訓。甚麼教訓呢?就是:這兩三年來新思潮運動的最大成績差不多全是研究問題的結果。新文學的運動便是一個最明白的例。這個道理很容易解釋。凡社會上成為問題的問題,一定是與許多人有密切關係的。這許多人雖然不能提出甚麼新解決，但是他們平時對於這個問題自然不能不注意。若有人能把這個問題的各方面都細細分析出來，加上評判的研究，指出不滿意的所在，提出新鮮的救濟方法，自然容易引起許多人的注意。起初自然有許多人反對，但是反對便是注意的證據，便是興趣的表示。試看近日報紙上登的馬克思的「贏餘價值論」，可有反對的嗎？可有討論的嗎？沒有人討論，沒有人反對，便是不能引起人注意的證據。研究問題的文章所以能發生效果，正為所研究的問題一定是社會人生最切要的問題，最能使人注意，也最能使人覺悟。懸空介紹一種專家學說，如「贏餘價值論」之類，除了少數專門學者之外，決不會發生甚麼影響。但是我們可以在研究問題裏面做點輸入學理的事業，或用學理來解釋問題的意義，或從學理上尋求解決問題的方法。用這種方法來輸入學理，能使人於不知不覺之中感受學理的影響。不但如此，研究問題最能使讀者漸漸的養成一種批評的態度，研究的興趣，獨立思想的習慣。十部「純粹理性的評判」，不如一點評判的態度；十篇「贏餘價值論」，不如一點研究的興趣；十種「全民政治論」，不如一點獨立思想的習慣。

總起來說：研究問題所以能於短時期中發生很大的效力，正因為研究問題有這幾種好處：一、研究社會人生切要的問題最容易引起大家的注意。二、因為問題關切人生，故最容易引起反對。但反對是該歡迎的，因為反對便是興趣的表示，況且反對的討論不但給我們許多不要錢的廣告，還可使我們得討論的益處，使真理格外分明。三、因為問題是逼人的活問題，故容易使人覺悟，容易得人信從。四、因為從研究問題裏面輸入的學理，最容易消除平常人對於學理的抗拒力，最容易使人於不知不覺之中受學理的影響。五、因為研究問題可以不知不覺的養成一班研究的，評判的，獨立思想的革新人才。

這是這幾年新思潮運動的大教訓！我希望新思潮的領袖人物以後能瞭解這個教訓，能把全副精力貫注到研究問題上去；能把一切學理不看作天經地義，但看作研究問題的參考材料；能把一切學理應用到我們自己的種種切要問題上去；能在研究問題上面做輸入學理的工夫；能用研究問題的工夫來提倡研究問題的態度，來養成研究問題的人才。

這是我對於新思潮運動的解釋。這也是我對於新思潮將來的趨向的希望。

〔注〕參看：

①《多研究些問題，少談些主義》　②《問題與主義》

③《再論問題與主義》　④《三論問題與主義》

三

以上說新思潮的「評判的精神」在實際上的兩種表現。現在要問：「新思潮的運動對於中國舊有的學術思想，持甚麼態度呢？」

我的答案是：「也是評判的態度。」

分開來說，我們對於舊有的學術思想有三種態度。第一，反對盲從；第二，反對調和；第三，主張整理國故。

盲從是評判的反面，我們既主張「重新估定一切價值」，自然要反對盲從。這是不消說的了。

為甚麼要反對調和呢？因為評判的態度只認得一個是與不是，一個好與不好，一個適與不適，——不認得甚麼古今中外的調和。調和是社會的一種天然趨勢。人類社會有一種守舊的惰性，少數人只管趨向極端的革新，大多數人至多只能跟你走半程路。這就是調和。調和是人類懶病的天然趨勢，用不着我們來提倡。我們走了一百里路，大多數人也許勉強走三四十里。我們若先講調和，只走五十里，他們就一步都不走了。所以革新家的責任只是認定「是」的一個方向走去，不要回頭講調和。社會上自然有無數懶人懦夫出來調和。

我們對於舊有的學術思想，積極的只有一個主張——就是「整理國故」。整理就是從亂七八糟裏面尋出一個條理脈絡來；從無頭無腦裏面尋出一個前因後果來；從胡說謬解裏面尋出一個真意義來；從武斷迷信裏面尋出一個真價值來。為甚麼要整理呢？因為古代的學術思想向來沒有條理，沒有頭緒，沒有系統，故第一步是條理系統的整理。因為前人研究古書，很少有歷史進化的眼光的，故從來不講究一種學術的淵源，一種思想的前因後果，所以第二步是要尋出每種學術思想怎樣發生，發生之後有甚麼影響效果。因為前人讀古書，除極少數學者以外，大都是以訛傳訛的謬說，——如太極圖，爻辰，先天圖，卦氣，……之類，——故第三步是要用科學的方法，作精確的考證，把古人的意義弄得明白清楚。因為前人對於古代的學術思想，有種種武斷的成見，有種種可笑的迷信，——如罵楊朱、墨翟為禽獸，卻尊孔丘為德配天地，道冠古今！——故第四步是綜合前三步的研究，各家都還他一個本來真面目，各家都還他一個真價值。

這叫做「整理國故」。現在有許多人自己不懂得國粹是甚麼東西，卻偏要高談「保存國粹」。林琴南先生做文章論古文之不當廢，他說，「吾知其理而不能言其所以然！」現在許多國粹黨，有幾個不是這樣糊塗懵懂的？這種人如何配談國粹？若要知道甚麼是國粹，甚麼是國渣，先須要用評判的態度，科學的精神，去做一番整理國故的工夫。

四

新思潮的精神是一種評判的態度。

新思潮的手段是研究問題與輸入學理。

新思潮的將來趨勢，依我個人的私見看來，應該是注重研究人生社會的切要問題，應該於研究問題之中做介紹學理的事業。

新思潮對於舊文化的態度，在消極一方面是反對盲從，是反對調和；在積極一方面，是用科學的方法來做整理的工夫。

新思潮的唯一目的是甚麼呢？是再造文明。

文明不是籠統造成的，是一點一滴的造成的。進化不是一晚上籠統進化的，是一點一滴的進化的。現今的人愛談「解放與改造」，須知解放不是籠統解放，改造也不是籠統改造。解放是這個那個制度的解放，這種那種思想的解放，這個那個人的解放，是一點一滴的解放。改造是這個那個制度的改造，這種那種思想的改造，這個那個人的改造，是一點一滴的改造。再造文明的下手工夫，是這個那個問題的研究。再造文明的進行，是這個那個問題的解決。

（《胡適文存》一集卷四）

易卜生主義（節錄）①

（一九二一年四月二十六日）

四

其次，我們且看易卜生寫個人與社會的關係。

易卜生的戲劇中，有一條極顯而易見的學說，是說社會與個人互相損害。社會最愛專制，往往用強力摧折個人的個性，壓制個人自由獨立的精神；等到個人的個性都消滅了，等到自由獨立的精神都完了，社會自身也沒有生氣了，也不會進步了。社會裏有許多陳腐的習慣，老朽的思想，極不堪的迷信，個人生在社會中，不能不受這些勢力的影響。有時有一兩個獨立的少年，不甘心受這種陳腐規矩的束縛，於是東衝西突想與社會作對。上文所說的褒匿，當少年時，也曾想和社會反抗。但是社會的權力很大，網羅很密，個人的能力有限，如何是社會的敵手？社會對個人道：「你們順我者生，逆我者死；順我者有賞，逆我者有罰。」那些和社會反對的少年，一個一個的都受家庭的責備，遭朋友的怨恨，受社會的侮辱驅逐。再看那些奉承社會意旨的人，一個一個的都升官發財，安富尊榮了。當此境地，不是頂天立地的好漢，決不能堅持到底。所以像褒匿那般人，做了幾時的維新志士，不久也漸漸的受社會同化，仍舊回到舊社會去做「社會的棟樑」了。社會如同一個大火鑪，甚麼金銀銅鐵錫，進了鑪子，都要鎔化。易卜生有一本戲叫做《雁》（The Wild Duck），寫一個人捉到一隻雁，把他養在樓上半閣裏，每天給他一桶水，讓他在水裏打滾游戲。那雁本是一個海闊天空逍遙自得的飛鳥，如今在半閣裏關久了，也會生活，也會長得胖胖的，後來竟完全忘記了他從前那種海闊天空來去自由的樂處了！個人在社會裏，就同這雁在人家半閣上一般，起初未必滿意，久而久之，也就慣了，也漸漸的把黑暗世界當作安樂窩了。

社會對於那班服從社會命令，維持陳舊迷信，傳播腐敗思想的人，一個一個的都有重賞：有的發財了，有的升官了，有的享大名譽了。這些人有了錢，有了勢，有了名譽，就像老虎長了翅膀，更可橫行無忌了，更可借着「公益」的名義去騙人錢財，害人生命，做種種無法無天的行為。易卜生的《社會棟樑》和《博克曼》（John Gabriel Borkman）兩本戲的主人翁都是這種人物。他們錢賺得夠了，然後掏出幾個小錢來，開一個學堂，造一所孤兒院，立一個公共遊戲場，「捐二十磅金去買麵包給貧人吃」（用《社會的棟樑》二幕中語）。於是社會格外恭維他們，打着旗子，奏着軍樂，上他們家來，大喊「社會的棟樑萬歲」！

那些不懂事又不安本分的理想家，處處和社會的風俗習慣反對，是該受重罰的。執行這種重罰的機關，便是「輿論」，便是大多數的「公論」。世間有一種最通行的迷信，叫做「服從多數的迷信」。人都以為多數人的公論總是不錯的。易卜生絕對的不承認這種迷信。他說「多數黨總在錯的一邊，少數黨總在不錯的一邊」（《國民公敵》五幕）。一切維新革命，都是少數人發起的，都是大多數人所極力反對的。大多數人總是守舊麻木不仁的；只有極少數人，有時只有一個人，不滿意於社會的現狀，要想維新，要想革命。這種理想家是社會所最忌的。大多數人都罵他是「搗亂分子」，都恨他「擾亂治安」，都說他「大逆不道」。所以他們用大多數的專制威權去壓制那「搗亂」的理想志士，不許他開口，不許他行動自由，把他關在監牢裏，把他趕出境去，把他殺了，把他釘在十字架上活活的釘死，把他綑在柴草上活活的燒死。過了幾十年幾百年，那少數人的主張漸漸的變成多數人的主張了，於是社會的多數人又把他們從前殺死釘死燒死的那些「搗亂分子」一個一個的重新推崇起來，替他們修墓，替他們作傳，替他們立廟，替他們鑄銅像。卻不知道從前那種「新」思想，到了這時候，又早已成了「陳腐的」迷信！當他們替從前那些特立獨行的人修墓鑄銅像的時候，社會裏早已發生了幾個新派少數人，又要受他們殺死釘死燒死的刑罰了！所以說「多數黨總是錯的，少數黨總是不錯的。」

易卜生有一本戲叫做《國民公敵》，裏面寫的就是這個道理。這本戲的主人翁斯鐸曼醫生從前發現本地的水可以造成幾處衛生浴池。本地的人聽了他的話，覺得有利可圖，便集了資本造了幾處衛生浴池。後來四方人聞了這浴池之名，紛紛來這裏避暑養病。來的人多了，本地的商業市面便漸漸發達興旺。斯鐸曼醫生便做了浴池的官醫。後來洗浴的人之中，忽然發生一種流行病症；經這位醫生仔細考察，知道這病症是從浴池的水裏來的，他便裝了一瓶水寄與大學的化學師請他化驗。化驗出來，才知道浴池的水管安的太低了，上流的污穢，停積在浴池裏，發生一種傳染病的微生物，極有害於公眾衛生。斯鐸曼醫生得了這種科學證據，便做了一篇切切實實的報告書，請浴池的董事會把浴池的水管重行改造，以免妨礙衛生。不料改造浴池須要花費許多錢，又要把浴池閉歇一兩年；浴池一閉歇，本地的商務便要受多許損失。所以本地的人全體用死力反對斯鐸曼醫生的提議。他們寧可聽那些來避暑養病的人受毒病死，卻不情願受這種金錢的損失。所以他們用大多數的專制威權壓制這位說老實話的醫生，不許他開口。他做了報告，本地的報館都不肯登載。他要自己印刷，印刷局也不肯替他印。他要開會演說，全城的人都不把空屋借他做會場。後來好容易找到了一所會場，開了一個公民會議；會場上的人不但不聽他的老實話，還把他趕下台去，由全體一致表決，宣告斯鐸曼醫生從此是國民的公敵。他逃出會場，把袴子都撕破了，還被眾人趕到他家，用石頭擲他，把窗戶都打碎了。到了明天，本地政府革了他的官醫；本地商民發了傳單不許人請他看病；他的房東請他趕快搬出屋去；他的女兒在學堂教書，也被校長辭退了。這就是「特立獨行」的好結果！這就是大多數懲罰少數「搗亂分子」的辣手段！……

……

六

我開篇便說過易卜生的人生觀只是一個寫實主義。易卜生把家庭社會的實在情形都寫了出來，叫人看了動心，叫人看了覺得我們的家庭社會原來是如此黑暗腐敗，叫人看了覺得家庭社會真正不得不維新革命：——這就是「易卜生主義」。表面上看去，像是破壞的，其實完全是建設的。譬如醫生診了病，開了一個脈案，把病狀詳細寫出，這難道是消極的破壞的手續嗎？但是易卜生雖開了許多脈案，卻不肯輕易開藥方。他知道人類社會是極複雜的組織，有種種絕不相同的境地，有種種絕不相同的情形。社會的病，種類紛繁，決不是甚麼「包醫百病」的藥方所能治得好的。因此他只好開了脈案，說出病情，讓病人各人自己去尋醫病的藥方。

雖然如此，但是易卜生生平卻也有一種完全積極的主張。他主張個人需要充分發達自己的天才性，需要充分發展自己的個性。他有一封信給他的朋友白蘭戴說道：

我所最期望於你的是一種真益純粹的為我主義。要使你有時覺得天下只有關於我的事最要緊，其餘的都算不得甚麼。……你要想有益於社會，最好的法子莫如把你自己這塊材料鑄造成器。……有的時候我真覺得全世界都像海上撞沉了船，最要緊的還是救出自己。（《尺牘》第八四）

最可笑的是有些人明知世界「陸沉」，卻要跟着「陸沉」，跟着墮落，不肯「救出自己」！卻不知道社會是個人組成的，多救出一個人便是多備下一個再造新社會的分子。所以孟軻說「窮則獨善其身」，這便是易卜生所說「救出自己」的意思。這種「為我主義」，其實是最有價值的利人主義。所以易卜生說，「你要想有益於社會，最好的法子莫如把你自己這塊材料鑄造成器。」《娜拉》戲裏，寫娜拉拋了丈夫兒女飄然而去，也只為要「救出自己」。那戲中說：

（郝爾茂）……你就是這樣拋棄你的最神聖的責任嗎？
（娜拉）你以為我的最神聖的責任是甚麼？
（郝）還等我說嗎？可不是你對於你的丈夫和你的兒女的責任嗎？
（娜）我還有別的責任同這些一樣的神聖。
（郝）沒有的。你且說，那些責任是甚麼？
（娜）是我對於我自己的責任。
（郝）最要緊的，你是一個妻子，又是一個母親。
（娜）這種話我現在不相信了。我相信，第一，我是一個人，正同你一樣。——無論如何，我務必努力做一個人。（三幕）

一八八二年，易卜生有信給朋友道：

這樣生活，須使各人自己充分發展：——這是人類功業頂高的一層；這是我們大家都應該做的事。（《尺牘》第一六四）

社會最大的罪惡莫過於摧折個人的個性，不使他自由發展。那本《雁》戲所寫的只是一件摧殘個人才性的慘劇。那戲寫一個人少年時本極有高尚的志氣，後來被一個惡人害得破家蕩產，不能度日。那惡人又把他自己通姦有孕的下等女子配給他做妻子，從此家累日重一日，他的志氣便日低一日。到了後來，他墮落深了，竟變成了一個懶人懦夫，天天受那下賤婦人和兩個無賴的恭維，他洋洋得意的覺得這種生活很可以終身了。所以那本戲借一個雁做比喻：那雁在半閣上關得久了，他從前那種高飛遠舉的志氣全消滅了。居然把人家的半閣做他的極樂國了！

發展個人的個性，需要有兩個條件。第一，須使個人有自由意志；第二，須使個人擔干係，負責任。《娜拉》戲中寫郝爾茂的最大錯處只在他把娜拉當作「玩意兒」看待，既不許他有自由意志，又不許他擔負家庭的責任，所以娜拉竟沒有發展他自己個性的機會。所以娜拉一旦覺悟時，恨極他的丈夫，決意棄家遠去，也正為這個原故。易卜生又有一本戲，叫做《海上夫人》(The Lady from the Sea)，裏面寫一個女子哀梨妲少年時嫁給人家做後母，他丈夫和前妻的兩個女兒看他年紀輕，不讓他管家務，只叫他過安閒日子。哀梨妲在家覺得做這種不自由的妻子，不負責任的後母，是極沒趣的事。因此他天天想跟人到海外去過那海闊天空的生活。他丈夫越不許他自由，他偏越想自由。後來他丈夫知道留不住，只得許他自由出去。他丈夫說道：

(丈夫)……我現在立刻和你毀約，現在你可以有完全自由揀定你自己的路子。……現在你可以自己決定，你有完全的自由，你自己擔干係。

（哀梨妲）完全自由！還要自己擔干係！還擔干係咧！有這麼一來，樣樣事都不同了。

哀梨妲有了自由又自己負責任了，忽然大變了，也不想那海上的生活了，決意不跟人走了（《海上夫人》第五幕）。這是為甚麼呢？因為世間只有奴隸的生活是不能自由選擇的，是不用擔干係的。個人若沒有自由權，又不負責任，便和做奴隸一樣，所以無論怎樣好玩，無論怎樣高興，到底沒有真正樂趣，到底不能發展個人的人格。所以哀梨妲說，有了完全自由，還要自己擔干係，有這麼一來，樣樣事都不同了。

家庭是如此，社會國家也是如此。自治的社會，共和的國家，只是要個人有自由選擇之權，還要個人對於自己所行所為都負責任。若不如此，決不能造出自己獨立的人格。社會國家沒有自由獨立的人格，如同酒裏少了酒麴，麵包裏少了酵，人身上少了腦筋：那種社會國家決沒有改良進步的希望。

所以，易卜生的一生目的只是要社會極力容忍，極力鼓勵斯鐸曼醫生一流的人物（斯鐸曼事見上文四節）。要想社會上生出無數永不知足，永不滿意，敢說老實話攻擊社會腐敗情形的「國民公敵」；要想社會上有許多人都能像斯鐸曼醫生那樣宣言道：「世上最強有力的人就是那個最孤立的人！」

社會國家是時刻變遷的，所以不能指定那一種方法是救世的良藥：十年前用補藥，十年後或者需用洩藥了；十年前用涼藥，十年後或者需用熱藥了。況且各地的社會國家都不相同，適用於日本的藥，未必完全適用於中國；適用於德國的藥，未必適用於美國。只有康有為那種「聖人」，還想用他們的「戊戌政策」來救戊午的中國；只有辜鴻銘那班怪物，還想用二千年前的「尊王大義」來施行於二十世紀的中國。易卜生是聰明人，他知道世上沒有「包醫百病」的仙方，也沒有「施諸四海而皆準，推之百世而不悖」的真理。因此他對於社會的種種罪惡污穢，只開脈案，只說病狀，卻不肯下藥。但他雖不肯下藥，卻到處告訴我們一個保衛社會健康的衛生良法。他彷佛說道：「人的身體全靠血裏面有無量數的白血輪時時刻刻與人身的病菌開戰，把一切病菌撲滅乾淨，方才可使身體健全，精神充足。社會國家的健康也全靠社會中有許多永不知足，永不滿意，時刻與罪惡分子齷齪分子宣戰的白血輪，方才有改良進步的希望。我們若要保衛社會的健康，需要使社會裏時時刻刻有斯鐸曼醫生一般的白血輪分子。但使社會常有這種白血輪精神，社會決沒有不改良進步的道理。」一八八三年，易卜生寫信給朋友道：

十年之後，社會的多數人大概也會到了斯鐸曼醫生開公民大會時的見地了。但是這十年之中，斯鐸曼自己也刻刻向前進；所以到了十年之後，他的見地仍舊比社會的多數人還高十年。即以我個人而論，我覺得時時刻刻總有進境。我從前每作一本戲時的主張，如今都已漸漸變成了很多數人的主張。但是等到他們趕到那裏時，我久已不在那裏了。我又到別處去了。我希望我總是向前去了。（《尺牘》第一七二）

（《胡適文存》一集卷四）

注釋

①本文初稿發於一九一八年五月十六日。

少年中國之精神①

（一九一九年）

前番太炎先生話裏面說，現在青年的四種弱點，都是很可使我們反省的。他的意思是要我們少年人：一、不要把事情看得太容易了；二、不要妄想憑藉已成的勢力；三、不要虛慕文明；四、不要好高騖遠；這四條都是消極的忠告。我現在且從積極一方面提出幾個觀念，和各位同志商酌。

一、少年中國的邏輯

邏輯即是思想、辯論、辦事的方法；一般中國人現在最缺乏的就是一種正當的方法。因為方法缺乏，所以有下列的幾種現象：（一）靈異鬼怪的迷信，如上海的盛德壇及各地的各種迷信；

（二）謾罵無理的議論；（三）用詩云子曰作根據的議論；（四）把西洋古人當作無上真理的議論。還有一種平常人不很注意的怪狀，我且稱他為「目的熱」，就是迷信一些空虛的大話，認為高尚的目的，全不問這種觀念的意義究竟如何。今天有人說：「我主張統一和平」，大家齊聲喝采，就請他做內閣總理；明天又有人說：「我主張和平統一」，大家又齊聲叫好，就舉他做大總統。此外還有甚麼「愛國」哪，「護法」哪，「孔教」哪，「衛道」哪……許多空虛的名詞；意義不曾確定，也都有許多人隨聲附和，認為天經地義，這便是我所說的「目的熱」。以上所說各種現象都是缺乏方法的表示。我們既然自認為「少年中國」，不可不有一種新方法。這種新方法，應該是科學的方法。科學方法，不是我在這短促時間裏所能詳細討論的，我且略說科學方法的要點：

第一注重事實　科學方法是用事實作起點的，不要問孔子怎麼說，柏拉圖怎麼說，康德怎麼說；我們須要先從研究事實下手，凡遊歷調查統計等事都屬於此項。

第二注重假設　單研究事實，算不得科學方法。王陽明對着庭前的竹子做了七天的「格物」工夫，格不出甚麼道理來，反病倒了，這是笨伯的「格物」方法。科學家最重「假設」（Hypothesis），觀察事物之後，自說有幾個假定的意思。我們應該把每一個假設所涵的意義徹底想出，看那意義是否可以解釋所觀察的事實？是否可以解決所遇的疑難？所以要博學，正是因為博學方才可以有許多假設，學問只是供給我們種種假設的來源。

第三注重證實　許多假設之中，我們挑出一個，認為最合用的假設。但是這個假設是否真正合用，必須實地證明。有時候，證實是很容易的；有時候，必須用「試驗」方才可以證實。證實了的假設，方可說是「真」的，方才可用。一切古人今人的主張，東哲西哲的學說，若不曾經過這一層證實的工夫，只可作為待證的假設，不配認作真理。

少年的中國，中國的少年，不可不時時刻刻保存這種科學的方法，實驗的態度。

二、少年中國的人生觀

現在中國有幾種人生觀都是「少年中國」的仇敵：第一種是醉生夢死的無意識生活，固然不消說了。第二種是退縮的人生觀，如靜坐會的人，如坐禪學佛的人，都只是消極的縮頭主義。這些人沒有生活的膽子，不敢冒險，只求平安，所以變成一班退縮懦夫。第三種是野心的投機主義，這種人雖不退縮，但為完全自己的私利起見，所以他們不惜利用他人，作他們自己的器具；

不惜犧牲別人的人格和自己的人格，來滿足自己的野心；到了緊要關頭，不惜作偽，不惜作惡，不顧社會的公共幸福，以求達他們自己的目的。這三種人生觀都是我們該反對的。少年中國的人生觀，依我個人看來，該有下列的幾種要素：

第一須有批評的精神　一切習慣、風俗、制度的改良，都起於一點批評的眼光。個人的行為和社會的習俗，都最容易陷入機械的習慣。到了「機械的習慣」的時代，樣樣事都不知不覺的做去，全不理會何以要這樣做，只曉得人家都這樣做故我也這樣做。這樣的個人便成了無意識的兩腳機器，這樣的社會便成了無生氣的守舊社會。我們如果發願要造成少年的中國，第一步便須有一種批評的精神。批評的精神不是別的，就是隨時隨地都要問我為甚麼要這樣做？為甚麼不那樣做？

第二須有冒險進取的精神　我們需要認定這個世界是很多危險的，定不太平的，是需要冒險的；世界的缺點很多，是要我們來補救的；世界的痛苦很多，是要我們來減少的；世界的危險很多，是要我們來冒險進取的。俗語說得好：「成人不自在，自在不成人。」我們要做一個人，豈可貪圖自在？我們要想造一個「少年的中國」，豈可不冒險？這個世界是給我們活動的大舞台，我們既上了台，便應該老着面皮，拚着頭皮，大着膽子，幹將起來。那些縮進後台去靜坐的人都是懦夫，那些袖着雙手只會看戲的人，也都是懦夫。這個世界豈是給我們靜坐旁觀的嗎？那些厭惡這個世界夢想超生別的世界的人，更是懦夫，不用說了。

第三須要有社會協進的觀念　上條所說的冒險進取，並不是野心的，自私自利的。我們既認定這個世界是給我們活動的，又須認定人類的生活全是社會的生活。社會是有機的組織，全體影響個人，個人影響全體。社會的活動是互助的，你靠他幫忙，他靠你幫忙，我又靠你同他幫忙，你同他又靠我幫忙。你少說了一句話，我或者不是我現在的樣子；我多盡了一分力，你或者也不是你現在這個樣子；我和你多盡了一分力，或少做了一點事，社會的全體也許不是現在這個樣子，這便是社會協進的觀念。有這個觀念，我們自然把人人都看作同力合作的伴侶，自然會尊重人人的人格了。有這個觀念，我自然覺得我們的一舉一動都和社會有關，自然不肯為社會造惡因，自然要努力為社會種善果，自然不致變成自私自利的野心投機家了。

少年的中國，中國的少年，不可不時時刻刻保存這種批評的、冒險進取的、社會的人生觀。

三、少年中國的精神

少年中國的精神並不是別的，就是上文所說的邏輯和人生觀。我且說一件故事做我這番談話的結論：諸君讀過英國史的，一定知道英國前世紀有一種宗教革新的運動，歷史上稱為「牛津運動」（The Oxford Movement）。這種運動的幾個領袖如客白爾（Keble）、紐曼（Newman）、福魯德（Froude）諸人，痛恨英國國教的腐敗，想大大的改革一番。這個運動未起事之先，這幾位領袖做了一些宗教性的詩歌寫在一個冊子上。紐曼摘了一句荷馬的詩題在冊子上，那句詩是You shall see the difference now that we are back again!翻譯出來即是「如今我們回來了，你們看便不同了！」

少年的中國，中國的少年，我們也該時時刻刻記着這句話：

如今我們回來了，你們看便不同了！

這便是少年中國的精神。

（《少年中國》第一期）

注　釋

①本文係作者在少年中國學會上的演說詞。

多研究些問題，少談些「主義」

（一九一九年七月）

本報（《每週評論》）第二十八號裏，我曾說過：

「現在輿論界大危險，就是偏向紙上的學說，不去實地考察中國今日的社會需要究竟是甚麼東西。那些提倡尊孔祀天的人，固然是不懂得現時社會的需要。那些迷信軍國民主義或無政府主義的人，就可算是懂得現時社會的需要麼？」

「要知道輿論家的第一天職，就是細心考察社會的實在情形。一切學理，一切『主義』，都是這種考察的工具。有了學理作參考材料，便可使我們容易懂得所考察的情形，容易明白某種情形有甚麼意義，應該用甚麼救濟的方法。」

我這種議論，有許多人一定不願意聽。但是前幾天北京《公言報》、《新民國報》、《新民報》（皆安福部的報），和日本文的《新支那報》，都極力恭維安福部首領王揖唐主張民生主義的演說，並且恭維安福部設立「民生主義的研究會」的辦法。有許多人自然嘲笑這種假充時髦的行為。但是我看了這種消息，發生一種感想。這種感想是：「安福部也來高談民生主義了，這不夠給我們這班新輿論家一個教訓嗎？」甚麼教訓呢？這可分三層說：

第一，空談好聽的「主義」，是極容易的事，是阿貓阿狗都能做的事，是鸚鵡和留聲機器都能做的事。

第二，空談外來進口的「主義」，是沒有甚麼用處的。一切主義都是某時某地的有心人，對於那時那地的社會需要的救濟方法。我們不去實地研究我們現在的社會需要，單會高談某某主義，好比醫生單記得許多湯頭歌訣，不去研究病人的症候，如何能有用呢？

第三，偏向紙上的「主義」，是很危險的。這種口頭禪很容易被無恥政客利用來做種種害人的事。歐洲政客和資本家利用國家主義的流毒，都是人所共知的。現在中國的政客，又要利用某種某種主義來欺人了。羅蘭夫人說，「自由自由，天下多少罪惡，都是借你的名做出的！」一切好聽的主義，都有這種危險。

這三條合起來看，可以看出「主義」的性質。凡「主義」都是應時勢而起的。某種社會，到了某時代，受了某種的影響，呈現某種不滿意的現狀；於是有一些有心人，觀察這種現象，想出某種救濟的法子。這是「主義」的原起。主義初起時，大都是一種救時的具體主張。後來這種主張傳播出去，傳播的人要圖簡便，便用一兩個字來代表這種具體的主張，所以叫他做「某某主義」。主張成了主義，便由具體的計畫，變成一個抽象的名詞。「主義」的弱點和危險，就在這裏。因為世間沒有一個抽象名詞能把某人某派的具體主張都包括在裏面。比如「社會主義」一個名詞，馬克思的社會主義，和王揖唐的社會主義不同；你的社會主義，和我的社會主義不同；決不是這一個抽象名詞所能包括。你談你的社會主義，我談我的社會主義，王揖唐又談他的社會主義。同用一個名詞，中間也許隔開七八個世紀，也許隔開兩三萬里路，然而你和我和王揖唐都可自稱社會主義家，都可用這一個抽象名詞來騙人。這不是「主義」的大缺點和大危險嗎？

我再舉現在人人嘴裏掛着的「過激主義」做一個例。現在中國有幾個人知道這一個名詞做何意義？但是大家都痛恨痛罵「過激主義」。內務部下令嚴防「過激主義」，曹錕也行文嚴禁「過激主義」，盧永祥也出示查禁「過激主義」。前兩個月，北京有幾個老官僚在酒席上歎氣，說，「不好了，過激派到了中國了。」前兩天有一個小官僚，看見我寫的一把扇子，大詫異道：「這不是過激黨胡適嗎？」哈哈！這就是「主義」的用處！

我因為深覺得高談主義的危險，所以我現在奉勸新輿論界的同志道：「請你們多提出一些問題，少談一些紙上的主義。」

更進一步說：「請你們多多研究這個問題如何解決，那個問題如何解決，不要高談這種主義如何新奇，那種主義如何奧妙。」

現在中國應該趕緊解決的問題，真多得很。從人力車夫的生計問題，到大總統的權限問題；從賣淫問題到賣官賣國問題；從解散安福部問題到加入國際聯盟問題；從女子解放問題到男子解放問題……哪一個不是火燒眉毛緊急問題？

我們不去研究人力車夫的生計，卻去高談社會主義；不去研究女子如何解放、家庭制度如何救正，卻去高談公妻主義和自由戀愛；不去研究安福部如何解散，不去研究南北問題如何解決，卻去高談無政府主義；我們還要得意揚揚誇口道，「我們所談的是根本解決」。老實說罷，這是自欺欺人的夢話，這是中國思想界破產的鐵證，這是中國社會改良的死刑宣告！

為甚麼談主義的人那麼多，為甚麼研究問題的人那麼少呢？這都由於一個懶字。懶的定義是避難就易。研究問題是極困難的事，高談主義是極容易的事。比如研究安福部如何解散，研究南北和議如何解決，這都是要費工夫，挖心血，收集材料，徵求意見，考察情形，還要冒險吃苦，方才可以得一種解決的意見。又沒有成例可援，又沒有黃梨洲、柏拉圖的話可引，又沒有《大英百科全書》可查，全憑研究考察的工夫，這豈不是難事嗎？高談「無政府主義」便不同了。買一兩本實社《自由錄》，看一兩本西文無政府主義的小冊子，再翻一翻《大英百科全書》，便可以高談無忌了，這豈不是極容易的事嗎？

高談主義，不研究問題的人，只是畏難求易，只是懶。

凡是有價值的思想，都是從這個那個具體的問題下手的。先研究了問題的種種方面的種種的事實，看看究竟病在何處，這是思想的第一步工夫。然後根據於一生經驗學問，提出種種解決的方法，提出種種醫病的丹方，這是思想的第二步工夫。然後用一生的經驗學問，加上想像的能力，推想每一種假定的解決法，該有甚麼樣的效果，推想這種效果是否真能解決眼前這個困難問題。推想的結果，揀定一種假定的解決，認為我的主張，這是思想的第三步工夫。凡是有價值的主張，都是先經過這三步工夫來的。不如此，不算輿論家，只可算是鈔書手。

讀者不要誤會我的意思。我並不是勸人不研究一切學說和一切「主義」。學理是我們研究問題的一種工具。沒有學理做工具，就如同王陽明對着竹子癡坐，妄想「格物」，那是做不到的事。種種學說和主義，我們都應該研究。有了許多學理做材料，見了具體的問題，方才能尋出一個解決的方法。但是我希望中國的輿論家，把一切「主義」擺在腦背後，做參考資料，不要掛在嘴上做招牌，不要叫一知半解的人拾了這些半生不熟的主義，去做口頭禪。

「主義」的大危險，就是能使人心滿意足，自以為尋着包醫百病的「根本解決」，從此用不着費心力去研究這個那個具體問題的解決法了。

（《胡適文存》一集卷二）

差不多先生傳

你知道中國最有名的人是誰？提起此人，人人皆曉，處處聞名；他姓差，名不多，是各省各縣各村人氏。你一定見過他，一定聽過別人談起他。差不多先生的名字，天天掛在大家的口頭，因為他是中國全國人的代表。

差不多先生的相貌，和你和我都差不多。他有一雙眼睛，但看得不很清楚；有兩隻耳朵，但聽得不很分明；有鼻子和嘴，但他對於氣味和口味都不很講究；他的腦子也不小，但他的記性卻不很精明，他的思想也不細密。

他常常說：「凡事只要差不多就好了，何必太精明呢？」

他小的時候，他媽媽叫他買紅糖，他買了白糖回來。他媽媽罵他，他搖搖頭說：「紅糖、白糖，不是差不多嗎？」

他在學堂的時候，先生問他：「直隸省的西邊是那一省？」他說是陝西。先生說：「錯了。

是山西，不是陝西。」他說：「陝西同山西，不是差不多嗎？」

後來他在一個錢鋪裏做夥計。他也會寫，也會算，只是總不會精細；十字常常寫成千字，千字常常寫成十字。掌櫃的生氣了，常常罵他。他只笑嘻嘻地賠小心（道歉）道：「千字比十字只多一小撇，不是差不多嗎？」

有一天，他為了一件要緊的事，要搭火車到上海去。他從從容容地走到火車站，遲了兩分鐘，火車已經開走了。他白瞪着眼，望着遠遠的火車上的煤煙，搖搖頭道：「只好明天再走了，今天走同明天走也還差不多；可是火車公司未免太認真了，八點三十分開，同八點三十二分開，不是差不多嗎？」他一面說，一面慢慢地走回家；心裏總不很明白，為甚麼火車不肯等他兩分鐘。

有一天，他忽然得一急病，趕快叫家人去請東街的汪先生，那家人急急忙忙地跑去，一時尋不着東街的汪大夫，卻把西街的牛醫大夫請來了。差不多先生病在床上，知道尋錯了人；但病急了，身上痛苦，心裏焦急，等不得了，心裏想道：「好在王大夫同汪大夫也差不多，讓他試試看吧。」於是這位牛醫王大夫走近床前，用醫牛的法子給差不多先生治病，不上一點鐘，差不多先生就一命嗚呼了。

差不多先生差不多要死的時候，一口氣斷斷續續地說道：「活人同死人也差……差……差……不多，凡事只要……差……差……不多……就就好了，……何……必……太……太認真呢？」他說完了這句「格言」，就斷了氣。

他死後，大家都很稱讚差不多先生，樣樣事情看得破，想得通，大家都說他一生不肯認真，不肯算帳，不肯計較，真是一位有德行的人。於是大家給他取個死後的法號，叫他做圓通大師。

他的名譽越傳越遠，越久越大，無數無數的人，都學他的榜樣。於是人人都成了一個差不多先生。——然而中國從此就成了一個懶人國了。

人權與約法

（一九二九年）

四月二十日國民政府下了一道保障人權的命令，全文是：

> 世界各國人權均受法律之保障。當此訓政開始，法治基礎亟宜確立。凡在中華民國法權管轄之內，無論個人或團體均不得以非法行為侵害他人身體、自由及財產。違者即依法嚴行懲辦不貸。着行政、司法各院通飭一體遵照。此令。

在這個人人權被剝奪幾乎沒有絲毫餘剩的時候，忽然有明令保障人權的盛舉，我們老百姓自然是喜出望外。但我們歡喜一陣之後，揩揩眼鏡，仔細重讀這道命令，便不能不感覺大失望。失望之點是：

第一，這道命令認「人權」為「身體，自由，財產」三項，但這三項都沒有明確規定。就如「自由」究竟是那幾種自由？又如「財產」究竟受怎樣的保障？這都是很重要的缺點。

第二，命令所禁止的只是「個人或團體」，而並不曾提及政府機關。個人或團體固然不得以非法行為侵害他人身體自由及財產，但今日我們最感覺痛苦的是種種政府機關或假借政府與黨部的機關侵害人民的身體自由及財產。如今日言論出版自由之受干涉，如各地私人財產之被沒收，如近日各地電氣工業之被沒收，都是以政府機關的名義執行的。四月二十日的命令對於這一方面完全沒有給人民甚麼保障。這豈不是「只許州官放火，不許百姓點燈」嗎？

第三，命令中說，「違者即依法嚴行懲辦不貸」，所謂「依法」是依甚麼法？我們就不知道今日有何種法律可以保障人民的人權。中華民國刑法固然有「妨害自由罪」等章，但種種妨害若以政府或黨部名義行之，人民便完全沒有保障了。

果然，這道命令頒布不久，上海各報上便發現「反日會的活動是否在此命令範圍之內」的討論。日本文的報紙以為這命令可以包括反日會（改名救國會）的行動；而中文報紙如《時事新報》畏壘先生的社論則以為反日會的行動不受此命令的制裁。

豈但反日會的問題嗎？無論甚麼人，只須貼上「反動分子」、「土豪劣紳」、「反革命」、「共黨嫌疑」等等招牌，便都沒有人權的保障。身體可以受侮辱，自由可以完全被剝奪，財產可以任意宰制，都不是「非法行為」了。無論甚麼書報，只須貼上「反動刊物」的字樣，都在禁止之列，都不算侵害自由了。無論甚麼學校，外國人辦的只須貼上「文化侵略」字樣，中國人辦的只須貼上「學閥」、「反動勢力」等等字樣，也就都可以封禁沒收，都不算非法侵害了。

我們在這種種方面，有甚麼保障呢？

我且說一件最近的小事，事體雖小，其中含着的意義卻很重要。

三月廿六日上海各報登出一個專電，說上海特別市黨部代表陳德徵先生在三全大會提出了一個「嚴厲處置反革命分子案」。此案的大意是責備現有的法院太拘泥證據了，往往使反革命分子容易漏網。陳德徵先生提案的辦法是：

凡經省黨部及特別市黨部書面證明為反革命分子者，法院或其他法定之受理機關應以反革命罪處分之。如不服，得上訴。唯上級法院或其他上級法定之受理機關，如得中央黨部之書面證明，即當駁斥之。

這就是說，法院對於這種案子，不須審問，只憑黨部的一紙證明，便須定罪處刑。這豈不是根本否認法治了嗎？

我那天看了這個提案，有點忍不住，便寫了一封信給司法院長王寵惠博士。大意是問他「對於此種提議作何感想」，並且問他「在世界法制史上，不知在哪一世紀哪一個文明民族曾經有這樣一種辦法，筆之於書，立為制度的嗎？」

我認為這個問題是值得大家注意的，故把信稿送給國聞通信社發表。過了幾天，我們接得國聞通信社來信，說：

昨稿已為轉送各報，未見刊出，聞已被檢查者扣去。茲將原稿奉還。

我不知道我這封信有甚麼軍事上的重要而竟被檢查新聞的人扣去。這封信是我親自負責署名的。我不知道一個公民為甚麼不可以負責發表對於國家問題的討論。

但我們對於這種無理的干涉，有甚麼保障呢？

又如安徽大學的一個學長，因為語言上挺撞了蔣主席，遂被拘禁了多少天。他的家人朋友只能到處奔走求情，決不能到任何法院去控告蔣主席。只能求情而不能控訴，這是人治，不是法治。

又如最近唐山罷市的案子，其起源是因為兩益成商號的經理楊潤普被當地駐軍指為收買槍枝，拘去拷打監禁。據四月二十八日《大公報》的電訊，唐山總商會的代表十二人到一百五十二旅去請求釋放，軍法官不肯釋放。代表等辭出時，正遇兵士提楊潤普入內，「時楊之兩腿已甚臃腫，並有血迹，周身動轉不靈，見代表等則欲哭無淚，語不成聲，其悽慘情形，實難盡述。」但總商會及唐山商店八十八家打電報給唐生智，也只能求情而已；求情而無效，也只能相率罷市而已，人權在哪裏？法治在哪裏？

我寫到這裏，又看見五月二日的《大公報》，唐山全市罷市的結果，楊潤普被釋放了。「但因受刑過重，已不能行走，遂以門板抬出，未回兩益成，直赴中華醫院醫治。」《大公報》記者親自去訪問，他的記載中說：

……見楊潤普前後身衣短褂，血迹模糊。衣服均黏於身上，經醫生施以手術，始脫下。記者當問被捕後情形，楊答，苦不堪言，曾用舊時懲治盜匪之壓杠子，余實不堪其苦。正在疼痛難忍時，壓於腿上之木杠忽然折斷。旋又易以竹板，周身抽打，移時亦斷。時劉連長在旁，主以鐵棍代木棍。鄭法官恐生意外，未果。此後每訊必打，至今周身是傷。據醫生言，楊傷過重，非調養三個月不能復原。

這是人權保障的命令公布後十一日的實事。國民政府諸公對於此事不知作何感想？

我在上文隨便舉的幾件實事，都可以指出人權的保障和法治的確定決不是一紙模糊命令所能辦到的。

法治只是要政府官吏的一切行為都不得逾越法律規定的權限。法治只認得法律，不認得人。

法治之下，國民政府的主席與唐山一百五十二旅的軍官都同樣的不得逾越法律規定的權限，國民政府主席可以隨意拘禁公民，一百五十二旅的軍官自然也可以隨意拘禁拷打商人了。

但是現在中國的政治行為根本上從沒有法律規定的權限，人民的權利自由也從沒有法律規定的保障。在這種狀態之下，說甚麼保障人權！說甚麼確立法治基礎！

在今日如果真要保障人權，如果真要確立法治基礎，第一件應該制定一個中華民國的憲法。至少，至少，也應該制定所謂訓政時期的約法。

孫中山先生當日制定《革命方略》時，他把革命建國事業的措施程序分作三個時期：

第一期為軍法之治（三年）

第二期為約法之治（六年）……「凡軍政府對於人民之權利義務，及人民對於軍政府之權利義務，悉規定於約法。軍政府與地方議會及人民各循守之。司法者，負其責任。……」

第三期為憲法之治。

《革命方略》成於丙午年（一九〇六），其後續有修訂。至民國八年中山先生作《孫文學說》時，他在第六章裏再三申說「過渡時期」的重要，很明白地說「在此時期，行約法之治，以訓導民人，實行地方自治。」至民國十二年一月，中山先生作《中國革命史》時，第二時期仍名為「過渡時期」，他對於這個時期特別注意。他說：

第二為過渡時期，擬在此時期內，施行約法（非現行者），建設地方自治，促進民權發達。以一縣為自治單位，每縣於敵兵驅除戰事停止之日，立頒約法，以規定人民之權利義務，與革命政府之統治權。以三年為限，三年期滿，則由人民選舉其縣官。……革命政府之對於此自治團體只能照約法所規定而行其訓政之權。

又過了一年之後，當民國十三年四月中山先生起草《建國大綱》時，建設的程序也分作三個時期，第二期為「訓政時期」。但他在《建國大綱》裏不曾提起訓政時期的「約法」，又不曾提起訓政時期的年限。不幸一年之後他就死了。後來的人只讀他的《建國大綱》，而不研究這「三期」說的歷史，遂以為訓政時期可以無限地延長，又可以不用約法之治，這是大錯的。

中山先生的《建國大綱》雖沒有明說「約法」，但我們研究他民國十三年以前的言論，可以知道他決不會相信統治這樣一個大國可以不用一個根本大法的。況且《建國大綱》裏遺漏的東西多着哩。如廿一條說「憲法未頒布以前，各院長皆歸總統任免」，是訓政時期有「總統」，而全篇中不說總統如何產生。又如民國十三年一月國民黨第一次代表大會宣言已有「以黨為掌握政權之中樞」的話，而是年四月十二日中山先生草定《建國大綱》全文廿五條中沒有一句話提到一黨專政的。這都可見《建國大綱》不過是中山先生一時想到的一個方案，並不是應有盡有的，也不是應無盡無的。大綱所有，早已因時勢而改動了。（如十九條五院之設立在憲政開始時期，而去年已設立五院了。）大綱所無，又何妨因時勢的需要而設立呢？

我們今日需要一個約法，需要中山先生說的「規定人民之權利義務與革命政府之統治權」的一個約法。我們要一個約法來規定政府的權限：過此權限，便是「非法行為」。我們要一個約法來規定人民的「身體、自由及財產」的保障：有侵犯這法定的人權的，無論是一百五十二旅的連長或國民政府的主席，人民都可以控告，都得受法律的制裁。

我們的口號是：

快快制定約法以確定法治基礎！

快快制定約法以保障人權！

（《新月》二卷二期）

再論建國與專制

（一九三三年十二月十八日）

上一期我討論蔣廷黻先生的《革命與專制》，曾提出一個主張，說建國固然要統一政權，但統一政權不一定要靠獨裁專制。我們現在要討論一個比較更迫切的問題：中國的舊式專制既然沒有做到建國的大業，我們今日的建國事業是不是還得經過一度的新式專制呢？

這個問題，並不算是新問題，只是二十多年前《新民叢報》和《民報》討論的「開明專制」問題的舊事重提而已。在那時候，梁任公先生曾下定義如下：

> 發表其權力於形式，以束縛人一部分之自由，謂之制。專制者，一國中有制者，有被制者，制者全立於被制者之外，而專斷以規定國家機關之行動者也。由專斷而以不良的形式發表其權力，謂之野蠻專制。由專斷而以良的形式發表其權力，謂之開明專制。凡專制者以能專制之主體的利益為標準，謂之野蠻專制；以所專制之客體的利益為標準，謂之開明專制。

（《飲冰室文集》，乙丑重編本，卷二十九，頁三五—四一）

現時有些人心目中所懸想的新式專制，大概不過是當年梁任公先生所懸想的那種以國家人民的利益為標準的開明專制而已。當時梁先生又引日本法學者筧克彥的話，說「開明專制，以發達人民為目的者也」，這和現在一部分人所號召的「訓政」更相近了。所以當時民報社中，有署名「思黃」的，也主張革命之後須先行開明專制。當時孫中山先生還不曾提出「軍政、訓政、憲政」三時期的主張，那時他的三期論的第二期還叫做「約法」時期，是立憲期的準備。「思黃」所說，似是指那「約法」時期的開明專制。汪精衛先生在當時雖聲明「與思黃所見稍異」，但他也承認「政權生大變動之後，權力散漫，於是有以立憲為目的，而以開明專制為達此目的之手段者」。這正是後來的「訓政」論。

平心而論，二十多年前，民黨與非民黨都承認開明專制是立憲政治的過渡辦法。梁任公說：

若普通國家則必經過開明專制時代，而此時代不必太長，且不能太長；經過之後，即進於立憲：此國家進步之順序也。若經過之後而復退於野蠻專制，則必生革命。革命之後，再經一度開明專制，乃進於立憲。故開明專制者，實立憲之過渡也，立憲之預備也。（同上書，頁五四）

民報裏的「思黃」說：

吾儕以為欲救中國，唯有與民權，改民主。而入手之方則先以開明專制，以為與民權改民主之預備。最初之手段則革命也。（同上書，頁八一引）

《民報》與《新民叢報》走上一條路線去了。他們所爭的，其實不在開明專制，而在「最初之手段」是不是革命。梁氏希望當日的中國能行開明專制，逐漸過渡到立憲，可以避免種族革命與政治革命。而革命黨人根本上就不承認當日的中國政府有行開明專制的資格，所以他們要先革命。汪精衛說：

論者須知行開明專制者必有二條件：第一則其人必須有非常英傑之才，第二則其人必須為眾所推戴。如法之拿破崙第一，普之腓力特列第二，是其例也。（汪氏全文引見同上書，卷三十，頁三五—五八。此語在頁四七）

當日的政府確然沒有這些條件，所以辛亥革命起來之後，梁任公作文論「新中國建設問題」，也不能不承認：

吾蓋誤矣！……民之所厭，雖與之天下，豈能一朝居！（同上書，卷三四，頁十五）

這一段二十多年前的政論之爭，是值得我們今日的回憶的。二十多年以來，種族革命是過去了，政治革命也鬧了二十二年，國民黨的訓政也訓了五六年了。當年反對革命而主張開明專制的人，早已放棄他的主張了。現在夢想一種新式專制的人，多數是在早一個時期曾經贊成革命，或者竟是實行革命的人。這個政治思想的分野的驟變，也是時代變遷的一種結果。在二十多年前，民主立憲是最令人歆羡的政治制度。十幾年來，人心大變了：議會政治成了資本主義的副產，專政與獨裁忽然大時髦了。有些學者，雖然不全是羡慕蘇俄與意大利的專制政治的成績，至少也是感覺到中國過去二十年的空名共和的滑稽，和中國將來試行民主憲政的無望，所以也不免對於那不曾試過的開明專制抱着無窮的期望。還有些人，更是明白的要想模仿蘇俄的一階級專政，或者意大利的一黨專政。他們心目中的開明專制已不像二十多年前《新民叢報》時代那樣的簡單了。現在人所謂專制，至少有三個方式：一是領袖的獨裁，二是一黨的專政，三是一階段的專政。(最近美國總統的獨裁，是由國會暫時授予總統特權，其期限有定，其權力也有限制，那是吾國今日主張專制者所不屑採取的。）其間也有混合的方式：如國民黨的民主集權的口號是第二式；如藍衣社的擁戴社長制則是領袖獨裁而不廢一黨專政；如共產黨則是要一階級專政，而專政者仍是那個階級中的一個有組織的黨。

我個人是反對這種種專制的。我所以反對的理由，約有這幾項：

第一，我不信中國今日有能專制的人，或能專制的黨，或能專制的階級。二十多年前，《民報》駁《新民叢報》說：

開明專制者，待其人而後行。

雖然過了二十多年，這句老話還有時效。一般人只知道做共和國民需要較高的知識程度，他們不知道專制訓政更需要特別高明的天才與知識。孔子在二千四百多年前曾告訴他的國君說：「為君難，為臣不易。如知為君之難也，不幾乎一言而興邦乎？」今日夢想開明專制的人，都只是不知道為君之難，不知道專制訓政是人世最複雜繁難的事業。拿破崙與腓力特列固然是非常傑出的人才，列寧與斯塔林也是富有學問經驗的天才。俄國共產黨的成功不是一朝一夕的偶然事件，是百餘年中整個歐洲文明教育訓練出來的。就是意大利的專制也不是偶然發生的；我們不要忘了那個小小的半島上有幾十個世間最古的大學，其中有幾個大學是有近千年的光榮歷史的。專擅一個偌大的中國，領導四萬萬個阿斗，建設一個新的國家起來，這是非同小可的事，決不是一班沒有嚴格訓練的武人政客所能夢想成功的。今日的領袖，無論是那一黨那一派的健者，都可以說是我們的「眼中人物」；而我們無論如何寬恕，總看不出何處有一個夠資格的「諸葛亮」，也看不出何處有十萬五萬受過現代教育與訓練的人才可做我們專政的「諸葛亮」。所以我們可以說：今日夢想一種新式專制為建國的方法的人，好有一比，比五代時後唐明宗的每夜焚香告天，願天早生聖人以安中國！

第二，我不信中國今日有甚麼有大魔力的活問題可以號召全國人的情緒與理智，使全國能站在某個領袖或某黨某階級的領導之下，造成一個新式專制的局面。我們試看蘇俄，土耳其，意大利，德意志的專政歷史，人才之外，還須有一個富於麻醉性的熱烈問題，可以煽動全國人心，可以抓住全國少年人的熱血與忠心，才可以有一個強有力的政權基礎。中國這幾十年中，排滿的口號過去了，護法的問題過去了，打倒帝國主義的口號過去了，甚至於「抗日救國」的口號也還只夠引起一年多的熱心。那一個最真切，最明白的救國問題還不能團結一個當國的政黨，還不能團結一個分裂的國家，這是最可痛心的教訓。這兩年的絕大的國難與國恥還不夠號召全國的團結，難道我們還能妄想抬出一個蔣介石，或者別個蔣介石來做一個新的全國大結合的中心嗎？近年也有人時時提到一個「共同信仰」的必要，但是在這個老於世故的民族裏，甚麼口號都有看得破，甚麼魔力都魔不動，雖有莫索里尼，雖有希忒拉，雖有列寧、杜洛司基，又有甚麼幻術可施呢？

第三，我有一個很狂妄的僻見：我觀察近幾十年的世界政治，感覺到民主憲政只是一種幼稚的政治制度，最適宜於訓練一個缺乏政治經驗的民族。向來崇拜議會式的民主政治的人，說那是人類政治天才的最高發明；向來攻擊議會政治的人，又說他是私有資本制度的附屬品；這都是不合歷史事實的評判。我們看慣了英美國會與地方議會裏的人物，都不能不承認那種制度是很幼稚的，那種人才也大都是很平凡的。至於說議會政治是資本主義的政治制度，那更是笑話。照資本主義的自然趨勢，資本主義的社會應該有第一流人才集中的政治，應該有效率最高的「智囊團」政治，不應該讓第一流的聰明才智都走到科學工業的路上去，而剩下一班庸人去統治國家。（柏來士 Bryce 的「美洲民主國」曾歷數美國大總統之中很少第一流英才，但他不曾想到英國的政治領袖也不能比同時別種職業裏的人才；即如名震一世的格蘭斯頓如何可比他同時的流輩如赫胥黎等人？）有許多幼稚民族很早就有民主政治，正不足奇怪。民主政治的好處在於不甚需要出類拔萃的人才；在於可以逐漸推廣政權，有伸縮的餘地；在於「集思廣益」，使許多阿斗把他們的平凡常識湊起來也可以勉強對付；在於給多數平庸的人有個參加政治的機會，可以訓練他們愛護自己的權利。總而言之，民主政治是常識的政治，而開明專制是特別英傑的政治。特別英傑不可必得，而常識比較容易訓練。在我們這樣缺乏人才的國家，最好的政治訓練是一種可以逐漸推廣政權的民主憲政。中國的阿斗固然應該受訓練，中國的諸葛亮也應該多受一點訓練。而我們看看世界的政治制度，只有民主憲政是最幼稚的政治學校，最適宜於收容我們這種幼稚阿斗。我們小心翼翼的經過三五十年的民主憲政的訓練之後，將來也許可以有發憤實行一種開明專制的機會。這種僻見，好像是戲言，其實是慎重考慮的結果，我認為值得研究政治思想的學者們的思考的。

（《獨立評論》第八十二號）

信心與反省

（一九三四年五月二十八日）

這一期（《獨立》一〇三期）裏有壽生先生的一篇文章，題為「我們要有信心」。在這文裏，他提出一個大問題：中華民族真不行嗎？他自己的答案是：我們是還有生存權的。

我很高興我們的青年在這種惡劣空氣裏還能保持他們對於國家民族前途的絕大信心。這種信心是一個民族生存的基礎，我們當然是完全同情的。

可是我們要補充一點，這種信心本身要建築在穩固的基礎之上，不可站在散沙之上。如果信仰的根據不穩固，一朝根基動搖了，信仰也就完了。

壽生先生不贊成那些舊人「拿甚麼五千年的古國喲，精神文明喲，地大物博喲，來遮醜。」這是不錯的。然而他自己提出的民族信心的根據，依我看來，文字上雖然和他們不同，實質上還是和他們同樣的站在散沙之上，同樣的擋不住風吹雨打。例如他說：

我們今日之改進不如日本之速者，就是因為我們固有文化太豐富了。富於創造性的人，個性必強，接受性就較緩。

這種思想在實質上和那五千年古國精神文明的迷夢是同樣的無稽的誇大。第一，他的原則「富於創造性的人，個性必強，接受性就較緩」，這個大前提就是完全無稽之談，就是懶惰的中國士大夫捏造出來替自己遮醜的胡說。事實上恰是相反的：凡富於創造性的人必敏於模仿，凡不善模仿的人決不能創造。創造是一個最誤人的名詞，其實創造只是模仿到十足時的一點點新花樣。古人說的最好：「太陽之下，沒有新的東西。」一切所謂創造都從模仿出來。我們不要被新名詞騙了。新名詞的模仿就是舊名詞的「學」字；「學之為言效也」是一句不磨的老話。例如學琴，必須先模仿琴師彈琴；學畫必須先模仿畫師作畫；就是畫自然界的景物，也是模仿。模仿熟了，就是學會了。工具用的熟了，方法練的細密了，有天才的人自然會「熟能生巧」，這一點工夫到時的奇巧新花樣就叫做創造。凡不肯模仿，就是不肯學人的長處。不肯學如何能創造？葛理略（Galileo）聽說荷蘭有個磨鏡匠人做成了一座望遠鏡，他就依他聽說的造法，自己製造了一座望遠鏡。這就是模仿，也就是創造。從十七世紀初年到如今，望遠鏡和顯微鏡都年年有進步，可是這三百年的進步，步步是模仿，也步步是創造。一切進步都是如此。沒有一件創造不是先從模仿下手的。孔子說的好：

三人行，必有我師焉。擇其善者而從之，其不善者而改之。

這就是一個聖人的模仿。懶人不肯模仿，所以決不會創造。一個民族也和個人一樣，最肯學人的時代就是那個民族最偉大的時代；等到他不肯學人的時候，他的盛世已過去了，他已走上衰老僵化的時期了。我們中國民族最偉大的時代，正是我們最肯模仿四鄰的時代。從漢到唐宋，一切建築、繪畫、雕刻、音樂、宗教、思想、算學、天文、工藝，哪一件裏沒有模仿外國的重要成分？佛教和他帶來的美術建築，不用說了。從漢朝到今日，我們的曆法改革，無一次不是採用外國的新法。最近三百年的曆法是完全學西洋的，更不用說了。到了我們不肯學人家好處的時候，我們的文化也就不進步了。我們到了民族中衰的時代，只有懶勁學印度人的吸食鴉片，卻沒有精力學滿洲人的不纏腳，那就是我們自殺的法門了。

第二，我們不可輕視日本人的模仿。壽生先生也犯了一般人輕視日本的惡習慣，抹殺日本人善於模仿的絕大長處。日本的成功，正可以證明我在上文說的「一切創造都從模仿出來」的原則。壽生說：

從唐以至日本明治維新，千數百年間，日本有一件事足為中國取鏡者嗎？中國的學術思想在她手裏去發展改進過嗎?我們實無法說有。

這又是無稽的誣告了。三百年前，朱舜水到日本，他居留久了，能瞭解那個島國民族的優點。所以他寫信給中國的朋友說，日本的政治雖不能上比唐虞，可以說比得上三代盛世。這一個中國大學者在長期寄居之後下的考語，是值得我們的注意的。日本民族的長處全在他們肯一心一意的學別人的好處。他們學了中國的無數好處，但始終不曾學我們的小腳、八股文、鴉片煙。這不夠「為中國取鏡」嗎?他們學別國的文化，無論在哪一方面，凡是學到家的，都能有創造的貢獻。這是必然的道理。淺見的人都說日本的山水人物畫是模仿中國的。其實日本畫自有他的特點，在人物方面的成績遠勝過中國畫，在山水方面也沒有走上四王的笨路。在文學方面，他們也有很大的創造。近年已有人賞識日本的小詩了。我且舉一個大家不甚留意的例子。文學史家往往說日本的《源氏物語》等作品是模仿中國唐人的小說《遊仙窟》等書的。現今《遊仙窟》已從日本翻印回中國來了，《源氏物語》也有英國人衛來先生(Arthur Waley)的五巨冊的譯本。我們若比較這兩部書，就不能不驚歎日本人創造力的偉大。如果，《源氏》真是從模仿《遊仙窟》出來的，那真是徒弟勝過師傅千萬倍了!壽生先生原文裏批評日本的工商業，也是中了成見的毒。日本今日工商業的長腳發展，雖然也受了生活程度比人低和貨幣低落的恩惠，但他的根基實在是全靠科學與工商業的進步。今日大阪與蘭肯歇的競爭，骨子裏還是新式工業與舊式工業的競爭。日本今日自造的紡織器是世界各國公認為最新最良的。今日英國紡織業也不能不購買日本的新機器了。這是從模仿到創造的最好的例子。不然，我們工人的工資比日本更低，貨幣平常也比日本錢更賤，為甚麼我們不能「與他國資本家搶商場」呢？我們到了今日，若還要抹煞事實，笑人模仿，而自居於「富於創造性者」的不屑模仿，那真是盲目的誇大狂了。

第三，再看看「我們的固有文化」是不是真的「太豐富了」。壽生和其他誇大本國固有文化的人們，如果真肯平心想想，必然也會明白這句話也是無根的亂談。這個問題太大，不是這篇短文裏所能詳細討論的。我只能指出幾個比較重要之點，使人明白我們的固有文化實在是很貧乏的，談不到「太豐富」的夢話。近代的科學文化，工業文化，我們可以撇開不談，因為在那些方面，我們的貧乏未免太丟人了。我們且談談老遠的過去時代罷。我們的周秦時代當然可以和希臘羅馬相提比論。然而我們如果平心研究希臘羅馬的文學、雕刻、科學、政治，單是這四項就不能不使我們感覺我們的文化貧乏了。尤其是造型美術與算學的兩方面，我們真不能不低頭愧汗。我們試想想，《幾何原本》的作者歐幾里得（Euclid）正和孟子先後同時；在那麼早的時代，在二千多年前，我們在科學上早已太落後了！（少年愛國的人何不試拿《墨子·經上篇》裏的三五條幾何學界說來比較《幾何原本》?）從此以後，我們所有的，歐洲也都有；我們所沒有的，人家所獨有的，人家都比我們強。試舉一個例子：歐洲有三個一千年的大學，有許多個五百年以上的大學至今繼續存在，繼續發展。我們有沒有?至於我們所獨有的寶貝，駢文、律詩、八股、小腳、太監、姨太太，五世同居的大家庭，貞節牌坊，地獄活現的監獄，廷杖，板子夾棍的法庭，……雖然「豐富」，雖然「在這世界無不足以單獨成一系統」，究竟都是使我們抬不起頭來的文物制度。即如壽生先生指出的「那更光輝萬丈」的宋明理學，說起來也真正可憐！講了七八百年的理學，沒有一個理學聖賢起來指出裹小腳是不人道的野蠻行為，只見大家崇信「餓死事極小，失節事極大」的吃人禮教。請問那萬丈光輝究竟照耀到哪裏去了?

＊

以上說的，都只是略略指出壽生先生代表的民族信心是建築在散沙上面，禁不起風吹草動，就會倒塌下來的。信心是我們需要的，但無根據的信心是沒有力量的。

可靠的民族信心，必須建築在一個堅固的基礎之上，祖宗的光榮自是祖宗之光榮，不能救我們的痛苦羞辱。何況祖宗所建的基業不全是光榮的呢？我們要指出，我們的民族信心必須站在「反省」的唯一基礎之上。反省就是要閉門思過，要誠心誠意的想，我們祖宗的罪孽深重，我們自己的罪孽深重；要認清了罪孽所在，然後我們可以用全副精力去消災滅罪。壽生先生引了一句「中國不亡是無天理」的悲歎詞句，他也許不知道這句傷心的話是我十三四年前在中央公園後面柏樹下對孫伏園先生說的，第二天被他記在《晨報》上，就流傳至今。我說出那句話的目的，不是要人消極，是要人反省；不是要人灰心，是要人起信心。發下大弘誓來懺悔，來替祖宗懺悔，替我們自己懺悔；要發願造新因來替代舊日種下的惡因。

今日的大患在於全國人不知恥。所以不知恥者，只是因為不曾反省。一個國家兵力不如人，被人打敗了，被人搶奪了一大塊土地去，這不算是最大的恥辱。一個國家在今日還容許整個的省分遍種鴉片煙，一個政府在今日還要依靠鴉片煙的稅收——公賣稅，吸戶稅，煙苗稅，過境稅——來做政府的收入的一部分，這是最大的恥辱。一個現代民族在今日還容許他們的最高官吏公然提倡甚麼「時輪金剛法會」，「息災利民法會」，這是最大的恥辱。一個國家有五千年的歷史，而沒有一個四十年的大學，甚至於沒有一個真正完備的大學，這是最大的恥辱。一個國家能養三百萬不能捍衛國家的兵，而至今不肯計劃任何區域的國民義務教育，這是最大的恥辱。

真誠的反省自然發生真誠的愧恥。孟子說的好：「不恥不若人，何若人有？」真誠的愧恥自然引起向上的努力，要發弘願努力學人家的好處，剗除自家的罪惡。經過這種反省與懺悔之後，然後可以起新的信心。要信仰我們自己正是撥亂反正的人，這個擔子必須我們自己來挑起。三四十年的天足運動已經差不多完全剗除了小腳的風氣。從前大腳的女人要裝小腳，現在小腳的女人要裝大腳了。風氣轉移的這樣快，這不夠堅定我們的自信心嗎？

歷史的反省自然使我們明瞭今日的失敗都因為過去的不努力，同時也可以使我們格外明瞭「種瓜得瓜，種豆得豆」的因果鐵律。剷除過去的罪孽只是割斷已往種下的果。我們要收新果，必須努力造新因。祖宗生在過去的時代，他們沒有我們今日的新工具，也居然能給我們留下了不少的遺產。我們今日有了祖宗不曾夢見的種種新工具，當然應該有比祖宗高明千百倍的成績，才對得起這個新鮮的世界。日本一個小島國，那麼貧瘠的土地，那麼少的人民，只因為伊籐博文、大久保利通、西鄉隆盛等幾十個人的努力，只因為他們肯拚命的學人家，肯拚命的用這世界的新工具，居然在半個世紀之內一躍而為世界三五大強國之一。這不夠鼓舞我們的信心嗎？

反省的結果應該使我們明白那五千年的精神文明，那「光輝萬丈」的宋明理學，那並不太豐富的固有文化，都是無濟於事的銀樣蠟鎗頭。我們的前途在我們自己的手裏。我們的信心應該望在我們的將來。我們的將來全靠我們下甚麼種，出多少力。「播了種一定會有收穫，用了力決不至於白費」。這是翁文灝先生要我們有的信心。

（《胡適文存》四集卷四）

寫在孔子誕辰紀念之後

（一九三四年九月三日）

我們家鄉有句俗話說：「做戲無法，出個菩薩。」編戲的人遇到了無法轉變的情節，往往請出一個觀音菩薩來解圍救急。這兩年來，中國人受了外患的刺激，頗有點手忙腳亂的情形，也就不免走上了「做戲無法，出個菩薩」的一條路。這本是人之常情。西洋文學批評史也有deus ex machina 的話，譯出來也可說，「解圍無計，出個上帝。」本年五月裏美國奇旱，報紙上也曾登出旱區婦女孩子跪着祈禱求雨的照片。這都是窮愁呼天的常情，其可憐可恕，和今年我們國內許多請張天師求雨或請班禪喇嘛消災的人，是一樣的。

這種心理，在一般愚夫愚婦的行為上表現出來，是可憐而可恕的。但在一個現代政府的政令上表現出來，是可憐而不可恕的。現代政府的責任在於充分運用現代科學的正確知識，消極的防患除弊，積極的興利惠民。這都是一點一滴的工作，一尺一步的旅程，這裏面絕對沒有一條捷徑可以偷渡。然而我們觀察近年我們當政的領袖好像都不免有一種「做戲無法，出個菩薩」的心理，想尋求一條救國的捷徑，想用最簡易的方法做到一種復興的靈迹。最近政府忽然手忙腳亂的恢復了紀念孔子誕辰的典禮，很匆遽的頒布了禮節的規定。八月二十七日，全國都奉命舉行了這個孔誕紀念的大典。在每年許多個先烈紀念日之中加上一個孔子誕辰的紀念日，本來不值得我們的詫異。然而政府中人說這是「倡導國民培養精神上之人格」的方法；輿論界的一位領袖也說：「有此一舉，誠足以奮起國民之精神，恢復民族的自信。」難道世間真有這樣簡便的捷徑嗎？

我們當然贊成「培養精神上之人格」、「奮起國民之精神，恢復民族的自信。」但是古人也曾說過：「禮樂所由起，百年積德而後可興也。」國民的精神，民族的信心，也是這樣的。他的頹廢不是一朝一夕之故，他的復興也不是虛文口號所能做到的。「泮水橋前，大成殿上，多士濟濟，肅穆趨蹌」（用八月二十七日《大公報》社論中語），四方城市裏，政客軍人也都率領着官吏士民，濟濟蹌蹌的行禮，堂堂皇皇的演說，——禮成祭畢，紛紛而散，假期是添了一日，口號是添了二十句，演講詞是多出了幾篇，官吏學生是多跑了一趟，然在精神的人格與民族的自信上，究竟有絲毫的影響嗎？

那一天《大公報》的社論曾有這樣一段議論：

最近二十年，世變彌烈，人慾橫流，功利思想如水趨壑，不特仁義之說為俗誹笑，即人禽之判亦幾以不明，民族的自尊心與自信力既已蕩然無存，不待外侮之來，國家固早已瀕於精神幻滅之域。

如果這種診斷是對的，那麼，我們的民族病不過起於「最近二十年，」這樣淺的病根，應該是很容易醫治的了。可惜我們平日敬重的這位天津同業先生未免錯讀歷史了。《官場現形記》和《二十年目睹之怪現狀》描寫的社會政治情形，不是中國的實情嗎？是不是我們得把病情移前三十年呢？《品花寶鑑》以至《金瓶梅》描寫的也不是中國的社會政治嗎？這樣一來，又得挪上三五百年了。那些時代，孔子是年年祭的，《論語》、《孝經》、《大學》是村學兒童人人讀的，還有士大夫講理學的風氣哩！究竟那每年「洙水橋前，大成殿上，多士濟濟，肅穆趨蹌」，曾何補於當時的慘酷的社會，貪污的政治？

我們回想到我們三十年前在村學堂讀書的時候，每年開學是要向孔夫子叩頭禮拜的；每天放學，拿了先生批點過的習字，是要向中堂（不一定有孔子像）拜揖然後回家的。至今回想起來，那個時代的人情風尚也未見得比現在高多少。在許多方面，我們還可以確定的說：「最近二十年」比那個拜孔夫子的時代高明的多多了。這二三十年中，我們廢除了三千年的太監，一千年的小腳，六百年的八股，四五百年的男娼，五千年的酷刑，這都沒有借重孔子的力量。八月二十七那一天汪精衛先生在中央黨部演說，也指出「孔子沒有反對納妾，沒有反對蓄奴婢；如今呢，納妾蓄奴婢，虐待之固是罪惡，善待之亦是罪惡，根本納妾蓄奴婢便是罪惡。」汪先生的解說是：「仁是萬古不易的，而仁的內容與條件是與時俱進的。」這樣解說畢竟不能抹煞歷史事實。事實是「最近」幾年中，絲毫沒有借重孔夫子，而我們的道德觀念已進化到承認「根本納妾蓄奴婢便是罪惡」了。

平心說來，「最近二十年」是中國進步最速的時代；無論在知識上，道德上，國民精神上，國民人格上，社會風俗上，政治組織上，民族自信力上，這二十年的進步都可以說是超過以前的任何時代。這時期中自然也有不少的怪現狀的暴露，劣根性的表現。然而種種缺陷都不能減損這二十年的總進步的淨贏餘。這裏不是我們專論這個大問題的地方。但我們可以指出這個總進步的幾個大項目：

第一，帝制的推翻，而幾千年托庇在專制帝王之下的城狐社鼠，——一切妃嬪、太監、貴胄、吏胥、捐納——都跟着倒了。

第二，教育的革新。淺見的人在今日還攻擊新教育的失敗。但他們若平心想想舊教育是些甚麼東西，有些甚麼東西，就可以明白這二三十年的新教育，無論在量上或質上都比三十年前進步至少千百倍了。在消極方面，因舊教育的推倒，八股、駢文、律詩等等謬制都逐漸跟着倒了；在積極方面，新教育雖然還膚淺，然而常識的增加，技能的增加，文字的改革，體育的進步，國家觀念的比較普遍，這都是舊教育萬不能做到的成績。（汪精衛先生前天曾說：「中國號稱以孝治天下，而一開口便侮辱人的母親，甚至祖宗妹子等。」試問今日受過小學教育的學生還有這種開口罵人媽媽妹子的國粹習慣嗎？）

第三，家庭的變化。城市工商業與教育的發展使人口趨向都會，受影響最大的是舊式家庭的崩潰。家庭變小了，父母公婆與族長的專制威風減削了，兒女宣告獨立了。在這變化的家庭中，婦女的地位的抬高與婚姻制度的改革是五千年來最重大的變化。

第四，社會風俗的改革。小腳、男娼、酷刑等等，我已屢次說過了。在積極方面，如女子的解放，如婚喪禮俗的新試驗，如青年對於體育運動的熱心，如新醫學及公共衛生的逐漸推行，這都是古代聖哲所不曾夢見的大進步。

第五，政治組織的新試驗。這是帝制推翻的積極方面的結果。二十多年的試驗雖然還沒有做到滿意的效果，但在許多方面（如新式的司法，如警察，如軍事，如胥吏政治之變為士人政治。）都已明白的顯出幾千年來所未曾有的成績。不過我們生在這個時代，往往為成見所蔽，不肯承認罷了。單就最近幾年來頒行的新民法一項而論，其中含有無數超越古昔的優點，已可說是一個不流血的絕大社會革命了。

這些都是毫無可疑的歷史事實，都是「最近二十年」中不曾借重孔夫子而居然做到的偉大的進步。革命的成功就是這些，維新的成績也就是這些。可憐無數維新志士，革命仁人，他們出了大力，冒了大險，替國家民族在二三十年中做到了這樣超越前聖，凌駕百王的大進步，到頭來，被幾句死書迷了眼睛，見了黑旋風不認得是李逵，反倒唉聲歎氣，發思古之幽情，痛惜今之不如古，夢想從那「荊棘叢生，簷角傾斜」的大成殿裏抬出孔聖人來「衛我宗邦，保我族類！」這豈不是天下古今最可怪笑的愚笨嗎？

文章寫到這裏，有人打岔道：「喂，你別跑野馬了。他們要的是『國民精神上之人格，民族的自信。』在這『最近二十年』裏，這些項目也有進步嗎？不借重孔夫子，行嗎？」

甚麼是人格？人格只是已養成的行為習慣的總和。甚麼是信心？信心只是敢於肯定一個不可知的將來的勇氣。在這個時代，新舊勢力，中西思潮，四方八面的交攻，都自然會影響到我們這一輩人的行為習慣。所以我們很難指出某種人格是某一種勢力單獨造成的。但我們可以毫不遲疑的說，這二三十年中的領袖人才，正因為生活在一個新世界的新潮流裏，他們的人格往往比舊時代的人物更偉大：思想更透闢，知識更豐富，氣象更開闊，行為更豪放，人格更崇高。試把孫中山來比曾國藩，我們就可以明白這兩個世界的代表人物的不同了。在古典文學的成就上，在世故的磨鍊上，在小心謹慎的行為上，中山先生當然比不上曾文正。然而在見解的大膽，氣象的雄偉，行為的勇敢上，那一位理學名臣就遠不如這一位革命領袖了。照我這十幾年來的觀察，凡受這個新世界的新文化的震撼最大的人物，他們的人格都可以上比一切時代的聖賢，不但沒有愧色，往往超越前人。老輩中，如高夢旦先生，如張元濟先生，如蔡元培先生，如吳稚暉先生，如張伯苓先生；朋輩中，如周詒春先生，如李四光先生，如翁文灝先生，如姜蔣佐先生，他們的人格的崇高可愛敬，在中國古人中真尋不出相當的倫比。這種人格只有這個新時代才能產生，同時又都是能夠給這個時代增加光耀的。

我們談到古人的人格，往往想到岳飛、文天祥和晚明那些死在廷杖下或天牢裏的東林忠臣。我們何不想想這二三十年中為了各種革命慷慨殺身的無數志士！那些年年有特別紀念日追悼的人們，我們姑且不論。我們試想想那些為排滿革命而死的許多志士，那些為民十五六年的國民革命而死的無數青年，那些前兩年中在上海、在長城一帶為抗日衛國而死的無數青年，那些為民十三以來的共產革命而死的無數青年，——他們慷慨獻身去經營的目標比起東林諸君子的目標來，其偉大真不可比例了。東林諸君子慷慨抗爭的是「紅丸」、「移宮」、「妖書」等等米米小的問題；而這無數的革命青年慷慨獻身去工作的是全民族的解放，整個國家的自由平等，或他們所夢想的全人類社會的自由平等。我們想到了這二十年中為一個主義而從容殺身的無數青年，我們想起了這無數個「殺身成仁」的中國青年，我們不能不低下頭來向他們致最深的敬禮；我們不能不頌讚這「最近二十年」是中國史上一個精神人格最崇高，民族自信心最堅強的時代。他們把他們的生命都獻給了他們的國家和他們的主義，天下還有比這更大的信心嗎？

凡是咒詛這個時代為「人慾橫流，人禽無別」的人，都是不曾認識這個新時代的人。他們不認識這二十年中國的空前大進步，也不認識這二十年中整千整萬的中國少年流的血究竟為的是甚麼。

可憐的沒有信心的老革命黨呵！你們要革命，現在革命做到了這二十年的空前大進步，你們反不認得它了。這二十年的一點進步不是孔夫子之賜，是大家努力革命的結果，是大家接受了一個新世界的新文明的結果。只有向前走是有希望的。開倒車是不會有成功的。

你們心眼裏最不滿意的現狀，——你們所咒詛的「人慾橫流，人禽無別，」——只是任何革命時代所不能避免的一點附產物而已。這種現狀的存在，只夠證明革命還沒有成功，進步還不夠。孔聖人是無法幫忙的；開倒車也決不能引你們回到那個本來不存在的「美德造成的黃金世界」的！養個孩子還免不了肚痛，何況改造一個國家，何況改造一個文化？別灰心了，向前走罷！

（《胡適論學近著》第一集）

個人自由與社會進步

——再談五四運動

（一九三五年五月）

五月五日《大公報》的星期論文是張熙若先生的《國民人格之修養》。這篇文字也是紀念「五四」的，我讀了很受感動，所以轉載在這一期。我讀了張先生的文章，也有一些感想，寫在這裏作今年五四紀念的尾聲。

這年頭是「五四運動」最不時髦的年頭。前天五四，除了北京大學依慣例還承認這個北大紀念日之外，全國的人都不注意這個日子了。張熙若先生「雪中送炭」的文章使人頗吃一驚。他是政治哲學的教授，說話不離本行。他指出五四運動的意義是思想解放，思想解放使得個人解放、個人解放產出的政治哲學是所謂個人主義的政治哲學。他充分承認個人主義在理論上和事實上都有缺點和流弊，尤其在經濟方面。但他指出個人主義自有它的優點：最基本的是它承認個人是一切社會組織的來源。他又指出個人主義的政治理論的神髓是承認個人的思想自由和言論自由。他說：

個人主義在理論上及事實上都有許多缺陷和流弊，但以個人的良心為判斷政治上是非之最終標準，卻毫無疑義是它的最大優點，是它的最高價值。……至少，它還有養成忠誠勇敢的人格的用處。此種人格在任何政制下（除過與此種人格根本衝突的政制）都是有無上價值的，都應該大量的培養的。……今日若能多多培養此種人格，國事不怕沒有人擔負。救國是一種偉大的事業，偉大的事業唯有偉大人格者才能勝任。

張先生的這段議論，我大致贊同。他把「五四運動」一個名詞包括「五四」（民國八年）前後的新思潮運動，所以他的文章裏有「民國六七年的五四運動」一句話。這是五四運動的廣義，我們也不妨沿用這個廣義的說法。張先生所謂「個人主義」，其實就是「自由主義」(Liberalism)。我們在民國八九年之間，就感覺到當時的「新思潮」、「新文化」、「新生活」有仔細說明意義的必要。無疑的，民國六七年北京大學所提倡的新運動，無論形式上如何五花八門，意義上只是思想的解放與個人的解放。蔡元培先生在民國元年就提出「循思想自由言論自由之公例，不以一流派之哲學一宗門之教義梏其心」的原則了。他後來辦北京大學，主張思想自由，學術獨立，百家平等。在北京大學裏，辜鴻銘、劉師培、黃侃和陳獨秀、錢玄同等同時教書講學。別人頗以為奇怪，蔡先生只說：「此思想自由之通則，而大學之所以為大也」。（《言行錄》頁二二九）這樣的百家平等，最可以引起青年人的思想解放。我們在當時提倡的思想，當然很顯出個人主義的色彩。但我們當時曾引杜威先生的話，指出個人主義有兩種：

（1）假的個人主義就是唯我主義（Egoism），他的性質是只顧自己的利益，不管羣眾的利益。

（2）真的個人主義就是個性主義（Individuality），他的特性有兩種：一是獨立思想，不肯把別人的耳朵當耳朵，不肯把別人的眼睛當眼睛，不肯把別人的腦力當自己的腦力。二是個人對於自己思想信仰的結果要負完全責任，不怕權威，不怕監禁殺身，只認得真理，不認得個人的利害。

這後一種就是我們當時提倡的「健全的個人主義」。我們當日介紹易卜生（Ibsen）的著作，也正是因為易卜生的思想可以代表那種健全的個人主義。這種思想有兩個中心見解：第一是充分發展個人的才能，就是易卜生說的：「你要想有益於社會，最好的法子莫如把你自己這塊材料鑄造成器。」第二是要造成自由獨立的人格，像易卜生的「國民公敵」戲劇裏的斯鐸曼醫生那樣「貧賤不能移，富貴不能淫，威武不能屈」。這就是張熙若先生說的「養成忠誠勇敢的人格」。

近幾年來，五四運動頗受一班論者的批評，也正是為了這種個人主義的人生觀。平心說來，這種批評是不公道的，是根據於一種誤解的。他們說個人主義的人生觀是資本主義社會的人生觀。這是濫用名詞的大笑話。難道在社會主義的國家裏就可以不用充分發展個人的才能了嗎？難道社會主義的國家裏就用不着有獨立自由思想的個人了嗎？難道當時辛苦奮鬥創立社會主義共產主義的志士仁人都是資本主義社會的奴才嗎？我們試看蘇俄現在怎樣用種種方法來提倡個人的努力（參看《獨立》第一二九號西瀅的《蘇俄的青年》，和蔣延黻的《蘇俄的英雄》），就可以明白這種人生觀不是資本主義社會所獨有的了。

還有一些人嘲笑這種個人主義，笑他是十九世紀維多利亞時代的過時思想。這種人根本就不懂得維多利亞時代是多麼光華燦爛的一個偉大時代。馬克斯，恩格爾，（今通譯作恩格斯——編者）都生死在這個時代裏，都是這個時代的自由思想獨立精神的產兒。他們都是終身為自由奮鬥的人。我們去維多利亞時代還老遠哩。我們如何配嘲笑維多利亞時代呢！

所以我完全贊同張熙若先生說的「這種忠誠勇敢的人格在任何政制下都是有無上價值的，都應該大量的培養的」。因為這種人格是社會進步的最大動力。歐洲十八九世紀的個人主義造出了無數愛自由過於麵包、愛真理過於生命的特立獨行之士，方才有今日的文明世界。我們現在看見蘇俄的壓迫個人自由思想，但我們應該想想，當日在西伯利亞冰天雪地裏受監禁拘囚的十萬革命志士，是不是新俄國的先鋒？我們到莫斯科去看了那個很感動人的「革命博物館」，尤其是其中展覽列宁一生革命歷史的部分，我們不能不深信：一個新社會，新國家，總是一些愛自由愛真理的人造成的，決不是一般奴才造成的。

* * *

張熙若先生很大膽的把五四運動和民國十五六年的國民革命運動相提並論，並且很大膽的說這兩個運動走的方向是相同的。這種議論在今日必定要受不少的批評，因為有許多人決不肯承認這個看法。平心說來，張先生的看法也不能說是完全正確。民國十五六年的國民革命運動至少有兩點是和民國六七八年的新運動不同的：一是蘇俄輸入的黨紀律，一是那幾年的極端民族主義。蘇俄輸入的鐵紀律含有絕大的「不容忍」（Intaleration）態度，不容許異己的思想。這種態度是和我們在五四前後提倡的自由主義很相反的。民國十六年的國共分離，在歷史上看來，可以說是國民黨對於這種不容異己的專制態度的反抗。可惜清黨以來，六七年中，這種「不容忍」的態度養成的專制習慣還存在不少人的身上。剛推翻了布爾什維克的不容異己，又學會了法西斯蒂的不容異己，這是很不幸的事。

「五四」運動雖然是一個很純粹的愛國運動，但當時的文藝思想運動卻不是狹義的民族主義運動。蔡元培先生的教育主張是顯然帶有「世界觀」的色彩的（《言行錄》頁一九七）。《新青年》的同人也都很嚴厲的批評指斥中國舊文化。其實，孫中山先生也是抱着大同主義的，他是信仰「天下為公」的理想的。但中山先生晚年屢次說起鮑洛廷同志勸他特別注重民族主義的策略，而民國十四五年的遠東局勢又逼我們中國人不得不走向民族主義的路。十四年到十六年的國民革命的大勝利，不能不說是民族主義的旗幟的大成功。可是民族主義有三個方面：最淺的是排外，其次是擁護本國固有的文化，最高又最艱難的是努力建立一個民族的國家。因為最後一步是最艱難的，所以一切民族主義運動往往最容易先走向前面的兩步。「濟南慘案」以後，「九一八」以後，極端的叫囂的排外主義稍稍減低了，然而擁護舊文化的喊聲又四面八方的熱鬧起來了。這裏面容易包藏守舊開倒車的趨勢，所以也是很不幸的。

包藏在這兩點上，我們可以說，民國十五六年的國民革命運動是不完全和五四運動同一個方向的。但就大體上說，張熙若先生的看法也有不小的正確性。孫中山先生是受了很深的安格魯撒克遜民族的自由主義的影響的，他無疑的是民治主義的信徒，又是大同主義的信徒。他一生奮鬥的歷史都可以證明他是一個愛自由、愛獨立的理想主義者。我們看他在民國九年一月《與海外同志書》（引見上期《獨立》）裏那樣讚揚五四運動，那樣承認「思想之轉變」為革命成功的條件；我們更看他在民國十三年改組國民黨時那樣容納異己思想的寬大精神，——我們不能不承認，至少孫中山先生理想中的國民革命是和五四運動走同一方向的。因為中山先生相信「革命之成功必有賴於思想之轉變」，所以他能承認五四運動前後的「新文化運動實為最有價值的事」。思想的轉變是在思想自由言論自由的條件之下個人不斷的努力的產兒。個人沒有自由，思想又何從轉變，社會又何從進步，革命又何從成功呢？

（《獨立評論》第一五〇號）

＊與陶希聖論自責主義

（一九三五年六月十二日）

民族抬頭，我豈不想？來信所說的吾輩負的教育責任，我豈不明白？但我們教人信仰一個思想，必須自己確信仰它，然後說來有力，說來動聽。若自己不能信仰，而但為教育手段計，不能不說違心之言，自棄其信仰而求人信仰他自己本來不信仰的東西，我不信這個方法是可以收效的。依古人的說法，修辭立其誠，未有不誠而能使人信從的。如來書說的，「自責」在學術界是應當的，但在教育上則又不應當「自責」，而應當自吹。這是一個兩面標準（Double Standard），我不能認為最妥當的辦法。至少我的訓練使我不能接受這樣一個兩面標準。

我不信這樣違心的「教育」手段能使這個民族抬頭。我們今日所以不能抬頭，當然是因為祖宗罪孽深重。我深信救國之法在於深自譴責，深自懺悔，深自愧恥。自責的結果，也許有一個深自振拔而湔除舊污，創造新國的日子。朱子說的：「知道如此是病，即便不如此是藥」，真是我們今日應該深刻想想的。若妄自誇大，本無可誇而偏要違心的自誇，那豈不是諱疾而忌醫的笨法子嗎？結果只能使這個民族格外抬不起頭來，也許永永抬不起頭來。

一個民族的思想領袖者沒有承認事實的勇氣，而公然提倡他們自己良心上或「學術」上不信仰的假話，——即此一端，至少使我個人抬不起頭來看世界。

「只有真理可以使你自由」（Only the truth can make you free），這是西洋人常說的話。我也可以說：只有真話可使這個民族獨立自主。你試看看這三十五年的歷史，還是梁任公、胡適之的自責主義發生了社會改革的影響大呢？還是那些高談國粹的人們發生的影響大呢？

我並不否認文化在過去確有「國界」。小腳、八股、駢文、律詩等等，是全世界人類所無而為吾國所獨有。「國界」之義不過如此。其餘禮義廉恥云云，絕無「國界」可言，乃是文明人所共有，乃是一切宗教典籍所共有。而我們的禮義廉恥等等所以特別不發達者，其原因也正是由於祖宗的罪孽太深重了。

請你注意我們提倡自責的人並非不愛國，也並非反民族主義者。我們只不是狹義的民族主義者而已。我們正因為愛國太深，故決心為她作諍臣，作諍友，而不敢也不忍為她諱疾忌醫，作她的佞臣損友。

這個問題比思想方法的問題有同樣的重要。這是一個思想家立身行己的人格問題：說真話乎？不說真話呼？

（據胡頌平《胡適之先生年譜長編初稿》第四冊）

自由主義①

（一九四八年九月四日）

孫中山先生曾引一句外國成語：「社會主義有五十七種，不知哪一種是真的」。其實「自由主義」也可以有種種說法，人人都可以說他的說法是真的。今天我說的「自由主義」，當然只是我的看法，請大家指教。

自由主義最淺顯的意思是強調的尊重自由。現在有些人否認自由的價值，同時又自稱是自由主義者。自由主義裏沒有自由，那就好像長板坡裏沒有趙子龍，空城計裏沒有諸葛亮，總有點叫不順口罷！據我的拙見，自由主義就是人類歷史上那個提倡自由，崇拜自由，爭取自由，充實並推廣自由的大運動。「自由」在中國古文裏的意思是：「由於自己」，就是不由於外力，是「自己作主」。在歐洲文字裏，「自由」含有「解放」之意，是從外力裁制之下解放出來，才能「自己作主」。在中國古代思想裏，「自由」就等於自然，「自然」是「自己如此」，「自由」是

「由於自己」，都有不由於外力拘束的意思。陶淵明的詩：「久在樊籠裏，復得返自然」，這裏「自然」二字可以說是完全同「自由」一樣。王安石的詩：「風吹瓦墮屋，正打破我頭……我終不嗔渠，此瓦不自由」。這就是說，這片瓦的行動是被風吹動的，不是由於自己的力量。中國古人太看重「自由」，「自然」的「自」字，所以往往看輕外面的拘束力量，也許是故意看不起外面的壓迫，故意回向自己內心去求安慰，求自由。這種回向自己求內心的自由，有幾種方式：一種是隱遁的生活——逃避外力的壓迫；一種是夢想神仙的生活——行動自由，變化自由——正如莊子說，列子御風而行，還是「有待」；「有待」還不是真自由，最高的生活是無待於外。道教的神仙，佛教的西天淨土，都含有由自己內心去尋求最高的自由的意義。我們現在講的「自由」，不是那種內心境界，我們現在說的「自由」，是不受外力拘束壓迫的權利。是在某一方面的生活不受外力限制束縛的權利。

在宗教信仰方面不受外力限制，就是宗教信仰自由，在思想方面就是思想自由，在著作出版方面，就是言論自由，出版自由。這些自由都不是天生的，不是上帝賜給我們的，是一些先進民族用長期的奮鬥努力爭出來的。

人類歷史上那個自由主義大運動實在是一大串解放的努力。宗教信仰自由只是解除某個宗教威權的束縛，思想自由只是解除某派某派正統思想威權的束縛。在這些方面……在信仰與思想的方面，東方歷史上也有很大膽的批評者與反抗者。從墨翟、楊朱，到桓譚、王充，從范縝、傅奕、韓愈，到李贄、顏元、李塨，都可以說是為信仰思想自由奮鬥的東方豪傑之士，很可以同他們的許多西方同志齊名比美。我們中國歷史上雖然沒有抬出「爭自由」的大旗子來做宗教運動、思想運動，或政治運動，但中國思想史與社會政治史的每一個時代都可以說含有爭取某種解放的意義。

我們的思想史的第一個開山時代，就是春秋戰國時代——就有爭取思想自由的意義。古代思想的第一位大師老子，就是一位大膽批評政府的人。他說：「天下多忌諱，而民彌貧。」「法令滋彰，盜賊多有。」「民之飢，以其上食稅之多，是以飢。」「民之難治，以其上之有為，是以難治。」「民之輕死，以其求生之厚，是以輕死。」「天之道損有餘，而補不足。」「人之道則不然，損不足以奉有餘。」老子同時的鄧析是批評政府而被殺的。另一位更偉大的人就是孔子，他也是一位偏向左的「中間派」。他對於當時的宗教與政治，都有大膽的批評，他的最大膽的思想是在教育方面：

有教無類，「類」是門類，是階級民族；「有教無類」，是說：「有了教育，就沒有階級民族了。」

從老子、孔子打開了自由思想的風氣，二千多年的中國思想史，宗教史，時時有爭自由的急先鋒，有時還有犧牲生命的殉道者。孟子的政治思想可以說是全世界的自由主義的最早一個倡導者。孟子提出的「大丈夫」是「貧賤不能移，富貴不能淫，威武不能屈」。這是中國經典裏自由主義的理想人物。在二千多年歷史上，每到了宗教與思想走進了太黑暗的時代，總有大思想家起來奮鬥、批評、改革。

漢朝的儒教太黑暗了，就有桓譚、王充、張衡起來，作大膽的批評。後來佛教勢力太大了，就有齊梁之間的范縝，唐朝初年的傅奕，唐朝後期的韓愈出來，大膽的批評佛教，攻擊那在當時氣焰薰天的佛教。大家都還記得韓愈攻擊佛教的結果是：「一封朝奏九重天，夕晚潮陽路八千」。佛教衰落之後，在理學極盛時代，也曾有多少次批評正統思想或反抗正統思想的運動。王陽明的運動就是反抗朱子的正統思想的。李卓吾是為了反抗一切正宗而被拘捕下獄，他在監獄裏自殺的。他死在北京，葬在通州。這個七十六歲的殉道者的墳墓，至今存在。他的書經過多少次禁止，但至今還是很流行的。北方的顏李學派，也是反對正統的程朱思想的。當時，這個了不得的學派很受正統思想的壓迫，甚至於不能公開的傳授。這三百年的漢學運動，也是一種爭取宗教自由思想自由的運動。漢學是抬出漢朝的書做招牌，來掩護一個批評宋學的大運動。這就等於歐洲人抬出聖經來反對教會的權威。

但是東方自由主義運動始終沒有抓住政治自由的特殊重要性，所以始終沒有走上建設民主政治的路子。西方的自由主義絕大貢獻正在這一點。他們覺悟到只有民主的政治方才能夠保障人民的基本自由，所以自由主義的政治意義是強調的擁護民主，一個國家的統治權必須放在多數人民手裏。近代民主政治制度是安格羅撒克遜民族的貢獻居多，代議制度是英國人的貢獻，成文而可以修改的憲法是英美人的創制，無記名投票是澳洲人的發明，這就是政治的自由主義應該包含的意義。我們古代也曾有「天視自我民視，天聽自我民聽」，「民為邦本」，「民為貴，社稷次之，君為輕」的民主思想。我們也曾在二千年前就廢除了封建制度，做到了大一統的國家。在這個大一統的帝國裏，我們也曾建立一種全世界最久的文官考試制度，使全國才智之士有參加政府的平等制度。但，我們始終沒有法可以解決君主專制的問題，始終沒有建立一個制度來限制君主的專制大權。世界只有安格羅撒克遜民族在七百年中逐漸發展出好幾種民主政治的方式與制度，這些制度可以用在小國，也可以用在大國。（1）代議政治，起源很早，但史家指一二九五年為正式起始。（2）成文憲法，最早的一二一五年的大憲章，近代的是美國憲法（一七八九）。

（3）無記名投票（政府預備選舉票，票上印各黨候選人的姓名，選民秘密填記），是一八五六年 South Australia 最早採用的。自由主義在這兩百年的演進史上，還有一種特殊的，空前的政治意義，就是容忍反對黨，保障少數人的自由權利。向來政治鬥爭不是東風壓了西風，就是西風壓了東風，被壓的人是沒有好日子過的。但近代西方的民主政治卻漸漸養成了一種容忍異己的度量與風氣。因為政權是多數人民授與的，在朝執政權的黨一旦失去了多數人民的支持，就成了在野黨了。所以執政權的人都得準備下台時坐冷板凳的生活，而個個少數黨都有逐漸變成多數黨的可能。甚至於極少數人的信仰與主張，「好像一粒芥子，在各種種子裏是頂小的，等到他生長起來，卻比各種菜蔬都大，竟成了小樹，空中的飛鳥可以來停在他的枝上。」（《新約．馬太福音》十四章，聖地的芥菜可以高到十英尺。）人們能這樣想，就不能不存容忍別人的態度了，就不能不尊重少數人的基本自由了。在近代民主國家裏，容忍反對黨，保障少數人的權利，久已成了當然的政治作風。這是近代自由主義裏最可愛慕而又最基本的一個方面。我做駐美大使的時期，有一天我到費城去看我的一個史學老師布爾教授，他平生最注意人類爭自由的歷史。這時他已八十歲了。他對我說：「我年紀越大，越覺得容忍比自由還更重要。」這句話我至今不忘記。為甚麼容忍比自由還更要緊呢？因為容忍就是自由的根源；沒有容忍，就沒有自由可說了。至少在現代，自由的保障全靠一種互相容忍的精神，無論是東風壓了西風，是西風壓了東風，都是不容忍，都是摧殘自由。多數人若不能容忍少數人的思想信仰，少數人當然不會有思想信仰的自由。反過來説，少數人也得容忍多數人的思想信仰，因為少數人要時常懷着「有朝一日權在手，殺盡異教方罷休」的心理，多數人也就不能不行「斬草除根」的算計了。最後我要指出，現代的自由主義，還含有「和平改革」的意思。

和平改革有兩個意義：第一就是和平的轉移政權，第二就是用立法的方法，一步一步的做具體改革，一點一滴的求進步。容忍反對黨，尊重少數人權利，正是和平的政治社會改革的唯一基礎。反對黨的對立，第一是為政府樹立最嚴格的批評監督機關，第二是使人民可以有選擇的機會，使國家可以用法定的和平方式來轉移政權。嚴格的批評監督，和平的改換政權，都是現代民主國家做到和平革新的大路。近代最重大的政治變遷，莫過於英國工黨的執掌政權。英國工黨在五十多年前，只能選舉出十幾個議員；三十年後，工黨兩次執政，但還站不長久；到了戰爭勝利之年（一九四五），工黨得到了絕對多數的選舉票，故這次工黨的政權，是鞏固的，在五年之內，誰都不能推翻他們。他們可以放手改革英國的工商業，可以放手改革英國的經濟制度，這樣重大的變化，——從資本主義的英國變到社會主義的英國，——不用流一滴血，不用武裝革命，只靠一張無記名的選舉票。這種和平的革命基礎，只是那容忍反對黨的雅量，只是那保障少數人自由權利的政治制度。頂頂小的芥子不曾受摧殘，在五十年後居然變成大樹了。自由主義在歷史上有解除束縛的作用，故有時不能避免流血的革命。但自由主義的運動，在最近百年中最大成績，例如英國自從一八三二年以來的政治革新，直到今日的工黨政府，都是不流血的和平革新。所以在許多人的心目中自由主義竟成了「和平改革主義」的別名。有些人反對自由主義，說它是「不革命主義」，也正是如此。我們承認現代的自由主義正應該有「和平改革」的含義，因為在民主政治已上了軌道的國家裏，自由與容忍鋪下了和平改革的大路，自由主義者也就不覺得有暴力革命的必要了。這最後一點，有許多沒有忍耐心的年青人也許聽了不滿意。他們要「徹底改革」，不要那一點一滴的立法，他們要暴力革命，不要和平演進。我要很誠懇的指出，近代一百六七十年的歷史，很清楚的指示我們，凡主張徹底改革的人，在政治上沒有一個不走上絕對專制的路，這是很自然的。只有絕對的專制政權可以剷除一切反對黨，消滅一切阻力；也只能絕對的專制政治可以不擇手段，不惜代價，用最殘酷的方法做到他們認為根本改革的目的。他們不承認他們的見解會有錯誤，他們也不能承認反對的人會有值得考慮的理由，所以他們絕對不能容忍異己，也絕對不能容許自由的思想與言論。所以我很坦白地說，自由主義為了尊重自由與容忍，當然反對暴力革命，與暴力革命必然引起來的暴力專制政治。

總結起來，自由主義的第一個意義是自由，第二個意義是民主，第三個意義是容忍——容忍反對黨，第四個意義是和平的漸進的改革。

（一九四八年九月五日北平《世界日報》）

注釋

①本文係作者一九四八年九月四日在北平電台的廣播詞。

容忍與自由

（一九五九年三月十二日）

十七、八年前，我最後一次會見我的母校康耐爾大學的史學大師布爾先生（George Lincoln Burr）。我們談到英國史學大師阿克頓（Lord Acton）一生準備要著作一部「自由之史」，沒有寫成他就死了。布爾先生那天談話很多，有一句話我至今沒有忘記。他說，「我年紀越大，越感覺到容忍（tolerance）比自由更重要」。

布爾先生死了十多年了，他這句話我越想越覺得是一句不可磨滅的格言。我自己也有「年紀越大，越覺得容忍比自由還更重要」的感想。有時我竟覺得容忍是一切自由的根本；沒有容忍，就沒有自由。

我十七歲的時候（一九〇八），曾在《競業旬報》上發表幾條「無鬼叢話」，其中有一條是痛罵小說《西遊記》和《封神榜》的，我說：

《王制》有之:「假於鬼神時日卜筮以疑眾，殺。」吾獨怪夫數千年來之掌治權者，之以濟世明道自期者，乃懵然不之注意，惑世誣民之學說得以大行，遂舉我神州民族投諸極黑暗之世界!……

這是一個小孩子很不容忍的「衛道」態度。我在那時候已是一個無鬼論者，無神論者，所以發出那種摧除迷信的狂論，要實行《王制》(《禮記》的一篇)的「假於鬼神時日卜筮以疑眾，殺」的一條經典。

我在那時候當然沒有夢想到說這話的小孩子在十五年後(一九二三年)，會很熱心的給《西遊記》作兩萬字的考證!我在那時候當然更沒有想到那個小孩子在二、三十年後還時時留心搜求可以考證《封神榜》的作者的材料!我在那時候也完全沒有想想《王制》那句話的歷史意義。那一段《王制》的全文是這樣的:

析言破律，亂名改作，執左道以亂政，殺。作淫聲異服奇技奇器以疑眾，殺。行偽而堅，言偽而辯，學非而博，順非而澤以疑眾，殺。假於鬼神時日卜筮以疑眾，殺，此四誅者，不以聽。

我在五十年前、完全沒有懂得這一段說的「誅」、正是中國專制政體之下禁止新思想、新學術、新信仰、新藝術的經典的根據。我在那時候抱着「破除迷信」的熱心，所以擁護那「四誅」之中的第四誅，「假於鬼神時日卜筮以疑眾，殺」。我當時完全沒有想到第四誅的「假於鬼神ムム以疑眾」和第一誅的「執左道以亂政」的兩條罪名都可以用來摧殘宗教信仰的自由。我當時也完全沒有注意到鄭玄注裏用了公輸般作「奇技異器」的例子；更沒有注意到孔穎達《正義》裏舉了「孔子為魯司寇七日而誅少正卯」的例子來解釋「行偽而堅，言偽而辯，學非而博，順非而澤以疑眾，殺」。故第二誅可以用來禁絕藝術創作的自由，也可以用來「殺」許多發明「奇技異器」的科學家。故第三誅可以用來摧殘思想的自由，言論的自由，著作出版的自由。

我在五十年前引用《王制》第四誅，要「殺」《西遊記》、《封神榜》的作者。那時候我當然沒有夢想到十年之後我在北京大學教書時，就有一些同樣「衛道」的正人君子也想引用《王制》的第三誅，要「殺」我和我的朋友。當年我要「殺」人，後來人要「殺」我，動機是一樣的：都是因為動了一點正義的火氣，就失掉容忍的度量了。

我自己敍述五十年前主張「假於鬼神時日卜筮以疑眾，殺」的故事，為的是要說明我年紀越大，越覺得「容忍」比「自由」還更重要。

我到今天還是一個無神論者，我不信有一個有意志的神，我也不信靈魂不朽的說法。但我的無神論和共產黨的無神論有一點最根本的不同。我能夠容忍一切信仰有神的宗教，也能夠容忍一切誠心信仰宗教的人。共產黨自己主張無神論，就要消滅一切有神的信仰，要禁絕一切信仰有神的宗教，——這就是五十年前幼稚而又狂妄的不容忍的態度了。

我自己總覺得，這個國家、這個社會、這個世界，絕大多數人是信神的，居然能有這雅量，能容忍我的無神論，能容忍我這個不信神也不信靈魂不滅的人，能容忍我在國內和國外自由發表我的無神論的思想，從沒有人因此用石頭擲我，把我關在監獄裏，或把我綑在柴堆上用火燒死。我在這個世界裏居然享受了四十多年的容忍與自由。我覺得這個國家、這個社會、這個世界對我的容忍態度是可愛的，是可以感激的。

所以我自己總覺得我應該用容忍的態度來報答社會對我的容忍。所以我自己不信神，但我能誠心的諒解一切信神的人，也能誠心地容忍並且敬重一切信仰有神的宗教。

我要用容忍的態度來報答社會對我的容忍，因為我年紀越大，我越覺得容忍的重要意義。若社會沒有這點容忍的氣度，我決不能享受四十多年的大膽懷疑的自由，公開主張無神論的自由了。

在宗教自由史上，在思想自由史上，在政治自由史上，我們都可以看見容忍的態度是難得、最稀有的態度。人類的習慣總是喜同而惡異的，總不喜歡和自己不同的信仰、思想、行為。這就是不容忍的根源。不容忍只是不能容忍和我自己不同的新思想和新信仰。一個宗教團體總相信自己的宗教信仰是對的，是不會錯的，所以它總相信那些和自己不同的宗教信仰必定是錯的，必定是異端、邪教。一個政治團體總相信自己的政治主張是對的，是不會錯的，所以它總相信那些和自己不同的政治見解必定是錯的，必定是敵人。

一切對異端的迫害，一切對「異己」的摧殘，一切宗教自由的禁止，一切思想言論的被壓迫，都由於這一點深信自己是不會錯的心理。因為深信自己是不會錯的，所以不能容忍任何和自己不同的思想信仰了。

試看歐洲的宗教革新運動的歷史。馬丁路德（Martin Luther）和約翰高爾文（John Calvin）等人起來革新宗教，本來是因為他們不滿意於羅馬舊教的種種不容忍，種種不自由。但是新教在中歐、北歐勝利之後，新教的領袖們又都漸漸走上了不容忍的路上去，也不容許別人起來批評他們的新教條了。高爾文在日內瓦掌握了宗教大權，居然會把一個敢獨立思想、敢批評高爾文的教條的學者塞維圖斯（Servetus）定了「異端邪說」的罪名，把他用鐵鍊鎖在木樁上，堆起柴來，慢慢的活燒死。這是一五五三年十月二十三日的事。

這個殉道者塞維圖斯的慘史，最值得人們的追念和反省。宗教革新運動原來的目標是要爭取「基督教的人的自由」和「良心的自由」。何以高爾文和他的信徒們居然會把一位獨立思想的新教徒用慢慢的火燒死呢？何以高爾文的門徒（後來繼任高爾文為日內瓦的宗教獨裁者）柏時（de Beze）竟會宣言「良心的自由是魔鬼的教條」呢？

基本的原因還是那一點深信我自己是「不會錯的」的心理。像高爾文那樣虔誠的宗教改革家，他自己深信他的良心確是代表上帝的命令，他的口和他的筆確是代表上帝的意志，那末他的意見還會錯嗎？他還有錯誤的可能嗎？在塞維圖斯被燒死之後，高爾文曾受到不少人的批評。一五五四年，高爾文發表一篇文字為他自己辯護。他毫不遲疑地說，「嚴厲懲治邪說者的權威是無可疑的，因為這就是上帝自己的說話。……這工作是為上帝的光榮的戰鬥。」

上帝自己的說話，還會錯嗎？為上帝的光榮作戰，還會錯嗎？這一點「我不會錯」的心理，就是一切不容忍的根苗。深信我自己的信念沒有錯誤的可能（infallible），我的意見就是「正義」，反對我的人當然都是「邪說」了。我的意見代表上帝的意旨，反對我的人的意見當然就是「魔鬼的教條」了。

這是宗教自由史給我們的教訓：容忍是一切自由的根本；沒有容忍「異己」的雅量，就不會承認「異己」的宗教信仰可以享受自由。但因為不容忍的態度是基於「我們的信念不會錯」的心理習慣，所以容忍「異己」是最難得、最不容易養成的雅量。

在政治思想上，在社會問題的討論上，我們同樣的感覺到不容忍是常見的。而容忍總是很稀有的。我試舉一個死了的老朋友的故事作例子。四十多年前，我們在《新青年》雜誌上開始提倡白話文學的運動，我曾從美國寄信給陳獨秀，我說：

此事之是非，非一朝一夕所能定，亦非一二人所能定。甚願國中人士能平心靜氣與吾輩同力研究此問題。討論既熟，是非自明。吾輩已張革命之旗，雖不容退縮，然亦決不敢以吾輩所主張為必是而不容他人之匡正也。

獨秀在《新青年》上答我道：

鄙意容納異議，自由討論，固為學術發達之原則，獨於改良中國文學當以白話為正宗之說，其是非甚明，必不容反對者有討論之餘地；必以吾輩所主張者為絕對之是，而不容他人之匡正也。……

我當時就覺得這是很武斷的態度。現在四十多年之後，我還忘不了獨秀這一句話，我還覺得這種「必以吾輩所主張者為絕對之是」的態度是很不容忍的態度，是最容易引起別人的惡感，是最容易引起反對的。

我曾說過，我應該用容忍的態度來報答社會對我的容忍。現在常常想，我們還得戒律自己：我們若想別人容忍諒解我們的見解，我們必須先養成能夠容忍諒解別人的見解的度量。至少至少我們應該戒約自己決不可「以吾輩所主張者為絕對之是。」我們受過實驗主義的訓練的人，本來就不承認有「絕對之是」，更不可以「以吾輩所主張者為絕對之是」。

（《自由中國》二十卷六期）

致李書華、李玄伯

（一九二四年十一月二十八日）

人各有所見，不能強同。你們兩位既屢以民國為前提，我要請你們認清一個民國的要素在於容忍對方的言論自由。你們只知道「皇帝的名號不取消，就是中華民國沒有完全成立」，而不知道皇帝的名號取消了，中華民國也未必就可算完全成立。一個民國的條件多着呢！英國不廢王室而不害其為民國，法國容忍王黨而不害其為民國。

我並不主張王室的存在，也並不贊成復辟的活動，我只要求一點自由說話的權利。我說我良心上的話，我也不反對別人駁我。但十幾日來，只見謾罵之聲，誣蔑之話，只見一片不容忍的狹陋空氣而已。賢如兩位先生，尚疑我要「先等待復辟成功，清室復興，再乘其復興後之全盛時代，以溫和，謙遜，恭敬，或他種方法行之」！此語在兩位先生或以為是邏輯的推論，但我讀了只覺得字裏行間充滿着苛刻不容忍的空氣，使人難受。你們既說我是「根本錯誤」，我也不願意申辯。我只要指出，在一個民國裏，我偶然說兩句不中聽，不時髦的話，並不算是替中華民國丟臉出醜。等到沒有人敢說這種話時，你們懊悔就太遲了。

致陳獨秀

（一九二五年）

前幾天我們談到北京羣眾燒燬晨報館的事，我對你表示我的意見，你問我說：「你以為《晨報》不該燒嗎？」

五六天以來，這一句話常常往來於我腦中。我們做了十年的朋友，同做過不少的事，而見解主張上常有不同的地方。但最大的不同莫過於這一點了。我忍不住要對你說幾句話。

幾十個暴動分子圍燒一個報館，這並不奇怪。但你是一個政黨的負責的領袖，對於此事不以為非，而以為「該」，——這是使我很詫怪的態度。

你我不是曾同發表過一個《爭自由》的宣言嗎？那天北京的羣眾不是宣言「人民有集會結社言論出版的自由」嗎？《晨報》近年的主張，無論在你我的眼睛裏為是為非，決沒有「該」被自命爭自由的民眾燒燬的罪狀。因為爭自由的唯一原理是：「異乎我者未必即非，而同乎我者未必即是；今日眾人之所是未必即是，而眾人之所非未必真非。」爭自由的唯一理由，換句話說，就是期望大家能容忍異己的意見與信仰。凡不肯承認異己者的自由的人，就不配爭自由，就不配談自由。

我也知道你們主張一階級專制的人已不信仰自由這個字了。我也知道我今天向你討論自由，也許為你所笑。但我要你知道，這一點在我要算一個根本的信仰。我們兩個老朋友，政治主張上儘管不同，事業上儘管不同，所以仍不失其為老朋友者，正因為你我腦子背後多少總還同有一點容忍異己的態度。至少我可以說，我的根本信仰是承認別人有嘗試的自由。如果連這一點最低限度的相同點都掃除了，我們不但不能做朋友，簡直要做仇敵了。你說是嗎？

我記得民國八年你被拘在警察廳的時候，署名營救你的人之中有桐城派古文家馬通伯與姚叔節。我記得那晚在桃李園請客的時候，我心中感覺一種高興，我覺得這個黑暗社會裏還有一線光明：在那個反對白話文學最激烈的空氣裏，居然有幾個古文老輩肯出名保你，這個社會還勉強夠得上一個「人的社會」，還有一點人味兒。

但這幾年以來，卻很不同了。不容忍的空氣充滿了國中，並不是舊勢力的不容忍，他們早已沒有摧殘異己的能力了。最不容忍的乃是一班自命為最新人物的人。我個人這幾年就身受了不少的攻擊和誣蔑。我這回出京兩個多月，一路上飽讀你的同黨少年醜詆我的言論，真開了不小的眼界。我是不會怕懼這種詆罵的，但我實在有點悲觀。我怕的是這種不容忍的風氣造成之後，這個社會要變成一個更殘忍更慘酷的社會，我們愛自由爭自由的人怕沒有立足容身之地了。

一切主義，一切學理，……，一切不可用作蒙蔽聰明，停止思想的絕對真理。

四　哲學與方法

實驗主義（節錄）

一、引論

現今歐美很有勢力的一派哲學，英文叫做Pragmatism，日本人譯為「實際主義」。這個名稱本來也還可用。但這一派哲學裏面，還有許多大同小異的區別，「實際主義」一個名目不能包括一切支派。英文原名 Pragmatism 本來是皮耳士（C. S. Peirce）提出的。後來詹姆士（William James）把這個主義應用到宗教經驗上去，皮耳士覺得這種用法不很妥當，所以他想把他原來的主義改稱為 Pragmaticism 以別於詹姆士的Pragmatism。英國失勒（F. C. S. Schiller）一派，把這個主義的範圍更擴充了，本來不過是一種辯論的方法，竟變成一種真理論和實在論了（看詹姆士的 *Meaning of Truth*，頁五十一）。所以失勒提議改用「人本主義」（Humanism）的名稱。美國杜威（John Dewey）一派，仍舊回到皮耳士所用的原意，注重方法論一方面。他又嫌詹姆士和失勒一般人太偏重個體事物和「意志」（Will）的方面，所以他也不願用 Pragmatism 的名稱，他這一派自稱為「工具主義」（Instrumentalism），又可譯為「應用主義」或「器用主義」。

因為這一派裏面有這許多區別，所以不能不用一個涵義最廣的總名稱。「實際主義」四個字可讓給詹姆士獨佔。我們另用「實驗主義」的名目來做這一派哲學的總名。就這兩個名詞的本義看來，「實際主義」（Pragmatism）注重實際的效果；「實驗主義」（Experimentalism）雖然也注重實際的效果，但他更能點出這種哲學所最注意的是實驗的方法。實驗的方法就是科學家在試驗室裏用的方法。這一派哲學的始祖皮耳士常說他的新哲學不是別的，就是「科學試驗室的態度」（The Laboratory attitude of mind）。這種態度是這種哲學的各派所公認的，所以我們可用來做一個「類名」。

以上論實驗主義的名目，也可表現實驗主義和科學的關係。這種新哲學完全是近代科學發達的結果。十九世紀乃是科學史上最光榮的時代。不但科學的範圍更擴大了，器械更完備了，方法更精密了；最重要的是科學的基本觀念都經過了一番自覺的評判，受了一番根本的大變遷。這些科學基本觀念之中，有兩個重要的變遷，都同實驗主義有絕大的關係。第一，是科學家對於科學律例的態度的變遷。從前崇拜科學的人，大概有一種迷信，以為科學的律例都是一定不變的天經地義。他們以為天地萬物都有永久不變的「天理」，這些天理發現之後，便成了科學的律例。但是這種「天經地義」的態度，近幾十年來漸漸的更變了。科學家漸漸的覺得這種天經地義的迷信態度很可以阻礙科學的進步。況且他們研究科學的歷史，知道科學上許多發明都是運用「假設」的效果。因此他們漸漸的覺悟，知道現在所有的科學律例不過是一些最適用的假設，不過是現在公認為解釋自然現象最方便的假設。譬如行星的運行，古人天天看見日出於東，落於西，並不覺得甚麼奇怪。後來有人問日落之後到甚麼地方去了呢？有人說日並不落下，日掛在天上，跟着天旋轉，轉到西方又轉向北方，離開遠了，我們看不見他，便說日落了，其實不曾落（看王充《論衡・說日篇》）。這是第一種假設的解釋。後來有人說地不是平坦的，日月都從地下繞出；更進一步，說地是宇宙的中心，日月星辰都繞地行動；再進一步，說日月繞地成圓圈的軌道，一切星辰也依着圓圈運行。這是第二種假設的解釋，在當時都推為科學的律例。後來天文學格外進步了，於是歌白尼出來說日球是中心，地球和別種行星都繞日而行，並不是日月星辰繞地而行。這是第三個假設的解釋。後來的科學家，如愷柏勒（Kepler），如牛敦（Newton），把歌白尼的假設說得格外周密。自此以後，人都覺得這種假設把行星的運行說的最圓滿，沒有別種假設比得上他，因此他便成了科學的律例了。即此一條律例看來，便可見這種律例原不過是人造的假設用來解釋事物現象的。解釋的滿意，就是真的；解釋的不滿人意，便不是真的，便該尋別種假設來代他了。不但物理學、化學的律例是這樣的。就是平常人最信仰，最推崇為永永不磨的數學定理，也不過是一些最適用的假設。我們學過平常的幾何學的，都知道一個三角形內的三隻角之和等於兩隻直角；又知道一條直線外的一點上只可作一條線與那條直線平行。這不是幾何學上的天經地義嗎？但是近來有兩派新幾何學出現。一派是羅貝邱司基（Lobatschwsky）的幾何，說三角形內的三隻角加起來小於兩直角；又說在一點上可作無數線和一條直線平行。還有一派是利曼（Riemann）的幾何，說三角形內的三角之和大於兩直角；又說一點上所作的線沒有一條和點外的直線平行。這兩派新幾何學（我現在不能細說）都不是瘋子說瘋話，都有可成立的理由。於是平常人和古代哲學家所同聲尊為天經地義的幾何學定理，也不能不看作一些人造的最方便的假設了。（看 Poincaré, '*Science and Hypothesis*', Chapters III, V, And IX）

這一段說從前認作天經地義的科學律例，如今都變成了人造的最方便最適用的假設。這種態度的變遷涵有三種意義：（一）科學律例是人造的，（二）是假定的，——是全靠他解釋事實能不能滿意，方才可定他是不是適用的，（三）並不是永永不變的天理，——天地間也許有這種永永不變的天理，但我們不能說我們所擬的律例就是天理。我們所假設的律例不過是記載我們所知道的一切自然變化的「速記法」。這種對於科學律例的新態度，是實驗主義的一個最重要的根本學理。實驗主義絕不承認我們所謂「真理」就是永永不變的天理。他只承認一切「真理」都是應用的假設；假設的真不真，全靠他能不能發生他所應該發生的效果。這就是「科學試驗室的態度」。

此外，十九世紀還有第二種大變遷，也是和實驗主義有極重要的關係的。這就是達爾文的進化論。達爾文的最重要的書，名為《物種的由來》。從古以來，講進化的人本不少，但總不曾明白主張「物種」是變遷進化的結果。哲學家大概把一切「物種」（Species）認作最初同時發生的，發生以來，永永不變，古今如一。中國古代的荀子說，「古今一度也，類不悖，雖久同理。」楊倞注說，「類，種類，謂若牛馬也。言種類不乖悖，雖久而理同。今之牛馬與古不殊，何至於人而獨異哉？」（看我的《中國哲學史大綱》頁三百十一至三百十三。）這是說物的種類是一成不變的。古代的西洋學者如亞里士多德一輩人也是主張物種不變的。這種物類不變的觀念，在哲學史上很有影響。荀子主張物類不悖，雖久同理，故他說那些主張「古今異情，其所以治亂者異道」的人都是「妄人」。西洋古代哲學因為主張物類不變，故也把真理看作一成不變。個體的人物儘管有生老死滅的變化，但「人」、「牛」、「馬」等等種類是不變化的。個體的事實儘管變來變去，但那些全稱的普遍的「真理」是永久不變的。到了達爾文方才敢大膽宣言物的種類也不是一成不變的，都有一個「由來」，都經過了許多變化，方才到今日的種類。到了今日，仍舊可使種類變遷，如種樹的可以接樹，養雞的可以接雞，都可得到特別的種類。不但種類變化，真理也變化。種類的變化是適應環境的結果，真理不過是對付環境的一種工具，環境變了，真理也隨時改變。宣統年間的忠君觀念已不是雍正乾隆年間的忠君觀念了。民國成立以來，這個觀念竟完全丟了，用不着了。知道天下沒有永久不變的真理，沒有絕對的真理，方才可以起一種知識上的責任心。我們人類所要的知識，並不是那絕對存立的「道」哪，「理」哪，乃是這個時間，這個境地，這個我的這個真理。那絕對的真理是懸空的，是抽象的，是籠統的，是沒有憑據的，是不能證實的。因此古來的哲學家可以隨便亂說。這個人說是「道」，那個人說是「理」，第三人說是「氣」，第四人說是「無」，第五人說是「上帝」，第六人說是「太極」，第七人說是「無極」。你和我都不能斷定那一個說的是，那一個說的不是，只好由他們亂說罷了。我們現在且莫問那絕對究竟的真理，只須問我們在這個時候，遇着這個境地，應該怎樣對付他。這種對付這個境地的方法，便是「這個真理」。這一類「這個真理」是實在的，是具體的，是特別的，是有憑據的，是可以證實的。因為這個真理是對付這個境地的方法，所以他若不能對付，便不是真理；他能對付，便是真理。所以說他是可以證實的。

這種進化的觀念，自從達爾文以來，各種學問都受了他的影響。但是哲學是最守舊的東西。這六十年來，哲學家所用的「進化」觀念仍舊是海智爾（Hegel）的進化觀念，不是達爾文的《物種由來》的進化觀念（這話說來很長，將來再說罷）。到了實驗主義一派的哲學家，方才把達爾文一派的進化觀念拿到哲學上來應用，拿來批評哲學上的問題，拿來討論真理，拿來研究道德。進化觀念在哲學上應用的結果，便發生了一種「歷史的態度」（The genetic method）。怎麼叫做「歷史的態度」呢？這就是要研究事務如何發生，怎樣來的，怎樣變到現在的樣子。這就是「歷史的態度」。譬如研究「真理」，就該問，這個意思何以受人恭維，尊為「真理」？又如研究哲學上的問題，就該問，為甚麼哲學史上發生這個問題呢？又如研究道德習慣，就該問，這種道德觀念（例如「愛國」心）何以應該尊崇呢？這種風俗（例如「納妾」）何以能成為公認的風俗呢。這種歷史的態度便是實驗主義的一個重要的元素。

以上泛論實驗主義的兩個根本觀念：第一是科學試驗室的態度，第二是歷史的態度。這兩個基本觀念都是十九世紀科學的影響。所以我們可以說：實驗主義不過是科學方法在哲學上的應用。

四、詹姆士論實驗主義

本章的題目是「詹姆士論實驗主義」。這個標題的意思是說，本章所說雖是用他的實驗主義一部書做根據，卻不全是他一個人的學說，乃是他綜合皮耳士、失勒、杜威、倭斯韈（Ostwald）馬赫（Maoh）等人的學說，做成一種實驗主義的總論。他這個人是富有宗教性的，有時不免有點偏見，所以我又引了旁人（以杜威為最多）批評他的話來糾正他的議論。

詹姆士講實驗主義有三種意義。第一，實驗主義是一種方法論；第二，是一種真理論（Theory of Truth）；第三，是一種實在論（Theory of Reality）。

一、方法論。詹姆士總論實驗主義的方法是「要把注意之點從最先的物事移到最後的物事；從通則移到事實，從範疇（Categories）移到效果。」（*Pragmatism*, PP. 54-55）。這些通則哪，定理哪，範疇哪，都是「最先的物事」。亞里士多德所說在「天然順序中比較容易知道的」，就是這些東西。古來的學派大抵都是注重這些抽象的東西的。詹姆士說：「我們大家都知道人類向來喜歡玩種種不正當的魔術。魔術上最重要的東西就是名字。你如果知道某種妖魔鬼怪的名字，或是可以鎮服他們的符咒，你就可以管住他們了。所以初民的心裏覺得宇宙竟是一種不可解的謎；若要解這個啞謎，總須請教那些開通心竅神通廣大的名字。宇宙的道理即在名字裏面；有了名字便有了宇宙了（參看中國儒家所論正名的重要，如孔丘、董仲舒所說）。『上帝』、『物質』、『理』、『太極』、『力』，都是萬能的名字。你認得他們，就算完事了。玄學的研究，到了認得這些神通廣大的名字可算到了極處了。」（P. 52）他這段說話挖苦那班理性派的哲學家，可算得厲害了。他的意思只是要表示實驗主義根本上和從前的哲學不同。實驗主義要把種種全稱名字一個一個的「現兑」做人生經驗，再看這些名字究竟有無意義。所以說「要把注意之點從最先的物事移到最後的物事；從通則移到事實，從範疇移到效果。」

這便是實驗主義的根本方法。這個方法有三種應用。甲、用來規定事物（Objects）的意義；乙、用來規定觀念（Ideas）的意義；丙、用來規定一切信仰（定理聖教量之類）的意義。

甲、事物的意義。詹姆士引德國化學大家倭斯韈（Ostwald）的話：「一切實物都能影響人生行為，那種影響便是那些事物的意義。」他自己也說：「若要使我們心中所起事物的感想明白清楚，只須問這個物事能生何種實際的影響，——只須問他發生甚麼感覺，我們對他起何種反動。」（PP. 46-47）譬如上文所說的「悶空氣」，他的意義在於他對於呼吸的關係和我們開窗換空氣的反動。

乙、觀念的意義。他說，我們如要規定一個觀念的意義，只須使這觀念在我們經驗以內發生作用。把這個觀念當作一種工具用，看他在自然界能發生甚麼變化，甚麼影響。一個觀念（意思）就像一張支票，上面寫明可支若干效果。如果這個自然銀行見了這張支票即刻如數現兑，那支票便是真的，——那觀念便是真的。

丙、信仰的意義。信仰包括事物與觀念兩種。不過信仰所包事物觀念的意義是平常公認為已經確定了的。若要決定這種觀念或學說的意義，只須問，「如果這種學說是真的，那種學說是假的，於人生實際上可有甚麼分別嗎？如果無論那一種是真是假都沒有實際上的區別，那就可證明這兩種表面不同的學說其實是一樣的，一切爭執都是廢話。」（P. 45）譬如我上文所引「人類未曾運思以前，一切哲理有無物觀的存在？」一個問題，兩方面都可信，都不發生實際上的區別，所以就不成問題了。

以上說方法論的實驗主義。

二、真理論。甚麼是「真理」（Truth）？這個問題在西洋哲學史上是一個頂重要的問題。那些舊派的哲學家說真理就是同「實在」相符合的意象。這個意象和「實在」相符合，便是真的；那個意象和「實在」不相符合，便是假的。這話很寬泛。我們須要問，甚麼叫做「和實在相符合？」舊派的哲學家說「真的意象就是實在的摹本（Copy）」。詹姆士問道，「譬如牆上的鐘，我們閉了眼睛可以想像鐘的模樣，那還可說是一種摹本。但是我們心裏起的鐘的用處的觀念，也是摹本嗎？摹的是甚麼呢？又如我們說鐘的法條有彈性，這個觀念摹的又是甚麼呢？這就可見一切不能有摹本的意象，那『和實在相符合』一句話又怎麼解說呢？」（*Pragmatism* P. 199）

詹姆士和旁的實驗哲學家都攻擊這種真理論，以為這學說是一種靜止的，惰性的真理論。舊派的意思好像是只要把實在直鈔下來就完了事，只要得到了實在的摹本，就夠了，思想的功用就算圓滿了。好像我們中國在前清時代奏摺上批了「知道了，欽此」五個大字，就完了。這些實驗哲學家是不甘心的。他們要問，「假定這個觀念是真的，這可於人生實際上有甚麼影響嗎？這個真理可以實現嗎？這個道理是真是假，可影響那幾部分的經驗嗎？總而言之，這個真理現兌成人生經驗，值得多少呢？」

詹姆士因此下一個界說道，「凡真理都是我們能消化受用的，能考驗的，能用旁證證明的，能稽核查實的。凡假的觀念都是不能如此的。」（P. 201）他說，「真理的證實，在能有一種滿意擺渡的作用。」（P. 202）怎麼叫作擺渡的作用呢？他說，「如果一個觀念能把我們一部分的經驗引渡到別一部分的經驗，連貫的滿意，辦理的妥貼，把複雜的變簡單了，把煩難的變容易了，——如果這個觀念能做到這步田地，他便「真」到這步田地，便含有那麼多的真理。」（P. 58）譬如我走到一個大森林裏，迷了路，餓了幾日走不出來。忽然看見地上有幾個牛蹄的印子，我心裏便想：若跟着牛蹄印子走，一定可尋到有人煙的地方。這個意思在這個時候非常有用，我依了做去，果然出險了。這個意思便是真的，因為他能把我從一部分的經驗引渡到別部分的經驗，因此便自己證實了。

據這種見解看來，上文所說「和實在相符合」一句話便有了一種新意義。真理「和實在相符合」並不是靜止的符合，乃是作用的符合：從此岸渡到彼岸，把困難化為容易，這就是「和實在相符合」了。符合不是臨摹實在，乃是應付實在，乃是適應實在。

這種「擺渡」的作用，又叫做「做媒」的本事。詹姆士常說一個新的觀念就是一個媒婆，他的用處就在能把本來未有的舊思想和新發現的事實拉攏來做夫妻，使他們不要吵鬧，使他們和睦過日子。譬如我們從前糊糊塗塗的過太平日子，以為物體從空中掉下來是很自然的事，不算希奇。不料後來人類知識進步了，知道我們這個地球是懸空弔在空中。於是便發生疑問：這個地球何以能夠不掉下去呢？地球既是圓的，圓球那一面的人物屋宇何以不掉到太空中去呢？這個時候，舊思想和新事實不能相容，正如人家兒女長大了，男的吵着要娶媳婦了，女的吵着要嫁人了。正在吵鬧的時候，來了一個媒婆，叫做「吸力說」，他從男家到女家，又從女家到男家，不知怎樣一說，女家男家，都答應了，於是遂成了夫婦，重新過太平的日子。所以詹姆士說，觀念成為真理全靠他有這做媒的本事。一切科學的定理，一切真理，新的舊的，都是會做媒的，或是現任的媒婆，或是已退職的媒婆。純粹物觀的真理。不曾替人做過媒，不曾幫人擺過渡，這種真理是從來沒有的。

這種真理論叫做「歷史的真理論」（Genetic Theory of Truth）。為甚麼叫做「歷史的」呢？因為這種真理論注重的點在於真理如何發生，如何得來，如何成為公認的真理。真理並不是天上掉下來的，也不是人胎裏帶來的。真理原來是人造的，是為了人造的，是人造出來供人用的。是因為他們大有用處所以才給他們「真理」的美名的。我們所謂真理，原不過是人的一種工具。真理和我手裏這張紙，這條粉筆，這塊黑板，這把茶壺，是一樣的東西，都是我們的工具。因為從前這種觀念曾經發生功效，故從前的人叫他做「真理」。因為他的用處至今還在，所以我們還叫他做「真理」。萬一明天發生他種事實，從前的觀念不適用了，他就不是「真理」了，我們就該去找別的真理來代他了。譬如「三綱五倫」的話，古人認為真理，因為這種話在古時宗法的社會很有點用處。但是現在時勢變了，國體變了，「三綱」便少了君臣一綱，「五倫」便少了君臣一倫。還有「父為子綱」，「夫為妻綱」兩條，也不能成立。古時的「天經地義」現在變成廢語了。有許多守舊的人覺得這是很可痛惜的。其實這有甚麼可惜？衣服破了，該換新的；這支粉筆寫完了，該換一支；這個道理不適用了，該換一個。這是平常的道理，有甚麼可惜？「天圓地方說」不適用了，我們換上一個「地圓說」，有誰替「天圓地方說」開追悼會嗎？

真理所以成為公認的真理，正因為他替我們擺過渡，做過媒。擺渡的船破了，再造一個。帆船太慢了，換上一隻汽船。這個媒婆不行，打他一頓媒拳，趕他出去，另外請一位靠得住的朋友做大媒。

這便是實驗主義的真理論。

但是人各有所蔽，就是哲學家也不能免。詹姆士是一個宗教家的兒子，受了宗教的訓練，所以對於宗教的問題，總不免有點偏見，不能老老實實的用實驗主義的標準來批評那些宗教的觀念是否真的。譬如他說，「依實驗主義的道理看來，如果『上帝』那個假設有滿意的功用（此所謂『滿意』乃廣義的），那假設便是真的。」（P. 299）又說，「上帝的觀念，……在實際上至少有一點勝過旁的觀念的地方：這個觀念許給我們一種理想的宇宙，永久保存，不致毀滅。……世界有個上帝在裏面作主，我們便覺得一切悲劇都不過是暫時的，都不過是局部的，一切災難毀壞都不是絕對沒有翻身的。」(P. 106) 最妙的是他的「信仰的心願」論（*The Will to Believe*）。這篇議論太長了，不能引在這裏。但是那篇議論中最重要又最有趣味的一個意思，他曾在別處常常提起，我且引來給大家看看。「我自己硬不信我們的人世經驗就是宇宙裏最高的經驗了。我寧可相信我們人類對於全宇宙的關係就和我們的貓兒狗兒對於人世生活的關係一般。貓兒狗兒常在我們的客廳上書房裏玩，他們也加入我們的生活，但他們全不懂得我們的生活的意義。我們的人世生活好比一個圓圈，他們就住在這個圓圈的正切線（Tangent）上，全不知道這個圓圈起於何處終於何處。我們也是如此。我們也住在這個全宇宙圓圈的正切線上。但是貓兒狗兒每日的生活可以證明他們有許多理想和我們相同。所以我們照宗教經驗的證據看來，也很可相信比人類更高的神力是實有的，並且這些神力也朝着人類理想中的方向努力拯救這個世界。」(P. 300)

這就是他的宗教的成見。他以為這個上帝的觀念，——這個有意志，和我們人類的最高理想同一方向進行的上帝觀念，——能使我們人類安心滿意，能使我們發生樂觀，這就可以算他是真的了！這種理論，仔細看來，是很有害的。他在這種地方未免把他的實驗主義的方法用錯了。為甚麼呢？因為我們上文說過，實驗主義的方法須分作三層使用。第一，是用來定事物的意義；第二，定觀念的意義；第三，定信仰的意義。須是事物和觀念的意義已經明白確定了，方才可以用第三步方法。如今假定一個有意志的上帝，這個假設還只是一個觀念，他的意義還不曾明白確定。所以不能用第三步方法，只可先用第一步方法，把這個觀念當作一種工具，當作一張支票，看他在這自然大銀行裏是否有兑現的效力。這個「有意志的神力」的觀念是一個宇宙論的假設，這張支票上寫的是宇宙論的現款，不是宗教經驗上的現款。我們拿了支票，應該先看他是否能解決宇宙論的問題。一切宇宙間的現狀，如生存競爭的殘忍，如罪惡痛苦的存在，都可以用這個假設來解決嗎？如不能解決，這張支票便不能兑現。這個觀念意義便不曾確定。一個觀念不曾經過第二步的經驗，便不配算作信仰，便不配問他的真假在實際上發生甚麼區別。為甚麼呢？因為一張假支票在本銀行裏雖然支不出錢來，也許在不相干的小錢店裏押一筆錢。那小錢店不曾把支票上的圖章表記認明白，只顧貪一點小利，就胡亂押一筆錢出去。這不叫做「兑現」，這叫「外快」，這是騙來的錢。詹姆士不先把上帝這個觀念的意義弄明白，卻先用到宗教經驗上去，回頭又把宗教經驗上所得的「外快」利益來冒充這個觀念本身的價值。這就是他不忠於實驗主義的所在了。（參看 Dewey, *Essays in Experimental Logic*, PP. 312-325）

三、實在論。我們所謂「實在」（Reality）含有三大部分：（A）感覺；（B）感覺與感覺之間及意象之間的種種關係；（C）舊有的真理。從前的舊派哲學都說實在是永遠不變的。詹姆十一派人說實在是常常變的，是常常加添的，常常由我們自己改造的。上文所說實在的三部分之中，我們且先說感覺。感覺之來，就同大水洶湧，是不由我們自主的。但是我們各有特別的興趣，興趣不同，所留意的感覺也不同。因為我們所注意的部分不同，所以各人心目中的實在也就不同。一個詩人和一個植物學者同走出門遊玩，那詩人眼裏只見得日朗風輕，花明鳥媚；那植物學者只見得道旁長的是甚麼草，籬上開的是甚麼花，河邊栽的是甚麼樹。這兩個人的宇宙是大不相同的。

再說感覺的關係和意象的關係。一樣的滿天星斗，在詩人的眼裏和在天文學者的眼裏，便有種種不同的關係。一樣的兩件事，你只見得時間的先後，我卻見得因果的關係。一樣的一篇演說，你覺得這人聲調高低得宜，我覺得這人論理完密。一百個大錢，你可以擺成兩座五十的，也可以擺成四座二十五的，也可以擺成十座十個的。

那舊有的真理更不用說了。總而言之，實在是我們自己改造過的實在。這個實在裏面含有無數人造的分子。實在是一個很服從的女孩子，他百依百順的由我們替他塗抹起來，裝扮起來。「實在好比一塊大理石到了我們手裏，由我們雕成甚麼像。」宇宙是經過我們自己創造的工夫的。「無論知識的生活或行為的生活，我們都是創造的。實在的名的一部分，和實的一部分，都有我們增加的分子。」

這種實在論和理性派的見解大不相同。「理性主義以為實在是現成的，永遠完全的；實驗主義以為實在還正在製造之中，將來造到甚麼樣子便是甚麼樣子。」(P. 257) 實驗主義（人本主義）的宇宙是一篇未完的草稿，正在修改之中，將來改成怎樣便怎樣，但是永永沒有完篇的時期。理性主義的宇宙是絕對平安無事的，實驗主義的宇宙是還在冒險進行的。

這種實在論和實驗主義的人生哲學和宗教觀念都有關係。總而言之，這種創造的實在論發生一種創造的人生觀。這種人生觀詹姆士稱為「改良主義」(Meliorism)。這種人生觀也不是悲觀的厭世主義，也不是樂觀的樂天主義，乃是一種創造的「淑世主義」。世界的拯拔不是不可能的，也不是我們籠着手，抬起頭來就可以望得到的。世界的拯救是可以做得到的，但是須要我們各人盡力做去。我們盡一分的力，世界的拯拔就趕早一分。世界是一點一滴一分一毫的長成的，但是這一點一滴一分一毫全靠着你和我和他的努力貢獻。

他說：

「假如那造化的上帝對你說：『我要造一個世界，保不定可以救拔的。這個世界要想做到完全無缺的地位，須靠各個分子各盡他的能力。我給你一個機會，請你加入這個世界。你知道我不擔保這世界平安無事的。這個世界是一種真正冒險事業，危險很多，但是也許有最後的勝利。這是真正的社會互助的工作。你願意跟來嗎？你對你自己，和那些旁的工人，有那麼多的信心來冒這個險嗎？』

假如上帝這樣問你，這樣邀請你，你當真怕這世界不安穩竟不敢去嗎？你當真寧願躲在睡夢裏不肯出頭嗎？」

這就是淑世主義的挑戰書。詹姆士自己是要我們大着膽子接受這個哀的米敦書的。他很嘲笑那些退縮的懦夫，那些靜坐派的懦夫。他說，「我曉得有些人是不願意去的。他們覺得在那個世界，須要用奮鬥去換平安，這是很沒有道理的事。……他們不敢相信機會。他們想尋一個世界，要可以歇肩，可以抱住爸爸的頭頸，就此被吸到那無窮無極的生命裏面，好像一滴水滴在大海裏。這種平安清福，不過只是免去了人世經驗的種種煩惱。佛家的涅槃其實只不過免去了塵世的無窮冒險。那些印度人，那些佛教徒，其實只是一班懦夫，他們怕經驗，怕生活。……他們聽見了多元的淑世主義，牙齒都打戰了，胸口的心也駭得冰冷了。」（PP. 291-293）詹姆士自己說，「我嗎？我是願意承認這個世界是真正危險的，是須要冒險的。我決不退縮，我決不說『我不幹了！』」（P. 296）

這便是他的宗教。這便是他的實在論所發生的效果。

五、杜威哲學的根本觀念

杜威（生於1859）是現在實驗主義的領袖。他的著作很多，最重要的是 *The School and Society*, 1899; *Studies in Logical Theory*, 1903; *Influence of Darwin on Philosophy,and other Essays*, 1910; *How We Think*, 1910; *Ethics*（With Tufts），1909; *Essays in Experimental Logic*, 1916; *Democracy and Education*, 1916; *Creative Intelligence*（With others）1917。他做的書都不很容易讀，不像詹姆士的書有通俗的能力。但是在思想界裏面，杜威的影響實在比詹姆士還大。有許多反對詹姆士的實驗主義的哲學家，對於杜威都不能不表敬意。他的教育學說影響更大，所以有人稱他做「教師的教師」（The teacher of teachers）。

杜威在哲學史上是一個大革命家。為甚麼呢？因為他把歐洲近世哲學從休謨（Hume）和康德（Kant）以來的哲學根本問題一齊抹煞，一齊認為沒有討論的價值。一切理性派與經驗派的爭論，一切唯心論和唯物論的爭論，一切從康德以來的知識論，在杜威的眼裏，都是不成問題的爭論，都可「以不了了之」。杜威說，「知識上的進步有兩條道路。有的時候，舊的觀念範圍擴大了，研究得更精密了，更細膩了，知識因此就增加了。有的時候，人心覺得有些老問題實在不值得討論了，從前火一般熱的意思現在變冷了，從前很關切的現在覺得不關緊要的了。在這種時候，知識的進步不在於增添，在於減少；不在分量的增加，在於性質的變換。那些老問題未必就解決了，但是他們可以不用解決了。」（*Creative Intelligence* P.3）這就是我們中國人所講的「以不了了之」。

杜威說近代哲學的根本大錯誤就是不曾懂得「經驗」（Experience）究竟是個甚麼東西。一切理性派和經驗派的爭論，唯心唯實的爭論，都只是由於不曾懂得甚麼叫做經驗。他說舊派哲學對於「經驗」的見解有五種錯誤：

一、舊派人說經驗完全是知識。其實依現在的眼光看來，經驗確是一個活人對於自然的環境和社會的環境所起的一切交涉。

二、舊說以為經驗是心境的，裏面全是「主觀性」。其實經驗只是一個物觀的世界，走進人類的行為遭遇裏面，受了人類的反動發生種種變遷。

三、舊說於現狀之外只是承認一個過去，以為經驗的元素只是記着經過了的事。其實活的經驗是試驗的，是要變換現有的物事。他的特性在於一種「投影」的作用，伸向那不知道的前途。他的主要性質在於聯絡未來。

四、舊式的經驗是專向個體的分子的。一切聯絡的關係都作從經驗外面侵入的，究竟可靠不可靠還不可知。但是我們若把經驗當作應付環境和約束環境的事，那麼經驗裏面便含有無數聯絡，無數貫串的關係。

五、舊派的人把經驗和思想看作絕相反的東西。他們以為一切推理的作用都是跳出經驗以外的事。但是我們所謂經驗裏面含有無數推論。沒有一種有意識的經驗沒有推論的作用。（PP. 7-8）

這五種區別，很是重要。因為這就是杜威的哲學革命的根本理由，既不承認經驗就是知識，那麼三百多年以來把哲學幾乎完全變成認識論，便是大錯了。那麼哲學的性質、範圍、方法，都要改變過了。既不承認經驗是主觀的，反過來既承認經驗是人應付環境的事業，那麼一切唯心唯實的爭論都不成問題了。既不承認經驗完全是細碎不聯絡的分子（如印象，意象，感情之類），反過來既聯絡貫串是經驗本分內的事，那麼一切經驗和理性派的紛爭，連帶休謨的懷疑哲學和康德那些支離繁碎的心法範疇，都可以丟在腦背後了。最要緊的是第三第五兩種區別。杜威把經驗看作對付未來，預料未來，聯絡未來的事，又把經驗和思想看作一件事。這是極重要的觀念。照這種說法，經驗是向前的，不是回想的；是推理的，不是完全堆積的；是主動的不是靜止的，也不是被動的；是創造的思想活動，不是細碎的記憶帳簿。

杜威受了近世生物進化論的影響最大，所以他的哲學完全帶着生物進化學說的意義。他說「經驗就是生活；生活不是在虛空裏面的，乃是在一個環境裏面的，乃是由於這個環境的。」(P. 8)「我們人手裏的大問題是：怎樣對付外面的變遷才可使這些變遷朝着能於我們將來的活動有益的一個方向走。外境的勢力雖然也有幫助我們的地方，但是人的生活決不是籠着手太太平平的坐享環境的供養。人不能不奮鬥，不能不利用環境直接供給我們的助力，把來間接造成別種變遷。生活的進行全在能管理環境。生活的活動必須把周圍的變遷一一變換過，必須使有害的勢力變成無害的勢力；必須使無害的勢力變成幫助我們的勢力。」(P. 9)

這就是杜威所說的「經驗」。經驗不是一本老帳簿。經驗乃是一個有孕的婦人，經驗乃是現在的裏面懷着將來的活動。簡單一句話，「經驗不光是知識，經驗乃我對付物，物對付我的法子。」(P. 37) 知識自然是重要的，因為知識乃是應付將來的工具。因為知識是重要的，所以古人竟把經驗完全看作知識的事，還有更荒謬的人竟把知識當作看戲一樣，把知識的心當作一個看戲的人對着戲台上穿紅的進去穿綠的出來，毫沒有關係，完全處於旁觀的地位。這就錯了。要知道，知識所以重要，正因為他是一種應用的工具，是用來推測將來的經驗的。人類的經驗全是一種「應付的行為」(Responsive behavior)。凡是有意識的應付的行為都有一種特別性質與旁的應付不同，這種特性就是先見和推測的作用。這種先見之明引起選擇去取的動作，這便是知識的意義。這種動作的成績便可拿來評定那種先見的高下。

如此看來，可見思想的重要。杜威常引彌兒的話道，「推論乃是人生一大事。……只有這件事是人的心思無時無刻不做的。」他常說，思想能使經驗脱離無意識的性慾行為；能使人用已知的事物推測未知的事物；能使人利用現在預料將來；能使人懸想新鮮的目的，繁複豐富的效果；能使經驗永遠增加意義，擴張範圍，開闢新天地。所以杜威一系的人把思想尊為「創造的智慧」(Creative Intelligence)。思想是人類應付環境的唯一工具，是人類創造未來新天地的工具，所以當得起「創造的智慧」這個尊號。

杜威說，「知識乃是一件人的事業，人人都該做的，並不是幾個上流人或幾個專門哲學家科學家所能獨享的美術賞鑒力。」(P. 64) 從前哲學的大病就是把知識思想當作了一種上等人的美術賞鑒力，與人生行為毫無關係。所以從前的哲學鑽來鑽去總跳不出「本體」、「現象」、「主觀」、「外物」等等不成問題的爭論。現在我們受了生物學的教訓，就該老實承認經驗就是生活，生活就是人與環境的交互行為，就是思想的作用指揮一切能力，利用環境，征服他，約束他，支配他，使生活的內容外域永遠增加，使生活的能力格外自由，使生活的意味格外濃厚。因此，我們就該承認哲學的範圍、方法、性質，都該有一場根本的大改革。這種改革，杜威不叫做哲學革命，他說這是「哲學的光復」（A Recovery Of Philosophy）。他說，「哲學如果不弄那些『哲學家的問題』了，如果變成對付『人的問題』的哲學方法了，那時候便是哲學光復的日子到了。」（P. 65）

以上所說是杜威的哲學的根本觀念。這些根本觀念，總括起來是，一、經驗就是生活，生活就是對付人周圍的環境。二、在這種應付環境的行為之中，思想的作用最為重要；一切有意識的行為都含有思想的作用；思想乃是應付環境的工具。三、真正的哲學必須拋棄從前種種玩意兒的「哲學家的問題」，必須變成解決「人的問題」的方法。

行為這個「解決人的問題的哲學方法」又是甚麼呢？這個不消說得，自然是怎樣使人能有那種「創造的智慧」，自然是怎樣使人能根據現有的需要，懸想一個新鮮的將來，還要能創造方法工具，好使那個懸想的將來真能實現。

六、杜威論思想

杜威先生的哲學的基本觀念是：「經驗即是生活，生活即是應付環境」。但是應付環境有高下的程度不同。許多蛆在糞窖裏滾去滾來，滾上滾下，滾到牆壁，也會轉彎子，這也是對付環境。一個蜜蜂飛進屋裏打幾個回旋，嗤的一聲直飛向玻璃窗上，頭碰玻璃，跌倒在地；他掙扎起來，還向玻璃窗上飛。這一回小心了，不致碰破頭；他飛到玻璃上，爬來爬去，想尋一條出路。他的「指南針」只是光線，他不懂這光明的玻璃何以不同那光明的空氣一樣，何以飛不出去！這也是應付環境。一個人出去探險，走進一個無邊無際的大樹林裏，迷了路，走不出來了。他爬上樹頂，用千里鏡四面觀望，也看不出一條出路。他坐下來仔細一想，忽聽得遠遠的有流水的聲音；他忽然想起水流必定出山，人跟着水走，必定可以走出去。主意已定，他先尋到水邊，跟着水走，果然走出了危險。這也是應付環境。以上三種應付環境，所以高下不同，正為知識的程度不同。蛆的應付環境，完全是無意識的作用。蜜蜂能用光線的指導去尋出路，已可算是有意識的作用了。但他不懂得光線有時未必就是出路的記號，所以他碰着玻璃就受窘了。人是有知識能思想的動物，所以他迷路時，不慌不忙的爬上樹頂，取出千里鏡，或是尋着溪流，跟着水路出去。

人的生活所以尊貴，正為人有這種高等的應付環境的思想能力。故杜威的哲學基本觀念是：「知識思想是人生應付環境的工具。」知識思想是一種人生日用必不可少的工具，並不是哲學家的玩意兒和奢侈品。

行為總括一句話，杜威哲學的最大目的，只是怎樣能使人類養成那種「創造的智慧」（Creative Intelligence），使人應付種種環境充分滿意。換句話說，杜威的哲學的最大目的是怎樣能使人有創造的思想力。

因為思想在杜威的哲學系統裏佔如此重要的地位，所以我現在介紹杜威的思想論。

思想究意是甚麼呢？第一，戲台上說的「思想起來，好不傷慘人也」，那個「思想」是回想，是追想，不是杜威所說的「思想」。第二，平常人說的「你不要胡思亂想」，那種「思想」是「妄想」，也不是杜威所說的「思想」。杜威說的思想是用已知的事物作根據，由此推測出別種事物或真理的作用。這種作用，在論理學書上叫做「推論的作用」（Inference）。推論的作用只是從已知的物事推到未知的物事，有前者作根據，使人對於後者發生信用。這種作用，是有根據有條理的思想作用。這才是杜威所指的「思想」。這種思想有兩大特性：一、須先有一種疑惑困難的情境做起點。二、須有尋思搜索的作用，要尋出新事物或新知識來解決這種疑惑困難。譬如上文所舉那個在樹林中迷了路的人，他在樹林裏東行西走，迷了方向尋不出路子，這便是一種疑惑困難的情境。這是第一個條件。那迷路的人爬上樹頂遠望，或取出千里鏡四望，或尋到流水，跟水出山，這都尋思搜索的作用。這是第二個條件。這兩個條件都很重要。人都知「尋思搜索」是很重要的，但是很少人知道疑難的境地也是一個不可少的條件。因為我們平常的動作，如吃飯呼吸之類，多是不用思想的動作；有時偶有思想，也不過是東鱗西爪的胡思亂想。直到疑難發生時，方才發生思想推考的作用。有了疑難的問題，便定了思想的目的；這個目的便是如何解決這個困難。有了這個目的，此時的尋思搜索便都向着這個目的上去，便不是無目的的胡思亂想了。所以杜威說：「疑難的問題，定思想的目的；思想的目的，定思想的進行。」

杜威論思想，分作五步說：一、疑難的境地；二、指定疑難之點究竟在甚麼地方；三、假定種種解決疑難的方法；四、把每種假定所涵的結果，一一想出來，看那一個假定能夠解決這個困難；五、證實這種解決使人信用；或證明這種解決的謬誤，使人不信用。

一、思想的起點是一種疑難的境地。——上文說過，杜威一派的學者認定思想為人類應付環境的工具。人類的生活若是處處沒有障礙，時時方便如意，那就用不着思想了。但是人生的環境，常有更換，常有不測的變遷。到了新奇的局面，遇着不曾經慣的物事，從前那種習慣的生活方法都不中用了。譬如看中國白話小說的人，看到正高興的時候，忽然碰着一段極難懂的話，自然發生一種疑難。又譬如上文那個迷了路的人，走來走去，走不出去，平時的走路本事，都不中用了。到了這種境地，我們便尋思：「這句書怎麼解呢？」、「這個大樹林的出路怎麼尋得出呢？」、「這件事怎麼辦呢？」、「這便如何是好呢？」這些疑問便是思想的起點。一切有用的思想，都起於一個疑問符號。一切科學的發明，都起於實際上或思想界裏的疑惑困難。宋朝的程頤說，「學原於思」。這話固然不錯，但是懸空講「思」，是沒有用的。他應該說，「學原於思，思起於疑。」疑難是思想的第一步。

二、指定疑難之點究竟在何處。——有些疑難是很容易指定的。例如上文那個人迷了路，他的問題是怎麼尋一條出險的路子，這是很容易指定的。但是有許多疑難，我們雖然覺得是疑難，但一時不容易指定究竟那一點是疑難的真問題。我且舉一個例。《墨子．小取篇》有一句話：「辟（譬）也者，舉也物而以明之也。」初讀的時候，我們覺得「舉也物」三個字不可解，是一種疑難。畢沅注《墨子》徑說這個「也」字是衍文，刪了便是了。王念孫讀到這裏，覺得畢沅看錯疑難的所在了。因為這句話裏的真疑難不在一個「也」字的多少，乃在研究這個地方既然跑出一個「也」字來，究竟這個字可以有解說沒有解說。如果先斷定這個「也」字是衍文，那就近於武斷，不是科學的思想了。這一步的工夫，平常人往往忽略過去，以為可以不必特別提出。（看《新潮雜誌》第一卷第四號汪敬熙君的《甚麼是思想》。）杜威以為這一步是很重要的。這一步就同醫生的「脈案」，西醫的「診斷」，一般重要。你請一個醫生來看病，你先告訴他，說你有點頭痛，發熱，肚痛……你昨天吃下兩隻螃蟹，又喝了一杯冰忌令，大概是傷了食。這是你胡亂猜想的話，不大靠得住。那位醫生如果是一位好醫生，他一定不睬你說的甚麼。他先看你的舌苔，把你的脈，看你的氣色，問你肚子那一塊作痛，大便如何，看你的熱度如何，……然後下一個「診斷」，斷定你的病究竟在甚麼地方。若不如此，他便是犯了武斷不細心大毛病了。

三、提出種種假定的解決方法。——既經認定疑難在甚麼地方了，稍有經驗的人，自然會從所有的經驗，知識，學問裏面，提出種種的解決方法。例如上文那個迷路的人要有一條出路，他的經驗告訴他爬上樹頂去望望看，這是第一個解決方法。這個法子不行，他又取出千里鏡來，四面遠望，這是第二個解決法。這個法子又不行，他的經驗告訴他遠遠的花郎花郎的聲音是流水的聲音；他的學問又告訴他說，水流必有出路，人跟着水行必定可以尋一條出路。這是第三個解決法。這都是假定的解決。又如上文所說《墨子》「辟也者，舉也物而以明之也」一句。畢沅說「也物」的也是衍文，這是第一個解決。王念孫說「也」字當作「他」字解，「舉也物」即是

「舉他物」，這是第二個解決。——這些假定的解決，是思想的最要緊的一部分，可以算是思想的骨幹。我們說某人能思想，其實只是說某人能隨時提出種種假定的意思來解決所遇着的困難。但是我們不可忘記，這些假設的解決，都是從經驗學問上生出來的。沒有經驗學問，決沒有這些假定的解決。有了學問，若不能隨時發生解決疑難的假設，那便成了吃飯的書櫥，有學問等於無學問。經驗學問所以可貴，正為他們可以供給這些假設的解決的材料。

四、決定那一種假設是適用的解決。——有時候，一個疑難的問題能引起好幾個假設的解決法。即如上文迷路的例，有三種假設，一句《墨子》有兩種解法。思想的人，遇着幾種解決法發生時，應該把每種假設所涵的意義，一一的演出來。如果用這一種假設，應該有甚麼結果？這種結果是否能解決所遇的疑難？如果某種假設，比較起來最能解決困難，我們便可採用這種解決。例如《墨子》的「舉也物」一句，畢沅的假設是刪去「也」字。如果用這個假設，有兩層結果：第一，刪去這個字，成了「舉物而以明之也」。雖可以勉強講得通，但是牽強得很。第二，校勘學的方法，最忌「無故衍字」，凡衍一字必須問當初寫書的人，何以多寫了一個字。我們雖可以說鈔《墨子》的人因上下文都有「也」字，所以無心中多寫了一個「也」字。但是這個「也」字是一個煞尾的字，何以在句中多出這個字來？如此看來，畢沅的假設雖可勉強解說，但是總不能充分滿意。再看王念孫的解說，把「也」字當作「他」字，這也有兩層結果：第一，「舉他物而以明之也」，舉他物來說明此物，正是「譬」字的意義。第二，他字本作它，古寫像也字，故容易互混。既可互混，古書中當不止這一處。再看《墨子》書中，如《備城門篇》，如《小取篇》的「無也故焉」，「也者同也」，都是他字寫作也字。如此看來，這個假定解決的涵義果然能解決本文的疑難，所以應該採用這個假設。

五、證明。——第四步所採用的解決法，還只是假定的，究竟是否真實可靠，還不能十分確定，必須有實地的證明，方才可以使人信仰。若不能證實，便不能使人信用，至多不過是一個假定罷了。已證實的假設，能使人信用，便成了「真理」。例如上文所舉《墨子》書中，「舉也物」一句，王念孫能尋出「無也故焉」和許多同類的例，來證明《墨子》書中「他」字常寫作「也」字，這個假設的解決便成了可信的真理了。又如那個迷路的人，跟着水流，果然出了險，他那個假設便成了真正適用的解決法了。這種證明比較是很容易的。有時候，一種假設的意思，不容易證明。因為這種假設的證明所需要的情形平常不容易遇着，必須特地造出這種情形，方才可以試驗那種假設的是非。凡科學上的證明，大概都是這一種，我們叫做「實驗」。譬如科學家葛理賴（Galileo）觀察抽氣筒能使水升高至三十四尺，但是不能再上去了。他心想這個大概是因為空氣有重量，有壓力，所以水不能上去了。這是一個假設，不曾證實。他的弟子佗里傑利（Torricelli）心想，如果水的升至三十四英尺是空氣壓力所致，那麼，水銀比水重十三又十分之六倍，只能升高到三十英寸。他試驗起來，果然不錯。那時葛理賴已死了。後來又有一位哲學家柏斯嘉（Pascal）心想，如果佗里傑利的氣壓說不錯，那麼，山頂上的空氣比山腳下的空氣稀得多，拿了水銀管子上山，水銀應該下降。所以他叫他的親戚拿了一管水銀走上劈得東山，水銀果然逐漸低下，到山頂時水銀比平地要低三寸。於是從前的假設，真成了科學的真理了。思想的結果，到了這個地步，不但可以解決面前的疑難，簡直是發明真理，供以後的人大家受用，功用更大了。

以上說杜威分析思想的五步。這種說法，有幾點很可特別注意。一、思想的起點是實際上的困難，因為要解決這種困難，所以要思想。思想的結果，疑難解決了，實際上的活動照常進行。有了這一番思想作用，經驗更豐富一些，以後應付疑難境地的本領就更增長一些。思想起於應用，終於應用。思想是運用從前的經驗，來幫助現在的生活，更預備將來的生活。二、思想的作用，不單是演繹法，也不單是歸納法，不單是從普通的定理裏面演出個體的斷案，也不單是從個體的事物裏面抽出一個普遍的通則。看這五步，從第一步到第三步，是偏向歸納法的，是先考察眼前的特別事實和情形，然後發生一些假定的通則。但是從第三步到第五步，是偏向演繹法的，是先有了通則，再把這些通則所涵的意義一一演出來。有了某種前提，必然要有某種結果，更用直接或間接的方法，證明某種前提是否真能發出某種效果。懂得這個道理，便知道這兩千年來西洋的「法式的論理學」(Formal Logic) 單教人牢記 AEIO 等等法式和求同求異等等細則，都不是訓練思想力的正當方法。思想的真正訓練，是要使人有真切的經驗來作假設的來源；使人有批評判斷種種假設的能力；使人能造出方法來證明假設的是非真假。

杜威一系的哲學家論思想的作用，最注意「假設」。試看上文所說的五步之中，最重要的就是第三步。第一步和第二步的工夫只是要引起這第三步的種種假設。以下第四第五兩步只是把第三步的假設演繹出來，加上評判，加上證驗，以定那種假設是否適用的解決法。這第三步的假設是承上起下的關鍵，是歸納法和演繹法的關頭。我們研究這第三步，應該知道這一步在臨時思想的時候是不可強求的；是自然湧上來，如潮水一樣，壓制不住的；他若不來時，隨你怎樣搔頭抓耳，挖盡心血，都不中用。假使你在大樹林迷了路，你腦子裏熟讀的一部穆勒《名學》或陳文《名學講義》，都無濟於事，都不能供給你「尋着流水，跟着水走出去」的一個假設的解決。所以思想訓練的着手工夫在於使人有許多活的學問知識，活的學問知識的最大來源在於人生有意識的活動。使活動事業得來的經驗，是真實可靠的學問知識。這種有意識的活動，不但能增加我們假設意思的來源，還可訓練我們時時刻刻拿當前的問題來限制假設的範圍，不至於上天下地的胡思亂想。還有一層，人生實際的事業，處處是實用的，處處用效果來證實理論，可以養成我們用效果來評判假設的能力，可以養成我們的實驗的態度。養成了實驗的習慣，每起一個假設，自然會推想到他所涵的效果，自然會來用這種推想出來的效果來評判原有的假設的價值。這才是思想訓練的效果，這才是思想能力的養成。

參考書 Dewey: *How We Think*, Chapters I, II, III, IV, VII, XII. 又 *Democracy and Education*, Chapter XXV.

（《胡適文存》一集卷二）

從歷史上看哲學是甚麼①

（一九二五年五月十七日）

這個題目很重要，從人類歷史上看哲學是甚麼，一方面要修正我在《中國哲學史》上卷裏所下哲學的定義，一方面要指示給學哲學的人一條大的方向，引起大家研究的興味。

我在今年一二月、《晨報副刊》上發表杜威先生哲學改造的論文，今天所講，大部分是根據杜威先生的學說。他的學說原是用來解釋西洋哲學的，但杜威先生是一個實驗主義者，他的學說要能夠解釋中國或印度的哲學思想，才能算是成立。

杜威先生的意思，以為哲學的來源，是人類最初的歷史傳說或跳舞詩歌迷信等等幻想的材料，經過兩個時期，才成為哲學。

（一）整齊統一的時期，傳說神話變成了歷史，跳舞詩歌變成了藝術，迷信變成了宗教，個人的想像與暗示，跟了一定法式走，無意識的習慣與有意識的褒貶，合成一種共同的風尚，造成了種種制度儀節。

（二）衝突調和的時期，人類漸漸進步，經驗多了，事實的知識分量增加，範圍擴大。於是幻想的禮俗及迷信傳統的學說，與實證的人生日用的常識，起了衝突，因而批評的調和的哲學發生。例如希臘哲人（Sophist）之勃興，便是西洋哲學的起源。Sophist 對於一切懷疑，一切破壞，當時一般人頗發生反感，斥哲人為詭辯，為似是而非。Sophist 一字，至今成了惡名。有人覺得哲人過於激烈，應將傳統的東西保存一部分，如 Socrates 輩。但社會仍嫌他過激，法庭宣告他的死刑。後來經過柏拉圖、亞里士多德等的調和變化，將舊信仰洗刷一番，加上些論理學、心理學等等，如衛道護法的工具，於是成了西洋的正統哲學。

歸納起來說，正統哲學有三大特點：

（1）調和新舊思想，替舊思想舊信仰辯護，帶一點不老實的樣子。

（2）產生辯證的方法，造成論理的系統，其目的在護法衛道。

（3）主張二元的世界觀，一個是經驗世界，一個是超經驗的世界，在現實世界裏不能活動的，儘可以在理想的世界裏玩把戲。

現在要拿杜威先生關於正統哲學的解釋，來看是否適用於中國。我研究的結果，覺得中國哲學完全可以適用杜威的學說。

中國古代的正統哲學是儒墨兩大派，中古時代是儒教，近世自北宋至今是宋明理學，尤其是程朱的理學。

現在分論古代、中古、近世三期。

中國古代的哲學原料，詩歌載在《詩經》，卜筮迷信載在《易經》，禮俗儀容載在《禮記》，歷史傳說載在《尚書》。在西曆紀元前二千五百年，初民思想已經過一番整齊統一。一切舊迷信舊習慣傳說已成了經典。

紀元前五六百年老子、孔子等出，正當新舊思潮衝突調和的時期，古代正統哲學才算成立。老子是舊思想的革命家，過激黨，攻擊舊文化，攻擊當時政治制度。故代以天為有意志有賞罰，而老子說天地不仁，將有意志的天變為無往而不在，無為而無不為的天，是一個自然主義的天道觀。老子這樣激烈的態度，自然為當世所不容。他很高明，所以自行隱遯。鄧析比老子更激烈，致招殺身之禍，沒有書籍流傳後世，可見當時兩種思想衝突的厲害。

於是調和論出來了，孔子一方面承認自然主義的天道觀，他說：「天何言哉，四時行焉，百物生焉，天何言哉。」一方面又承認有鬼神，他說：「敬鬼神而遠之」，「祭如在，祭神如神在」，「洋洋乎如在其上，如在其左右」。他總捨不得完全去掉舊信仰，捨不得完全去掉傳統的宗教態度。但在一般人看來，他仍然是偏向革命黨。偏向革命黨的蘇格拉底不免於死刑，偏向革命黨的孔子不免厄於陳蔡，終身栖栖遑遑。這是第一派的調和論。

第二派的調和論是墨子，墨子明白提倡有鬼，有意志的天，非命，完全容納舊迷信，完全是民間宗教的原形。但究竟舊思想經過動搖，不容易辯護，於是不得不發明辯證的方法，以邏輯為武器。我們看他用邏輯最多的地方：是《明鬼》和《非命》兩篇。他提出論辯的三個標準：

（甲）我們曾經耳聞目見否，

（乙）古人說過沒有，

（丙）有用沒有用。

譬如說有鬼，第一，曾經有人看見過鬼，或聽見鬼叫的。第二，古書載鬼的地方很不少，故古人是相信有鬼的。第三，我們相信有鬼，則我們敬愛的人死了，我們尚可得到安慰，而且可以少作壞事。信鬼有利無弊是有用的。因此墨子是當時的正統哲學。

中古時代之整齊統一期分兩個步驟。第一步是秦時，李斯別黑白，定一尊。第二步是漢初，宗教迷信統一於長安，秦巫晉巫各代表一個民間宗教，漢武封泰山，禪梁父，一般方士術士都來了，這是道教與古代迷信衝突時期。

帶上儒家帽子的墨教出來調和，便是董仲舒所創之新儒教。以天人感應為基本觀念，替民間宗教作辯護，可謂古代迷信傳說之復活。故中古期的正統哲學是新儒教。

從東漢到北宋，儒釋道三教都來了，沒有十分衝突。唐時以老子姓李，道教幾乎成為國教。到了北宋真宗，崇道教，拜天書，封禪老子廟。道教之盛，達於極點，以至仁宗、神宗時代，產生了許多懷疑派。如歐陽修、蘇軾、王安石、李覯等，對於思想制度古書都懷疑。對於迷信的道教是一種反動，對於極端個人主義的禪宗是一種調和。於是在古代諸大思想系統中找出儒家，以五經為舊經典，四書為新經典，大學裏找出方法論，中庸裏找出心理學。靜坐不是學佛，是求敬，是注意，是為自己的修養。故自北宋以來，正統哲學是理學。理學調和的分子極多，以儒家為根據，容納道家佛家一部分思想，且兼容古代的宗教。涵養須用敬之「敬」，完全是宗教的態度。

結論：我所以講這個題目，是要使大家知道，無論以中國歷史或西洋歷史來看，哲學是新舊思想衝突的結果。而我們研究哲學，是要教哲學當成應付衝突的機關。現在梁漱溟、梁任公、張君勱諸人所提倡的哲學，完全遷就歷史的事實，是中古時代八百年所遺留的傳統思想、宗教態度，以為這便是東方文明。殊不知西洋中古時代也有與中國同樣的情形。注重內心生活，並非中國特有的。所以我們要認清楚哲學是甚麼，研究哲學的職務在那裏，才能尋出一條大道。這是我們研究哲學的人應有的覺悟。

（《國聞週報》第二卷第二十期）

注釋

①本文係作者在北京大學哲學研究會的演講。

中國哲學的線索①

（一九二一年十月）

我平時喜歡做歷史的研究。所以今天講演的題目，是中國哲學的線索。這個線索可分兩層講。一時代政治社會的狀態變遷之後，發生了種種弊端，則哲學思想亦就自然發生，自然變遷，以求改良社會上，政治上種種弊端。所謂時勢生思潮，這是外的線索。外的線索是很不容易找出來的。內的線索，是一種方法——哲學方法。外國名叫邏輯（Logic，吾國原把邏輯翻作論理學或名學。邏輯原意不是名學和論理學所能包含的，故不如直譯原字的音為邏輯。）外的線索只管變，而內的線索，變來變去，終是逃不出一定的徑路的。今天要講的，就專在這內的方法。

中國哲學到了老子和孔子時候，才可當得「哲學」兩個字。老子以前，不是沒有思想，沒有系統的思想，大概多是對於社會上不安寧的情形，發些牢騷語罷了。如《詩經》上說：「苕之華，其葉青青。知我如此，不如無生。」這種話是表示對於時勢不滿意的意思。到了西紀前第六世紀時，思想家才對於社會上和政治上，求根本弊端所在。而他們的學說議論終是帶破壞的，批評的，革命的性質。老子根本上不滿意當時的社會政治，倫理道德。原來人人多信「天」是仁的，而他偏說：「天地不仁，以萬物為芻狗。」天是沒有意思的，不為人類做好事的。他又主張廢棄仁義，入於「無為而無不為」的境界。這種極破壞的思想，自然要引起許多反抗。孔子是老子的門徒或是朋友。他雖不滿意於當時風俗制度以及事事物物，可是不取破壞的手段，不主張革命。他對於第一派是調和的，修正的，保守的。老子一派對於社會上無論甚麼政治、法律、宗教、道德，都不要了，都要推翻他，取消他。孔子一派和平一點，只求修正當時的制度。中國哲學的起點，有了這兩個系統出來之後，內的線索——就是方法——繼續變遷，卻逃不出這兩種。

老子的方法是無名的方法。《老子》第一句就說：「名可名，非常名；道可道，非常道。」他知道「名」的重要，亦知道「名」的壞處。所以要主張「無名」。名實二字在東西各國哲學史上都很重要。「名」是共相（universal），亦就是普遍性。「實」是「自相」，亦就是個性。名實兩觀念代表兩大問題。從思想上研究社會的人，一定研究先從社會下手呢？還從個人下手？換句話講，是先決個性，還是先決普遍之問題？「名」的重要可以舉例明之。譬如諸君現在聽講，忽然門房跑來説——張先生，你的哥哥來了。這些代表思想的語言文字就是「名」。——倘使沒有那些「名」，他不能傳達他的意思，諸君亦無從領會他的意思。彼此就很覺困難了。簡單的知識，非「名」無從表他。複雜的格外要藉「名」來表示他。「名」是知識上的問題，沒有「名」便沒有「共相」。而老子反對知識，便反對「名」，反對言語文字，都要一個個的毀滅他。毀滅之後，一切人都無知無識，沒有思想。沒有思想，則沒有慾望。沒有慾望，則不「為非作惡」，返於太古時代渾樸狀態了。這第一派的思想，注重個性而毀棄普遍。所以他説：「天下皆知美之為美，斯惡矣；皆知善之為善，斯不善矣。」美和不美都是相對的。有了這個，便有那個。這個，那個都不要，都取消，便是最好。這是叫做「無名」的方法。

孔子出世之後，亦看得「名」很重要。不過他以為與其「無名」，不如「正名」。《論語．子路》篇説：

子路曰：衛君待子而為政，子將奚先？子曰：必也正名乎。子路曰：有是哉！子之迂也！奚其正？子曰：野哉由也！君子於其所不知，蓋闕如也。名不正，則言不順；言不順，則事不成；事不成，則禮樂不興；禮樂不興；則刑罰不中；刑罰不中，則民無所措手足。

孔子以為「名」——語言文字——是不可少的。只要把一切文字，制度，都回復到他本來的理想的標準。例如：「政者正也」，「仁者人也」。他的理想的社會，便是「君君，臣臣，父父，子子」。做父親的要做到父親的理想標準；做兒子的亦要做到兒子的理想標準。社會上事事物物，都要做到這一步境地。倘使君不君，臣不臣，父不父，子不子，則君、臣、父、子，都失掉本來的意義了。怎樣說「名不正、則言不順」呢？「言」是「名」組成的。名字的意義，沒有正當的標準，便連話都說不通了。孔子說：「觚不觚，觚哉觚哉！」觚是有角的形，故有角的酒器，叫做「觚」。後來把觚字用泛了，沒有角的酒器亦叫做「觚」。所以孔子說：「現在觚沒有角了，這還是觚嗎？這還是觚嗎？」不是觚的都叫做觚，這就是「言不順」。現在通用的小洋角子，明明是圓的，偏叫他「角」，也是同樣的道理。語言文字（名），是代表思想的符號。語言文字沒有正確的意義，便沒有公認的是非真假的標準。要建設一種公認的是非真假的標準，所以他主張「正名」。老子主「無名」，孔子主「正名」。此後思想，凡屬老子一派的，便要推翻一切制度，注重個人的發展。屬孔子一派的，便要講究制度文物，壓抑個人。

第三派的墨子，見於前兩派太趨於極端了。一個注重「名」，一個不注重「名」，都在「名」上用功夫。「名」是實用的，不是空虛的，口頭的。他說：

今瞽者曰：「鉅者，白也。黔者，黑也。」雖明目者無以易之。兼白黑，使瞽取焉，不能知也。故我曰：「瞽者不知白黑者，非以其名也，以其取也。」

「取」就是實際上的去取，辨別。瞎子雖不曾見過白黑，亦會說白黑的界說。要到了實際上應用的時候，才知道口頭的界說，是沒有用的。許多高談仁義道德的人也是如此。分別義利，辨入毫末；及事到臨頭，則便手足無措。所以墨子不主張空虛的「名」，而注重實際的應用。墨子這一派，不久就滅了。而他的思想和主義則影響及於各家。遺存下來的，卻算孔子一派是正宗。老子一派亦是繼續不斷。如楊朱有「名無實，實無名。名者偽而已。」等話，亦很重要。到了三國魏晉時代；便有嵇康那一般人，提倡個人，推翻禮法。宋明陸象山和王陽明那般人，無形中都要取消「名」。就是清朝的譚嗣同等思想，亦是這樣。亦都有無名的趨向。正統派的孔子重「名」，重禮制，所以後來的孟子、荀子和董仲舒這一般人，亦是要講禮法制度。內部的線索有這兩大系統。

還有一派近代的思想。九百多年前，宋朝的儒家，想把歷代儒家相傳的學說，加上了佛家，禪宗和道家的思想，另成一種哲學。他們表面上要掛孔子的招牌，不得不在儒家的書裏找些方法出來。他們就找出來一本《大學》。《大學》是本簡單的書，但講的是方法。他上面說：「致知在格物」。格物二字就變為中國近世思想的大問題。程朱一派解「格物」是到物上去研究物理。物必有理，要明物理，須得親自到物的本身上去研究。今天格一物，明天格一物，今天格一事，明天格一事，天下的事物，都要一個個的去格他。等到後來，知識多了，物的理積得多了便一旦豁然貫通。陸象山一派反對這種辦法，以為這種辦法很笨。只要治自己弄好了，就是「格物」。所以他主張：「吾心即萬物，萬物即吾心」。物的理都在吾的心中，能明吾心，就是明萬物。吾心是萬物的權衡，不必要像朱子那麼樣支支離離的格物。這種重親個性發展自我的思想，到王陽明格外的明瞭。陽明說：他自己本來信格物是到物上去格的。他有一位朋友去格一枝竹，格了五天，病起來了。他就對這位朋友講：你不能格，我自己去格。格了七天，也病了。因此，他不信格物是到物上去格的。物的理在心中，所以他特別的揭出「良知」二字來教人。把良知弄好了，弄明白了，善的就是善；惡的就是惡，是的還他是；非的還他非。天下事物都自然明白了。程朱和陸王這兩派支配九百餘年的思想，中間「格物」的解說有七八十種；而實際上還是「名」和「實」的嫡派，不過改變他們的方向罷了——格物還是從內起呢，還是從外起？

思想必依環境而發生。環境變遷了，思想一定亦要變遷。無論甚麼方法，倘不能適應新的要求，便有一種新方法發生，或是調和以前的種種方法，來適應新的要求。找出方法的變遷，則可得思想的線索。思想的承前啟後，有一定線索，不是東奔西走，全無紀律的。

（一九二一年十月二十三日上海《民國日報・覺悟》）

注　釋

①本篇係作者的演講。

《科學與人生觀》序

（一九二三年十一月二十九日）

亞東圖書館主人汪孟鄒先生，近來把散見國內各種雜誌上的討論科學與人生觀的文章搜集印行，總名為《科學與人生觀》。我從煙霞洞回到上海時，這部書已印了一大半了。孟鄒要我做一篇序。我覺得，在這回空前的思想界大筆戰的戰場上，我要算一個逃兵了。我在本年三四月間，因為病體未復原，曾想把《努力週報》停刊。當時丁在君先生極不贊成停刊之議，他自己做了幾篇長文，使我好往南方休息一會。我看了他的《玄學與科學》，心裏很高興，曾對他說，假使《努力》以後向這個新方向去謀發展，——假使我們以後為科學作戰，——《努力》便有了新生命，我們也有了新興趣；我從南方回來，一定也要加入戰鬥的。然而我來南方以後，一病就費去了六個多月的時間，在病中我只做了一篇很不莊重的《孫行者與張君勱》，此外竟不曾加入一拳一腳，豈不成了一個逃兵了？我如何敢以逃兵的資格來議論戰場上各位武士的成績呢？

但我下山以後，得遍讀這次論戰的各方面的文章，究竟忍不住心癢手癢，究竟不能不說幾句話。一來呢，因為論戰的材料太多，看這部大書的人不免有「目迷五色」的感覺，多作一篇綜合的序論也許可以幫助讀者對於論點的瞭解。二來呢，有幾個重要的爭點，或者不曾充分發揮，或者被埋沒在這二十五萬字的大海裏，不容易引起讀者的注意，似乎都有特別點出的需要。因此，我就大膽地作這篇序了。

一

這三十年來，有一個名詞在國內幾乎做到了無上尊嚴的地位；無論懂與不懂的人，無論守舊和維新的人，都不敢公然對他表示輕視或戲侮的態度。那名詞就是「科學」。這樣幾乎全國一致的崇信，究竟有無價值，那是另一問題。我們至少可以說，自從中國講變法維新以來，沒有一個自命為新人物的人敢公然譭謗「科學」的。直到民國八九年間梁任公先生發表他的《歐遊心影錄》，科學方才在中國文字裏正式受了「破產」的宣告。

……自從《歐遊心影錄》發表之後，科學在中國的尊嚴就遠不如前了。一般不曾出國門的老先生很高興地喊着，「歐洲科學破產了！梁任公這樣說的。」我們不能說梁先生的話和近年同善社、悟善社的風行有甚麼直接的關係。但我們不能不說梁先生的話在國內確曾替反科學的勢力助長不少的威風。梁先生的聲望，梁先生那枝「筆鋒常帶情感」的健筆，都能使他的讀者容易感受他的言論的影響。何況國中還有張君勱先生一流人，打着柏格森、倭鏗、歐立克……的旗號，繼續起來替梁先生推波助瀾呢！

我們要知道，歐洲的科學已到了根深柢固的地位，不怕玄學鬼來攻擊了。幾個反動的哲學家，平素飽饜了科學的滋味，偶爾對科學發幾句牢騷話，就像富貴人家吃厭了魚肉，常想嚐嚐鹹菜豆腐的風味，這種反動並沒有甚麼大危險。那光燄萬丈的科學，決不是這幾個玄學鬼搖撼得動的。一到中國，便不同了。中國此時還不曾享受着科學的賜福，更談不到科學帶來的「災難」。我們試睜開眼看看：這遍地的乩壇道院，這遍地的仙方鬼照相，這樣不發達的交通，這樣不發達的實業，——我們那裏配排斥科學？至於「人生觀」，我們只有做官發財的人生觀，只有靠天吃飯的人生觀，只有求神問卜的人生觀，只有《安士全書》的人生觀，只有《太上感應篇》的人生觀——中國人的人生觀還不曾和科學行見面禮呢！我們當這個時候，正苦科學的提倡不夠，正苦科學的教育不發達，正苦科學的勢力還不能掃除那迷漫全國的烏煙瘴氣，——不料還有名流學者出來高唱「歐洲科學破產」的喊聲，出來把歐洲文化破產的罪名歸到科學身上，出來菲薄科學，歷數科學家的人生觀的罪狀，不要科學在人生觀上發生影響！信仰科學的人看了這種現狀，能不發愁嗎？能不大聲疾呼出來替科學辯護嗎？

這便是這一次「科學與人生觀」的大論戰所以發生的動機。明白了這個動機，我們方才可以明白這次大論戰在中國思想史上佔的地位。

二

張君勱的《人生觀》原文的大旨是：

> 人生觀之特點所在，曰主觀的，曰直覺的，曰綜合的，曰自由意志的，曰單一性的。唯其有此五點，故科學無論如何發達，而人生觀問題之解決，決非科學所能為力，惟賴諸人類之自身而已。

君勱敍述那五個特點時，處處排斥科學，處處用一種不可捉摸的語言——「是非各執，絕不能施以一種試驗」；「無所謂定義，無所謂方法，皆其身良心之所命起而主張之」；「若強為分析，則必失其真義」；「皆出於良心之自動，而決非有使之然者」。這樣一個大論戰，卻用一篇處處不可捉摸的論文作起點，這是一件大不幸的事。因為原文處處不可捉摸，故駁論與反駁都容易跳出本題。戰線延長之後，戰爭本意反不很明白了。（我常想，假如當日我們用了梁任公先生的「科學萬能之夢」一篇作討論的基礎，我們定可以使這次論爭的旗幟格外鮮明，——至少可以免去許多無謂的紛爭。）我們為讀者計，不能不把這回論戰的主要問題重說一遍。

君勱的要點是「人生觀問題之解決，決非科學所能為力」。我們要答覆他，似乎應該先說明科學應用到人生觀問題上去，會產生甚麼樣子的人生觀。這就是說，我們應該先敍述「科學的人生觀」是甚麼，然後討論這種人生觀是否可以成立，是否可以解決人生觀的問題，是否像梁先生說的那樣貽禍歐洲，流毒人類。我總觀這二十五萬字的討論，終覺得這一次為科學作戰的人——除了吳稚暉先生——都有一個共同的錯誤，就是不曾具體地說明科學的人生觀是甚麼，卻去抽象地力爭科學可以解決人生觀的問題。這個共同的錯誤原因，約有兩種：第一，張君勱的導火線的文章內並不曾像梁任公那樣明白指斥科學家的人生觀，只是籠統地說科學對於人生觀問題不能為力。因此，駁論與反駁論的文章也都走上那「可能與不可能」的籠統討論上去了。例如丁在君的《玄學與科學》的主要部分只是要證明：

「凡是心理的內容，真的概念推論，無一不是科學的材料。」

然而他卻始終沒有說出甚麼是「科學的人生觀」。從此以後，許多參戰的學者都錯在這一點上。

如張君勱《再論人生觀與科學》只主張：

「人生觀超於科學以上」，「科學決不能支配人生」。

如梁任公的《人生觀與科學》只說：

「人生關涉理智方面的事項，絕對要用科學方法來解決；關於情感方面的事項，絕對的超科學。」

如林宰平的「讀丁在君先生的玄學與科學」，只是一面承認「科學的方法有益於人生觀」，一面又反對科學包辦或管理「這個最古怪的東西」——人類。如丁在君《答張君勱》也只是說明：

「這種（科學）方法，無論用在知識界的那一部分，都有相當的成績。所以我們對於知識的信用，比對於沒有方法的情感要好。凡有情感的衝動都要想用知識來指導他，使他發展的程度提高，發展的方向得當。」

如唐擘黃《心理現象與因果律》只證明：

「一切心理現象都是有因的」。

他的《一個癡人的說夢》只證明：

「關於情感的事項，要就我們的知識所及，儘量用科學方法來解決的。」

王撫五的《科學與人生觀》也只是說：

「科學是憑藉『因果』和『齊一』兩個原理而構造起來的。人生問題無論為生命之觀念，或生活之態度，都不能逃出這兩個原理的金剛圈，所以科學可以解決人生問題。」

直到最後范壽康的《評所謂科學與玄學之爭》，也只是說：

「倫理規範——人生觀——一部分是先天的，一部分是後天的。先天的形式是由主觀的直覺而得，決不是科學所能干涉。後天的內容應由科學的方法探討而定，決不是主觀所應妄定。」

綜觀以上各位的討論，人人都在那裏籠統地討論科學能不能解決人生問題或人生觀問題。幾乎沒有一個人明白指出，假使我們把科學適用到人生觀上去，應該產生甚麼樣子的人生觀。然而這個共同的錯誤大都是因為君勱的原文不曾明白攻擊科學家的人生觀，卻只懸空武斷科學決不能解決人生觀問題。殊不知，我們若不先明白科學應用到人生觀上去時發生的結果，我們如何能懸空評判科學能不能解決人生觀呢？

這個共同的錯誤——大家規避「科學的人生觀是甚麼」的問題——怕還有第二個原因，就是一班擁護科學的人雖然抽象地承認科學可以解決人生問題，卻終不願公然承認那具體的「純物質，純機械的人生觀」為科學的人生觀。我說他們「不願」，並不是說他們怯懦不敢，只是說他們對於那科學家的人生觀還不能像吳稚暉先生那樣明顯堅決的信仰，所以還不能公然出來主張。這一點確是這一次大論爭的一個絕大的弱點。若沒有吳老先生把他的「漆黑一團」的宇宙觀和「人欲橫流」的人生觀提出來做個押陣大將，這一場大戰爭真成了一場混戰，只鬧得個一鬨散場！

關於這一點，陳獨秀先生的序裏也有一段話，對於作戰的先鋒大將丁在君先生表示不滿意。獨秀說：

他（丁先生）自號存疑的唯心論，這是沿襲赫胥黎、斯賓塞諸人的謬誤。你既承認宇宙間有不可知的部分而存疑，科學家站開，且讓玄學家來解疑。此所以張君勱說，「既已存疑，則研究形而上界之玄學，不應有醜詆之詞。」其實我們對於未發現的物質固然可以存疑，而對於超物質而獨立存在並且可以支配物質的甚麼心（心即是物之一種表現），甚麼神靈與上帝，我們已無疑可存了。說我們武斷也好，說我們專制也好，若無論據給我們看，我們斷然不能拋棄我們的信仰。

關於存疑主義的積極的精神，在君自己也曾有明白的聲明（《答張君勱》，頁二一—二三）。「拿證據來！」一句話確然是有積極精神的。但赫胥黎等在當用這種武器時，究竟還只是消極的防禦居多。在十九世紀的英國，在那宗教權威不曾打破的時代，明明是無神論者也不得不掛一個「存疑」的招牌。但在今日的中國，在宗教信仰向來比較自由的中國，我們如果深信現有的科學證據只能叫我們否認上帝的存在和靈魂的不滅，那麼，我們正不妨老實自居為「無神論者」。這樣的自稱並不算是武斷，因為我們的信仰是根據於證據的。等到有神論的證據充足時，我們再改信有神論，也還不遲。我們在這個時候，既不能相信那沒有充分證據的有神論，心靈不滅論，天人感應論，……又不肯積極地主張那自然主義的宇宙觀，唯物的人生觀，……怪不得獨秀要說「科學家站開！且讓玄學家來解疑」了。吳稚暉先生便不然。他老先生寧可冒「玄學鬼」的惡名，偏要衝到那「不可知的區域」裏去打一陣。他希望「那不可知區域裏的假設，責成玄學鬼也帶着論理色彩去假設着」（《宇宙觀及人生觀》，頁九）。這個態度是對的。我們信仰科學的人，正不妨做一番大規模的假設。只要我們的假設處處建築在已知的事實之上，只要我們認我們的建築不過是一種最滿意的假設，可以跟着新證據修正的，——我們帶着這種科學的態度，不妨衝進那不可知的區域裏，正如姜子牙展開了杏黃旗，也不妨衝進十絕陣裏去試試。

三

我在上文說的，並不是有意挑剔這一次論戰場上的各位武士。我的意思只是要說，這一篇論戰的文章只做了一個「破題」，還不曾做到「起講」。至於「餘興」與「尾聲」，更談不到了。破題的工夫，自然是很重要的。丁在君先生的發難，唐擘黃先生等的響應，六個月的時間，二十五萬字的煌煌大文，大吹大擂地把這個大問題捧了出來，叫烏煙瘴氣的中國知道這個大問題的重要，——這件功勞真不在小處！

可是現在真有做「起講」的必要了。吳稚暉先生的《一個新信仰的宇宙觀及人生觀》已給我們做下一個好榜樣。在這篇「科學與人生觀」的「起講」裏，我們應該積極地提出甚麼叫做「科學的人生觀」，應該提出我們所謂「科學的人生觀」，好教將來的討論有個具體的爭點。否則你單說科學能解決人生觀，他單說不能，勢必至於吳稚暉先生說的「張丁之戰，便延長了一百年，也不會得到究竟」。因為若不先有一種具體的科學人生觀作討論的底子，今日泛泛地承認科學有解決人生觀的可能，是沒有用的。等到那「科學的人生觀」的具體內容拿出來時，單線上的組合也許要起一個大大的變化。我的朋友朱經農先生是信仰科學「前程不可限量」的，然而他定不能承認無神論是科學的人生觀。我的朋友林宰平先生是反對科學包辦人生觀的，然而我想他一定可以很明白地否認上帝的存在。到了那個具體討論的時期，我們才可以說是真正開戰。那時的反對，才是真反對。那時的贊成，才是真贊成。那時的勝利，才是真勝利。

我還要再進一步說，擁護科學的先生們，你們雖要想規避那「科學的人生觀是甚麼」的討論，你們終於免不了的。因為他們早已正式對科學的人生觀宣戰了。梁任公先生的「科學萬能之夢」，早已明白攻擊那「純物質的，純機械的人生觀」了。他早已把歐洲大戰禍的責任加到那「科學家的新心理學」上去了。張君勱先生在《再論人生觀與科學》裏，也很籠統地攻擊「機械主義」了。他早已說「關於人生之解釋與內心之修養，當然以唯心派之言為長」了。科學家究竟何去何從？這時候正是科學家表明態度的時候了。

因此，我們十分誠懇地對吳稚暉先生表示敬意。因為他老先生在這個時候很大膽地把他信仰的宇宙觀和人生觀提出來，很老實地宣布他的「漆黑一團」的宇宙觀和「人欲橫流」的人生觀。他在那篇大文章裏，很明白地宣言：

「那種駭得煞人的顯赫的名詞，上帝呀，神呀，還是取銷了好。」（頁十二）

很明白地

「開除了上帝的名額，放逐了精神元素的靈魂。」（頁二九）

很大膽地宣言：

「我以為動植物且本無感覺，皆止有其質力交推，有其輻射反應，如是而已。譬之於人，其質構而為如是之神經系，即其力生如是之反應。所謂情感、思想、意志等等，就種種反應而強為之名，美其名曰心理，神其事曰靈魂，質直言之曰感覺，其實統不過質力之相應。」（頁二二—二三）

他在「人生觀」裏，很「恭敬地又好像滑稽地」說：

「人便是外面止賸兩隻腳，欲得到了兩隻手，內面有三斤二兩腦髓，五千零四十八根腦筋，比較佔有多額神經系質的動物。」（頁三九）

「生者，演之謂也，如是云爾。」（頁四十）

「所謂人生，便是用手用腦的一種動物，輪到『宇宙大劇場』的第億垓八京六兆五萬七千幕，正在那裏出台演唱。」（頁四七）

他老先生五年的思想和討論的結果，給我們這樣一個「新信仰的宇宙觀及人生觀」。他老先生很謙遜地避去「科學的」的尊號，只叫他做「柴積上，日黃中的老頭兒」的新信仰。他這個新信仰正是張君勱先生所謂「機械主義」，正是梁任公先生所謂「純物質的純機械的人生觀」。他一筆勾銷了上帝，抹煞了靈魂，戳穿了「人為萬物之靈」的玄祕。這才是真正的挑戰。我們要看那些信仰上帝的人們出來替上帝向吳老先生作戰。我們要看那些信仰靈魂的人們出來替靈魂向吳老先生作戰。我們要看那些信仰人生的神祕的人們出來向這「兩手動物演戲」的人生觀作戰。我們要看那些認愛情為玄祕的人們出來向這「全是生理作用，並無絲毫微妙」的愛情觀作戰。這樣的討論，才是切題的，具體的討論。這才是真正開火。這樣戰爭的結果，不是科學能不能解決人生的問題了，乃是上帝的有無，鬼神的有無，靈魂的有無，……等等人生切要問題的解答。只有這種具體的人生切要問題的討論才可以發生我們所希望的效果，——才可以促進思想上的刷新。

反對科學的先生們！你們以後的作戰，請向吳稚暉的「新信仰的宇宙觀及人生觀」作戰。擁護科學的先生們！你們以後的作戰，請先研究吳雅暉的「新信仰的宇宙觀及人生觀」。完全贊成他的，請準備替他辯護，像赫胥黎替達爾文辯護一樣；不能完全贊成他的，請提出修正案，像後來的生物學者修正達爾文主義一樣。

從此以後，科學與人生觀的戰線上的押陣老將吳老先生要倒轉來做先鋒了！

四

說到這裏，我可以回到張丁之戰的第一個「回合」了。張君勱說：

「天下古今之最不統一者，莫若人生觀。」（《人生觀》頁一）

丁在君說：

「人生觀現在沒有統一是一件事，永久不能統一又是一件事。除非你能提出事實理由來證明他是永遠不能統一的，我們總有求他統一的義務。」（《玄學與科學》頁二）

「玄學家先存了一個成見，說科學方法不適用於人生觀；世界上的玄學家一天沒有死完，自然一天人生觀不能統一。」（頁四）

「統一」一個字，後來很引起一些人的抗議。例如林宰平先生就控告丁在君，說他「要把科學來統一一切」，說他「想用科學的武器來包辦宇宙」。這種控訴，未免過於張大其詞了。在君用的

「統一」一個字，不過是沿用君勱文章裏的話。他們兩位的意思大概都不過是大同小異的一致罷了。依我個人想起來，人類的人生觀總應該有一個最低限度的一致的可能。唐擘黃先生說的最好：

人生觀不過是一個人對於萬物同人類的態度，這種態度是隨着一個人的神經構造，經驗，知識等而變的。神經構造等就是人生觀之因。我舉一二例來看。無因論者以為叔本華（Schopenhauer）、哈德門（Hartmann）的人生觀是直覺的，其實他們自己並不承認這事，他們都說根據經驗閱歷而來的。叔本華是引許多經驗作證的，哈德門還要說他的哲學是從歸納法得來的。

人生觀是因知識而變的。例如，柯白尼「太陽居中說」，同後來的達爾文的「人猿同祖說」發明以後，世界人類的人生觀起絕大變動，這是無可疑的歷史事實。若人生觀是直覺的，無因的，何以隨自然界的知識而變更呢？

我們因為深信人生觀是因知識經驗而變換的，所以深信宣傳與教育的效果可以使人類的人生觀得着一個最低限度的一致。

最重要的問題是：拿甚麼東西來做人生觀的「最低限度的一致」呢？

我的答案是：拿今日科學家平心靜氣地，破除成見地，共同承認的「科學的人生觀」來做人類人生觀的最低限度的一致。

宗教的功效已曾使有神論和靈魂不滅論統一歐洲（其實何止歐洲？）的人生觀至千餘年之久。假使我們信仰的「科學的人生觀」將來靠教育與宣傳的功效，也能有「有神論」和「靈魂不滅論」在中世歐洲那樣的風行，那樣的普遍，那也可算是我所謂「大同小異的一致」了。

我們若要希望人類的人生觀逐漸做到大同小異的一致，我們應該準備替這個新人生觀作長期的奮鬥。我們所謂「奮鬥」，並不是像林宰平先生形容的「摩哈默得式」的武力統一；只是用光明磊落的態度，誠懇的言論，宣傳我們的「新信仰」，繼續不斷的宣傳，要使今日少數人的信仰逐漸變成將來大多數人的信仰。我們也可以說這是「作戰」，因為新信仰總免不了和舊信仰衝突的事。但我們總希望作戰的人都能尊重對方人格，都能承認那些和我們信仰不同的人不一定都是笨人與壞人，都能在作戰之中保持一種「容忍」（Toleration）的態度。我們總希望那些反對我們的新信仰的人，也能用「容忍」的態度來對我們，用研究的態度來考察我們的信仰。我們要認清：我們的真正敵人不是對方；我們的真正敵人是「成見」，是「不思想」。我們向舊思想和舊信仰作戰，其實只是很誠懇地請求舊思想和舊信仰勢力之下的朋友們起來向「成見」和「不思想」作戰。凡是肯用思想來考察他的成見的人，都是我們的同盟！

五

總而言之，我們以後的作戰計畫是宣傳我們的新信仰，是宣傳我們的新人生觀（我所謂「人生觀」，依唐擘黃先生的界說，包括吳稚暉先生所謂「宇宙觀」）。這個新人生觀的大旨，吳稚暉先生已宣布過了。我們總括他的大意，加上一點擴充和補充，在這裏再提出這個新人生觀的輪廓：

一、根據於天文學和物理學的知識，叫人知道空間的無窮之大。

二、根據於地質學及古生物學的知識，叫人知道時間的無窮之長。

三、根據於一切科學，叫人知道，宇宙及其中萬物的運行變遷皆是自然的，自已如此的，——正用不着甚麼超自然的主宰或造物者。

四、根據於生物的科學的知識，叫人知道，生物界的生存競爭的浪費與慘酷，——因此，叫人更可以明白那「有好生之德」的主宰的假設是不能成立的。

五、根據於生物學、生理學、心理學的知識，叫人知道，人不過是動物的一種，他和別種動物只有程度的差異，並無種類的區別。

六、根據於生物的科學及人類學、人種學、社會學的知識，叫人知道生物及人類社會演進的歷史和演進的原因。

七、根據於生物的及心理的科學，叫人知道，一切心理的現象都是有因的。

八、根據於生物學及社會學的知識，叫人知道道德禮教是變遷的，而變遷的原因都是可以用科學方法尋求出來的。

九、根據於新的物理化學的知識，叫人知道，物質不是死的，是活的；不是靜的，是動的。

十、根據於生物學及社會學的知識，叫人知道，個人——「小我」——是要死滅的；而人類——「大我」——是不死的，不朽的；叫人知道，「為全種萬世而生活」就是宗教，就是最高的宗教；而那些替個人謀死後的「天堂」、「淨土」的宗教，乃是自私自利的宗教。

這種新人生觀是建築在二三百年的科學常識之上的一個大假設，我們也許可以給他加上「科學的人生觀」的尊號。但為避免無謂的爭論起見，我主張叫他做「自然主義的人生觀」。

在那個自然主義的宇宙裏，在那無窮之大的空間裏，在那無窮之長的時間裏，這個平均高五尺六寸，上壽不過百年的兩手動物——人——真是一個藐乎其小的微生物了。在那個自然主義的宇宙裏，天行是有常度的，物變是有自然法則的，因果的大法支配着他——人——的一切生活，生存競爭的慘劇鞭策着他的一切行為，——這個兩手動物的自由真是很有限的了。然而那個自然主義的宇宙裏的這個渺小的兩手動物卻也有他的相當的地位和相當的價值。他用的兩手和一個大腦，居然能做出許多器具，想出許多方法，造成一點文化。他不但馴服了許多禽獸，他還能考究宇宙間的自然法則，利用這些法則來駕馭天行，到現在他居然能叫電氣給他趕車，以太給他送信了。他的智慧的長進就是他的能力的增加；然而智慧的長進卻又使他的胸襟擴大，想像力提高。他也曾拜物拜畜牲，也曾怕神怕鬼，但他現在漸漸脫離了這種種幼稚的時期，他現在漸漸明白：空間之大只增加他對於宇宙的美感；時間之長只使他格外明瞭祖宗創業之艱難；天行之有常只增加他制裁自然界的能力。甚至於因果律的籠罩一切，也並不見得束縛他的自由。因為因果律的作用一方面使他可以由因求果，由果推因，解釋過去，預測未來；一方面又使他可以運用他的智慧，創造新因以求新果。甚至於生存競爭的觀念也並不見得就使他成為一個冷酷無情的畜牲，也許還可以格外增加他對於同類的同情心，格外使他深信互助的重要，格外使他注重人為的努力以減免天然競爭的慘酷與浪費。——總而言之，這個自然主義的人生觀裏，未嘗沒有美，未嘗沒有詩意，未嘗沒有道德的責任，未嘗沒有充分運用「創造的智慧」的機會。

我這樣粗枝大葉的敍述，定然不能使信仰的讀者滿意，或使不信仰的讀者心服。這個新人生觀的滿意的敍述與發揮，那正是這本書和這篇序所期望能引起的。

（《胡適文存》二集卷二）

哲學的將來①

（一九二九年六月三日）

（一）哲學的過去

過去的哲學只是幼稚的、錯誤的或失敗了的科學。

宇宙論→天文學、物理學、生物學、生物化學。

本體論→物理、化學、生物、物理化學、生物化學。

知識論→物理學、心理學、科學方法。

道德哲學→社會學、人類學、心理學、生物學、遺傳學。

政治哲學→經濟學、統計學、社會學、史學……。

（二）過去的哲學學派只可在人類知識史與思想史上佔一個位置，如此而已。

哲學既是幼稚的科學，自然不當自別於人類知識體系之外。

最早的 Democritus 以及 Epicurus 一派的元子論既可以在哲學史上佔地位，何以近世發明九十元子的化學家，與偉大的 Mendelief 的元子週期律不能在哲學史上佔更高的地位？

最早亂談陰陽的古代哲人既列在哲學史，何以三四十年來發現陰電子（Election）的 Thomson 與發現陽電子（Proton）的 Rutherford 不能算作更偉大的哲學家？

最早亂談性善性惡的孟子、荀子既可算是哲學家，何以近世創立遺傳學的George J. Mendel 不能在哲學史上佔一個更高的地位？

最早談井田均產的東西哲學家都列入哲學史，何以馬克思、布魯東、亨利喬治（Henry George）那樣更偉大的社會學說不能在哲學史佔更高的地位？

（三）哲學的將來

1. 問題的更換

問題解決有兩途：

(1) 解決了。

(2) 知道不成問題，就拋棄了。

凡科學已解決的問題，都應承受科學的解決。

凡科學認為暫時不能解決的問題，都成為懸案。

凡科學認為成問題的問題，都應拋棄。

2. 哲學的根本取消

問題可解決的，都解決了。一時不能解決的，還得靠科學實驗的幫助與證實。科學不能解決的，哲學也休想解決。即使提出解決，也不過是一個待證的假設，不足於取信現代的人。

故哲學家自然消滅，變成普通思想的一部分。在生活的各方面，自然總不免有理論家繼續出來，批評已有的理論或解釋已發現的事實，或指摘其長短得失，或溝通其衝突矛盾，或提出新的解釋，請求專家的試驗與證實。這種人都可稱為思想家，或理論家。自然科學有自然科學的理論學，這種人便是將來的哲學家。

但他們都不能自外於人類的最進步的科學知識思想，而自誇不受科學制裁的哲學家。他們的根據必須是已證實的事實；自然科學的材料或社會科學的統計調查。他們的方法必須是科學實驗的方法。

若不如此，他們不是將來的思想家，只是過去的玄學鬼。

將來只有一種知識：科學知識。

將來只有一種知識思想的方法：科學證實方法。

將來只有思想家，而無哲學家。他們的思想，已證實的便成為科學的一部分，未證實的叫做待證的假設（Hypothesis）

（據《胡適的日記》）

注釋

①本文係作者在大同大學演講前所擬的提綱。

治學的方法與材料

（一九二八年九月）

現在有許多人說，治學問全靠有方法，方法最重要，材料卻不很重要。有了精密的方法，甚麼材料都可以有好成績。糞同溺可以作科學的分析，《西遊記》同《封神演義》可以作科學的研究。

這話固然不錯。同樣的材料，無方法便沒有成績，有方法便有成績，好方法便有好成績。例如我家裏的電話壞了，我箱子裏儘管有大學文憑，架子上儘管有經史百家，也只好束手無法，只好到隔壁人家去借電話，請電話公司派匠人來修理。匠人來了，他並沒有高深學問，從沒有夢見大學講堂是甚麼樣子。但他學了修理電話的方法，一動手便知道毛病在何處，再動手便修理好了。我們有博士頭銜的人只好站在旁邊讚歎感謝。

但我們卻不可不知道這上面的說法只有片面的真理。同樣的材料，方法不同，成績也就不同。但同樣的方法，用在不同的材料上，成績也就有絕大的不同。這個道理本很平常，但現在想做學問的青年人似乎不大了解這個極平常而又十分要緊的道理，所以我覺得這個問題有鄭重討論的必要。

科學的方法，說來其實很簡單，只不過「尊重事實，尊重證據」。在應用上，科學的方法只不過「大膽的假設，小心的求證」。

在歷史上，西洋這三百年的自然科學都是這種方法的成績；中國這三百年的樸學也都是這種方法的結果。顧炎武、閻若璩的方法，同葛利略（Galileo）、牛敦（Newton）的方法，是一樣的：他們都能把他們的學說建築在證據之上。戴震、錢大昕的方法，同達爾文（Darwin）、柏司德（Pasteur）的方法，也是一樣的：他們都能大膽地假設，小心地求證。（參看《胡適文存》初排本卷二，「清代學者的治學的方法」，頁二〇五—二四六。）

中國這三百年的樸學成立於顧炎武同閻若璩。顧炎武的導師是陳第，閻若璩的先鋒是梅鷟。陳第作《毛詩古音考》（一六〇一—一六〇六），注重證據；每個古音有「本證」，有「旁證」；本證是《毛詩》中的證據，旁證是引別種古書來證《毛詩》。如他考「服」字古音「逼」，共舉了本證十四條，旁證十條。顧炎武的《詩本音》同《唐韻正》都用同樣的方法。《詩本音》於

「服」字下舉了三十二條證據，《唐韻正》於「服」字下舉了一百六十二條證據。

梅鷟是明正德癸酉（一五一三年）舉人，著有《古文尚書考異》，處處用證據來證明偽《古文尚書》的娘家。這個方法到了閻若璩的手裏，運用更精熟了，搜羅也更豐富了，遂成為《尚書古文疏證》，遂定了偽古文的鐵案。有人問閻氏的考證學方法的指要，他回答道：

> 不越乎「以虛證實以實證虛」而已。

他舉孔子適周之年作例。舊說孔子適周共有四種不同的說法。

一、昭公七年（《水經注》）

二、昭公二十年（《史記·孔子世家》）

三、昭公二十四年（《史記索隱》）

四、定公九年（《莊子》）

閻氏根據曾子問裏說孔從老聃助葬恰遇日食一條，用算法推得昭公二十四年夏五月乙未朔日食，故斷定孔子適周在此年。（《尚書古文疏證》卷八，第一百二十條。）

這都是很精密的科學方法。所以「亭林百詩之風」造成了三百年的樸學。這三百年的成績有聲韻學、訓詁學、校勘學、考證學、金石學、史學，其中最精采的部分都可以稱為「科學的」。

其間幾個最有成績的人，如錢大昕、戴震、崔述、王念孫、王引之、嚴可均，都可以稱為科學的學者。我們回顧這三百年的中國學術，自然不能不對這班大師表示極大的敬意。

然而從梅鷟的《古文尚書考異》到顧頡剛的《古史辨》，從陳第的《毛詩古音考》到章炳麟的《文始》，方法雖是科學的，材料卻始終是文字的。科學的方法居然能使故紙堆裏大放光明，然而故紙的材料終久限死了科學的方法，故這三百年的學術也只不過文字的學術，三百年的光明也只不過故紙堆的火燄而已！

我們試回頭看看西洋學術的歷史。

當梅鷟的《古文尚書考異》成書之日，正哥白尼（Copernicus）的《天文革命》大著出世（一五四三年）之時。當陳第的《毛詩古音考》成書的第三年（一六〇八年），荷蘭國裏有三個磨鏡工匠同時發明了望遠鏡。再過一年（一六〇九年），意大利的葛利略（Galileo）也造出了一座望遠鏡，他逐漸改良，一年之中，他的鏡子便成了歐洲最精的望遠鏡。他用這鏡子發現了木星的衛星，太陽的黑子，金星的光態，月球上的山谷。

葛利略的時代，簡單的顯微鏡早已出世了。但望遠鏡發明之後，複合的顯微鏡也跟着出來。葛利略死（一六四二年）後二三十年，荷蘭有一位磨鏡的，名叫李文厚（Leeuwenhoek），天天用他自己做的顯微鏡看細微的東西。甚麼東西他都拿來看看，於是他在簷溜水裏發現了微生物，鼻涕裏和痰唾裏也發現了微生物，陰溝臭水裏也發現了微生物，微菌學從此開始了。這個時候（一六七五年）正是顧炎武的《音學五書》成書的時候，閻若璩的《古文尚書疏證》還在著作之中。

從望遠鏡發現新天象（一六〇九年），到顯微鏡發現微菌（一六七五年），這五六十年之間，歐洲的科學文明的創造者都出來了。試看下表：

	中國	歐洲
一六〇六	陳第《古音考》。	
一六〇八		荷蘭人發明望遠鏡。
一六〇九		葛利略的望遠鏡。 解白勒（Kepler）發表他的火星研究，宣布行星運行的兩條定律。
一六一〇	黃宗羲生。	

一六一三	顧炎武生。	
一六一四		奈皮爾（Napier）的對數表。
一六一九	王夫之生。	解白勒的「行星第三律」。
一六一八—二一		解白勒的《哥白尼天文學要指》。
一六二二	毛奇齡生。	
一六二五	費密生。	
一六二六		倍根死。
一六二八	用西法修新曆。	哈維（Harvey）的《血液運行論》。
一六三〇		葛利略的《天文談話》。
		解白勒死。
一六三三		葛利略因天文學受異端審判。
一六三五	顏元生。	
一六三六	閻若璩生。	
一六三七	宋應星的《天工開物》。	笛卡兒（Descartes）的《方法論》，發明解析

幾何。

一六三八　葛利略的《科學的兩新支》。

一六四〇　徐霞客（宏祖）死。

一六四二　葛利略死，牛敦生。

一六四四　葛利略的弟子佗里傑利（Torricelli）用水銀試驗空氣壓力，發明氣壓計的原理。

一六五五　閻若璩開始作《尚書古文疏證》，積三十餘年始成書。

一六五七　顧炎武注《韻補》。

一六六〇　英國皇家學會成立。
化學家波耳（Boyle）發表他的氣體新試驗（波耳氏律）。

一六六一　波耳的《懷疑的化學師》。

一六六四　廢八股。

一六六五		牛敦發明微分學。
一六六六	顧炎武的《韻補正》成。	牛敦發明白光的成分。
一六六七	顧炎武的《音學五書》成。	
一六六九	復八股。	
一六七〇	顧炎武初刻《日知錄》八卷。	
一六七五		李文厚用顯微鏡發現微生物。
一六七六	顧炎武《日知錄》自序。	
一六八〇	顧炎武《音學五書》後序。	
一六八七		牛敦的傑作《自然哲學原理》。

我們看了這一段比較年表，便可以知道中國近世學術和西洋近世學術的劃分都在這幾十年中定局了。在中國方面，除了宋應星的《天工開物》一部奇書之外，都只是一些紙上的學問。從八股到古音的考證固然是一大進步，然而終久還是紙上的工夫。西洋學術在這幾十年中便已走上了自然科學的大路了。顧炎武、閻若璩規定了中國三百年的學術的局面；葛利略、解白勒、波耳、

牛敦規定了西洋三百年的學術的局面。

他們的方法是相同的，不過他們的材料完全不同。顧氏、閻氏的材料全是文字的，葛利略一班人的材料全是實物的。文字的材料有限，鑽來鑽去，總不出這故紙堆的範圍，故三百年的中國學術的最大成績不過是兩大部《皇清經解》而已。實物的材料無窮，故用望遠鏡觀天象，而至今還有無窮的天體不曾窺見；用顯微鏡看微菌，而至今還有無數的微菌不曾尋出。但大行星已添了兩座，恆星之數已添到幾十萬萬以外了！前幾天報上說，有人正在積極實驗同火星通信了。我們已知道許多病菌，並且已知道預防的方法了。宇宙之大，三百年中已增加了幾十萬萬倍了；平均的人壽也延長了二十年了。

然而我們的學術界還在爛紙堆裏翻我們的觔斗！

不但材料規定了學術的範圍，材料並且可以大大地影響方法的本身。文字的材料是死的，故考證學只能跟着材料走，雖然不能不搜求材料，卻不能捏造材料。從文字的校勘以至歷史的考據，都只能尊重證據，卻不能創造證據。

自然科學的材料便不限於搜求現成的材料，還可以創造新的證據。實驗的方法便是創造證據的方法。平常的水不會分解成氫氣、氧氣；但我們用人工分解成氫氣和氧氣，以證實水是氫氣和氧氣合成的。這便是創造不常有的情境，這便是創造新證據。

紙上的材料只能產生考據的方法，考據的方法只是被動的運用材料。自然科學的材料卻可以產生實驗的方法，實驗便不受現成材料的拘束，可以隨意創造平常不可得見的情境，逼拶出新結果來。考證家若沒有證據，便無從做考證；史家若沒有史料，便沒有歷史。自然科學家便不然。肉眼看不見的，他可以用望遠鏡，可以用顯微鏡。生長在野外的，他可以叫它生長在花房裏；生長在夏天的，他可以叫它生在冬天。原來在人身上的，他可以移種在兔身上，狗身上。畢生難遇的，他可以叫它天天出現在眼前；太大了的，他可以縮小；整個的，他可以細細分析；複雜的，他可以化為簡單；太少了的，他可以用人工培植增加。

故材料的不同可以使方法本身發生很重要的變化。實驗的方法也只是大膽的假設，小心的求證。然而因為材料的性質，實驗的科學家便不用坐待證據的出現，也不僅僅尋求證據。他可以根據假設的理論，造出種種條件，把證據逼出來。故實驗的方法只是可以自由產生材料的考證方法。

葛利略二十多歲時，在本地的高塔上拋下幾種重量不同的物件，看他們同時落地，證明了物體下墜的速率並不依重量為比例，打倒了幾千年的謬說。這便是用實驗的方法去求證據。他又做了一塊板，長十二個愛兒（每個愛兒長約四英尺），板上挖一條闊一寸的槽。他把板的一頭墊高，用一個銅球在槽裏滾下去，他先記球滾到底的時間，次記球滾到全板四分之一的時間。他證明第一個四分之一的速度最慢，需要全板時間的一半。越滾下去，速度越大。距離的相比等於時間的平方的相比。葛利略這個試驗總做了幾百次，他試過種種不同的距離，種種不同的斜度，然後斷定物體下墜的定律。這便是創造材料，創造證據。平常我們所見物體下墜，一瞬便過了，既沒有測量的機會，更沒有比較種種距離和種種斜度的機會。葛氏的試驗便是用人力造出種種可以測量，可以比較的機會。這便是新力學的基礎。

哈維研究血的循環，也是用實驗的方法。哈維曾說：

> 我學解剖學同教授解剖學，都不是從書本子來的，是從實際解剖來的；不是從哲學家的學說上來的，是從自然界的條理上來的。（他的《血液運行》自序）

哈維用下等活動物來做實驗，觀察心房的跳動和血的流行。古人只解剖死動物的動脈，不知死動物的動脈管是空的。哈維試驗活動物，故能發現古人所不見的真理。他死後四年（一六六一年），馬必吉（Malpighi）用顯微鏡看見血液運行的真狀，哈維的學說遂更無可疑了。

此外如佗里傑利的試驗空氣的壓力，如牛敦的試驗白光的七色，都是實驗的方法。牛敦在暗室中放進一點日光，使他通過三稜鏡，把光放射在牆上。那一圓點的白光忽然變成了五倍大的帶子，白光變成了七色：紅，橘紅，黃，綠，藍，靛青，紫。他再用一塊三稜鏡把第一塊三稜鏡的光收回去，便仍成圓點的白光。他試驗了許多回，又想出一個法子，把七色的光射在一塊板上，板上有小孔，只許一種顏色的光通過。板後面再用三稜鏡把每一色的光線通過，然後測量每一色光的曲折角度。他這樣試驗的結果始知白光是曲折力不同的七種光複合成的。他的實驗遂發明了光的性質，建立了分光學的基礎。

以上隨手舉的幾條例子，都是顧炎武、閻若璩同時人的事，已可以表現材料同方法的關係了。考證的方法好有一比，比現今的法官判案，他坐在堂上靜聽兩造的律師把證據都呈上來了，他提起筆來，宣判道：某一造的證據不充足，敗訴了；某一造的證據充足，勝訴了。他的職務只在評判現成的證據，他不能跳出現成的證據之外。實驗的方法也有一比，比那偵探小說裏的福爾摩斯訪案：他必須改裝微行，出外探險，造出種種機會來，使罪人不能不呈獻真憑實據。他可以不動筆，但他不能不動手動腳，去創造那逼出證據的境地與機會。

結果呢？我們的考證學的方法儘管精密，只因為始終不接近實物的材料，只因為始終不曾走上實驗的大路上去，所以我們的三百年最高的成績終不過幾部古書的整理，於人生有何益處？於國家的治亂安危有何裨補？雖然做學問的人不應該用太狹義的實利主義來評判學術的價值，然而學問若完全拋棄了功用的標準，便會走上很荒謬的路上去，變成枉費精力的廢物。這三百年的考證學固然有一部分可算是有價值的史料整理，但其中絕大的部分卻完全是枉費心思。如講《周易》而推翻王弼，回到漢人的「方士易」；講《詩經》而推翻鄭樵、朱熹，回到漢人的荒謬詩說；講《春秋》而回到兩漢陋儒的微言大義，——這都是開倒車的學術。

為甚麼三百年的第一流聰明才智專心致力的結果仍不過是枉費心思的開倒車呢？只因為紙上的材料不但有限，並且在那一個「古」字底下罩着許多淺陋幼稚愚妄的胡說。鑽故紙的朋友自己沒有學問眼力，卻只想尋那「去古未遠」的東西，日日「與古為鄰」，卻不知不覺地成了與鬼為鄰，而不自知其淺陋愚妄幼稚了。

那班崇拜兩漢陋儒方士的漢學家固不足道。那班最有科學精神的大師——顧炎武、戴震、錢大昕、段玉裁、孔廣森、王念孫、王引之等——他們的科學成績也就有限的很。他們最精的是校勘訓詁兩種學問，至於他們最用心的聲韻之學簡直是沒有多大成績可說。如他們費了無數心力去證明古時有「古」、「脂」、「之」三部的區別，但他們到如今不能告訴我們這三部究竟有怎樣的分別。如顧炎武找了一百六十二條證據來證明「服」字古音「逼」，到底還不值得一個廣東鄉下人的一笑，因為顧炎武始終不知道「逼」字怎樣讀法。又如三百年的古音學不能決定古代究竟有無入聲。段玉裁說古有入聲而去聲為後起，孔廣森說入聲是江左後起之音。二百年來，這個問題似乎沒有定論。卻不知這個問題不解決，則一切古韻的分部都是將錯就錯。況且依二百年來「對轉」、「通轉」之說，幾乎古韻無一部不可通他部，如果部部本都可通，那還有甚麼韻可說！

三百年的紙上工夫，成績不過如此，豈不可歎！紙上的材料本只適宜於校勘訓詁一類的紙上工作；稍稍踰越這個範圍，便要鬧笑話了。

西洋的學者先從自然界的實物下手，造成了科學文明，工業世界。然後用他們的餘力，回來整理文字的材料。科學方法是用慣的了。實驗的習慣也養成了。所以他們的餘力便可以有驚人的成績。在音韻學方面，一個格林姆（Grimm）便抵得許多錢大昕、孔廣森的成績。他們研究音韻的轉變，文字的材料之外，還要實地考察各國各地的方言，和人身發音的器官。由實地的考察，歸納成種種通則，故能成為有系統的科學。近年一位瑞典學者珂羅倔倫（Bernhard Karlgren）費了幾年的工夫研究切韻，把二百六部的古音弄的清清楚楚。林語堂先生說：

珂先生是切韻專家，對中國音韻學的貢獻發明，比中外過去的任何音韻學家還重要。

（《語絲》第四卷第二十七期）

珂先生的成績何以能這樣大呢？他有西洋的音韻學原理作工具，又很充分地用方言的材料，用廣東方言作底子，用日本的漢音、吳音作參證，所以他幾年的成績便可以推倒顧炎武以來三百年的中國學者的紙上工夫。

我們不可以從這裏得一點教訓嗎？

紙上的學問也不是單靠紙上的材料去研究的。單有精密的方法是不夠用的。材料可以限死方法，材料也可以幫助方法。三百年的古韻學抵不得一個外國學者運用活方言的實驗。幾千年的古史傳說禁不起三兩個學者的批評指摘。然而河南發現了一地的龜甲獸骨，便可以把古代殷商民族的歷史建立在實物的基礎之上。一個瑞典學者安特森（J. G. Anderson）發現了幾處新石器，便可以把中國史前文化拉長幾千年。一個法國教士桑德華（Pere Licent）發現了一些舊石器，便又可以把中國史前文化拉長幾千年。北京地質調查所的學者在北京附近的周口店發現了一個人齒，經了一個解剖學專家步達生（Davidson Black）的考定，認為遠古的原人。這又可以把中國史前文化拉長幾萬年。向來學者所認為紙上的學問，如今都要跳在故紙堆外去研究了。

所以我們要希望一班有志做學問的青年人及早回頭想想。單學得一個方法是不夠的；最要緊的關頭是你用甚麼材料。現在一班少年人跟着我們向故紙堆去亂鑽，這是最可悲歎的現狀。我們希望他們及早回頭，多學一點自然科學的知識與技術，那條路是活路，這條故紙的路是死路。三百年的第一流的聰明才智銷磨在這故紙堆裏，還沒有甚麼好成績。我們應該換條路走走了。等你們在科學試驗室裏有了好成績，然後拿出你們的餘力，回來整理我們的國故，那時候，一拳打倒顧亭林，兩腳踢翻錢竹汀，有何難哉！

（《胡適文存》三集卷二）

治學方法①

（一九五二年十二月）

第一講　引言

……

今天講治學的方法，其實也是帶紀念性的。我感覺到台大的故校長——傅斯年先生，他是一個最能幹，最能夠領導一個學校，最能夠辦事的人。他辦過中央研究院，歷史語言研究所。他也在我之先代理過北大校長一年。不是經過那一年，我簡直沒有辦法。後來做台大校長，替台大定下很好的基礎。他這個人，不但是國家的一個人，他是世界上很少見的一個多方面的天才。他的記憶力之強更是少有的。普通記憶力強的人往往不能思想；傅先生記憶力強，而且思考力非常敏銳，這種兼有記憶力與思考力的人，是世界上少見的。同時，能夠做學問的人不見得能夠辦事，像我這樣子，有時候可以在學問上做一點工作，但是碰到辦事就很不行。錢校長說我當北大校長，還可以做研究的工作，不是別的，只因為我不會辦事。我做校長，完全是無為而治；一切事都請院長、教務長、訓導長去辦，我從來不過問學校的事；自己關起門來做學問。傅先生能夠做學問而又富有偉大的辦事能力。像這種治學方法同辦事能力合在一塊，更是世界上少見的。因為傅先生同我是多年的同事，多年的朋友，同時在做學問這一條路上，我們又是多年的同志。所以我今天在台大來講治學方法，也可以說是紀念這個偉大而可惜過去得太早的朋友。

我到台大來講治學方法，的確是很膽怯。因為我在國內教育界服務幾十年，我可以告訴台大的同學們：現在台大文史的部門，就是從前在大陸沒有淪陷的時候也沒有看見過有這樣集中的人才。在歷史、語言、考古方面，傅先生把歷史語言研究所的人才都帶到這裏來，同台大原有的人才，和這幾年來陸續從大陸來的人才連在一塊，可以說是中國幾十年來辦大學空前的文史學風。我很希望，不但在文學院歷史學系、語言學系、考古學系的同學們要瞭解台大文史人才的集中是大陸淪陷以前從來沒有過的情形；更希望台大各院各系的同學都能夠明瞭，都能夠寶貴這個機會，不要錯過這個機會。就是學醫、學農、學工、學法律、學社會科學的，都可以利用這個機會來打聽打聽這許多文史方面領袖的人才是怎樣講學，怎樣研究，怎樣在學問方面做工作。我不是藉這個機會替台大做義務廣告，我實在覺得這樣的機會是很可寶貴的。所以希望諸位能夠同我一樣瞭解台大現在在文史方面的領導地位。

我看到講台前有許多位文史方面的老朋友們，我真是膽怯。因為我不是講天文學、地質學、物理、化學，是在文史方面講治學方法。在諸位先生面前講這個題目真是班門弄斧了。

我預備講三次：第一次講治學方法的引論，第二次講方法的自覺，第三次講方法與材料的關係。

今天我想隨便談談治學的方法。我個人的看法，無論甚麼科學——天文、地質、物理、化學等等——分析起來，都只有一個治學方法，就是做研究的方法。甚麼是做研究呢？就是說，凡是要去研究一個問題，都是因為有困難問題發生，要等我們去解決它。所以做研究的時候，不是懸空的研究。所有的學問，研究的動機和目標是一樣的。研究的動機，總是因為發生困難，有一個問題，從前沒有看到，現在看到了；從前覺得沒有解決的必要，現在覺得有解決的必要的。凡是做學問、做研究，真正的動機都是求某種問題某種困難的解決。所以動機是困難，而目的是解決困難。這並不是我一個人的說法，凡是有做學問做研究經驗的人，都承認這個說法。真正說起來，做學問就是研究，研究就是求得問題的解決。所有的學問，做研究的動機是一樣的，目標是一樣的，所以方法也是一樣的。不但是現在如此，我們研究西方的科學思想，科學發展的歷史，再看看中國二千五百年來凡是合於科學方法的種種思想家的歷史，知道古今中外凡是在做學問做研究上有成績的人，他的方法都是一樣的。古今中外治學的方法是一樣的。為甚麼是一樣呢？就是因為做學問做研究的動機和目標是一樣的。從一個動機到一個目標，從發現困難到解決困難，當中有一個過程，就是所謂方法。從發現困難那一天起，到解決困難為止，當中這一個過程，可能很長，也可能很短。有的時候要幾十年，幾百年才能夠解決一個問題；有的時候只要一個鐘頭就可以解決一個問題。這個過程就是方法。

剛才我說方法是一樣的。方法是甚麼呢？我曾經有許多時候，想用文字把方法做成一個公式、一個口號、一個標語，把方法扼要地說出來。但是從來沒有一個滿意的表現方式。現在我想起我二三十年來關於方法的文章裏面，有兩句話也許可以算是講治學方法的一種很簡單扼要的話。

那兩句話就是：「大膽的假設，小心的求證。」要大膽的提出假設，但這種假設還得想法子證明。所以小心的求證，要想法子證實假設或者否證假設，比大膽的假設還更重要。這十個字是我二三十年來見之於文字，常常在嘴裏向青年朋友們說的。有的時候在我自己的班上，我總希望我的學生們能夠瞭解。今天講治學方法引論，可以說就是要說明甚麼叫做假設，甚麼叫做大膽的假設，怎麼樣證明或者否證假設。

剛才我說過，治學的方法，做研究的方法，都是基於一個困難。無論是化學、地質學、生物學、社會科學上的一個問題，都是一個困難。當困難出來的時候，本於個人的知識、學問，就不知不覺地提出假設，假定有某幾種可以解決的方案。比方諸位在台灣這幾年看見雜誌上有討論《紅樓夢》的文章，就是所謂紅學，到底《紅樓夢》有甚麼可以研究呢？《紅樓夢》發生了甚麼問題呢？普通人看《紅樓夢》裏面的人物，都是不發生問題的。但是有某些讀者卻感覺到《紅樓夢》發生了問題：《紅樓夢》究竟是甚麼意思？當時寫賈寶玉、林黛玉這些人的故事有沒有背景？有沒有「微言大義」在裏面？寫了一部七八十萬字的書來講賈家的故事，講一個紈袴子弟賈寶玉同許多漂亮的丫頭、漂亮的姊妹親戚們的事情，有甚麼意義沒有？這是一個問題。怎麼樣解決這個問題呢？當然你有一個假設，他也有一個假設。

在二三十年前，我寫《〈紅樓夢〉考證》的時候，有許多關於《紅樓夢》引起的問題的假設的解決方案。有一種是說《紅樓夢》含有種族思想，書中的人物都是影射當時滿洲的官員，林黛玉是暗指康熙時候歷史上一個有名的男人；薛寶釵、王鳳姐和那些丫頭們都是暗指歷史上的人物。還有一種假設說賈寶玉是指一個滿洲宰相明珠的兒子叫做納蘭性德——他是一個了不起的天才很高的文學家——那些丫頭、姐妹親戚們都是代表宰相明珠家裏的一班文人清客；把書中漂亮的小姐們如林黛玉、薛寶釵、王鳳姐、史湘雲等人都改裝過來化女為男。我認為這是很不可能，也不需要化裝變性的說法。

後來我也提出一個假設。我的假設是很平常的。《紅樓夢》這本書，從頭一回起，作者就說這是我的自傳，是我親自所看見的事體。我的假設就是說，《紅樓夢》是作者的自傳，是寫他親自看見的家庭。賈寶玉就是曹雪芹，《紅樓夢》就是寫曹家的歷史。曹雪芹是甚麼人呢？他的父親叫做曹頫，他的祖父叫做曹寅；一家三代四個人做江寧織造，做了差不多五十年。所謂寧國府、榮國府，不是別的，就是指他們祖父、父親、兩個兒子，三代四個人把持五十多年的江寧織造的故事。書中說到，「皇帝南巡的時候，我們家裏接駕四次。」如果在普通人家，招待皇帝四次是可能傾家蕩產的。這些事在當時是值得一吹的。所以，曹雪芹雖然將真事隱去，仍然捨不得要吹一吹。曹雪芹後來傾家蕩產做了文丐，成了叫化子的時候，還是讀書喝酒，跟書中的賈寶玉一樣。這是一個假設，我舉出來作一個例子。

要解決「《紅樓夢》有甚麼用意？」這個問題，當然就有許多假設。提出問題求解決，是很好的事情；但先要看這些假設是否能夠得到證明。凡是解決一個困難的時候，一定要有證明。我們看這些假設，有的說這本書是罵滿洲人的；是滿洲人統治中國的時候，漢人含有民族隱痛，寫出了來罵滿洲人的。有的說是寫一個當時的大戶人家，宰相明珠家中天才兒子納蘭性德的事。有的說是寫康熙一朝的政治人物。而我的假設呢？我認為這部書不是談種族的仇恨，也不是講康熙時候的事，都不是的。從事實上照極平常的做學問的方法，我提出一個很平常的假設，就是《紅樓夢》這本書的作者在開頭時說的，他是在說老實話，把他所看見的可愛的女孩子們描寫出來。所以書中描寫的人物可以把個性充分表現出來。方才所說的「大膽的假設」，就是這種假設。我恐怕我所提出的假設只夠得上小膽的假設罷了！

凡是做學問，不特是文史方面的，都應當這樣。譬如在化學實驗室做定性分析，先是給你一盒東西，對於這盒東西你先要做幾個假設，假設某種顏色的東西是甚麼，然後再到火上燒燒看，試驗管發生了甚麼變化，這都是問題。這與《紅樓夢》的解釋一樣的有問題。做學問的方法是一樣的。我們的經驗，我們的學問，是給我們一點知識以供我們提出各種假設的。所以「大膽的假設」就是人人可以提出的假設。因為人人的學問，人人的知識不同，我們當然要容許他們提出各種各樣的假設。一切知識，一切學問是幹甚麼用的呢？為甚麼你們在學校的這幾年中有許多必修與選修的學科?都是給你們用，就是使你在某種問題發生的時候，腦背後就這邊湧上一個假設，那邊湧上一個假設。做學問、上課，一切求知識的事情，一切經驗——從小到現在的經驗，所有學校裏的功課與課外的學問，為的都是供給你種種假設的來源，使你在問題發生時有假設的材料。如果遇上一個問題，手足無措，那就是學問、知識、經驗，不能應用。所以看到一個問題發生，就沒有法子解決。這就是學問知識裏面不能夠供給你一些活的材料，以為你做解決問題的假設之用。

單是假設是不夠的，因為假設可以有許多。譬如《紅樓夢》這一部小說，就引起了這麼多假設。所以第二步就是我所謂「小心的求證」。在真正求證之先，假設一定要仔細選擇選擇。這許多假設，就是假定的解決方法，看那一個假定的解決方法是比較近情理一點，比較可以幫助我們解決那個開始發生的那個困難問題。譬如《紅樓夢》是講的甚麼?有甚麼意思沒有?有這麼多的假定的解釋來了，在挑選的時候先要看那一個假定的解釋比較能幫助你解決問題。然後說，對於這一個問題，我認為我的假設是比較能夠滿意解決的。譬如我的關於《紅樓夢》的假設，曹雪芹寫的是曹家的傳記，是曹雪芹所看見的事實。賈母就是曹母，賈母以下的丫頭們也都是他所看見的真實人物，當然名字是改了，姓也改了。但是我提出這一個假設，就是說《紅樓夢》是曹雪芹的自傳，最要緊的是要求證。我能夠證實它，我的假設才站得住；不能證實，它就站不住。求證就是要看你自己所提出的事實是不是可以幫助你解決那個問題。要知道《紅樓夢》在講甚麼，就要做《紅樓夢》的考證。現在我可以跟諸位做一個坦白的自白。我在做《紅樓夢》考證那三十年中，曾經寫了十幾篇關於小說的考證，如《水滸傳》、《儒林外史》、《三國演義》、《西遊記》、《老殘遊記》、《三俠五義》等書的考證。而我費了最大力量的，是一部講怕老婆的故事的書，叫做《醒世姻緣》，約有一百萬字。我整整花了五年工夫，做了五萬字的考證。也許有人要問，胡適這個人是不是發了瘋呢？天下可做學問很多，而且是學農的，為甚麼不做一點物理化學有關科學方面的學問呢？為甚麼花多年的工夫來考證《紅樓夢》、《醒世姻緣》呢？我現在做一個坦白的自白，就是：我想用偷關漏稅的方法來提倡一種科學的治學方法的。我所有的小說考證，都是用人人都知道的材料，用偷關漏稅的方法，來講做學問的方法的。譬如講《紅樓夢》，至少我對於研究《紅樓夢》問題，我對它的態度的謹嚴，自己批評的嚴格，方法的自覺，同我考據研究《水經注》是一樣的。我對於小說材料，看做同化學問題的藥品材料一樣，都是材料。我拿《水滸傳》、《醒世姻緣》、《水經注》等書做學問的材料。拿一種人人都知道的材料用偷關漏稅的方法，要人家不自覺的養成一種「大膽的假設，小心的求證」的方法。

假設是人人可以提的。譬如有人提出駭人聽聞的假設也無妨。假設是愈大膽愈好。但是提出一個假設，要想法子證實它。因此我們有了大膽的假設以後，還不要忘了小心的求證。比如我考證《紅樓夢》的時候，我得到許多朋友的幫助，我找到許多材料。我已經印出的本子，是已經改了多少次的本子。我先要考出曹雪芹於《紅樓夢》以外有沒有其他著作？他的朋友和同他同時代的人有沒有甚麼關於他的著作？他的父親、叔父們有沒有甚麼關於他的記載？關於他一家四代五個人，尤其是關於他的祖父曹寅，有多少材料可以知道他那時候的地位？家裏有多少錢？多少闊？是不是真正不能夠招待皇帝到四次？我把這些有關的證據都想法找了來，加以詳密的分析。結果才得到一個比較認為滿意的假設，認定曹雪芹寫《紅樓夢》，並不是甚麼微言大義，只是一部平淡無奇的自傳——曹家的歷史。我得到這一家四代五個人的歷史，就可以幫助説明。當然，我的假設並不是説就完全正確。但至少可以在這裏證明「小心求證」這個工夫是很重要的。

現在我再舉一個例來説明。方才我説的先是發生問題，然後是解決問題。要真正證明一個東西，才做研究。要假設一個比較最能滿意的假設，來解決當初引起的問題。譬如方才説的《紅樓夢》，是比較複雜的。但是我認為經過這一番的研究，經過這一番材料的收集，經過這一番把普通人不知道的材料用有系統的方法來表現出來，敍述出來，我認為我這個假設在許多假設當中，比較最能滿意的解答「《紅樓夢》說的是甚麼？有甚麼意思？」

方才我提到一部小說，恐怕是諸位沒有看過的，叫做《醒世姻緣》。差不多有一百萬字，比《紅樓夢》還長，可以說是中國舊小說中最長的。這部書講一個怕老婆的故事。他討了一個最可怕的太太。這位太太用種種方法打丈夫的父母朋友。她對於丈夫，甚至於一看見就生氣；不但是打，有一次用熨斗裏的紅炭從她丈夫的官服圓領口倒了進去，幾乎把他燒死；有一次用洗衣的棒槌打了他六百下，也幾乎打死他。把這樣一個怕老婆的故事敘述了一百萬字以上，結果還是沒有辦法解脫。為甚麼呢？說這是前世的姻緣。書中一小半，差不多有五分之一是寫前世的事。後半部是講第二世的故事。在前世被虐待的人，是這世的虐待者。婚姻問題是前世的姻緣，沒有法子解脫的。想解脫也解脫不了。結果只能唸經做好事。在現代摩登時代的眼光看，這是一個很迷信的故事。但是這部書是了不得的。用一種山東淄川的土話描寫當時的人物，是有一種詼諧的風趣的，描寫荒年的情形更是歷歷如繪。這可以說是世界上一部偉大的小說。我就提倡把這部書用新的標點符號標點出來，同書局商量翻印。寫這本書的人是匿名，叫西周生。西周生究竟是甚麼人呢？於是我做了一個大膽的假設，這個假設可以說是大膽的。（方才說的，我對於《紅樓夢》的假設，可以說是小膽的假設。）我認為這部書就是《聊齋誌異》的作者蒲松齡寫的。我這個假設有甚麼證據呢？為甚麼引起我作這種假設呢？這個假設從那裏來的呢？平常的經驗、知識、學問，都是給我們假設用的。我的證據是在《聊齋誌異》上一篇題名「江城」的小說。這個故事的內容結構與《醒世姻緣》一樣。不過「江城」是一個文言的短篇小說；《醒世姻緣》是白話的長篇小說。《醒世姻緣》所描寫的男主角所以怕老婆，是因為他前世曾經殺過一個仙狐，下一世仙狐就轉變為一個女人做他的太太，變得很兇狠可怕。《聊齋誌異》裏面的短篇「江城」所描寫的，也是因為男主角殺過一個長生鼠，長生鼠也就轉世變為女人來做他的太太，以報復前世的冤仇。這兩個故事的結構太一樣了，又同時出在山東淄川，所以我就假設西周生就是蒲松齡。我又用語言學的方法，把書裏面許多方言找出來。運氣很好，正巧那幾年國內發現了蒲松齡的幾部白話戲曲，尤其是長篇的戲曲，當中有一篇是將「江城」的故事編成為白話戲曲的，我將這部戲曲裏的方言找出來，和《醒世姻緣》裏面的方言詳細比較，有許多特別的字集成為一個字典，最後就證明《醒世姻緣》和「江城」的白話戲曲的作者是同一個小區域裏的人。再用別的方法來證明那個時代的荒年，後來從歷史的記載裏得到同樣的結論。考證完了以後，就有書店來商量印行，並排好了版。我因為想更確實一點，要書局等一等。一等就等了五年，到了第五年才印出來。當時傅先生很高興——因為他是作者的同鄉，都是山東人。我舉這一個例，就是說明要大膽的假設，而單只假設還是不夠的。後來我有一個在廣西桂縣的學生來了封信，告訴我說，這個話不但你說，從前已經有人說過了。乾隆時代的鮑廷博，他說留仙（蒲松齡）除了《聊齋誌異》以外，還有一部《醒世姻緣》。因鮑廷博是刻書的，曾刻行《聊齋誌異》。他說的話值得注意。我經過幾年的間接證明，現在至少有個直接的方法幫助我證明了。

我所以舉這些例，把這些小說當成待解決的問題看，目的不過是要拿這些人人都知道的材料，來灌輸介紹一種做學問的方法。這個方法的要點，就是方才我說的兩句話：「大膽的假設，小心的求證。」一如果一個有知識有學問有經驗的人遇到一個問題，當然要提出假設，假定的解決方法。最要緊的是還要經過一番小心的證實，或者否證它。如果你認為證據不充分，就寧肯懸而不決，不去下判斷，再去找材料。所以小心的求證很重要。

時間很短促，最後我要引用台大故校長傅先生的一句口號，來結束這次講演。他這句口號是在民國十七年開辦歷史語言研究所時的兩句名言，就是「上窮碧落下黃泉，動手動腳找東西」。這兩句話前一句是白居易「長恨歌」中的一句，後一句是傅先生加上的。今天傅校長已經去世，可是今天在座的教授李濟之先生卻還大為宣傳這個口號，可見這的確是我們治學的人應該注意的。假設人人能提，最要緊的是能小心的求證。為了要小心的求證，就必須：「上窮碧落下黃泉，動手動腳找東西。」今天講的很淺近，尤其是在座有許多位文史系平常我最佩服的教授，還請他們多多指教。

第二講　方法的自覺

……

今天我講治學方法第二講：方法的自覺。單說方法是不夠的，文史科學和社會科學的錯誤，往往由於方法的不自覺。方法的自覺，就是方法的批評，自己批評自己，自己檢討自己，發現自己的錯誤，糾正自己的錯誤。做科學實驗室工作的人，比較沒有危險，因為他隨時隨地都有實驗的結果可以糾正自己的錯誤。他假設在某種條件之下應該產生某種結果；如果某種條件具備而不產生某種結果，這就是假設的錯誤。他便毫不猶豫的檢討錯誤在甚麼地方，重新修正。所以他可以隨時隨地的檢討自己，批評自己，修正自己，這就是自覺。

但我對錢校長說的話也有一點修正。做自然科學的人，做應用科學的人，學理、工、農、醫的人，雖然養成了科學實驗室的態度，但是他們也還是人，並不完全是超人，所以也不免有人類通有的錯誤。他們穿上了實驗室的衣服，拿上了試驗管、天平、顯微鏡，做科學實驗的時候，的確是很嚴格的。但是出了實驗室，他們穿上了禮拜堂的衣服，就完全換了一個態度。這個時候，他們就不一定能夠保持實驗室的「大膽的假設，小心的求證」的態度。一個科學家穿上禮拜的衣服，方法放假了，思想也放假了，這是很平常的事。我們以科學史上很有名的英國物理學家洛奇先生（Sir Oliver Lodge）為例。他在物理學上佔很高的地位。當他討論到宗教信仰問題的時候，就完全把科學的一套丟了。大家都知道他很相信鬼。他談到鬼的時候，就把科學實驗室的態度和方法完全擱開。他要同鬼說話，同鬼見面。他的方法不嚴格了，思想也放假了。

真正能夠在實驗室裏注重小心求證的方法，而出了實驗室還能夠把實驗室的態度應用到社會問題、人生問題、道德問題、宗教問題的——這種人很少。今天我特別要引一個人的話作我講演的材料，這人便是赫胥黎（T.H. Huxley）。他和達爾文二人，常常能夠保持實驗室的態度，嚴格的把這個方法與態度應用到人生問題和思想信仰上去。一八六〇年赫胥黎最愛的一個兒子死了。他有一個朋友，是英國社會上很有地位的文學家、社會研究家和宗教家，名叫金司萊（Charles Kinsley）。他寫了一封信安慰赫胥黎，趁這個機會說：「你在最悲痛的時候，應該想想人生的歸宿問題吧！應該想想人死了還有靈魂，靈魂是不朽的吧！你總希望你的兒子，不是這麼死了就了了。你在最哀痛的時候，應該考慮考慮靈魂不朽的問題呵！」因為金司萊的地位很高，人格是很可敬的，所以赫胥黎也很誠懇的寫了一封長信答覆他。這信裏面有幾句話，值得我引來作講方法自覺的材料。他說：「靈魂不朽這個說法，我並不否認，也不承認，因為我找不出充分的證據來接受它。我平常在科學室裏的時候，我要相信別的學說，總得要有證據。假如你金司萊先生能夠給我充分的證據，同樣力量的證據，那麼，我也可以相信靈魂不朽這個說法。但是，我的年紀越大，越感到人生最神聖的一件舉動，就是口裏說出和心裏覺得『我相信某件事物是真的』。我認為說這一句話是人生最神聖的一件舉動，人生最大的報酬和最大的懲罰都跟着這個神聖的舉動而來的。」赫胥黎是解剖學專家。他又說：「假如我在實驗室做解剖、做生理學試驗的時候，遇到一個小小的困難，我必須要嚴格的不信任一切沒有充分證據的東西，我的工作才可以成功。我對於解剖學或者生理學上小小的困難尚且如此；那麼，我對人生的歸宿問題，靈魂不朽問題，難道可以放棄我平常的立場和方法嗎？」我在好幾篇文章裏面常常引到這幾句話。今天摘出來作為說方法自覺的材料。赫胥黎從嘴裏說出，心裏覺得「我相信某件事物是真的」這件事，看作人生最神聖的一種舉動。無論是在科學上的小困難，或者是在人生上的大問題，都得要嚴格的不信任一切沒有充分證據的東西。這就是科學的態度，也就是做學問的基本態度。

在文史方面和社會科學方面的研究，還沒有能夠做到這樣嚴格。我們以美國今年的大選同四年前的大選來做說明。一九四八年美國大選有許多民意測驗研究所，單是波士頓一個地方就有七個民意測驗研究所。他們用社會科學家認為最科學的方法來測驗民意。他們說：杜魯門一定失敗，杜威一定成功。到了選舉的時候，杜魯門拿到總投票百分之五十點四，獲得了勝利。被社會科學家認為最科學、最精密的測驗方法，竟告不靈。弄得民意測驗研究所的人，大家面紅耳赤，簡直不敢見人，幾乎把方法的基礎都毀掉了。許多研究社會科學、自然科學、統計學的朋友說，不要因為失敗，就否認方法。這並不是方法錯了，是用方法的人不小心，缺乏自覺的批評和自覺的檢討。今年美國大選，所有民意測驗機構都不敢預言誰能得勝了。除了我們平時不掛「民意測驗」、「科學方法」招牌的人隨便談的時候還敢說「我相信艾森豪會得勝」外，連報紙專欄作家和社論專家都不敢預言，都說今年大選很不容易推測。結果，艾森豪獲得了百分之五十五的空前多數。為甚麼他們的測驗含有這樣的錯誤呢？他們是向每一個區域，每一類有投票權的人徵詢意見，把所得到的結果發表出來。比方今年，有百分之四十九的人贊成共和黨艾森豪，百分之四十七贊成民主黨史蒂文生，還有百分之四沒有意見。一九四八年的選舉，百分之五十點四便可以勝利——其實百分之五十點一就夠了，百分之五十點〇〇一也可以勝利。所以這百分之四沒有表示意見的人，關係很大。在投票之前，他們不表示意見，當投票的時候，就得表示意見了。到了這個時候，不説百分之一，就是千分之一也可以影響全局。沒有計算到這裏面的變化，就容易錯誤了。以社會科學最精密的統計方法，尚且有漏洞。那麼，在文史的科學上面，除了考古學用實物做證據以及很嚴格的歷史研究之外，普通沒有受過科學洗禮的人，沒有嚴格的自己批評自己的人，便往往把方法看得太不嚴格，用得太鬆懈了。

有一個我平常最不喜歡舉的例子，今天我要舉出來簡單的説一説。社會上常常笑我，報紙上常常挖苦我的題目，就是《水經注》的案子。為甚麼我發了瘋，花了五年多的功夫研究《水經注》這個問題呢？我得聲明，我不是研究《水經注》本身，我是重審一百多年的《水經注》的案子。我花五年的功夫來審這件案子，因為一百多年來，有許多有名的學者，如山西的張穆，湖南的魏源，湖北的楊守敬和作了許多地理學説為現代學者所最佩服的浙江王國維以及江蘇的孟森：他們都説我所最佩服的十八世紀享有盛名的考古學者，我的老鄉戴震（東原）先生是個賊，都説他的《水經注》的工作是偷了寧波全祖望、杭州趙一清兩個人的《水經注》的工作的。説人家作賊，是一件大事，是很嚴重的一件刑事控訴。假如我的老鄉還活着的話，他一定要提出反駁，替自己辯白。但是他是一七七七年死的，到現在已經死了一七五年，骨頭都爛掉了，沒有法子再跑回來替自己辯護。而這一班大學者，用大學者的威權，你提出一些證據，他提出一些證據，一百多年來不斷的提出證據——其實都不是靠得住的證據——後來積非成是，就把我這位老鄉壓倒了，還加上很大的罪名，說他做賊，說他偷人家的書來作自己的書。一般讀書的人，都被他們的大名嚇倒了，都相信他們的「考據」，也就認為戴震偷人的書，已成定論，無可疑了。我在九年前，偶然有一點閒工夫，想到這一位老鄉是我平常所最佩服的，難道他是賊嗎？我就花了六個月的時間，把他們幾個人提出的一大堆證據拿來審查，提出了初步的報告。後來覺得這個案子很複雜，材料太多，應該再審查。一審就審了五年多，才把這案子弄明白，才知道這一百多年的許多有名的學者，原來都是糊塗的考證學者。他們太懶，不肯多花時間，只是關起大門考證，隨便找幾條不是證據的證據，判決一個死人作賊。因此構成了一百多年來一個大大的冤獄！

我寫了一篇關於這個案子的文章，登在美國國會圖書館的刊物上。英美法系的證據法，凡是原告或檢察官提出來的證據，經過律師的辯論，法官的審判，證據不能成立的時候，就可以宣告被告無罪。照這個標準，我只要把原告提出來的證據駁倒，我的老鄉戴震先生就可以宣告無罪了。但是當我拿起筆來要寫中文的判決書，就感覺困難。我還得提出證據來證明戴震先生的確沒有偷人家的書，沒有做賊。到這個時候，我才感覺到英美法系的證據法的標準，同我們東方國家的標準不同。於是我不但要作考據，還得研究證據法。我請教了好幾位法官：中國證據法的原則是甚麼？他們告訴我：中國證據的原則只有四個字，就是「自由心證」。這樣一來，我證明原告的證據不能成立，還不夠，還得要做偵探，到處搜集證據；搜了五年，才證明我的老鄉的確沒有看見全祖望、趙一清的《水經注》。沒有機會看見這些書，當然不會偷了這些書，也就沒有做賊了。

我花了五年的工夫得着這個結論，我對於這個案件的判決書就寫出來了。這雖然不能當作專門學問看，至少也可以作為文史考證的方法。我所以要做這個工作，並不是專替老鄉打抱不平，替他做律師，做偵探。我上次說過，我藉着小說的考證，來解說治學的方法。同樣的，我也是藉《水經注》一百多年的糊塗官司，指出考證的方法。如果沒有自覺的批評、檢討、修正，那就很危險。根據五年研究《水經注》這件案子的經驗，我認為作文史考據的人，不但要時時刻刻批評人家的方法，還要批評自己的方法；不但要調查人家的證據，還得要調查自己的證據。五年的審判經驗，給了我一個教訓。為甚麼這些有名的考證學者會有這麼大的錯誤呢？為甚麼他們會冤枉一位死了多年的大學者呢？我的答案就是：這些做文史考據的人，沒有自覺的方法。剛才說過，自覺就是自己批評自己，自己檢討自己，自己修正自己，這是最重要的一點。在文史科學，社會科學方面，我們不但要小心的求證，還得要批評證據。自然科學家就不會有這種毛病。因為他們在實驗室的方法就是一種自覺的方法。所謂實驗，就是用人工造出證據來證明一個學說、理論、思想、假設。比方天然界的水，不能自然的分成氫氣和氧氣。化學家在做實驗的時候，可以用人工把水分成氫氣和氧氣各為若干成分。天然界不存在的東西，看不見的現狀，科學家在實驗室裏面用人工使他們產生出來，以證明某種假設，這就是所謂實驗。文史科學，社會科學沒有法子創造證據。我們的證據全靠前人留下來的。留在甚麼地方，我們就到甚麼地方去找。不能說找不到便由自己創造一個證據出來。如果那樣，就是偽證，是不合法的。

我們既然不能像自然科學家一樣，用實驗的方法來創造證據。那麼，怎麼辦呢？除了考古學家還可以從地下發掘證據以外，一般文史考證，只好在這本書裏頭去發現一條，在那本書裏面去發現一條，來作為考證的證據。但是自己發現的證據，往往缺乏自己檢討自己的方法。怎麼樣才可以養成方法的自覺呢？今天我要提出一個答案。這個答案是我多年以來常常同朋友們談過，有時候也見諸文字的。中國的考證學，所謂文史方面的考證，是怎麼來的呢？我們的文史考證同西方不一樣。西方是先有了自然科學。自然科學的方法已經應用了很久，並且已經演進到很嚴格的地步了，然後才把它應用到人文科學方面，所以他們所用的方法比較好些。我們的考證學已經發達了一千年，至少也有九百年，或者七百年的歷史了。從宋朝朱子（歿於西曆一千二百年）以來，我們就已經有了所謂窮理、格物、致知的學問，卻沒有自然科學的方法。人家西方是從自然科學開始；我們是從人文科學開始。我們朱子考證《尚書》、《詩經》等以來，就已經開了考證學的風氣。但是他們怎麼樣得到考據的方法呢？他們所用的考證、考據這些名詞，都是法律上的名詞。中國的考據學的方法，都是過去讀書人做了小官，在判決官司的時候得來的。在唐宋時代，一個中了進士的人，必須先放出去做縣尉等小官。他們的任務就是幫助知縣審判案子，以訓練判案的能力。於是，一般聰明的人，在做了親民的小官之後，就隨時誠誠懇懇的去審判人民的訴訟案件。久而久之，就從判案當中獲得了一種考證、考據的經驗。考證學就是這樣出來的。我們講到考證學，講到方法的自覺，我提議我們應參考現代國家法庭的證據法（Law of Evidence）。在西方證據法發達的國家，尤其是英美，他們的法庭中，都採用陪審制度。審案的時候，由十二個老百姓組成陪審團，聽取兩造律師的辯論。在陪審制度下，兩造律師都要提出證人證物；彼此有權駁斥對方的證人證物。駁來駁去，許多證人證物都因此不能成立，或者減少了作證的力量。同時因為要顧到駁斥的關係，許多假的，不正確的和不相干的證據，都不能提出來了。陪審員聽取兩造的辯駁之後，開會判斷誰有罪，誰無罪。然後法官根據陪審員的判斷來定罪。譬如你說某人偷了你的錶，你一定要拿出證據來。假如你說因為昨天晚上某人打了他的老婆，所以證明他偷了你的錶，這個證明就不能成立。因為打老婆與偷錶並沒有關係。你要把這個證據提出來打司官，法官就不會讓你提出來。就是提出來也沒有力量。就算你修辭很好，講得天花亂墮，也是沒有用的。因為不相干的證據不算是證據。陪審制度容許兩造律師各駁斥對方的證據，所以才有今天這樣發達的證據法。

我們的考據學，原來是那些早年做小官的人，從審判訴訟案件的經驗中學來的一種證據法。我今天的提議，就是我們作文史考據的人，用考據學的方法，以證據來考訂過去的歷史的事實，以證據來批判一件事實的有無、是非、真假。我們考證的責任，應該同陪審員或者法官判決一個罪人一樣，有同等的嚴重性。我們要使得方法自覺，就應該運用證據法上允許兩造駁斥對方所提證據的方法，來作為我們養成方法自覺的一種訓練。如果我們關起門來做考據，判決這個人做賊，那個人是漢奸，是貪官污吏，完全用自己的判斷來決定天下古今的是非、真偽、有無；在我們的對面又沒有律師來駁斥我們；這樣子是不行的。我們要假定有一個律師在那裏，他隨時要駁斥我們的證據，批評我們的證據是否可靠。要是沒有一個律師在我們的面前，我們的方法就不容易自覺，態度也往往不夠謹慎，所得的結論也就不夠正確了。所以，我們要養成自覺的習慣，必須樹立兩個自己審查自己的標準：

第一，我們要問自己：你提出的這個證人可靠嗎？他有做證人的資格嗎？你提出來的證物可靠嗎？這件證物是從那裏來的？這個標準是批評證據。

第二，我們還要問自己：你提出的這個證人或者證物是要證明本案的那一點？譬如你說這個人偷了你的錶，你提的證據卻是他昨天晚上打老婆。這是不相干的證據，這不能證明他偷了你的錶。像這種證據，須要趕出法庭之外去。

要做到方法的自覺，我覺得唯一的途徑，就是自己關起門來做考據的時候，就要如臨師保，如臨父母。我們至少要做到上面所提的兩個標準：一要審查自己的證據可靠不可靠；二要審查自己的證據與本案有沒有相干。還要假定對方有一個律師在那裏，隨時要駁斥或者推翻我們的證據。如果能夠做到這樣，也許可以養成我開始所講的那個態度，就是要嚴格的不信任一切沒有充分證據的東西，這就是我的提議。

最後，我要簡單說一句話：要時時刻刻自己檢討自己，以養成做學問的良好習慣。台大的錢校長和許多研究自然科學、歷史科學的人可以替我證明：科學方法論的歸納法、演繹法，教你如何歸納、如何演繹，並不是養成實驗室的態度。實驗室的態度，是天天在那裏嚴格的自己檢討自己，創造證據來檢討自己；在某種環境之下，逼得你不能不養成某種好習慣。

剛才我說的英國大科學家洛奇先生，在實驗室是嚴格的，出了實驗室就不嚴格了。大科學家尚且如此！所以我們要注意，時時刻刻保持這種良好的習慣。

科學方法是怎麼得來的呢？一個人有好的天資、好的家庭、好的學校、好的先生，在極好的環境當中，就可以養成了某種好的治學的習慣，也可以說是養成了好的做人的習慣。

比方明朝萬曆年間福建陳第先生，用科學方法研究中國的古音，證明衣服的「服」字古音讀「逼」。他從古書裏面，舉出二十個證據來證明。過了幾十年，江蘇崑山的一個大思想家，也是大考據家，顧亭林先生，也作同樣的考證；他舉出一六二個證據來證明「服」字古音「逼」。那個時候，並沒有歸納法、演繹法，但是他們從小養成了某種做學問的好習慣。所以，我們要養成方法的自覺，最好是如臨師保，如臨父母，假設對方有律師在打擊我，否認我所提出的一切證據。這樣就能養成良好的習慣。

《宋人筆記》中記一個少年的進士問同鄉老前輩：「做官有甚麼秘訣？」那個老前輩是個參政（副宰相），約略等於現在行政院的副院長，回答道：「做官要勤、謹、和、緩。」後人稱為「做官四字訣」。我在小孩子的時候，就聽到這個故事，當時沒有注意。從前我們講治學方法，講歸納法、演繹法；後來年紀老一點了，才曉得做學問有成績沒有，並不在於讀了「邏輯學」沒有；而在於有沒有養成「勤、謹、和、緩」的良好習慣。這四個字不但是做官的秘訣，也是良好的治學習慣。現在我把這四個字分別說明，作為今天講演的結論。

第一，勤。勤是不躲懶，不偷懶。我上次在台大講演，提到台大前校長傅斯年先生兩句口號：「上窮碧落下黃泉，動手動腳找東西。」那就是勤。顧亭林先生的證明「服」字古音是「逼」，找出一六二個證據，也是勤。我花了幾年的功夫來考據《醒世姻緣》的作者；又為「審判」《水經注》的案子，上天下地去找材料，花了五年多的功夫。這都是不敢躲懶的意思。

第二，謹。謹是不苟且，不潦草，不拆濫污。謹也可以說是恭敬的「敬」。夫子說「執事敬」，就是教人做一件事要鄭重的去做，不可以苟且。他又說「出門如見大賓，使民如承大祭」，都是敬事的意思。一點一滴都不苟且，一字一筆都不放過，就是謹。謹，就是「小心求證」的「小心」兩個字。

剛才我引了赫胥黎的兩句話：「人生最神聖的一件舉動就是嘴裏說出，心裏覺得『我相信某件事物是真的』」。判斷某人做賊，某人賣國，要以神聖的態度作出來；嘴裏說這句話，心裏覺得「相信是真的」。這真是要用孔夫子所謂「如見大賓，如承大祭」的態度的。所以，謹就是把事情看得嚴重，神聖，就是謹慎。

第三，和。和是虛心，不武斷，不固執成見，不動火氣。做考據，尤其是用證據來判斷古今事實的真偽、有無、是非，不能動火氣。不但不正當的火氣不能動，就是正義的火氣也動不得。做學問要和平、虛心。動了肝火，是非就看不清楚。赫胥黎說：「科學好像教訓我們：你最好站在事實的面前，像一個小孩子一樣；要願意拋棄一切先入的成見，要謙虛的跟着事實走，不管它帶你到甚麼危險的境地去。」這就是和。

第四，緩。《宋人筆記》：當那位參政提出「緩」字的時候，那些性急的人就抗議說緩要不得，不能緩。緩，是很要緊的。就是叫你不着急，不要輕易發表，不要輕易下結論；就是說「涼涼去吧！擱一擱，歇一歇吧！」凡是證據不充分或不滿意的時候，姑且懸而不斷；懸一年兩年都可以。懸並不是不管，而是去找新材料。等找到更好的證據的時候，再來審判這個案子。這是最重要的一點。許多問題，在證據不充分的時候，絕對不可以下判斷。達爾文有了生物進化的假設以後，搜集證據，反覆實驗，花了二十年的功夫，還以為自己的結論沒有到了完善的地步，而不肯發表。他同朋友通信，曾討論到生物的演化是從微細的變異積聚起來的，但是總不肯正式發表。後來到了一八五八年，另外一位科學家華立氏（Wallace）也得到了同樣的結論，寫了一篇文章寄給達爾文，要達爾文代為提出。達爾文不願自己搶先發表而減低華立氏發現的功績，遂把全盤事情交兩位朋友處理。後來這兩位朋友決定，把華立氏的文章以及達爾文在一八五七年寫給朋友的信和在一八四四年所作理論的撮要同時於一八五八年七月一日發表。達爾文這樣謙讓，固然是盛德，但最重要的是他給了我們一個「緩」的例子。他的生物進化論，因為自己覺得證據還沒有十分充足，從開始想到以後，經過二十年還不肯發表：這就是緩。我以為緩字很重要。如果不能緩，也就不肯謹，不肯勤，不肯和了。

我今天講的都是平淡無奇的話。最重要的意思是：做學問要能夠養成「勤、謹、和、緩」的好習慣。有了好習慣，當然就有好的方法，好的結果。

（《胡適演講集》）

注釋

①本文係作者一九五二年十二月一日和五日在台灣大學所作的兩次演講。

我們對於固有的文化，應該採取歷史學者的態度，就是「實事求是」的態度。

五　歷史與文化

*做歷史有兩方面

（一九二一年八月十三日）

做歷史有兩方面，一方面是科學——嚴格的評判史料；——一方面是藝術——大膽的想像力。史料總不會齊全的，往往有一段，無一段，又有一段。那沒有史料的一段空缺，就不得不靠史家的想像力來填補了。有時史料雖可靠，而史料所含的意義往往不顯露。這時候也須靠史家的想像力來解釋。整理史料固重要，解釋（interpret）史料也極為重要。中國只有史料——無數史料，——而無有歷史，正因為史家缺欠解釋的能力。

（《日記摘錄》）

古史討論的讀後感

（一九二四年二月八日）

《讀書雜誌》上顧頡剛、錢玄同、劉掞藜、胡堇人四位先生討論古史的文章，已做了八萬字，經過了九個月，至今還不曾結束。這一件事可算是中國學術界的一件極可喜的事，他在中國史學史上的重要一定不亞於丁在君先生們發起的科學與人生觀的討論在中國思想史上的重要。這半年多的《努力》和《讀書雜誌》的讀者也許嫌這兩組大論爭太繁重了，太沉悶了。然而我們可以斷言，這兩組的文章是《努力》出世以來最有永久價值的文章。在最近的將來，我這個武斷的估價就會有多人承認的。

這一次古史的討論裏，最徼幸的是雙方的旗鼓相當，陣勢都很整嚴，所以討論最有精采。顧先生說的真不錯：

> 中國的古史全是一篇糊塗賬。二千餘年來隨口編造，其中不知有多少罅漏，可以看得出

它是假造的。但經過了二千餘年的編造，能夠成立一個系統，自然隨處也有它的自衛的理由。現在我儘尋它的罅漏，劉先生儘尋它的自衛的理由，這是一件很好的事。即使不能遽得結論，但經過了長時間的討論，至少可以指出一個公認的信信和疑疑的限度來，這是無疑的。

我們希望雙方的論主都依着這個態度去搜求證據。這一次討論的目的是要明白古史的真相。雙方都希望求得真相，並不是顧先生對古史有仇，而劉先生對古史有恩。他們的目的既同，他們的方法也只有一條路，就是尋求證據。只有證據的充分與不充分是他們論戰勝敗的標準，也是我們信仰與懷疑的標準。

現在雙方的討論都暫時休戰了，——顧先生登有啟事，劉先生沒有續稿寄來。我趁這個機會，研究他們的文章，忍不住要說幾句旁觀的話，就藉着現在最時髦的名稱「讀後感」寫了出來，請四位先生指教。

第一、所謂「影響人心」的問題。這是開宗明義的要點，我們先要說明白。劉先生說：

因為這種翻案的議論，這種懷疑的精神，很有影響於我國的人心和史界。心有所欲言，不敢不告也。（《讀書雜誌》十三期）

他又說：

先生這個翻案很足影響人心。我所不安，不敢不吐。（《讀書雜誌》十六期）

否認古史某部分的真實，可以影響於史界，那是自然的事。但這事決不會在人心上發生惡影響。我們不信盤古氏和天皇、地皇、人皇氏，人心並不因此變壞。假使我們進一步，不能不否認神農黃帝了，人心也並不因此變壞。假使我們更進一步，又不能不否認堯舜和禹了，人心也並不因此變壞。——豈但不變壞，如果我們的翻案是有充分理由的，我們的翻案只算是破了一件幾千年的大騙案，於人心只有好影響，而無惡影響。即使我們的證據不夠完全翻案，只夠引起我們對於古史某部分的懷疑，這也是警告人們不要輕易信仰，這也是好影響，並不是惡影響。本來劉先生並不曾明說這種影響的善惡，也許他單指人們信仰動搖。但這幾個月以來，北京很有幾位老先生深怪顧先生「忍心害理」，所以我不能不替他申辯一句。這回的論爭是一個真偽問題，去偽存真，決不會有害於人心。譬如豬八戒抱住了假唐僧的頭顱痛哭，孫行者告訴他那是一塊木頭，不是人頭，豬八戒只該歡喜，不該惱怒。又如窮人拾得一圓假銀圓，心裏高興，我們難道因為他高興就不該指出那是假銀圓嗎？上帝的觀念固然可以給人們不少的安慰，但上帝若真是可疑的，我們不能因為人們的安慰就不肯懷疑上帝的存在了。上帝尚且如此，何況一個禹，何況黃帝堯舜？吳稚暉先生曾說起黃以周在南菁書院做山長時，他房間裏的壁上有八個大字的座右銘：

實事求是，莫作調人。

我請用這八個字貢獻給討論古史的諸位先生。

第二、顧先生的「層累地造成的古史」的見解，真是今日史學界的一大貢獻，我們應該虛心地仔細研究它，虛心地試驗它，不應該叫我們的成見阻礙這個重要觀念的承受。這幾個月的討論，不幸漸漸地走向瑣屑的枝葉上去了。我恐怕一般讀者被這幾萬字的討論迷住了，或者竟忽略了這個中心的見解，所以我要把它重提出來，重引起大家的注意。顧先生自己說，「層累地造成的古史」有三個意思：

一、可以說明時代愈後，傳說的古史期愈長。

二、可以說明時代愈後，傳說中的中心人物愈放愈大。

三、我們在這上，即不能知道某一件事的真確的狀況，也可以知道某一件事在傳說中的最早狀況。

這三層意思都是治古史的重要工具。顧先生的這個見解，我想叫它做「剝皮主義」，譬如剝筍，剝進去方才有筍可吃。這個見解起於崔述。崔述曾說：

世益古則其取捨益慎，世益晚則其采擇益雜。故孔子序《書》，斷自見唐虞，而司馬遷作《史記》乃始於黃帝。……近世以來……乃始於庖犧氏或天皇氏，甚至有始於開闢之初盤古氏者。…… 嗟夫，嗟夫，彼古人者誠不料後人之學之博之至於如是也。（《考信錄．提要》上，二十二）

崔述剝古史的皮，僅剝到「經」為止，還不算徹底。顧先生還要進一步，不但剝的更深，並且還要研究那一層一層的皮是怎樣堆砌起來的。他說：

我們看史迹的整理還輕，而看傳說的經歷卻重。凡是一件史事，應看它最先是怎樣，以後逐步逐步的變遷是怎樣。

這種見解重在每一種傳說的「經歷」與演進。這是用歷史演進的見解來觀察歷史上的傳說。

這是顧先生這一次討論古史的根本見解，也就是他的根本方法。他初次應用這方法，在百忙中批評古史的全部，也許不免有些微細的錯誤。但他這個根本觀念是顛撲不破的，他這個根本方法是愈用愈見功效的。他的方法可以總括成下列的方式。

一、把每一件史事的種種傳說，依先後出現的次序，排列起來。

二、研究這件史事在每一個時代有甚麼樣子的傳說。

三、研究這件史事的漸演進：由簡單變為複雜，由陋野變為雅馴，由地方的（局部的）變為全國的，由神變為人，由神話變為史事，由寓言變為事實。

四、遇可能時，解釋每一次演變的原因。

他舉的例是「禹的演進史」。

禹的演進史，至今沒有討論完畢。但我們不要忘了禹的問題只是一個例，不要忘了顧先生的主要觀點在於研究傳說的經歷。

我在幾年前也曾用這個方法來研究一個歷史問題——井田制度。我把關於井田制度的種種傳說，依出現的先後，排成一種井田論的演進史：

一、《孟子》的「井田論」很不清楚，又不完全。

二、漢初寫定的《公羊傳》只有「什一而藉」一句。

三、漢初寫定的《穀梁傳》說的詳細一點，但只是一些「望文生義」的注語。

四、漢文帝時的「王制」是依據《孟子》而稍加詳的，但也沒有分明的井田制。

五、文景之間的《韓詩外傳》演述《穀梁傳》的話，做出一種清楚分明的井田論。

六、《周禮》更晚出，裏面的井田制就很詳細，很整齊，又很繁密了。

七、班固的《食貨志》參酌《周禮》與《韓詩》的井田制，併成一種調和的制度。

八、何休的《公羊解詁》更晚出，於是參考《孟子》、「王制」、《周禮》、《韓詩》的各種制度，另做成一種井田制。（看初排本《胡適文存》二，頁二六四—二八一）

這一個例也許可以幫助讀者明瞭顧先生的方法的意義，所以我引他在這兒。其實古史上的故事沒有一件不曾經過這樣的演進，也沒有一件不可用這個歷史演進的（evolutionary）方法去研究。堯舜禹的故事，黃帝神農庖犧的故事，湯的故事，伊尹的故事，后稷的故事，文王的故事，太公的故事，周公的故事，都可以做這個方法的實驗品。

第三、我們既申說了顧先生的根本方法，也應該考察考察劉掞藜先生的根本態度與方法。劉先生自己說：

> 我對於古史只採取「察傳」的態度，參之以情，驗之以理，斷之以證。（《讀書雜志》十三期）

他又說：

> 我對於經書或任何子書，不敢妄信，但也不敢閉着眼睛，一筆抹殺，總須度之以情，驗之以理，決之以證。

這話粗看上去似乎很可滿人意了。但仔細看來，這裏面頗含有危險的分子。「斷之以證」固是很好，但「情」是甚麼？「理」又是甚麼？劉先生自己雖沒有下定義，但我們看他和錢玄同先生討論的話，一則說：

但是我們知道文王至仁。

再則說：

我們也知道周公至仁。

依科學的史家的標準，我們要問，我們如何知道文王周公的至仁呢？「至仁」的話是誰說的？起於甚麼時代？劉先生信「文王至仁」為原則，而以「執訊連連，攸馘安安」為例外；又信「周公至仁」為原則，而以破斧缺斨為例外。不知在史學上，《皇矣》與《破斧》之詩正是史料，而至仁之說卻是後起的傳說變成的成見。成見久據於腦中，不經考察，久而久之便成了情與理了。

劉先生列舉情、理、證三者，而證在最後一點。他說「參之以情」，又說「度之以情」。崔述曾痛論這個方面的危險道：

人之情好以己度人，以今度古⋯⋯往往逕庭懸隔，而其人終不自知也⋯⋯以己度人，雖耳目之前而必失之。況欲以度古人，⋯⋯豈有當乎？（《考信錄．提要》上，四）

作《皇矣》詩的人並無「王季文王是紂臣」的成見，作《破斧》詩的人也並無「周公聖人」的成見。而我們生在幾千年後，從小就灌飽了無數後起的傳說，於今戴着傳說的眼鏡去讀詩，自以為「度之以情」，而不知只是度之以成見呵。

至於「驗之以理」，更危險了。歷史家只應該從材料裏，從證據裏，去尋出客觀的條理。如果我們先存一個「理」在腦中，用理去「驗」事物，那樣的「理」往往只是一些主觀的意見。例如劉先生斷定《國語》、《左傳》說烈山氏之子柱能殖百穀百蔬的話不是憑空杜撰的。他列舉二「理」，證明烈山氏時有「殖百穀百蔬」的可能。他所謂「理」，正是我們所謂「意見」。如他說：

> 人必藉動植物以生；既有動植物矣，則必有穀有蔬也無疑。夫所謂種植耕稼者，不過以一舉手一投足之勞，掃荒蘙，培所欲之植物而已。此植物即所謂「百穀百蔬」也。（《讀書雜志》十五，圈點依原文。）

這是全無歷史演進眼光的臆說。稍研究人類初民生活的人，都知道一技一術在今日視為「不過一舉手一投足之勞」的，在初民社會裏往往須經過很長的時期而後偶然發明。「藉動植物以生」是一件事，而「種植耕稼」另是一件事。種植耕稼須假定：一、辨認種類的能力；二、預料將來收穫的能力；三、造器械的能力；四、用人工補助天行的能力；五、比較有定居的生活，……等等條件備具，方才有農業可說。故治古史的人，若不先研究人類學、社會學，決不能瞭解先民創造一技一藝時的艱難，正如我們成年的人高談闊論而笑小孩子牙牙學語的困難。名為「驗之以理」而其實仍是「以己度人，以今度古」。

最後是「斷之以證」。在史學上證據固然最重要，但劉先生以情與理揣度古史，而後「斷之以證」，這樣的方法很有危險。我們試引劉先生駁顧先生論古代版圖一段做例。《堯典》的版圖有交趾，顧先生疑心那是秦漢的疆域。劉先生駁他道：

就我所知，春秋之末，秦漢之前，竟時時有人道及交趾，甚且是堯舜撫有交趾。

他引四條證據：

一、《墨子・節用》中。

二、《尸子》佚文。

三、《韓非子・十過》。

四、《大戴禮記・少閒》。

《大戴禮》是漢儒所作，劉先生也承認。前面三條，劉先生說「總可認為戰國時文」。——這一層我們姑且不和他辯;我們姑且依他承認此三條為「戰國時文」。依顧先生的方法,這三條至多不過證明戰國時有人知有交趾罷了。然而劉先生的「斷之以證」的方法卻真大膽!他說:

> 知有交趾,則是早已與交趾有關係了。但是我們知道春秋東周、西周、商、夏都與交趾沒有來往,是墨子、尸子、韓非等所言,實由堯之撫有交趾也。

戰國時的一句話,即使是真的,便可以證明二千年前的堯時的版圖,這是甚麼證據?況且劉先生明明承認「春秋東周、西周、商、夏都與交趾沒有來往」。若依顧先生的方法,單這一句已可以證明《堯典》為秦漢時的偽書了。

我們對於「證據」的態度是:一切史料都是證據。但史家要問:一、這種證據是在甚麼地方尋出的?二、甚麼時候尋出的?三、甚麼人尋出的?四、依地方和時候上看起來,這個人有做證人的資格嗎?五、這個人雖有證人資格,而他說這句話時有作偽(無心的,或有意的)的可能嗎?

劉先生對於這一層,似乎不很講究。如他上文舉的三條證據:(a)舉《墨子.節用》篇屢稱「子墨子曰」,自然不是「春秋之末」的作品。(b)尸佼的有無,本不可考。《尸子》原書已亡,依許多佚文看來,此書大概作於戰國末年,或竟是更晚之作。(c)《韓非子》一書本是雜湊起來的。《十過》一篇中敘秦攻宜陽一段,顯然可證此篇不是韓非所作,與《初見秦》等篇同為後人偽作的。而劉先生卻以為「以韓非之疑古，猶且稱道之」。不知《顯學》篇明說「明據先王，必定堯舜者，非愚則誣也」；《五蠹》篇明說「今有美堯舜湯武禹之道於當今之世者，必為新聖笑矣」。即用此疑古的兩篇作標準，已可以證明《十過》篇之為偽作而無疑。這些東西如何可作證據用呢？

＊

以上所說，不過是我個人的讀後感。內中頗有偏袒顧先生的嫌疑，我也不用諱飾了。但我對於劉掞藜先生搜求材料的勤苦，是十分佩服的。我對他的批評，全無惡感，只有責備求全之意，只希望他對他自己治史學的方法有一種自覺的評判，只希望他對自己搜來的材料也有一種較嚴苛的評判，而不僅僅奮勇替幾個傳說的古聖王作辯護士。行文時說話偶有不檢點之處，我也希望他不至於見怪。

（《胡適文存》二集卷一）

紅樓夢考證（改定稿）①

（一九二一年十一月十二日）

一

《紅樓夢》的考證是不容易做的，一來因為材料太少，二來因為向來研究這部書的人都走錯了道路。他們怎樣走錯了道路呢？他們不去搜求那些可以考定《紅樓夢》的著者、時代、版本等等的材料，卻去收羅許多不相干的零碎史事來附會《紅樓夢》裏的情節。他們並不曾做《紅樓夢》的考證。其實只做了許多《紅樓夢》的附會！這種附會的「紅學」又可分作幾派：

第一派說《紅樓夢》「全為清世祖與董鄂妃而作，兼及當時的諸名王奇女。」他們說董鄂妃即是秦淮名妓董小宛，本是當時名士冒辟疆的妾，後來被清兵奪去，送到北京，得了清世祖的寵愛，封為貴妃。後來董妃夭死，清世祖哀痛的很，遂跑到五台山去做和尚去了。……這一派說

《紅樓夢》裏的賈寶玉即是清世祖，林黛玉即是董妃。……

這一派的代表是王夢阮先生的《紅樓夢索隱》。這一派的根本錯誤已被孟蒓蓀先生的《董小宛考》（附在蔡孑民先生的《石頭記索隱》之後，頁一三一以下）用精密的方法一一證明了。孟先生這篇《董小宛考》裏證明董小宛生於明天啟四年甲子，故清世祖生時，小宛已十五歲了；順治元年，世祖方七歲，小宛已二十一歲了；順治八年正月二日，小宛死，年二十八歲，而清世祖那時還是一個十四歲的小孩子。小宛比清世祖年長一倍，斷無入宮邀寵之理。孟先生引據了許多書，按年分別，證據非常完備，方法也很細密。那種無稽的附會，如何當得起孟先生的摧破呢？

……

《紅樓夢索隱》一書，有了《董小宛考》的辨正，我本可以不再批評他了。但這書中還有許多絕無道理的附會，孟先生都不及指摘出來。如他說：「曹雪芹為世家子，其成書當在乾嘉時代。書中明言南巡四次，是指高宗時事，在嘉慶時所作可知。……意者此書但經雪芹修改，當初創造另自有人。……揣其成書亦當在康熙中葉。……至乾隆朝，事多忌諱，檔案類多修改。《紅樓》一書，內廷索閱，將為禁本。雪芹先生勢不得已，乃為一再修訂，俾愈隱而愈不失其真」（「提要」頁五至六）。但他在第十六回鳳姐提起南巡接駕一段話的下面，又注道：「此作者自言也。聖祖二次南巡，即駐蹕雪芹之父曹寅鹽署中，雪芹以童年召對，故有此筆」。下面趙嬤嬤說甄家接駕四次一段的下面，又注道：「聖祖南巡四次，此言接駕四次，特明為乾隆時事。」我們看這三段「索隱」，可以看出許多錯誤。一、第十六回明說二三十年前「太祖皇帝」南巡時的幾次接駕；趙嬤嬤年長，故「親眼看見」。我們如何能指定前者為康熙時的南巡而後者為乾隆時的南巡呢？二、康熙帝二次南巡在二十八年（西曆一六八九年），到四十二年曹寅才做兩淮巡鹽御史。《索隱》說康熙帝二次南巡駐蹕曹寅鹽院署，是錯的。三、《索隱》說康熙帝二次南巡時，「曹雪芹以童年召對」；又說雪芹成書在嘉慶時。嘉慶元年（西曆一七九六年），上距康熙二十八年，已隔百零七年了。曹雪芹成書時，他可不是一百二三十歲了嗎？四、《索隱》說《紅樓夢》成書在乾嘉時代，又說是在嘉慶時所作，這一說最謬。《紅樓夢》在乾隆時已風行，有當時版本可證（詳考見後文）。況且袁枚在《隨園詩話》裏曾提起曹雪芹的《紅樓夢》；袁枚死於嘉慶二年，《詩話》之作更早的多，如何能提到嘉慶時所作的《紅樓夢》呢？

＊

第二派說《紅樓夢》是清康熙朝的政治小說。這一派可用蔡孑民先生的《石頭記索隱》作代表。

……

蔡先生這部書的方法是：每舉一人，必先舉他的事實，然後引《紅樓夢》中情節來配合。我這篇文裏，篇幅有限，不能表示他的引書之多和用心之勤，這是我很抱歉的。但我總覺得蔡先生這麼多的心力都是白白的浪費了。因為我總覺得他這部書到底還只是一種很牽強的附會。我記得從前有個燈謎，用杜詩「無邊落木蕭蕭下」來打一個「日」字。這個謎，除了做謎的人自己，是沒有人猜得中的。因為做謎的人先想着南北朝的齊和梁兩朝都是姓蕭的；其次把「蕭蕭下」的「蕭蕭」解作兩個姓蕭的朝代；其次，二蕭的下面是那姓陳的陳朝。想着了「陳」字，然後把偏旁去掉（無邊）；再把「東」字裏的「木」字去掉（落木）。剩下的「日」字，才是謎底！你若不能繞這許多彎子，休想猜謎！假使做《紅樓夢》的人當日真個用王熙鳳來影余國柱，真個想着「王即柱字偏旁之省，國字俗寫作囯，故熙鳳之夫曰璉，這二王字相連也」，——假使他真如此思想，他豈不真成了一個大笨伯了嗎？他費了那麼大氣力，到底只做了「国」字和「柱」字的一小部分；還有這兩個字的其餘部分和那最重要的「余」字，都不曾做到「謎面」裏去！這樣做的謎，可不是笨謎嗎？用麒麟來影「其年」的其，「迦陵」的陵；用三姑娘來影「乾學」的乾；假使真有這種影射法，都是同樣的笨謎！假使一部《紅樓夢》真是一串這麼樣的笨謎，那就真不值得猜了！

我且再舉一條例來說明這種「索隱」（猜謎）法的無益。蔡先生引蒯若木先生的話，說劉老老即是湯潛菴：

潛菴受業於孫夏峯（孫奇逢，清初的理學家），凡十年。夏峯之學本以象山（陸九淵）陽明（王守仁）為宗。《石頭記》，「劉老老之女婿曰王狗兒，狗兒之父曰王成。其祖上曾與鳳姐之祖，王夫人之父認識；因貪王家勢利，便連了宗」，似指此。

其實《紅樓夢》裏的王家既不是專指王陽明的學派，此處似不應該忽然用王家代表王學。況且從湯斌想到孫奇逢，從孫奇逢想到王陽明學派，再從陽明學派，想到王夫人一家，又從王家想到王狗兒的祖上，又從王狗兒轉到他的丈母劉老老，——這個謎可不是比那「無邊落木蕭蕭下」的謎還更難猜嗎？蔡先生又說《石頭記》第三十九回劉老老說的「抽柴」一段故事是影湯斌燬五通祠的事；劉老老的外孫板兒影的是湯斌買的一部《廿一史》；他的外孫女青兒影的是湯斌每天吃的韭菜！這種附會已是很滑稽的了。最妙的是第六回鳳姐給劉老老二十兩銀子，蔡先生說這是影湯斌死後徐乾學賻送的二十金；又第四十二回鳳姐又送老老八兩銀子，蔡先生說這是影湯斌死後惟遺俸銀八兩。這八兩有了下落了，那二十兩也有了下落了；但第四十二回王夫人還送了劉老老兩包銀子。每包五十兩，共是一百兩；這一百兩可就沒有下落了！因為湯斌一生的事實沒有一件可恰合這一百兩銀子的，所以這一百兩雖然比那二十八兩更重要，到底沒有「索隱」的價值！這種完全任意的去取，實在沒有道理，故我說蔡先生的《石頭記索隱》也還是一種很牽強的附會。

第三派的《紅樓夢》附會家，雖然略有小小的不同，大致都主張《紅樓夢》記的是納蘭成德的事。成德後改名性德，字容若，是康熙朝宰相明珠的兒子。……

這一派的主張，依我看來，也沒有可靠的根據，也只是一種很牽強的附會。一、納蘭成德生於順治十一年（西曆一六五四年），死於康熙二十四年（一六八五年）三十一歲。他死時，他的父親明珠正在極盛的時代（大學士加太子太傅，不久又晉太子太師），我們如何可說那眼見賈府興亡的寶玉是指他呢？二、俞樾引乾隆五十一年上諭說成德中舉人時止十五歲，其實連那上諭都是錯的。成德生於順治十一年；康熙壬子，他中舉人時，年十八；明年癸丑，他中進士，年十九。徐乾學做的墓志銘與韓菼做的神道碑，都如此說。乾隆帝因為硬要否認《通志堂經解》的許多序是成德做的，故說他中進士時年止十六歲（也許成德應試時故意減少三歲，而乾隆帝但依據履歷上的年歲）。無論如何，我們不可用寶玉中舉的年歲來附會成德。若寶玉中舉的年歲可以附會成德，我們也可以用成德中進士和殿試的年歲來證明寶玉不是成德了！三、至於錢先生說的納蘭成德的夫人即是黛玉，似乎更不能成立。成德原配盧氏，為兩廣總督興祖之女；續配官氏，生二子一女。盧氏早死，故《飲水詞》中有幾首悼亡的詞。錢先生引他的悼亡詞來附會黛玉，其實這種悼亡的詩詞，在中國舊文學裏，何止幾千首？況且大致都是千篇一律的東西。若幾首悼亡詞可以附會林黛玉，林黛玉真要成「人盡可夫」了！四、至於徐柳泉說大觀園裏十二金釵都是納蘭成德所奉為上客的一班名士，這種附會法與《石頭記索隱》的方法有同樣的危險。即如徐柳泉說妙玉影姜宸英，那麼，黛玉何以不可附會姜宸英？晴雯何以不可附會姜宸英？又如他說寶釵影高士奇，那麼，襲人也可以影高士奇，鳳姐更可以影高士奇了。我們試讀姜宸英祭納蘭成德的文：

兄一見我，怪我落落；轉亦以此，賞我標格。……數兄知我，其端非一。我常箕踞，對客欠伸，兄不余傲，知我任真。我時嫚罵，無問高爵，兄不余狂，知余疾惡。激昂論事，眼睜舌撟，兄為抵掌，助之叫號。有時對酒，雪涕悲歌，謂余失志，孤憤則那？彼何人斯，實應且憎，余色拒之，兄門固扃。

妙玉可當得這種交情嗎？這可不更像黛玉嗎？我們又試讀郭琇參劾高士奇的奏疏：

……久之，羽翼既多，遂自立門戶。……凡督撫藩臬道府廳縣以及在內之大小卿員，皆王鴻緒等為之居停哄騙而夤緣照管者，餽至成千累萬；即不屬黨護者，亦有常例，名之曰平安錢。然而人之肯為賄賂者，蓋士奇供奉日久，勢燄日張，人皆謂之門路真，而士奇遂自忘乎其為撞騙，亦居之不疑，曰，我之門路真。……以覓館餬口之窮儒，而今忽為數百萬之富翁。試問金從何來？無非取給於各官。然官從何來？非侵國帑，即剝民膏。夫以國帑民膏而填無厭之谿壑，是士奇等真國之蠹而民之賊也。……（清史館本傳，《耆獻類徵》六十。）

寶釵可當得這種罪名嗎？這可不更像鳳姐嗎？我舉這些例的用意是要說明這種附會完全是主觀的，任意的，最靠不住的，最無益的。錢靜方先生說的好：「要之，《紅樓》一書，空中樓閣。作者第由其興會所至，隨手拈來，初無成意。即或有心影射，亦不過若即若離，輕描淡寫，如畫師所繪之百像圖，類似者固多，苟細按之，終覺貌是而神非也。」

我現在要忠告諸位愛讀《紅樓夢》的人：「我們若想真正瞭解《紅樓夢》，必須先打破這種牽強附會的《紅樓夢》謎學！」

其實做《紅樓夢》的考證，儘可以不用那種附會的法子。我們只須根據可靠的版本與可靠的材料，考定這書的著者究竟是誰，著者的事迹家世，著書的時代，這書曾有何種不同的本子，這些本子的來歷如何。這些問題乃是《紅樓夢》考證的正當範圍。

二

我們先從「著者」一個問題下手。

本書第一回說這書原稿是空空道人從一塊石頭上鈔寫下來的，故名《石頭記》。後來空空道人改名情僧，遂改《石頭記》為《情僧錄》，東魯孔梅溪題為《風月寶鑑》。「後因曹雪芹於悼紅軒中，披閱十載，增刪五次，纂成目錄，分出章回，又題曰《金陵十二釵》，並題一絕。」即此是《石頭記》的緣起。詩云：

「滿紙荒唐言，一把辛酸淚。都云作者癡，誰解其中味？」

第百二十回又提起曹雪芹傳授此書的緣由。大概「石頭」與空空道人等名目都是曹雪芹假託的緣起，故當時的人多認這書是曹雪芹做的。袁枚的《隨園詩話》卷二中有一條說：

康熙間，曹練亭（練當作楝）為江寧織造，每出擁八騶，必携書一本，觀玩不輟。人問：「公何好學？」曰：「非也。我非地方官而百姓見我必起立，我心不安，故藉此遮目耳。」素與江寧太守陳鵬年不相中，及陳獲罪，乃密疏薦陳。人以此重之。

其子雪芹撰《紅樓夢》一書，備記風月繁華之盛。中有所謂大觀園者，即余之隨園也。明我齋讀而羨之（坊間刻本無此七字）。當時《紅樓夢》中有某校書尤艷，我齋題云（此四字坊間刻本作「雪芹贈云」，今據原刻本改正）：

病容憔悴勝桃花，午汗潮回熱轉加；猶恐意中人看出，強言今日較差些。

威儀棣棣若山河，應把風流奪綺羅，不似小家拘束態，笑時偏少默時多。

我們現在所有的關於《紅樓夢》的旁證材料，要算這一條為最早。近人徵引此條，每不全錄。他們對於此條的重要，也多不曾完全懂得。這一條紀載的重要，凡有幾點：

一、我們因此知道乾隆時的文人承認《紅樓夢》是曹雪芹做的。

二、此條說曹雪芹是曹楝亭的兒子。（又《隨園詩話》卷十六也說「雪芹者，曹練亭織造之嗣君也」。但此說實是錯的，說詳後。）

三、此條說大觀園即是後來的隨園。

俞樾在《小浮梅閒話》裏曾引此條的一小部分，又加一注，說：

納蘭容若《飲水詞集》有《滿江紅》詞，為曹子清題其先人所構楝亭，即雪芹也。

俞樾說曹子清即雪芹，是大謬的。曹子清即曹楝亭，即曹寅。

我們先考曹寅是誰。吳修的《昭代名人尺牘小傳》卷十二說：

曹寅，字子清，號楝亭。奉天人，官通政司使，江寧織造。校刊古書甚精，有揚州局刻《五韻》、《楝亭十二種》盛行於世。著《楝亭詩鈔》。

《揚州畫舫錄》卷二說：

曹寅字子清，號楝亭，滿洲人，官兩淮鹽院。工詩詞，善書，著有《楝亭詩集》。刊秘書十二種，為《梅苑》、《聲畫集》、《法書攷》、《琴史》、《墨經》、《硯箋》、《劉後山（當作劉後村）千家詩》、《禁扁》、《釣磯立談》、《都城紀勝》、《糖霜譜》、《錄鬼薄》。今之儀徵余園門牓「江天傳舍」四字，是所書也。

這兩條可以參看。又韓菼的《有懷堂文稿》裏有《楝亭記》一篇說：

荔軒曹使君性至孝。自其先人董三服，官江寧，於署中手植楝樹一株，絕愛之，為亭其間，嘗憩息於斯。後十餘年，使君適自蘇移節，如先生之任，則亭頗壞，為新其材，加堊焉，而亭復完。……

據此可知曹寅又字荔軒，又可知《飲水詞》中的楝亭的歷史。

最詳細的紀載是章學誠的《丙辰劄記》：

曹寅為兩淮巡鹽御史，刻古書凡十五種，世稱「曹楝亭本」是也。康熙四十三年，四十五年，四十七年，四十九年，間年一任，與同旗李煦互相番代。李於四十四年，四十六年，四十八年，與曹互代；五十年，五十一年，五十二年，五十五年，五十六年，又連任，較曹用事為久矣。然曹至今為學士大夫所稱，而李無聞焉。

不幸章學誠說的那「至今為學士大夫所稱」的曹寅，竟不曾留下一篇傳記給我們做考證的材料，《耆獻類徵》與《碑傳集》都沒有曹寅的碑傳。只有宋和的《陳鵬年傳》（《耆獻類徵》卷一六四，頁一八以下）有一段重要的紀事：

乙酉（康熙四十四年），上南巡（此康熙帝第五次南巡）。總督集有司議供張，欲於丁糧耗加三分。有司皆懾服。唯唯。獨鵬年（江寧知府陳鵬年）不服，否否。總督怏怏，議雖寢，則欲抉去鵬年矣。

無何，車駕由龍潭幸江寧。行宮草創（按此指龍潭之行宮），欲抉去之者因以是激上怒。時故庶人（按此即康熙的太子胤礽，至四十七年被廢）從幸，更怒，欲殺鵬年。

車駕至江寧，駐蹕織造府。一日，織造幼子嬉而過於庭，上以其無知也，曰，「兒知江寧有好官乎？」曰，「知有陳鵬年。」時有致政大學士張英來朝，上……使人問鵬年，英稱其賢。而英則庶人之所傅，上乃謂庶人曰，「爾師傅賢之，如何殺之？」庶人猶欲殺之。

織造曹寅免冠叩頭，為鵬年請。當是時，蘇州織造李某伏寅後，為寅縺（縺字不見字於書，似有兒女親家的意思），見寅血被額，恐觸上怒，陰曳其衣，警之。寅怒而顧之曰，「云何也？」復叩頭，階有聲，竟得請。出，巡撫宋犖逆之曰，「君不媿朱雲折檻矣！」

又我的朋友顧頡剛在《江南通志》裏查出江寧織造的職官如下表：

康熙二年至二十三年	曹璽
康熙二十三年至三十一年	桑格
康熙三十一至五十二年	曹寅
康熙五十二年至五十四年	曹顒
康熙五十四年至雍正六年	曹頫

雍正六年以後	隋赫德

又蘇州織造的職官如下表：

康熙二十九年至三十二年	曹寅
康熙三十二年至六十一年	李煦

這兩表的重要，我們可以分開來說：

一、曹璽，字完璧，是曹寅的父親。頡剛引上元、江寧兩縣志道：「織局繁劇，璽至，積弊一清。陛見，陳江南吏治極詳，賜蟒服加一品，御書『敬慎』扁額。卒於位。子寅。」

二、因此可知曹寅當康熙二十九年至三十二年時，做蘇州織造，三十一年至三十二年，他兼任江寧織造；三十二年以後，他專任江寧織造二十年。

三、康熙帝六次南巡的年代，可與上兩表參看：

康熙二三	一次南巡	曹璽為蘇州織造
二八	二次南巡	
三八	三次南巡	曹寅為江寧織造

四二　四次南巡　同上
四四　五次南巡　同上
四六　六次南巡　同上

四、頡剛又考得「康熙南巡，除第一次到南京駐蹕將軍署外，餘五次均把織造署當行宮」。這五次之中，曹寅當了四次接駕的差。又《振綺堂叢書》內有《聖駕五幸江南恭錄》一卷，記康熙四十四年的第五次南巡，寫曹寅既在南京接駕，又以巡鹽御史的資格趕到揚州接駕；又記曹寅進貢的禮物及康熙帝回鑾時賞他通政使司通政使的事，甚詳細，可以參看。

五、曹顒與曹頫都是曹寅的兒子。曹寅的《楝亭詩鈔別集》有《郭振基序》，內說「侍公函丈有年，今公子繼任織部，又辱世講」。是曹顒之為曹寅兒子，已無可疑。曹頫大概是曹顒的兄弟（說詳下）。

又《四庫全書提要》譜錄類食譜之屬存世裏有一條說：

《居常飲饌錄》一卷。（編修程晉芳家藏本）

國朝曹寅撰。寅字子清，號楝亭，鑲藍旗漢軍。康熙中，巡視兩淮鹽政，加通政司銜。

> 是編以前代所傳飲膳之法彙成一編。一曰，宋王灼《糖霜譜》；二三曰，宋東谿遯叟《粥品》及《粉麪品》；四曰，元倪瓚《泉史》；五曰，元海濱逸叟《製脯鮓法》；六曰，明王叔承《釀錄》；七曰，明釋智舷《茗笈》；八九曰，明灌畦老叟《蔬香譜》及《製蔬品法》。中間《糖霜譜》，寅已刻入所輯《楝亭十種》；其他亦頗散見於《說郛》諸書云。

又《提要別集》類存目裏有一條：

> 《楝亭詩鈔》五卷，附《詞鈔》一卷。（江蘇巡撫採進本）
>
> 國朝曹寅撰。寅有《居常飲饌錄》，已著錄。其詩一刻於揚州，計盈千首；再刻於儀徵，則寅自汰其舊刻，而吳尚中開雕於東園者。此本即儀徵刻也。其詩出入於白居易、蘇軾之間。

《提要》說曹家是鑲藍旗人，這是錯的。《八旗氏族通譜》有曹錫遠一系，說他家是正白旗人，當據以改正。但我們因《四庫提要》提起曹寅詩集，故後來居然尋着他的全集，計《楝亭詩鈔》八卷，《文鈔》一卷，《詞鈔》一卷，《詩別集》四卷，《詞別集》一卷（天津公園圖書館藏）。從他的集子裏，我們得知他生於順治十五年戊戌（一六五八年）九月七日，他死時大概在康熙五十一年（一七一二年）的下半年，那時他五十五歲。他的詩頗有好的，在八旗的詩人之中，他自然要算一個大家了（他的詩在鐵保輯的《八旗人詩鈔》——改名《熙朝雅頌集》——裏，佔一全卷的地位）。當時的文學大家，如朱彝尊、姜宸英等，都為《楝亭詩鈔》作序。

＊

以上關於曹寅的事實，總結起來，可以得幾個結論：

一、曹寅是八旗的世家，幾代都在江南做官。他的父親曹璽做了二十一年的江寧織造；曹寅自己做了四年的蘇州織造，做了二十一年的江寧織造，同時又兼做了四次的兩淮巡鹽御史。他死後，他的兒子曹顒接着做了三年的江寧織造，他的兒子曹頫接下去做了十三年的江寧織造。他家祖孫三代四個人總共做了五十八年的江寧織造。這個織造真成了他家的「世職」了。

二、當康熙帝南巡時，他家曾辦過四次以上的接駕的差。

三、曹寅會寫字，會做詩詞，有詩詞集行世。他在揚州曾管領《全唐詩》的刻印，揚州的詩局歸他管理甚久。他自己又刻有二十幾種精刻的書（除上舉各書外，尚有《周易本義》、《施愚山集》等；朱彝尊的《曝書亭集》也是曹寅捐資倡刻的，刻未完而死）。他家中藏書極多，精本有三千二百八十七種之多（見他的《楝亭書目》，京師圖書館有鈔本）。可見他的家庭富有文學美術的環境。

四、他生於順治十五年，死於康熙五十一年（一六五八—一七一二）。

以上是曹寅的略傳與他的家世。曹寅究竟是曹雪芹的甚麼人呢？袁枚在《隨園詩話》裏說曹雪芹是曹寅的兒子。這一百多年以來，大家多相信這話，連我在這篇考證的初稿裏也信了這話。現在我們知道曹雪芹不是曹寅的兒子，乃是他的孫子。最初改正這個大錯的是楊鍾羲先生。楊先生編有《八旗文經》六十卷，又著有《雪橋詩話》三篇，是一個最熟悉八旗文獻掌故的人。他在《雪橋詩話續集》卷六，頁二三，說：

> 敬亭（清宗室敦誠字敬亭）……嘗為《琵琶亭》傳奇一折，曹雪芹（霑）題句有云：「白傅詩靈應喜甚，定教蠻素鬼排場」。雪芹為楝亭通政孫，平生為詩，大概如此，竟坎坷以終。敬亭挽雪芹詩有「牛鬼遺文悲李賀，鹿車荷鍤葬劉伶」之句。

這一條使我們知道三個要點：

一、曹雪芹名霑。

二、曹雪芹不是曹寅的兒子，是他的孫子（《中國人名大辭典》頁九九〇作「名霑，寅子。」似是根據《雪橋詩話》而誤改其一部分）。

三、清宗室敦誠的詩文集內必有關於曹雪芹的材料。

敦誠字敬亭，別號松堂，英王之裔。他的軼事也散見《雪橋詩話》初、二集中。他有《四松堂集》詩二卷，文二卷，《鷦鷯軒筆麈》一卷。他的哥哥名敦敏，字子明，有《懋齋詩鈔》。我從此便到處訪求這兩個人的集子，不料到如今還不曾尋到手。我今年夏間到上海，寫信去問楊鍾義先生。他回信說，曾有《四松堂集》，但辛亥亂後遺失了。我雖然很失望，但楊先生既然根據《四松堂集》說曹雪芹是曹寅之孫，這話自然萬無可疑。因為敦誠兄弟都是雪芹的好朋友，他們的證見自然是可信的。

我雖然未見敦誠兄弟的全集，但《八旗人詩鈔》（《熙朝雅頌集》）裏有他們兄弟的詩一卷。這一卷裏有關於曹雪芹的詩四首。我因為這種材料頗不易得，故把這四首全鈔於下：

贈曹雪芹（敦敏）

碧水青山曲徑遐，薜蘿門巷足煙霞。尋詩人去留僧壁，賣畫錢來付酒家。燕市狂歌悲遇合，秦淮殘夢憶繁華。新愁舊恨知多少，都付酕醄醉眼斜。

訪曹雪芹不值（敦敏）

野浦凍雲深，柴扉晚煙薄。山村不見人，夕陽寒欲落。

佩刀質酒歌（敦誠）

秋曉遇雪芹於槐園，風雨淋涔，朝寒襲袂。時主人未出。雪芹酒渴如狂，余因解佩刀沽酒而飲之。雪芹歡甚，作長歌以謝余。嗟亦作此答之。

我聞賀鑑湖，不惜金龜擲酒壚。又聞阮遙集，直卸金貂作鯨吸。嗟余未非二子狂，腰間更無黃金鐺。秋氣釀寒風雨惡，滿園榆柳飛蒼黃。主人未出童子睡，斝乾甕澀何可當！相逢況是淳于輩，一石差可溫枯腸。身外長物亦何有？鸞刀昨夜磨秋霜。且酤滿眼作軟飽，……令此肝肺生角芒。曹子大笑稱「快哉！」擊石作歌聲琅琅。知君詩膽昔如鐵，堪與刀穎交寒光。我有古劍尚在匣，一條秋水蒼波涼。君才抑塞倘欲拔，不妨斫地歌王郎。

寄懷曹雪芹（敦誠）

少陵昔贈曹將軍，曾曰魏武之子孫。嗟君或亦將軍後，於今環堵蓬蒿屯。揚州舊夢久已絕，且著臨邛犢鼻褌。愛君詩筆有奇氣，直追昌谷披籬樊。當時虎門數晨夕，西窗剪燭風雨昏。接羅倒著容君傲，高談雄辨蝨手捫。感時思君不相見，薊門落日松亭尊。勸君莫彈食客鋏，勸君莫叩富兒門。殘盃冷炙有德色，不如著書黃葉村。

我們看這四首詩，可想見他們弟兄與曹雪芹的交情是很深的。他們的證見真是史學家說的

「同時人的證見」，有了這種證據，我們不能不認袁枚為誤記了。

這四首詩中，有許多可注意的句子。

第一、如「秦淮殘夢憶繁華」，如「於今環堵蓬蒿屯，揚州舊夢久已絕，且著臨邛犢鼻褌」，如「勸君莫彈食客鋏，勸君莫叩富兒門；殘盃冷炙有德色，不如著書黃葉村」，都可以證明曹雪芹當時已很貧窮，窮的很不像樣了，故敦誠有「殘盃冷炙有德色」的勸戒。

第二、如「尋詩人去留僧壁，賣畫錢來付酒家」，如「知君詩膽昔如鐵」，如「愛君詩筆有奇氣，直造昌谷披籬樊」，都可以使我們知道曹雪芹是一個會作詩又會繪畫的人。最可惜的是曹雪芹的詩現在只剩得「白傅詩靈應喜甚，定教蠻素鬼排場」兩句了。但單看這兩句，也就可以想見曹雪芹的詩大概是很聰明的，很深刻的。敦誠弟兄比他做李賀，大概很有點相像。

第三、我們又可以看出曹雪芹在那貧窮潦倒的境遇裏，很覺得牢騷抑鬱，故不免縱酒狂歌，自尋排遣。上文引的如「雪芹酒渴如狂」，如「相逢況是淳于輩，一石差可澆枯腸」，如「新愁舊恨知多少，都付酕醄醉眼斜」，如「鹿車荷鍤葬劉伶」，都可以為證。

*

我們既知道曹雪芹的家世和他自身的境遇了，我們應該研究他的年代。這一層頗有點困難，因為材料太少了。敦誠有挽雪芹的詩，可見雪芹死在敦誠之前。敦誠的年代也不可詳考。但《八旗文經》裏有幾篇他的文字，有年月可考：如《拙鵲亭記》作於辛丑初冬，如《松亭再征記》作於戊寅正月，如《祭周立厓》文中說：「先生與先公始交時在戊寅己卯間，是時先生……每過靜補堂，……誠嘗侍几杖側。……迨庚寅先公即世，先生哭之過時而哀。……誠追述平生，……回念靜補堂几杖之側，已二十餘年矣」。今作一表，如下：

乾隆二三，戊寅（一七五八年）。

乾隆二四，己卯（一七五九年）。

乾隆三五，庚寅（一七七〇年）。

乾隆四六，辛丑（一七八一年）。自戊寅至此，凡二十三年。

清宗室永忠（臞仙）為敦誠作葛巾居的詩，也在乾隆辛丑。敦誠之父死於庚寅，他自己的死期大約在二十年之後，約當乾隆五十餘年。紀昀為他的詩集作序，雖無年月可考，但紀昀死於嘉慶十年（一八〇五年），而序中的語意都可見敦誠死已甚久了。故我們可以猜定敦誠大約生於雍正初年（約一七二五年），死於乾隆五十餘年（約一七八五—一七九〇）。

敦誠兄弟與曹雪芹往來，從他們贈答的詩看起來，大概都在他們兄弟中年以前，不像在中年以後。況且《紅樓夢》當乾隆五十六七年時已在社會上流通了二十餘年了（說詳下）。以此看來，我們可以斷定曹雪芹死於乾隆三十年左右（約一七六五年）。至於他的年紀，更不容易考定了。但敦誠兄弟的詩的口氣，很不像是對一位老前輩的口氣。我們可以猜想雪芹的年紀至多不過比他們大十來歲，大約生於康熙末葉（約一七一五—一七二〇）；當他死時約五十歲左右。

以上是關於著者曹雪芹的個人和他的家世的材料。我們看了這些材料，大概可以明白《紅樓夢》這部書是曹雪芹的自敘傳了。這個見解，本來並沒有甚麼新奇，本來是很自然的。不過因為《紅樓夢》被一百多年來的紅學大家越說越微妙了，故我們現在對於這個極平常的見解反覺得他有證明的必要了。我且舉幾條重要的證據如下：

第一、我們總該記得《紅樓夢》開端時，明明的說着：

> 作者自云曾歷過一番夢幻之後，故將真事隱去，而借「通靈」說此《石頭記》一書也。……自己又云：今風塵碌碌，一事無成，忽念及當日所有之女子，一一細考較去，覺其行止見識皆出我之上。我堂堂鬚眉，誠不若彼裙釵。……當此日，欲將已往所賴天恩祖德，錦衣紈袴之時，飫甘饜肥之日，背父兄教育之恩，負師友規訓之德，以致今日一技無成半生潦倒

之罪，編述一集，以告天下。

這話說的何等明白！《紅樓夢》明明是一部「將真事隱去」的自敘的書。若作者是曹雪芹，那麼，曹雪芹即是《紅樓夢》開端時那個深自懺悔的「我」！即是書裏的甄賈（真假）兩個寶玉的底本！懂得這個道理，便知書中的賈府與甄府都只是曹雪芹家的影子。

第二、第一回裏那石頭說道：

我想歷來野史的朝代，無非假借漢唐的名色；莫如我石頭所記，不借此套，只按自己的事體情理，反到新鮮別致。

又說：

更可厭者，「之乎者也」，非理即文，大不近情，自相矛盾。竟不如我這半世親見親聞的這幾個女子，雖不敢說強似前代書中所有之人，但觀其事迹原委，亦可消愁破悶。

他這樣明白清楚的說「這書是我自己的事體情理」，「是我這半世親見親聞的」；而我們偏要硬派這書是說順治帝的，是說納蘭成德的！這豈不是作繭自縛嗎？

第三、《紅樓夢》第十六回有談論南巡接駕的一大段，原文如下：

鳳姐道：「……可恨我小幾歲年紀。若早生二三十年，如今這些老人家也不薄我沒見世面了。說起當年太祖皇帝仿舜巡的故事，比一部書還熱鬧，我偏偏的沒趕上。」

趙嬤嬤（賈璉的乳母）道：「噯喲，那可是千載難逢的！那時我才記事兒。咱們賈府正在姑蘇揚州一帶，監造海船，修理海塘。只預備接駕一次，把銀子花的像淌海水是的。說起來——」

鳳姐忙接道：「我們王府裏也預備過一次。那時我爺爺專管各國進貢朝駕的事，凡有外國人來，都是我們家養活。粵閩滇浙所有的洋船貨物，都是我們家的。」

趙嬤嬤道：「那是誰不知道的？……如今還有現在江南的甄家，——噯喲，好勢派！——獨他們家接駕四次。要不是我們親眼看見，告訴誰也不信的。別講銀子成了糞土；憑是世上有的，沒有不是堆山積海的。『罪過可惜』四個字，竟顧不得了。」

鳳姐道：「我常聽見我們大爺說，也是這樣的。豈有不信的？只納罕他家怎麼就這樣富貴呢？」

趙嬤嬤道：「告訴奶奶一句話：也不過拿着皇帝家的銀子往皇帝身上使罷了，誰家有那些錢買這個虛熱鬧去？」

此處說的甄家與賈家都是曹家。曹家幾代在江南做官，故《紅樓夢》裏的賈家雖在「長安」，而甄家始終在江南。上文曾考出康熙帝南巡六次，曹寅當了四次接駕的差，皇帝就住在他的衙門裏。《紅樓夢》差不多全不提起歷史上的事實，但此處卻鄭重的說起「太祖皇帝仿舜巡的故事」。大概是因為曹家四次接駕乃是很不常見的盛事，故曹雪芹不知不覺的——或是有意的——把他家這椿最闊的大典說了出來。這也是敦敏送他的詩裏說的「秦淮舊夢憶繁華」了。但我們卻在這裏得着一條很重要的證據。因為一家接駕四五次，不是人人可以隨便有的機會。大官如督撫，不能久任一處，便不能有這樣好的機會。只有曹寅做了二十年江寧織造，恰巧當了四次接駕的差。這不是很可靠的證據嗎？

第四、《紅樓夢》第二回敍榮國府的世次如下：

> 自榮國公死後，長子賈代善襲了官，娶的是金陵世家史侯的小姐為妻，生了兩個兒子：長名賈赦，次名賈政。如今代善早已去世，太夫人尚在。長子賈赦襲了官，為人平靜中和，也不管理家務。次子賈政，自幼酷喜讀書，為人端方正直；祖父鍾愛，原要他以科甲出身的。不料代善臨終時，遺本一上，皇上因恤先臣，即時令長子襲官外，問還有幾子，立刻引見；遂又額外賜了這政老爺一個主事之職，令其入部學習；如今已陞了員外郎。

我們可用曹家的世系來比較：

曹錫遠，正白旗包衣人。世居瀋陽地方，來歸年月無考。其子曹振彥，原任浙江鹽法道。

孫：曹璽，原任工部尚書；曹爾正，原任佐領。

曾孫：曹寅，原任通政使司通政使；曹宜，原任護軍參領兼佐領；曹荃，原任司庫。

元孫：曹顒，原任郎中；曹頫，原任員外郎；曹頎，原任二等侍衛，兼佐領；曹天祐，原任州同（《八旗氏族通譜》卷七十四）。

這個世系頗不分明。我們可試作一個假定的世系表如下：

- 曹錫遠—振彥
  - 璽
    - 寅
      - 顒
      - 頫
    - 宜—頎
  - 爾正—荃—天祐

曹寅的《楝亭詩鈔別集》中有「辛卯三月聞珍兒殤，書此忍慟，兼示四姪東軒諸友」詩三首，其二云：「世出難居長，多才在四三。承家賴猶子，努力作奇男。」四姪即頎，那排行第三的當是那小名珍兒的了。如此看來，顒與頫當是行一與行二。曹寅死後，曹顒襲織造之職。到康熙五十四年，曹顒或是死了，或是因事撤換了，故次子曹頫接下去做。織造是內務府的一個差使，故不算做官，故《氏族通譜》上只稱曹寅為通政使，稱曹頫為員外郎。但《紅樓夢》裏的賈政，也是次子，也是先不襲爵，也是員外郎。這三層都與曹頫相合。故我們可以認賈政即是曹頫；因此，賈寶玉即是曹雪芹，即是曹頫之子，這一層更容易明白了。

第五、最重要的證據自然還是曹雪芹自己的歷史，和他家的歷史。《紅樓夢》雖沒有做完（說詳下），但我們看了前八十回，也就可以斷定：一、賈家必致衰敗，二、寶玉必致淪落。《紅樓夢》開端便說，「風塵碌碌，一事無成」；又說，「一技無成，半生潦倒」；又說，「當此蓬牖茅椽，繩床瓦灶」。這是明說此書的著者——即是書中的主人翁——當著書時，已在那窮愁不幸的境地。況且第十三回寫秦可卿死時在夢中對鳳姐說的話，句句明說賈家將來必到「樹倒猢猻散」的地步。所以我們即使不信後四十回（說詳下）抄家和寶玉出家的話，也可以推想賈家的衰敗和寶玉的流落了。我們再回看上文引的敦誠兄弟送曹雪芹的詩，可以列舉雪芹一生的歷史如下：

一、他是做過繁華舊夢的人。

二、他有美術和文學的天才，能做詩，能繪畫。

三、他晚年的境況非常貧窮潦倒。

這不是賈寶玉的歷史嗎？此外，我們還可以指出三個要點。第一是曹雪芹家自從曹璽曹寅以來，積成一個很富麗的文學美術的環境。他家的藏書在當時要算一個大藏書家，他家刻的書至今推為精刻的善本。富貴的家庭並不難得；但富貴的環境與文學美術的環境合在一家，在當日的漢人中是沒有的，就在當日的八旗世家中，也很不容易尋找了。第二、曹寅是刻《居常飲饌錄》的人，《居常飲饌錄》所收的書，如《糖霜譜》、《製脯鮓法》、《粉麵品》之類，都是專講究飲食糖餅的做法的。曹寅家的雪花餅，見於朱彝尊的《曝書亭集》（二十一，頁十二）有「粉量雲母細，滲和雪糕勻」的稱譽。我們讀《紅樓夢》的人，看賈母對於吃食的講究，看賈家上下對於吃食的講究，便知道《居常飲饌錄》的遺風未泯，雪花餅的名不虛傳！第三、關於曹家衰落的情形，我們雖沒有甚麼材料，但我們知道曹寅的親家李煦在康熙六十一年已因虧空被革職查追了。《雍正硃批論旨》第四十八冊有雍正元年「蘇州織造胡鳳翬奏摺」內稱：

> 今查得李煦任內虧空各年餘賸銀兩，現奉旨交督臣查弼納查追外，尚有六十一年辦六十年分應存賸銀六萬三百五十五兩零，並無存庫，亦係李煦虧空……所有歷年動用銀兩數目，另開細摺，並呈御覽。……

又第十三冊有「兩淮巡鹽御史謝賜履奏摺」內稱：

竊照兩淮應解織造銀兩，歷年遵奉已久。茲於雍正元年三月十六日，奉户部咨行，將江蘇織造銀兩停其支給；兩淮應解銀兩彙行解部。……前任鹽臣魏廷珍於康熙六十一年內未奉部文停止之先，兩次解過蘇州織造銀五萬兩。……再本年六月內奉有停止江寧織造之文。查前鹽臣魏廷珍經解過江寧織造銀四萬兩，臣任內……解過江寧織造銀四萬五千一百二十兩。……臣請將解過蘇州織造銀兩在於審理李煦虧空案內併追；將解過江寧織造銀兩行令曹頫解還户部。……

李煦做了三十年的蘇州織造，又兼了八年的兩淮鹽政，到頭來竟因虧空被查追。胡鳳翬摺內只舉出康熙六十一年的虧空，已有六萬兩之多；加上謝賜履摺內舉出應退還兩淮的十萬兩。這一年的虧空就是十六萬兩了！他歷年虧空的總數之多，可以想見。這時候，曹頫（曹雪芹之父）雖然還未曾得罪，但謝賜履摺內已提及兩事：一是停止兩淮應解織造銀兩，一是要曹頫賠出本年已解的八萬一千餘兩。這個江寧織造就不好做了。我們看了李煦的先例，就可以推想曹頫的下場也必是虧空而查追，因查追而抄沒家產。關於這一層，我們還有一個很好的證據。袁枚在《隨園詩話》裏說《紅樓夢》裏的大觀園即是他的隨園。我們考隨園的歷史。可以信此話不是假的。袁枚的

「隨園記」（《小倉山房文集》十二）說隨園本名隋園，主人為康熙時織造隋公。此隋公即是隋赫德，即是接曹頫的任的人（袁枚誤記為康熙時，實為雍正六年）。袁枚作記在乾隆十四年己巳（一七四九年），去曹頫卸織造任時甚近，他應該知道這園的歷史。我們從此可以推想曹頫當雍正六年去職時，必是因虧空被追賠，故這個園子就到了他的繼任人的手裏。從此以後，曹家在江南的家產都完了，故不能不搬回北京居住。這大概是曹雪芹所以流落在北京的原因。我們看了李煦、曹頫兩家敗落的大概情形，再回頭來看《紅樓夢》裏寫的賈家的經濟困難情形，便更容易明白了。如第七十二回鳳姐夜間夢見人來找他，說娘娘要一百疋錦，鳳姐不肯給，他就來奪。來旺家的笑道：「這是奶奶日間操心常應候宮裏的事。」一語未了，人回夏太監打發了一個小內監來說話。賈璉聽了，忙皺眉道：「又是甚麼話！一年他們也夠搬了。」鳳姐道：「你藏起來，等我見他。」好容易鳳姐弄了二百兩銀子把那小內監打發開去。賈璉出來，笑道：「這一起外祟，何日是了？」鳳姐笑道：「剛說着，就來了一股子。」賈璉道：「昨兒周太監來，張口就是一千兩。我略慢應了些，他不自在。將來得罪人之處不少。這會子再發三二百萬的財，就好了！」又如第五十三回寫黑山村莊頭烏進孝來賈府納年例，賈珍與他談的一段話也很可注意：

賈珍皺眉道：「我算定你至少也有五千銀子來。這夠做甚麼的！……真真是叫別過年了！」

烏進孝道：「爺的地方還算好呢。我兄弟離我那裏只有一百多里，竟又大差了。他現管着那府（榮國府）八處莊地，比爺這邊多着幾倍，今年也是這些東西，不過二三千兩銀子，也是有饑荒打呢。」

賈珍道：「如何呢？我這邊到可已，沒甚麼外項大事，不過是一年的費用。……比不得那府裏（榮國府）這幾年添了許多化錢的事，一定不可免是要化的，卻又不添銀子產業。這一二年裏賠了許多。不和你們要，找誰去？」

烏進孝笑道：「那府裏如今雖添了事，有去有來。娘娘和萬歲爺豈不賞嗎？」

賈珍聽了，笑向賈蓉等道：「你們聽聽他說的可笑不可笑？」

賈蓉等忙笑道：「你們山坳海沿子上的人，那裏知道這道理？娘娘難道把皇上的庫給我們不成？……就是賞，也不過一百兩金子，才值一千多兩銀子，穀甚麼？這二年，那一年不賠出幾千兩銀子來？頭一年省親，連蓋花園子，你算算那一注化了多少，就知道了。再二年，再省一回親，只怕精窮了！」……

賈蓉又說又笑，向賈珍道：「果真那府裏窮了。前兒我見二嬸娘（鳳姐）和鴛鴦悄悄商議，要偷老太太的東西去當銀子呢。」

借當的事又見於第七十二回：

鴛鴦一面說，一面起身要走。賈璉忙也立起身來說道：「好姐姐，略坐一坐兒，兄弟還有一事相求。」說着，便罵小丫頭：「怎麼不泡好茶來！快拿乾淨蓋碗，把昨日進上的新茶泡一碗來！」說着，向鴛鴦道：「這兩日因老太太千秋，所有的幾千兩都使完了。幾處房租地租統在九月才得。這會子竟接不上。明兒又要送南安府裏的禮，又要預備娘娘的重陽節；還有幾家紅白大禮，至少還要二三千兩銀子用。一時難去支借。俗語說的好，求人不如求己。說不得，姐姐擔個不是，暫且把老太太查不着的金銀傢伙，偷着運出一箱子來，暫押千數兩銀子，支騰過去。」

因為《紅樓夢》是曹雪芹「將真事隱去」的自敘，故他不怕瑣碎，再三再四的描寫他家由富貴變成貧窮的情形。我們看曹寅一生的歷史，決不像一個貪官污吏。他家所以後來衰敗，他的兒子所以虧空破產，大概都是由於他一家都愛揮霍，愛擺闊架子；講究吃喝，講究場面，收藏精本的書，刻行精本的書；交結文人名士，交結貴族大官，招待皇帝，至於四次五次；他們又不會理財，又不肯節省；講究揮霍慣了，收縮不回來；以至於虧空，以至於破產抄家。《紅樓夢》只是老老實實的描寫這一個「坐吃山空」「樹倒猢猻散」的自然趨勢。因為如此，所以《紅樓夢》是一部自然主義的傑作。那班猜謎的紅學大家不曉得《紅樓夢》的真價值正在這平淡無奇的自然主義的上面。所以他們偏要絞盡心血去猜那想入非非的笨謎，所以他們偏要用盡心思去替《紅樓夢》加上一層極不自然的解釋。

＊

總結上文關於「著者」的材料，凡得六條結論：

一、《紅樓夢》的著者是曹雪芹。

二、曹雪芹是漢軍正白旗人，曹寅的孫子，曹頫的兒子，生於極富貴之家，身經極繁華綺麗的生活，又帶有文學與美術的遺傳與環境。他會做詩，也能畫，與一班八旗名士往來。但他的生活非常貧苦，他因為不得志，故流為一種縱酒放浪的生活。

三、曹寅死於康熙五十一年。曹雪芹大概即生於此時，或稍後。

四、曹家極盛時，曾辦過四次以上的接駕的闊差。但後來家漸衰敗，大概因虧空得罪被抄沒。

五、《紅樓夢》一書是曹雪芹破產傾家之後，在貧困之中做的。做書的年代大概當乾隆初年到乾隆三十年左右，書未完而曹雪芹死了。

六、《紅樓夢》是一部隱去真事的自敘。裏面的甄賈兩寶玉，即是曹雪芹自己的化身；甄賈兩府即是當日曹家的影子。（故賈府在「長安」都中，而甄府始終在江南。）

現在我們可以研究《紅樓夢》的「本子」問題。現今市上通行的《紅樓夢》雖有無數版本，然細細考較去，除了有正書局一本外，都是從一種底本出來的。這種底本是乾隆末年間程偉元的百二十回全本，我們叫他做「程本」。這個程本有兩種本子，一種是乾隆五十七年壬子（一七九二年）的第一次活字排本，可叫做「程甲本」。一種也是乾隆五十七年壬子程家排本，是用「程甲本」來校改修正的，這個本子可叫做「程乙本」。「程甲本」我的朋友馬幼漁教授藏有一部，「程乙本」我自已藏有一部。乙本遠勝於甲本，但我仔細審察，不能不承認「程甲本」為外間各種《紅樓夢》的底本。各本的錯誤矛盾，都是根據於「程甲本」的。這是《紅樓夢》版本史上一件最不 幸的事。

此外，上海有正書局石印的一部八十回本的《紅樓夢》，前面有一篇德清戚蓼生的序，我們可叫他做「戚本」。有正書局的老板在這部書的封面上題着「國初鈔本紅樓夢」，又在首頁題着「原本紅樓夢」。那「國初鈔本」四個字自然是大錯的。那「原本」兩字也不妥當。這本已有總評，有夾評，有韻文的評贊，又往往有「題」詩，有時又將評語鈔入正文（如第二回），可見已是很晚的鈔本，決不是「原本」了。但自程氏兩種百二十回本出版以後，八十回本已不可多見。戚本大概是乾隆時無數展轉傳鈔本之中幸而保存的一種，可以用來參校程本，故自有他的相當價值，正不必假託「國初鈔本」。

《紅樓夢》最初只有八十回，直至乾隆五十六年以後始有百二十回的《紅樓夢》。這是無可疑的。程本有程偉元的序，序中說：

> 《石頭記》是此書原名。……好事者每傳鈔一部置廟市中，昂其價得數十金，可謂不脛而走者矣。然原本目錄一百二十卷，今所藏只八十卷，殊非全本。即間有稱全部者，及檢閱仍只八十卷，讀者頗以為憾。不佞以是書既有百二十卷之目，豈無全璧？爰為竭力搜羅，自藏書家甚至故紙堆中，無不留心。數年以來，僅積有二十餘卷。一日，偶於鼓擔上得十餘卷，遂重價購之，欣然審閱，見其前後起伏尚屬接榫（榫音筍，削木入竅名榫，又名榫頭），然漶漫不可收拾。乃同友人細加釐剔，截長補短，鈔成全部，復為鐫板，以公同好。

《石頭記》全書至是始告成矣。……小泉程偉元識。

我自己的程乙本還有高鶚的一篇序，中說：

予聞《紅樓夢》膾炙人口者，幾廿餘年，然無全璧，無定本。……今年春，友人程子小泉過予，以其所購全書見示，且曰：「此僕數年銖積寸累之苦心，將付剞劂，公同好。子閒且憊矣，盍分任之？」予以是書雖稗官野史之流，然尚不謬於名教，欣然拜諾，正以波斯奴見寶為幸，遂襄其役。工既竣，並識端末，以告閱者。時乾隆辛亥（一七九一年）冬至後五日鐵嶺高鶚敍，並書。

此序所謂「工既竣」，即是程序說的「同友人細加釐剔，截長補短」的整理工夫，並非指刻板的工程。我這部程乙本還有七條「引言」，比兩序更重要，今節鈔幾條於下：

一、是書前八十回，藏書家抄錄傳閱，幾三十年矣。今得後四十回，合成完璧。緣友人借抄爭覩者甚夥，抄錄困難，刊板亦需時日，姑集活字刷印。因急欲公諸同好，故初印時不及細校，間有紕繆。今復聚集各原本，詳加校閱，改訂無訛。惟閱者諒之。

一、書中前八十回，抄本各家互異。今廣集核勘，準情酌理，補遺訂訛。其間或有增損數字處，意在便於披閱，非敢爭勝前人也。

一、是書沿傳既久，坊間繕本及諸家所藏秘稿，繁簡歧出，前後錯見。即如六十七回此有彼無，題同文異，燕石莫辨。茲惟擇其情理較協者，取為定本。

一、書中後四十回係就歷年所得，集腋成裘，更無他本可考，惟按其前後關照者，略為修輯，使其有應接而無矛盾。至其原文，未敢臆改。俟再得善本，更為釐定，且不欲盡掩其本來面目也。

引言之末，有「壬子花朝後一日，小泉蘭墅又識」一行。蘭墅即高鶚。我們看上文引的兩序與引言，有應該注意的幾點：

一、高序說「聞《紅樓夢》膾炙人口者，幾廿餘年。」引言說「前八十回，藏書家抄錄傳閱，幾三十年。」從乾隆壬子上數三十年，為乾隆二十七年壬午（一七六二年）。今知乾隆三十年間此書已流行，可證我上文推測曹雪芹死於乾隆三十年左右之說大概無大差錯。

二、前八十回，各本互有異同。例如引言第三條說「六十七回此有彼無，題同文異」。我們試用戚本六十七回與程本及市上各本的六十七回互校，果有許多異同之處。程本所改的似勝於戚本。大概程本當日確曾經過一番「廣集各本核勘，準情酌理，補遺訂訛」的工夫。故程本一出即成為定本，其餘各鈔本多被淘汰了。

三、程偉元的序裏說，《紅樓夢》當日雖只有八十回，但原本卻有一百二十卷的目錄。這話可惜無從考證（戚本目錄並無後四十回）。我從前想當時各鈔本中大概有些是有後四十回目錄的，但我現在對於這一層很有點懷疑了（說詳下）。

四、八十回以後的四十回，據高程兩人的話，是程偉元歷年雜湊起來的，——先得二十餘卷，又在鼓擔上得十餘卷，又經高鶚費了幾個月整理修輯的工夫，方才有這部百二十回本的《紅樓夢》。他們自己說這四十回「更無他本可考」；但他們又說：「至其原文，未敢臆改。」

五、《紅樓夢》直到乾隆五十六年（一七九一年）始有一百二十回的「全本」出世。

六、這個百二十回的全本最初用活字版排印，是為乾隆五十七年壬子（一七九二年）的程本。這本又有兩種小不同的印本：一、初印本（即程甲本）「不及細校，間有紕繆」。此本我近來見過，果然有許多紕繆矛盾的地方。二、校正印本，即我上文說的程乙本。

七、程偉元的一百二十回本的《紅樓夢》，即是這一百三十年來的一切印本《紅樓夢》的老祖宗。後來的翻本，多經過南方人的批注。書中京話的特別俗語往往稍有改換；但沒有一種翻本（除了戚本）不是從程本出來的。

這是我們現有的一百二十回本《紅樓夢》的歷史。這段歷史裏有一個大可研究的問題，就是「後四十回的著者究竟是誰？」

俞樾的《小浮梅閒話》裏考證《紅樓夢》的一條說：

《船山詩草》有《贈高蘭墅鶚同年》一首云：「艷情人自說紅樓」。注云：「《紅樓夢》八十回以後，俱蘭墅所補。」然則此書非出一手。按鄉會試增五言八韻詩，始乾隆朝。而書中敘科場事已有詩，則其為高君所補，可證矣。

俞氏這一段話極重要。他不但證明了程排本作序的高鶚是實有其人，還使我們知道《紅樓夢》後四十回是高鶚補的。船山即是張船山，名問陶，是乾隆嘉慶時代的一個大詩人。他於乾隆五十三年戊申（一七八八年）中順天鄉試舉人；五十五年庚戌（一七九〇年）成進士，選庶吉士。他稱高鶚為同年，他們不是庚戌同年，便是戊申同年。但高鶚若是庚戌的新進士，次年辛亥他作「《紅樓夢》序」不會有「閒且憊矣」的話。故我推測他們是戊申鄉試的同年。後來我又在《郎潛紀聞二筆》卷一裏發現一條關於高鶚的事實：

嘉慶辛酉京師大水，科場改九月，詩題「百川赴巨海」，……闈中罕得解。前十本將進呈，韓城王文端公以通場無知出處為憾。房考高侍讀鶚搜遺卷，得定遠陳黻卷，亟呈薦，遂得南元。

辛酉（一八〇一年）為嘉慶六年。據此，我們可知高鶚後來曾中進士，為侍讀，且曾做嘉慶六年順天鄉試的同考官。我想高鶚既中進士，就有法子考查他的籍貫和中進士的年份了。果然我的朋友顧頡剛先生替我在《進士題名錄》上查出高鶚是鑲黃旗漢軍人，乾隆六十年乙卯（一七九五年）科的進士，殿試第三甲第一名。這一件引起我注意題名錄一類的工具，我就發憤搜求這一類的書。果然我又在《清代御史題名錄》裏，嘉慶十四年（一八〇九年）下，尋得一條：

高鶚，鑲黃旗漢軍人，乾隆乙卯進士，由內閣侍讀考選江南道御史，刑科給事中。

又《八旗文經》二十三有高鶚的《〈操縵堂詩稿〉跋》一篇，末署乾隆四十七年壬寅（一七八二年）小陽月。我們可以總合上文所得關於高鶚的材料，作一個簡單的「高鶚年譜」如下：

乾隆四七（一七八二年），高鶚作《〈操縵堂詩稿〉跋》。

乾隆五三（一七八八年），中舉人。

乾隆五六—五七（一七九一—一七九二），補作《紅樓夢》後四十回。並作序例。《紅樓夢》百廿回全本排印成。

乾隆六〇（一七九五年），中進士，殿試三甲一名。

嘉慶六（一八〇一年），高鶚以內閣侍讀為順天鄉試的同考官，闈中與張問陶相遇，張作詩送他，有「艷情人自說紅樓」之句；又有詩注，使後世知《紅樓夢》八十回以後是他補的。

嘉慶一四（一八〇九年），考選江南道御史，刑科給事中。——自乾隆四七至此，凡二十七年，大概他此時已近六十歲了。

後四十回是高鶚補的，這話自無可疑。我們可約舉幾層證據如下：

第一、張問陶的詩及注，此為最明白的證據。

第二、俞樾舉的「鄉會試增五言八韻詩始乾隆朝，而書中敘科場事已有詩」一項。這一項不十分可靠，因為鄉會試用律詩，起於乾隆二十一二年，也許那時《紅樓夢》前八十回還沒有做成呢。

第三、程序說先得二十餘卷，後又在鼓擔上得十餘卷。此話便是作偽的鐵證，因為世間沒有這樣奇巧的事！

第四、高鶚自己的序，說的很含糊，字裏行間都使人生疑。大概他不願完全埋沒他補作的苦心，故引言第六條說：「是書開卷略志數語，非云弁首，實因殘缺有年，一旦顛末畢具，大快人心；欣然題名，聊以記成書之幸。」因為高鶚不諱他補作的事，故張船山贈詩直說他補作後四十回的事。

但這些證據固然重要，總不如內容的研究更可以證明後四十回與前八十回決不是一個人作的。我的朋友俞平伯先生曾舉出三個理由來證明後四十回的回目也是高鶚補作的。他的三個理由是：一、和第一回自敘的話都不合，二、史湘雲的丟開，三、不合作文時的程序。這三層之中，第三層姑且不論。第一層是很明顯的：《紅樓夢》的開端明說「一技無成，半生潦倒」；明說「蓬牖茅椽，繩床瓦灶」；豈有到了末尾說寶玉出家成仙之理？第二層也很可注意。第三十一回的回目「因麒麟伏白首雙星」確是可怪！依此句看來，史湘雲後來似乎應該與寶玉做夫婦，不應該此話全無照應。以此看來，我們可以推想後四十回不是曹雪芹做的了。

其實何止史湘雲一個人？即如小紅，曹雪芹在八十回裏極力描寫這個攀高好勝的丫頭；好容易他得着了鳳姐的賞識，把他提拔上去了。但這樣一個重要人才，豈可沒有下場？況且小紅同賈芸的感情，前面既經曹雪芹那樣鄭重描寫，豈有完全沒有結果之理？又如香菱的結果也決不是曹雪芹的本意。第五回的「十二釵副冊」上寫香菱結局道：

根並荷花一莖香，平生遭際實堪傷。自從兩地生孤木，致使芳魂返故鄉。

兩地生孤木，合成「桂」字。此明說香菱死於夏金桂之手，故第八十回說香菱「血分中有病，加以氣怨傷肝，內外挫折不堪，竟釀成乾血之症，日漸羸瘦，飲食懶進，請醫服藥無效。」可見八十回的作者明明的要香菱被金桂磨折死。後四十回裏卻是金桂死了，香菱扶正。這豈是作者的本意嗎？此外，又如第五回「十二釵冊」上說鳳姐的結局道：「一從二令三人木，哭向金陵事更哀」。這個謎竟無人猜得出，許多批《紅樓夢》的人也都不敢下注解。所以後四十回裏寫鳳姐的下場竟完全與這「二令三人木」無關。這個謎只好等上海靈學會把曹雪芹先生請來降壇時再來解決了！此外，又如寫和尚送玉一段，文字的笨拙，令人讀了作嘔。又如寫賈寶玉忽然肯做八股文，忽然肯去考舉人，也沒有道理。高鶚補《紅樓夢》時，正當他中舉人之後，還沒有中進士。如果他補《紅樓夢》在乾隆六十年之後，賈寶玉大概非中進士不可了！

以上所說，只是要證明《紅樓夢》的後四十回確然不是曹雪芹做的。但我們平心而論，高鶚補的四十回，雖然比不上前八十回，也確然有不可埋沒的好處。他寫司棋之死，寫鴛鴦之死，寫妙玉的遭劫，寫鳳姐的死，寫襲人的嫁，都是很精采的小品文字。最可注意的是這些人都寫作悲劇的下場。還有那最重要的「木石前盟」一件公案，高鶚居然忍心害理的教黛玉病死，教寶玉出家，作一個大悲劇的結束，打破中國小說的團圓迷信。這點悲劇的眼光，不能不令人佩服。我們試看高鶚以後，那許多續《紅樓夢》和補《紅樓夢》的人，那一人不是想把黛玉晴雯都從棺材裏扶出來，重新配給寶玉？那一個不是想做一部「團圓」的《紅樓夢》的？我們這樣退一步想，就不能不佩服高鶚的補本了。我們不但佩服，還應該感謝他。因為他這部悲劇的補本，靠着那個「鼓擔」的神話，居然打倒了後來無數的團圓《紅樓夢》，居然替中國文學保存了一部有悲劇下場的小說！

*

以上是我對於《紅樓夢》的「著者」和「本子」兩個問題的答案。我覺得我們做《紅樓夢》的考證，只能在這兩個問題上着手；只能運用我們力所能搜集的材料，參考互證，然後抽出一些比較的最近情理的結論。這是考證學的方法。我在這篇文章裏，處處想撇開一切先入的成見；處處存一個搜求證據的目的；處處尊重證據，讓證據做鄉導，引我到相當的結論上去。我的許多結論也許有錯誤的，——自從我第一次發表這篇考證以來，我已經改正了無數大錯誤了——也許有將來發現新證據後即須改正的。但我自信：這種考證的方法，除了《董小宛考》之外，是向來研究《紅樓夢》的人不曾用過的。我希望我這一點小貢獻，能引起大家研究《紅樓夢》的興趣，能把將來的《紅樓夢》研究引上正當的軌道去，打破從前種種穿鑿附會的「紅學」，創造科學方法的《紅樓夢》研究！

（《胡適文存》一集卷三）

注　釋

①本文初稿寫於一九二一年三月二十七日，此乃改定稿，選編時第一部分略作刪節。

《國學季刊》發刊宣言

（一九二三年一月）

近來年，古學的大師漸漸死完了，新起的學者還不曾有甚麼大成績表現出來。在這個青黃不接的時期，只有三五個老輩在那裏支撐門面。古學界表面上的寂寞，遂使許多人發生無限的悲觀。所以有許多老輩遂說，「古學要淪亡了！」，「古書不久要無人能讀了！」

在這個悲觀呼聲裏，很自然的發出一種沒氣力的反動的運動來。有些人還以為西洋學術思想的輸入是古學淪亡的原因，所以他們至今還在那裏抗拒那他們自己也莫名其妙的西洋學術。有些人還以為孔教可以完全代表中國的古文化，所以他們至今還夢想孔教的復興，甚至於有人竟想抄襲基督教的制度來光復孔教。有些人還以為古文古詩的保存就是古學的保存了，所以他們至今還想壓語體文字的提倡與傳播。至於那些靜坐扶乩，逃向迷信裏去自尋安慰的，更不用說了。

在我們看起來，這些反動都只是舊式學者破產的鐵證。這些行為，不但不能挽救他們所憂慮的國學之淪亡，反可以增加國中少年人對於古學的藐視。如果這些舉動可以代表國學，國學還是淪亡了更好！

我們平心靜氣的觀察這三百年的古學發達史，再觀察眼前國內和國外的學者研究中國學術的現狀，我們不但不抱悲觀，並且還抱無窮的樂觀。我們深信，國學的將來，定能遠勝國學的過去。過去的成績雖然未可厚非，但將來的成績一定還要更好無數倍。

自從明末到於今，這三百年，誠然可算是古學昌明時代。總括這三百年的成績，可分這些方面：

一、整理古書　在這方面，又可分三門。第一，本子的校勘；第二，文字的訓詁；第三，真偽的考訂。考訂真偽一層，乾嘉的大師（除了極少數學者如崔述等之外）都不很注意；只有清初與晚清的學者還肯做這種研究，但方法還不很精密，考訂的範圍也不大。因此，這一方面的整理，成績比較的就最少了。然而校勘與訓詁兩方面的成績實在不少。戴震、段玉裁、王念孫、阮元、王引之們的治「經」，錢大昕、趙翼、王鳴盛、洪亮吉們的治「史」，王念孫、俞樾、孫詒讓們的治「子」，戴震、王念孫、段玉裁、邵晉涵、郝懿行、錢繹、王筠、朱駿聲們的治古詞典，都有相當的成績。重要的古書，經過這許多大師的整理，比三百年前就容易看的多了。我們試拿明刻本的《墨子》來比孫詒讓的《墨子閒詁》，或拿二徐的《說文》來比清儒的各種《說文》注，就可以量度這幾百年整理古書的成績了。

二、發現古書　清朝一代所以能稱為古學復興時期，不單因為訓詁校勘的發達，還因為古書發現和翻刻之多。清代中央政府，各省書局，都提倡刻書。私家刻的書更是重要：叢書與單行本，重刊本，精校本，摹刻本，近來的影印本。我們且舉一個最微細的例。近三十年內發現與刻行的宋元詞集，給文學史家添了多少材料？清初朱彝尊們固然見着不少的詞集，但我們今日購買詞集之便易，卻是清初詞人沒有享過的福氣了。翻刻古書孤本之外，還有輯佚書一項，如《古經解鉤沉》、《小學鉤沉》、《玉函山房輯佚書》和《四庫全書》裏那幾百種從《永樂大典》輯出的佚書，都是國學史上極重要的貢獻。

三、發現古物　清朝學者好古的風氣不限於古書一項，風氣所被，遂使古物的發現，記載，收藏，都成了時髦的嗜好。鼎彝，泉幣，碑版，壁畫，雕塑，古陶器之類，雖缺乏系統的整理，材料確是不少了。最近三十年來，甲骨文字的發現，竟使殷商一代的歷史有了地底下的證據，並且給文字學添了無數的最古材料。最近遼陽、河南等處石器時代的文化的發現，也是一件極重要的事。

但這三百年的古學的研究，在今日估計起來，實在還有許多缺點。三百年的第一流學者的心思精力都用在這一方面，而究竟還只有這一點點結果，也正是因為有這些缺點的緣故。那些缺點，分開來說，也有三層：

一、研究的範圍太狹窄了　這三百年的古學，雖然也有整治史書的，雖然也有研究子書的，但大家的眼光與心力注射的焦點，究竟只在儒家的幾部經書。古韻的研究，古詞典的研究，古書舊注的研究，子書的研究，都不是為這些材料的本身價值而研究的。一切古學都只是經學的丫頭！內中固然也有婢作夫人的，如古韻學之自成一種專門學問，如子書的研究之漸漸脫離經學的羈絆而獨立。但學者的聰明才力被幾部經書籠罩了三百年，那是不可諱的事實。況且在這個狹小的範圍裏，還有許多更狹小的門戶界限。有漢學和宋學的分家；有今文和古文的分家；甚至於治一部《詩經》還要捨棄東漢的《鄭箋》而專取西漢的《毛傳》。專攻本是學術進步的一個條件，但清儒狹小研究的範圍，卻不是沒有成見的分工。他們脫不了「儒書一尊」的成見，故用全力治經學，而只用餘力去治他書。他們又脫不了「漢儒去古未遠」的成見，故迷信漢人，而排除晚代的學者。他們不知道材料固是越古越可信，而見解則後人往往勝過前人。所以他們力排鄭樵、朱熹而迷信毛公、鄭玄。今文家稍稍能有獨立的見解了。但他們打倒了東漢，只落得回到西漢的圈子裏去。研究的範圍的狹小是清代學術所以不能大發展的一個絕大原因。三五部古書，無論怎樣絞來擠去，只有那點精華和糟粕。打倒宋朝的「道士易」固然是好事。但打倒了「道士易」，跳過了魏晉人的「道家易」，卻回到兩漢的「方士易」，那就是很不幸的了。《易》的故事如此，《詩》、《書》、《春秋》、《三禮》的故事也是如此。三百年的心思才力，始終不曾跳出這個狹小的圈子外去！

二、太注重功力而忽略了理解　學問的進步有兩個重要方面：一是材料的積聚與剖解；一是材料的組織與貫通。前者須靠精勤的功力，後者全靠綜合的理解。清儒有鑒於宋明學者專靠理解的危險，所以努力做樸實的功力而力避主觀的見解。這三百年之中幾乎只有經師，而無思想家；只有校史者，而無史家；只有校注，而無著作。這三句話雖然很重，但我們試除去戴震、章學誠、崔述幾個人，就不能不承認這三句話的真實了。章學誠生當乾隆盛時（乾隆，一七三六至一七九五年；章學誠，一七三八至一八〇〇年），大聲疾呼的警告當日的學術界道：

「今之博雅君子，疲精勞神於經傳子史，而終身無得於學者，正坐……誤執求知之功力，以為學即在是爾。學與功力實相似而不同。學不可以驟幾，人當致攻乎功力，則可耳；指功力以為學，是猶指秫黍以為酒也。」（《文史通義．博約篇》）

他又說：

「近日學者風氣，徵實太多，發揮太少，有如蠶食葉而不能抽絲。」（《章氏遺書·與汪輝祖書》）

古人說：「鴛鴦繡取從君看，不把金針度與人。」單把繡成的鴛鴦給人看，而不肯把金針教人，那是不大度的行為。然而天下的人不是人人都能學繡鴛鴦的；多數人只愛看鴛鴦，而不想自己動手去學繡。清朝的學者只是天天一針一針的學繡，始終不肯繡鴛鴦。所以他們儘管辛苦殷勤的做去，而在社會的生活思想上幾乎全不發生影響。他們自以為打倒了宋學，然而全國的學校裏讀的書仍舊是朱熹的《四書集註》、《詩集傳》、《易本義》等書。他們自以為打倒了偽《古文尚書》，然而全國村學堂裏的學究仍舊繼續用蔡沈的《書集傳》。三百年第一流的精力，二千四百三十卷的經解，仍舊不能替換朱熹一個人的幾部啟蒙的小書！這也可見單靠功力而不重理解的失敗了。

三、缺乏參考比較的材料　我們試問，這三百年的學者何以這樣缺乏理解呢？我們推求這種現象的原因，不能不回到第一層缺點——研究的範圍的過於狹小。宋明的理學家所以富於理解，全因為六朝唐以後佛家與道士的學說瀰漫空氣中，宋明的理學家全都受了他們的影響，用他們的學說作一種參考比較的資料。宋明的理學家，有了這種比較研究的材料，就像一個近視眼的人戴了近視眼鏡一樣。從前看不見的，現在都看見了；從前不明白的，現在都明白了。同是一篇「大學」，漢魏的人不很注意它，宋明的人忽然十分尊崇它，把它從《禮記》裏抬出來尊為四書之一，推為「初學入德之門」。《中庸》也是如此的。宋明的人戴了佛書的眼鏡，望着《大學》、《中庸》，便覺得「明明德」，「誠」，「正心誠意」，「率性之謂道」等等話頭都有哲學的意義了。清朝的學者深知戴眼鏡的流弊，決意不配眼鏡。卻不知道近視者不戴眼鏡，同瞎子相差有限。說《詩》的回到《詩序》，說《易》的回到「方士易」，說《春秋》的回到《公羊》，可謂「陋」之至了。然而我們試想這一班第一流才士，何以陋到這步田地，可不是因為他們沒有高明的參考資料嗎？他們排斥「異端」；他們得着一部《一切經音義》，只認得他有保存古韻書古詞典的用處；他們拿着一部子書，也只認得他有旁證經文古義的功用。他們只向那幾部儒書裏兜圈子。兜來兜去，始終脫不了一個「陋」字！打破這個陋字，沒有別的法子，只有旁搜博採，多尋參考比較的材料。

以上指出的這三百年的古學研究的缺點，不過是隨便挑出了幾樁重要的。我們的意思並不要菲薄這三百年的成績；我們只想指出他們的成績所以不過如此的原因。前人上了當，後人應該學點乖。我們借鑑於前輩學者的成功與失敗，然後可以決定我們現在和將來研究國學的方針。我們不研究古學則已；如要想提倡古學的研究，應該注意這幾點：

一、擴大研究的範圍。

二、注意系統的整理。

三、博採參考比較的資料。

一、怎樣「擴大研究的範圍」呢？　「國學」在我們的心眼裏，只是「國故學」的縮寫。中國的一切過去的文化歷史，都是我們的「國故」；研究這一切過去的歷史文化的學問，就是「國故學」，省稱為「國學」。「國故」這個名詞，最為妥當。因為他是一個中立的名詞，不含褒貶的意義。「國故」包含「國粹」；但它又包含「國渣」。我們若不瞭解「國渣」，如何懂得「國粹」？所以我們現在要擴充國學的領域，包括上下三四千年的過去文化，打破一切的門戶成見，拿歷史的眼光來整統一切。認清了「國故學」的使命是整理中國一切文化歷史，便可以把一切狹陋的門戶之見都掃空了。例如治經，鄭玄、王肅在歷史上固然佔一個位置，王弼、何晏也佔一個位置，王安石、朱熹也佔一個位置，戴震、惠棟也佔一個位置，劉逢祿、康有為也佔一個位置。段玉裁曾說：

校經之法，必以賈還賈，以孔還孔，以陸還陸，以杜還杜，以鄭還鄭，各得其底本，而後判其理義之是非。……不先正注、疏、釋文之底本，則多誣古人；不斷其立說之是非，則多誤今人。……（《經韻樓集．與諸同志書論校書之難》）

我們可借他論校書的話來總論國學，我們也可以說：

整治國故，必須以漢還漢，以魏晉還魏晉，以唐還唐，以宋還宋，以明還明，以清還清；以古文還古文家，以今文還今文家；以程朱還程朱，以陸王還陸王；……各還它一個本來面目，然後評判各代各家各人的義理的是非。不還它們的本來面目，則多誣古人；不評判它們的是非，則多誤今人。但不先弄明白了它們的本來面目，我們決不配評判它們的是非。

這還是專為經學、哲學說法。在文學的方面，也有同樣的需要。廟堂的文學固可以研究，但草野的文學也應該研究。在歷史的眼光裏，今日民間小兒女唱的歌謠，和《詩》三百篇有同等的位置；民間流傳的小說，和高文典冊有同等的位置；吳敬梓、曹霑和關漢卿、馬東籬和杜甫、韓愈有同等的位置。故在文學方面：

也應該把三百篇還給西周、東周之間的無名詩人；把古樂府還給漢魏六朝的無名詩人；把唐詩還給唐；把詞還給五代兩宋；把小曲雜劇還給元朝；把明清的小說還給明清。每一個時代，還它那個時代的特長的文學。然後評判它們文學的價值。不認明每一個時代的特殊文學，則多誣古人而多誤今人。

近來頗有人注意戲曲和小說了；但他們的注意仍不能脫離古董家的習氣。他們只看得起宋人的小說，而不知道在歷史的眼光裏，一本石印小字的《平妖傳》和一部精刻的殘本《五代史平話》有同樣的價值，正如道藏裏極荒謬的道教經典和《尚書》、《周易》有同等的研究價值。

總之，我們所謂「用歷史的眼光來擴大國學研究的範圍」，只是要我們大家認清國學是國故學，而國故學包括一切過去的文化歷史。歷史是多方面的。單記朝代興亡，固不是歷史；單有一宗一派，也不成歷史。過去種種，上自思想學術之大，下至一個字、一隻山歌之細，都是歷史，都屬於國學研究的範圍。

二、怎樣才是「注意系統的整理」呢？　學問的進步不單靠積聚材料，還須有系統的整理。系統的整理可分三部說：

（甲）索引式的整理　不曾整理的材料，沒有條理，不容易檢尋，最能銷磨學者有用的精神才力，最足阻礙學術的進步。若想學問進步增加速度，我們須想出法子來解放學者的精力，使他們的精力用在最經濟的方面。例如一部《說文解字》，是最沒有條理系統的。向來的學者差不多全靠記憶的苦工夫，方才能用這部書。但這種苦工夫是最不經濟的。如果有人能把《說文》重新編制一番（部首依筆畫，每部的字也依筆畫），再加上一個檢字的索引（略如《說文通檢》或《說文易檢》），那就可省許多無謂的時間與記憶力了。又如一部《二十四史》，有了一部《史姓韻編》，可以省多少精力與時間？清代的學者也有見到這一層的，如章學誠說：

> 竊以典籍浩繁，聞見有限；在博雅者且不能悉究無遺，況其下乎？校讎之先，宜盡取四庫之藏，中外之籍，擇其中之人名、地名、官階、書目，凡一切有名可治、有數可稽者，略仿《佩文韻府》之例，悉編為韻；乃於本韻之下，注明原書出處及先後篇第，自一見再見，以至數千百，皆詳注之；藏之館中，以為羣書之總類。至校書之時，遇有疑似之處，即名而求其編韻，因韻而檢其本書，參互錯綜，即可得其至是。此則淵博之儒窮畢生年力而不可究殫者，今即中才校勘可坐收於几席之間，非校讎之良法歟？（《校讎通義》）

當日的學者如朱筠、戴震等，都有這個見解。但這件事不容易做到，直到阮元得勢力的時候，方才集合許多學者，合力做成一部空前的《經籍纂詁》，「展一韻而眾字畢備，檢一字而諸訓皆存，尋一訓而原書可識」（王引之序）；「即字而審其義，依韻而類其字，有本訓，有轉訓，次敍布列，若網在綱」（錢大昕序）。這種書的功用，在於節省學者的功力，使學者不疲於功力之細碎，而省出精力來做更有用的事業。後來這一類的書被科場士子用作夾帶的東西，用作鈔竊的工具，所以有許多學者竟以用這種書為可恥的事。這是大錯的。這一類「索引」式的整理，乃是系統的整理的最低而最不可少的一步。沒有這一步的預備，國學止限於少數有天才而又有閒空工夫的少數人；並且這些少數人也要因功力的拖累而減少他們的成績。偌大的事業，應該有許多人分擔去做的，卻落在少數人的肩膀上。這是國學所以不能發達的一個重要原因。所以我們主張，國學的系統的整理的第一步要提倡這種「索引」式的整理，把一切大部的書或不容易檢查的書，一概編成索引，使人人能用古書。人人能用古書，是提倡國學的第一步。

（乙）結賬式的整理　商人開店，到了年底，總要把這一年的賬結算一次，要曉得前一年的盈虧和年底的存貨，然後繼續進行，做明年的生意。一種學術到了一個時期，也有總結賬的必要。學術上結賬的用處有兩層：一是把這一種學術裏已經不成問題的部分整理出來，交給社會；二是把那不能解決的部分特別提出來，引起學者的注意，使學者知道何處有隙可乘，有功可立，有困難可以征服。結賬是一、結束從前的成績；二、預備將來努力的新方向。前者是預備普及的，後者是預備繼長增高的。古代結賬的書，如李鼎祚的《周易集解》，如陸德明的《經典釋文》，如唐、宋的《十三經注疏》，如朱熹的《四書》、《詩集傳》、《易本義》等，所以都在後世發生很大的影響，全是這個道理。三百年來，學者都不肯輕易做這種結賬的事業。二千四百多卷的《清經解》，除了極少數之外，都只是一堆「流水」爛賬，沒有條理，沒有系統。人人從「粵若稽古」「關關雎鳩」說起，人人做的都是雜記式的稿本！怪不得學者看了要「望洋興歎」了；怪不得國學有淪亡之憂了。我們試看科學時代投機的書坊肯費整年工夫來編一部《皇清經解縮本編目》，便可以明白索引式的整理的需要。我們又看那時代的書坊肯費幾年的工夫來編一部《皇清經解分經彙纂》，便又可以明白結賬式的整理的需要了。現在學問的途徑多了，學者的時間與精力更有經濟的必要了。例如《詩經》，二千年研究的結果，究竟到了甚麼田地，很少人說得出的。只因為二千年的《詩經》爛賬至今不曾有一次的總結算。宋人駁了漢人，清人推翻了宋人，自以為回到漢人。至今《詩經》的研究，音韻自音韻，訓詁自訓詁，異文自異文，序說自序說，各不相關連。少年的學者想要研究《詩經》的，伸頭望一望，只看見一屋的爛賬薄，嚇得吐舌縮不進去，只好歎口氣，「算了罷！」《詩經》在今日所以漸漸無人過問，是少年人的罪過呢？還是《詩經》的專家的罪過呢？我們以為，我們若想少年學者研究《詩經》，我們應該把《詩經》這筆爛賬結算一遍，造成一筆總賬。《詩經》的總賬裏應該包括這四大項：

（A）異文的校勘　總結王應麟以來，直到陳喬樅、李富孫等校勘異文的賬。

（B）古韻的考究　總結吳棫、朱熹、陳第、顧炎武以來考證古音的賬。

（C）訓詁　總結毛公、鄭玄以來直到胡承珙、馬瑞辰、陳奐，二千多年訓詁的賬。

（D）見解（序說）　總結《詩序》、《詩辨妄》、《詩集傳》、《偽詩傳》，姚際恆、崔述、龔橙、方玉潤……等二千年猜謎的賬。

有了這一本總賬，然後可以使大多數的學子容易踏進「《詩經》研究」之門，這是普及。入門之後，方才可以希望他們之中有些人出來繼續研究那總賬裏未曾解決的懸賬，這是提高。《詩經》如此，一切古書古學都是如此。我們試看前清用全力治經學，而經學的書不能流傳於社會，倒是那幾部用餘力做的《墨子閒詁》、《荀子集解》、《莊子集釋》一類結賬式的書流傳最廣。這不可以使我們覺悟結賬式的整理的重要嗎？

（丙）專史式的整理　索引式的整理是要使古書人人能用，結賬式的整理是要使古書人人能讀，這兩項都只是提倡國學的設備。但我們在上文曾主張，國學的使命是要大家懂得中國過去的文化史；國學的方法是要用歷史的眼光來整理一切過去文化的歷史；國學的目的是要做成中國文化史。國學的系統的研究，要以此為歸宿。一切國學的研究，無論時代古今，無論問題大小，都要朝着這一個大方向走。只有這個目的可以整統一切材料；只有這個任務可以容納一切努力；

只有這種眼光可以破除一切門戶畛域。

我們理想中的國學研究，至少有這樣的一個系統：

中國文化史：

（一）民族史

（二）語言文字史

（三）經濟史

（四）政治史

（五）國際交通史

（六）思想學術史

（七）宗教史

（八）文藝史

（九）風俗史

（十）制度史

這是一個總系統。歷史不是一件人人能做的事。歷史家需要有兩種必不可少的能力：一是精密的功力，一是高遠的想像力。沒有精密的功力不能做搜求和評判史料的工夫；沒有高遠的想像力，不能構造歷史的系統。況且中國這麼大，歷史這麼長，材料這麼多，除了分工合作之外，更無他種方法可以達到這個大目的。但我們又覺得，國故的材料太紛繁了，若不先做一番歷史的整理工夫，初學的人實在無從下手，無從入門；後來的材料也無所統屬。材料無所統屬，是國學紛亂煩碎的重要原因。所以我們主張，應該分這幾個步驟：

第一、用現在力所能搜集考定的材料，因陋就簡的先做成各種專史，如經濟史、文學史、哲學史、數學史、宗教史，……之類。這是一些大間架，他們的用處只是要使現在和將來的材料有一個附着的地方。

第二、專史之中，自然還可分子目，如經濟史可分時代，又可分區域；如文學史、哲學史可分時代，又可分宗派，又可專治一人；如宗教史可分時代，可專治一教，或一宗派，或一派中的一人。這種子目的研究是學問進步必不可少的條件。治國學的人應該各就「性之所近而力之所能勉者」，用歷史的方法與眼光擔任一部分的研究。子目的研究是專史修正的唯一源頭，也是通史修正的唯一源頭。

三、怎樣「搏採參考比較的資料」呢？　向來的學者誤認「國學」的「國」字是國界的表示，所以不承認「比較的研究」的功用。最淺陋的是用「附會」來代替「比較」。他們說基督教是墨教的緒餘，墨家的「巨子」，即是「矩子」，而「矩子」即是十字架！……附會是我們應該排斥的，但比較的研究是我們應該提倡的。有許多現象，孤立的說來說去，總說不通，總說不明白；一有了比較，竟不須解釋，自然明白了。例如一個「之」字，古人說來說去，總不明白。現在我們懂得西洋文法學上的術語，只須說某種「之」字是內動詞（由是而之焉），某種是介詞（賊夫人之子），某種是指物形容詞（之子于歸），某種是代名詞的第三身用在目的位（愛之能勿勞乎），就都明白分明了。又如封建制度，向來被那方塊頭的分封說欺騙了，所以說來說去，總不明白。現在我們用歐洲中古的封建制度和日本的封建制度來比較，就容易明白了。音韻學上，比較的研究最有功效。用廣東音可以考侵覃各韻的古音，可以考古代入聲各韻的區別。近時西洋學者 Karlgren，如 Baron von Staël-Holstein，用梵文原本來對照漢文譯音的文字，很可以幫助我們解決古音學上的許多困難問題。不但如此；日本語裏，朝鮮語裏，安南語裏，都保存有中國古音可以供我們的參考比較。西藏文自唐朝以來，音讀雖變了，而文字的拼法不曾變，更可以供我們的參考比較，也許可以幫助我們發現中國古音裏有許多奇怪的複輔音呢。制度史上，這種比較的材料也極重要。懂得了西洋的議會制度史，我們更可以瞭解中國御史制度的性質與價值；懂得了歐美高等教育制度史，我們更能瞭解中國近一千年來的書院制度的性質與價值。哲學史上，這種比較的材料已發生很大的助力了。《墨子》裏的《經上、下》諸篇，若沒有印度因明學和歐洲哲學作參考，恐怕至今還是幾篇無人能解的奇書。韓非、王莽、王安石、李贄，……一班人，若沒有西洋思想作比較，恐怕至今還是沉冤莫白。看慣了近世國家注重財政的趨勢，自然不覺得李覯、王安石的政治思想的可怪了。懂得了近世社會主義的政策，自然不能不佩服王莽、王安石的見解和魄力了。《易·繫辭傳》裏「易者，象也」的理論，得柏拉圖的「法象論」的比較而更明白；《荀卿書》裏「類不悖，雖久同理」的理論，得亞里士多德的「類不變論」的參考而更易懂。這都是明顯的例。至於文學史上，小說、戲曲近年忽然受學者的看重，民間俗歌近年漸漸引起學者的注意，都是和西洋文學接觸比較的功效更不消說了。此外，如宗教的研究，民俗的研究，美術的研究，也都是不能不利用參考比較的材料的。

以上隨便舉的例，只是要說明比較參考的重要。我們現在治國學，必須要打破閉關孤立的態度，要存比較研究的虛心。第一，方法上，西洋學者研究古學的方法早已影響日本的學術界了，而我們還在冥行索途的時期。我們此時應該虛心採用他們的科學的方法，補救我們沒有條理系統的習慣。第二，材料上，歐美日本學術界有無數的成績可以供我們的參考比較，可以給我們開無數新法門，可以給我們添無數借鑑的鏡子。學術的大仇敵是孤陋寡聞；孤陋寡聞的唯一良藥是搏採參考比較的材料。

我們觀察這三百年的古學史，研究這三百年的學者的缺陷，知道他們的缺陷都是可以補救的。我們又返觀現在古學研究的趨勢，明白了世界學者供給我們參考比較的好機會，所以我們對於國學的前途，不但不抱悲觀，並且還抱無窮的樂觀。我們認清了國學前途的黑暗與光明全靠我們努力的方向對不對。因此，我們提出這三個方向來做我們一班同志互相督責勉勵的條件：

第一，用歷史的眼光來擴大國學研究的範圍。

第二，用系統的整理來部勒國學研究的資料。

第三，用比較的研究來幫助國學的材料的整理與解釋。

（《胡適文存》二集卷一）

*不贊成一元論史觀①

（一九三二年四月二十七日）

我不贊成一元論的史觀，因為我沒有見着一種一元史觀不走上牽強附會的路子的。凡先存一個門戶成見去看歷史的人，都不肯實事求是，都要尋事實來證明他的成見。有困難的時候，他就用「歸根到底」的公式來解圍。可是「歸根到底」，神的一元也可成立，心的一元也可成立，豈但經濟一元而已。

要知經濟條件的變成歷史上重要因子，不過是最近幾百年間的事。在經濟生活簡單的時代，往往有許多別種因子可以造成極重大的史實。史家的責任在於撇開成見，實事求是，尋求那些事實的線索，而不在於尋求那「最後之因」，——那「歸根到底」之因。那個「最後之因」，無論是宇宙論裏的上帝，或是史學上的經濟條件，都是不值得我們的辛勤的，因為太簡單了。……

（《胡適一部分信件底稿》第二十一頁）

注釋

①本文摘自作者回覆楊爾璜的信，標題為編者所擬。

《上海小志》序

（一九三〇年十一月十三日）

「賢者識其大者，不賢者識其小者」，這兩句話真是中國史學的大仇敵。甚麼是大的？甚麼是小的？很少人能夠正確回答這兩個問題。朝代的興亡，君主的廢立，經年的戰爭，這些「大事」，在我們的眼裏漸漸變成「小事」了。《史記》裏偶然記着一句，「奴婢與牛馬同闌」，或者一句女子「躡利屣」，這種事實在我們眼裏比楚漢戰爭重要的多了。因為從這些字句上可以引起許多有關時代生活的問題：究竟漢朝的奴隸生活是甚麼樣子的？究竟「利屣」是不是女子纏腳的起原〔源〕？這種問題關係無數人民的生活狀態，關係整個時代的文明的性質，所以在人類文化史上是有重大意義的史料。然而古代文人往往不屑記載這種刮刮〔呱呱〕叫的大事，故一部《二十四史》的絕大部分只是廢話而已。將來的史家還得靠那「識小」的不賢者一時高興記下來的一點點材料。

方志是歷史的一個重要門類，正史不屑「識其小者」，故方志也不屑記小事。各地的志書往往有的是不正確的輿圖，模糊的建置沿革，官樣文章的田賦戶口，連篇累牘的名宦列女。然而一地方的生活狀態，經濟來源，民族移徙，方音異態，風俗演變，教育狀況，這些問題都不在尋常修志局的範圍之中，也都不是修志先生的眼光能力所能及。故汗牛充棟的省府縣志，都不能供給我們一些真正可信的文化史料。

修史修志的先生們，若不能打破「不賢者識其小者」的謬見，他們的史乘方志是不值得看的。試看古來最有史料價值的活志乘，哪一部不是發願記載纖細瑣屑的書？一部《洛陽伽藍記》，所記只是一些佛寺的廢興。然而兩個世紀的北朝文物，一個大宗教的規模與權勢，一個時代的信仰與藝術，都借此留下一個極可信的記錄了。《東京夢華錄》、《都城紀勝》、《夢粱錄》、《武林舊事》，所記都極細碎，然而兩宋的兩京文化，人民生活，藝術演變，都一一活現於這幾部書之中。將來的史家重寫《宋史》，必然把這幾部書看作絕可寶貴的史料。楊衒之、孟之老諸人，他們自願居於「識小」之流，甘心摭拾大方家所忽略拋棄的細小事實。他們敢於為「賢者」所不屑為，只這一點精神，便可使他們的書歷久遠而更貴重。

我的族叔胡寄凡先生喜歡遊覽，留心掌故，曾作《西湖》、《金陵》兩地的小志，讀者稱為利便。他現在又作了一部《上海小志》，因為我和他都是生在上海的，所以他要我寫一篇小序。我在病榻上匆匆翻看他的書，覺得他的決心「識小」，是很可佩服的。但他的初稿還不夠「小」，其中關於沿革、交通等等門類，皆是「賢者」所優為，大可不勞我們自甘不賢的人的手筆。凡此種識小的書，題目越小越好，同時工夫也得越精越好。俞理初記纏足與樂籍兩篇，最可供我們取法。寄凡先生既決心作「識小」的大事業，與其間接引用西人書籍來記租界沿革，不如擇定一些米米小的問題，遍考百年來的載籍，作精密的歷史研究。如上海妓院的沿革，如上海戲園百年史，如城隍會的小史，皆是絕好的小題目。試舉戲園一題為例，若用六十年的《申報》所登每日戲目作底子，更廣考同時人的記載，訪問生存的老優伶與老看戲者，遍考各時代的戲園歷史與戲子事實，更比較各時代最流行何種戲劇與何種戲子，如此做去，方可算是有意義的識小的著作。此種識小，其實真是識大也。即使不能如此，即使有人能鈎出《申報》六十年的上海逐日戲目，也可成為一部有意義的史料書，其價值勝於虛談建置沿革萬萬倍了。

狂妄之見如此，寄凡先生以為何如？

考據學的責任與方法

（一九四六年十月六日）

歷史的考證是用證據來考定過去的事實。史學家用證據考定史事的有無，真偽，是非，與偵探訪案，法官斷獄，責任的嚴重相同，方法的謹嚴也應該相同。這一點，古人也曾見到。朱子曾說：「看文字必如法家深刻，方窮究得盡。」朱子少年舉進士，曾做四年同安縣主簿，他常用判斷獄訟的事來比喻讀書窮理。例如他說：

> 向來熹在某處，有訟田者。契數十本，中間一段作偽。自崇寧政和間，至今不決。將正契及公案藏匿，皆不可考。熹只索四畔眾契，比驗前後所斷，情偽更不能逃者。窮理亦只是如此。

他又說：

> 學者觀書，……大概病在執着，不肯放下。正如聽訟，先有主張乙底意思，便只尋甲底

不是；先有主張甲底意思，便只見乙底不是。不若姑置甲乙之說，徐徐觀之，方能辨其曲直。

在朱子的時代，有一位有名的考證學者，同時也是有名的判斷疑獄的好手，他就是《雲谷雜記》的作者張淏，字清源。《雲谷雜記》有楊楫的一篇跋，其中說：

嘉定庚午（一二一〇，朱子死後十年），予假守龍舒，始識張君清源，其於書傳間辨正譌謬，旁證遠引，博而且確。……會旁郡有訟析貲者，幾二十年不決。部使者下之郡，予因以屬之。清源一閱文牘，曰：「得之矣。」即呼二人叩之。甲曰：「紹興十三年，從兄嘗鬻祖產，得銀帛楮券若干，悉輦而商，且書約，期他日復置如初。兄後以其貲買田於淮，不復歸。今兄雖亡，元約固存，於法當析。」乙曰：「父存而叔未嘗及此；父死之後，忽稱為約，實為不可。」清源呼甲至，謂之曰：「按國史，紹興三十年後方用楮幣。不應十三年汝家已預有若干。汝約偽矣。」甲不能對，其訟遂決。

楊楫跋中又記張淏判決的另一案：

又有訟田者，餘五十年，屢置對而不得其理。清源驗其券，乃政和五年龍舒民與陶龍圖者為市。因訊之曰：「此呼龍圖者謂何人？」曰：「祖父也。」清源曰：「政和三年五甲登第，於法不過簿尉耳。不應越二年已呼龍圖。此劵紹興間偽為以誣人，尚何言哉？」

其人遂府伏，衆皆駭歎。

朱子的話和楊楫的跋都可以表示十二三世紀的中國學術界裏，頗有人把考證書傳譌謬和判斷疑難獄訟看作同一樣的本領，同樣的用證據來斷定一件過去的事實的是非真偽。

唐宋的進士登第後，大多數分發到各縣去做主簿縣尉，使他們都可以得着判斷訟獄的訓練。程子（顥）、朱子都在登進士第後做過主簿。聰明的人，心思細密的人，往往可以從這種簿書獄訟的經驗裏得着讀書治學的方法，也往往可以用讀書治學的經驗來幫助聽訟折獄。因為這兩種工作都得用證據來判斷事情。

讀書窮理方法論是小程子建立的，是朱子極力提倡的。小程子雖然沒有中進士，不曾有過聽訟折獄的經驗。然而他寫他父親程珦的家傳，哥哥程顥的行狀，和「家世舊事」，都特別記載他家兩代判斷疑獄的故事。他記大程子在鄠縣主簿任內判決窖錢一案，方法與張湜判的楮幣案相同。又記大程子宰晉城時判決冒充父親一案，方法與張湜判的陶龍圖案相同。讀書窮理的哲學出於善斷疑獄的程氏家庭，似乎不是偶然的。

中國考證學的風氣的發生，遠在實驗科學發達之前。我常推想，兩漢以下文人出身做親民之官，必須料理民間訴訟，這種聽訟折獄的經驗是養成考證方法的最好訓練。試看考證學者常用的名詞，如「證據」、「左證」、「左驗」、「勘驗」、「推勘」、「比勘」、「質證」、「斷案」、「案驗」，都是法官聽訟常用的名詞，都可以指示考證學與刑名獄訟的歷史關係。所以我相信文人審判獄訟的經驗大概是考證學的一個比較最重要的來源。

無論這段歷史淵源是否正確，我相信考證學在今日還應充分參考法庭判案的證據法。獄訟最關繫人民的財產生命，故向來讀書人都很看重這種責任。如朱子說的：

> 天下事最大而不可輕者，無過於兵刑。……獄訟面前分曉事易看。其情偽難通，或旁無佐證，各執兩說，繫人性命處，須吃緊思量，或猶有誤也。

我讀乾隆嘉慶時期有名的法律家汪輝祖的遺書。看他一生辦理訴訟，真能十分敬慎的態度。他說：「辦案之法，不唯入罪宜慎，即出罪亦宜慎。」他一生做幕做官，都盡力做到這「慎」字。

但是文人做歷史考據，往往沒有這種敬慎的態度，往往不肯把是非真偽的考訂看作朱子說的「繫人性命處，須吃緊思量」。因為文人看輕考據的責任，所以他們往往不能嚴格的審查證據，也往往不能敬慎的運用證據。證據不經過嚴格的審查，則證據往往夠不上作證據。證據不能敬慎的使用，則結論往往和證據不相干。這種考據，儘管堆上百十條所謂「證據」，只是全無價值的考據。

近百年中，號稱考據學風氣流行的時代，文人輕談考證，不存敬慎的態度，往往輕用考證的工具，造成誣枉古人的流言。有人說，戴東原偷竊趙東潛（一清）的《水經注釋》。又有人說，戴東原偷竊全謝山的校本。有人說，馬國翰的《玉函山房輯佚書》是偷竊章宗源的原稿。又有人說，嚴可均的《全上古三代秦漢三國兩晉六朝文》是攘奪孫星衍的原稿。

說某人作賊，是一件很嚴重的刑事控訴。為甚麼這些文人會這樣輕率的對於已死不能答辯的古人提出這樣嚴重的控訴呢？我想來想去，只有一個答案：根本原因在於中國考證學還缺乏自覺的任務與自覺的方法。任務不自覺，所以考證學者不感覺他考訂史事是一件最嚴重的任務，是為千秋百世考定歷史是非真偽的大責任！方法不自覺，所以考證學者不能發覺自己的錯誤，也不能評判自己的錯誤。

做考證的人，至少要明白他的任務有法官斷獄同樣的嚴重，他的方法也必須有法官斷獄同樣的謹嚴，同樣的審慎。

近代國家《證據法》的發達，大致都是由於允許兩造辯護人各有權可以駁斥對方提出的證據。因為有對方的駁斥，故假證據與不相干的證據都不容易成立。

考證學者閉門做歷史考據，沒有一個對方辯護人站在面前駁斥他提出的證據，所以他往往不肯嚴格的審查他的證據是否可靠，也往往不肯敬慎的考問他的證據是否關切，是否相干。考證方法所以遠不如法官判案的謹嚴，主要原因正在缺乏一個自覺的駁斥自己的標準。

所以我提議：凡做考證的人，必須建立兩個駁問自己的標準：第一要問，我提出的證人證物本身可靠嗎？這個證人有作證人的資格嗎？這件證物本身沒有問題嗎？第二要問，我提出這個證據的目的是要證明本題的那一點？這個證據足夠證明那一點嗎？

第一個駁問是要審查某種證據的真實性。第二個駁問是要扣緊證據對本題的相干性。

我試舉一例。這一百年來，控訴戴東原偷竊趙東潛水經注校本的許多考證學者，從張穆、魏源到我們平日敬愛的王國維、孟森，總愛提出戴東原「背師」的罪狀，作為一個證據。例如魏源說：

戴為婺源江永門人，凡六書三禮九數之學，無一不受諸江氏。及戴名既盛，凡己書中稱引師說，但稱為同里老儒江慎修，而不稱師說，亦不稱先生。

又如王國維說：

其（東原）平生學術出於江慎修。……其於江氏亦未嘗篤「在三」之誼，但呼之曰婺源老儒江愼修而已。

我曾遍檢現存的戴東原遺著（微波榭刻本與安徽叢書本），見他每次引江愼修的話，必稱江先生。計有：

《經考》引江說五次，四次稱江愼修先生，一次稱江先生。

《經考．附錄》引一次，稱江愼修先生。

《屈原賦注》引四次，稱江先生。

《考工記圖》引三次，稱江先生。

《顧氏音論跋》引一次，稱江先生。

《答段若膺論韻》稱江愼修先生一次，稱江先生凡八次。

總計東原引江愼修，凡稱「先生」二十三次。其中《經考》、《考工記圖》、《屈原賦注》，都是少年之作；《答段若膺論韻》則是東原五十四歲之作，次年他就死了。故東原從少年到臨死前一年，凡稱引師說，必稱先生。

至於「老儒江愼修」一句話，我也曾審查過。東原在兩篇古韻分部的小史裏——一篇是《聲韻考》的《古音》一卷，一篇是《六書音均表序》，——敍述鄭庠以下三個人的大貢獻，有這樣說法：

> 鄭庠……分六部。
>
> 近崑山顧炎武……列十部。
>
> 吾郡老儒江慎修永……列十有三部。

這兩篇古音小史裏，鄭庠、顧炎武都直稱姓名，而江永則特別稱「吾郡老儒江慎修永」，這是表示敬重老師不敢稱名之意，讀者當然可以明瞭。

故魏源、王國維提出的證據，一經審查，都是無根據的謠言，都沒有作證據的資格。既沒有作證據的資格，我們當然不必再問這件證據足夠證明《水經注》疑案的那一點了。

我再舉一個例子。楊守敬在他的《水經注疏要刪》裏，曾舉出十幾條戴氏襲趙氏的「確證」。其中有一條是這樣的：朱謀瑋的《水經注箋》卷七，《濟水篇》注文引：

> 《穆天子傳》曰甲辰天子浮於滎水。

趙氏水經注釋的各本都把「甲辰」改作「甲寅」，刊誤說：

> 甲辰，一清按，《穆天子傳》是甲寅。

戴氏兩種校本也都改作「甲寅」。楊守敬提出這條作為戴襲趙之證。他說：

> 原書本是甲辰。趙氏所據何本誤以為甲寅，戴氏竟據改之！（《要刪》七，頁九）

楊氏所謂「原書」是指《穆天子傳》。天一閣本、漢魏叢書本，與今日通行《穆天子傳》，此句都作「甲辰」。趙東潛說他依據《穆天子傳》作甲寅，是他偶然誤記了來源。楊守敬說「原書本是甲辰」，是不錯的。

但楊守敬用這條證據來證明趙氏先錯了而戴氏跟着錯，故是戴襲趙之證，那就是楊守敬不曾比勘水經注古本，鬧出笑話來了。這兩個字的版本沿革史，如下表：

殘宋本作	甲寅
《永樂大典》作	甲寅
黃省曾本作	甲寅
吳琯本改作	甲辰
朱謀瑋本作	甲辰
趙一清本改	甲寅
戴震本改	甲寅

古本都作甲寅，吳琯本始依《穆天子傳》改作甲辰，朱本從吳本也作甲辰。趙氏又依古本（黃本

或孫潛本）改回作甲寅。戴氏依大典本改回作甲寅。

楊守敬所見《水經注》的版本太少了，他沒有看見朱謀瑋以前的各種古本。腦子裏先存了「戴襲趙」的成見，正如朱子說的「先有主張乙底意思，便只尋甲底不是」。他完全不懂得水經注問題本來是個校勘學的問題。兩個學者分頭校勘同一部書，結果當然有百分之九十九以上的相同。相同是最平常的事，本不成問題，更不成證據。

楊守敬在他的《凡例》裏曾說：

> 若以趙氏所見之書，戴氏皆能讀之，冥符合契，情理宜然。然謂事同道合，容有一二。豈有盈千累百，如出一口？

這句話最可以表示楊守敬完全不懂得校勘學的性質。校勘學是機械的工作。只有極少數問題沒有古本古書可供比勘，故須用推理。絕大多數的校勘總是依據古本與原書所引的古書。如果趙、戴兩公校訂一部三十多萬字的《水經注》而沒有「盈千累百」的相同，那才是最可驚異的怪事哩！即如上文所舉「甲寅」兩字的版本沿革，都是校勘學最平常的事，豈可用來作誰偷誰的證據！

我舉出這兩個例子來表示一班有名學者怎樣輕視考證學的任務，怎樣濫用考證學的方法。我最後要舉一個極端的例子來做這篇文字的結束。《水經注》卷二十四，《瓠子水篇》有一段文字，前面敍舊東河逕濮陽城東北，下文忽然接着說：「春秋僖公十三年夏會於鹹。」凡熟於《水經注》文字體例的人，都知道這兩節之間必有脱文。故趙、戴兩本都在「春秋」上校增「又東，逕鹹城南」六字，趙氏刊誤云：

又東逕鹹城東六字，全氏曰，以先司空公本校增。

楊守敬論此條說：

此非別有據本，以下文照之，固當有此六字。此戴襲全之證。（《要刪》二十四，頁七）

他既說這六字的校增不必有本子的根據，只看下文，即知「固當有此六字」，則是無論誰校《水經注》，都會增此六字了。為甚麼獨不許戴東原校增此六字呢？為甚麼這六字可以用作戴氏襲全氏的證據呢？

用證據考定一件過去的事情，是歷史考證。用證據判斷某人有罪無罪，是法家斷獄。楊守敬號稱考證學者，號稱「妙悟若百詩，篤實若竹汀，博辨若大可」，卻這樣濫用考證學的方法，用全無根據的「證據」來誣枉古人作賊。考證學墮落到這地步，豈不可歎！

我們試看中國舊式法家汪輝祖自述他辦理訟案如何敬慎。他說：

罪從供定。犯供（犯人自己的供狀）最關緊要。然五聽之法，辭止一端。且錄供之吏難保一無上下其手之弊。據供定罪，尚恐未真。余在幕中，凡犯應徒罪以上者，主人庭訊時，余必於堂後凝神細聽。供稍勉強，即屬主人覆訊。常戒主人不得性急用刑。往往有訊至四五次及八九次者。疑必屬訊，不顧主人畏難；每訊必聽，余亦不敢憚煩也。（《續佐治藥言》・〈草供未可全信〉條。）

被告自己的供狀，尚且未可據供定罪，有疑必覆訊，不敢憚煩。我們做歷史考證的人，必須學這種敬慎不苟且的精神，才配擔負為千秋百世考定史實的是非真偽的大責任。

（一九四六年十月十六日天津《大公報・文史周刊》）

我們對於西洋近代文明的態度

（一九二六年六月六日）

今日最沒有根據而又最有毒害的妖言是譏貶西洋文明為唯物的（Materialistic），而尊崇東方文明為精神的（Spiritual）。這本是很老的見解，在今日卻有新興的氣象。從前東方民族受了西洋民族的壓迫，往往用這種見解來解嘲，來安慰自己。近幾年來，歐洲大戰的影響使一部分的西洋人對於近世科學的文化起一種厭倦的反感，所以我們時時聽見西洋學者有崇拜東方的精神文明的議論。這種議論，本來只是一時的病態的心理，卻正投合東方民族的誇大狂；東方的舊勢力就因此增加了不少的氣燄。

我們不願「開倒車」的少年人，對於這個問題不能沒有一種徹底的見解，不能沒有一種鮮明的表示。

現在高談「精神文明」、「物質文明」的人，往往沒有共同的標準做討論的基礎，故只能作文字上或表面上的爭論，而不能有根本的瞭解。我想提出幾個基本觀念來做討論的標準。

第一，文明（Civilization）是一個民族應付他的環境的總成績。

第二，文化（Culture）是一種文明所形成的生活的方式。

第三，凡一種文明的造成，必有兩個因子：一是物質的（Material），包括種種自然界的勢力與質料；一是精神的（Spiritual），包括一個民族的聰明才智，感情和理想。凡文明都是人的心思智力運用自然界的質與力的作品；沒有一種文明是精神的，也沒有一種文明單是物質的。

我想這三個觀念是不須詳細說明的，是研究這個問題的人都可以承認的。一隻瓦盆和一隻鐵鑄的大蒸汽鑪，一隻舢板船和一隻大汽船，一部單輪小車和一輛電力街車，都是人的智慧利用自然界的質力製造出來的文明，同有物質的基礎，同有人類的心思才智。這裏面只有個精粗巧拙的程度上的差異，卻沒有根本上的不同。蒸汽鐵鑪固然不必笑瓦盆的幼稚，單輪小車上的人也更不配自誇他的精神的文明，而輕視電車上人的物質的文明。

因為一切文明都少不了物質的表現，所以「物質的文明」（Material Civilization）一個名詞不應該有甚麼譏貶的涵義。我們說一部摩托車是一種物質的文明，不過單指他的物質的形體；其實一部摩托車所代表的人類的心思智慧決不亞於一首詩所代表的心思智慧。所以「物質的文明」

不是和「精神的文明」反對的一個貶詞，我們可以不討論。

我們現在要討論的是一、甚麼叫做「唯物的文明」（Materialistic Civilization），二、西洋現代文明是不是唯物的文明。

崇拜所謂東方精神文明的人說，西洋近代文明偏重物質上和肉體上的享受，而略視心靈上與精神上的要求，所以是唯物的文明。

我們先要指出這種議論含有靈肉衝突的成見，我們認為錯誤的成見。我們深信，精神的文明必須建築在物質的基礎之上。提高人類物質上的享受，增加人類物質上的便利與安逸，這都是朝着解放人類的能力的方向走，使人們不至於把精力心思全拋在僅僅生存之上，使他們可以有餘力去滿足他們的精神上的要求。東方的哲人曾說：

衣食足而後知榮辱，倉廩實而後知禮節。

這不是甚麼舶來的「經濟史觀」；這是平恕的常識。人世的大悲劇是無數的人們終身做血汗的生活，而不能得着最低限度的人生幸福，不能避免凍與餓。人世的更大悲劇是人類的先知先覺者眼看無數人們的凍餓，不能設法增進他們的幸福，卻把「樂天」、「安命」、「知足」、「安貧」種種催眠藥給他們吃，叫他們自己欺騙自己，安慰自己。西方古代有一則寓言說，狐狸想吃葡萄，葡萄太高了，牠吃不着，只好說「我本不愛吃這酸葡萄！」狐狸吃不着甜葡萄，只好說葡萄是酸的；人們享受不着物質上的快樂，只好說物質上的享受是不足羨慕的，而貧賤是可以驕人的。這樣自欺自慰成了懶惰的風氣，又不足為奇了。於是有狂病的人又進一步，索性回過頭去，戕賊身體、斷臂、絕食、焚身，以求那幻想的精神的安慰。從自欺自慰以至於自殘自殺，人生觀變成了人死觀，都是從一條路上來的：這條路就是輕蔑人類的基本的欲望。朝這條路上走，逆天而拂性，必至於養成懶惰的社會，多數人不肯努力以求人生基本欲望的滿足，也就不肯進一步以求心靈上與精神上的發展了。

西洋近代文明的特色便是充分承認這個物質的享受的重要。西洋近代文明，依我的鄙見看來，是建築在三個基本觀念之上：

第一，人生的目的是求幸福。

第二，所以貧窮是一樁罪惡。

第三，所以衰病是一樁罪惡。

借用一句東方古話，這就是一種「利用厚生」的文明。因為貧窮是一樁罪惡，所以要開發富源，獎勵生產，改良製造，擴張商業。因為衰病是一樁罪惡，所以要研究醫藥，提倡衛生，講求體育，防止傳染的疾病，改善人種的遺傳。因為人生的目的是求幸福，所以要經營安適的起居，便利的交通，潔淨的城市，優美的藝術，安全的社會，清明的政治。縱觀西洋近代的一切工藝、科學、法制，固然其中也不少殺人的利器與侵略掠奪的制度，我們終不能不承認那利用厚生的基本精神。

這個利用厚生的文明，當真忽略了人類心靈上與精神上的要求嗎？當真是一種唯物的文明嗎？

我們可以大膽地宣言：西洋近代文明決不輕視人類的精神上的要求。我們還可以大膽地進一步說：西洋近代文明能夠滿足人類心靈上的要求的程度，遠非東洋舊文明所能夢見。在這一方面看來，西洋近代文明絕非唯物的，乃是理想主義的（Idealistic），乃是精神的（Spiritual）。

我們先從理智的方面說起。

西洋近代文明的精神方面的第一特色是科學。科學的根本精神在於求真理。人生世間，受環境的逼迫，受習慣的支配，受迷信與成見的拘束。只有真理可以使你自由，使你強有力，使你聰明聖智；只有真理可以使你打破你的環境裏的一切束縛，使你戡天，使你縮地，使你天不怕，地不怕，堂堂地做一個人。

求知是人類天生的一種精神上的最大要求。東方的舊文明對於這個要求，不但不想滿足它，並且常想裁制它，斷絕它。所以東方古聖人勸人要「無知」，要「絕聖棄智」，要「斷思惟」，要「不識不知，順帝之則」。這是畏難，這是懶惰。這種文明，還能自誇可以滿足心靈上的要求嗎？

東方的懶惰聖人說，「吾生也有涯，而知也無涯，以有涯逐無涯，殆已。」所以他們要人靜坐澄心，不思不慮，而物來順應。這是自欺欺人的誑語，這是人類的誇大狂。真理是深藏在事物之中的；你不去尋求探討，他決不會露面。科學的文明教人訓練我們的官能智慧，一點一滴地去尋求真理，一絲一毫不放過，一銖一兩地積起來。這是求真理的唯一法門。自然（Nature）是一個最狡猾的妖魔，只有敲打逼拶可以逼她吐露真情。不思不慮的懶人只好永永作愚昧的人，永永走不進真理之門。

東方的懶人又說：「真理是無窮盡的，人的求知的欲望如何能滿足呢？」誠然，真理是發現不完的。但科學決不因此而退縮。科學家明知真理無窮，知識無窮，但他們仍然有他們的滿足：進一寸有一寸的愉快，進一尺有一尺的滿足。二千多年前，一個希臘哲人思索一個難題，想不出道理來；有一天，他跳進浴盆去洗澡，水漲起來，他忽然明白了，他高興極了，赤裸裸地跑出門去，在街上亂嚷道：「我尋着了！我尋着了！」（Eureka! Eureka!），這是科學家的滿足。Newton, Pasteur 以至於 Edison 時時有這樣的愉快。一點一滴都是進步，一步一步都可以躊躇滿志。這種心靈上的快樂是東方的懶聖人所夢想不到的。

這裏正是東西文化的一個根本不同之點：一邊是自暴自棄的不思不慮，一邊是繼續不斷的尋求真理。

朋友們，究竟是哪一種文化能滿足你們的心靈上的要求呢？

其次，我們且看看人類的情感與想像力上的要求。

文藝、美術，我們可以不談。因為東方的人，凡是能睜開眼睛看世界的，至少還都能承認西洋人並不曾輕蔑了這兩個重要的方面。

我們來談談道德與宗教罷。

近世文明在表面上還不曾和舊宗教脱離關係，所以近世文化還不曾明白建立他的新宗教新道德。但我們研究歷史的人不能不指出近世文明自有他的新宗教與新道德。科學的發達提高了人類的知識，使人們求知的方法更精密了，評判的能力也更進步了，所以舊宗教的迷信部分漸漸被淘汰到最低限度，漸漸地連那最低限度的信仰——上帝的存在與靈魂的不滅——也發生疑問了。所以這個新宗教的第一特色是他的理智化。近世文明仗着科學的武器，開闢了許多新世界，發現了無數新真理，征服了自然界的無數勢力，叫電氣趕車，叫「以太」送信，真個作出種種動地掀天的大事業來。人類的能力的發展使他漸漸增加對於自己的信仰心，漸漸把向來信天安命的心理變成信任人類自己的心理。所以這個新宗教的第二特色是他的人化。知識的發達不但抬高了人的能力，並且擴大了他的眼界，使他胸襟闊大，想像力高遠，同情心濃摯。同時，物質享受的增加使人有餘力可以顧到別人的需要與痛苦。擴大了的同情心加上擴大了的能力，遂產生了一個空前的社會化的新道德。所以這個新宗教的第三特色就是他的社會化的道德。

古代的人因為想求得感情上的安慰，不惜犧牲理智上的要求，專靠信心（Faith），不問證據，於是信鬼，信神，信上帝，信天堂，信淨土，信地獄。近世科學便不能這樣專靠信心了。科學並不菲薄感情上的安慰；科學只要求一切信仰需要禁得起理智的評判，需要有充分的證據。凡沒有充分證據的，只可存疑，不足信仰。赫胥黎（Huxley）說的最好：

如果我對於解剖學上或生理學上的一個小小困難，必須要嚴格的不信任一切沒有充分證據的東西，方才可望有成績，那麼，我對於人生的奇秘的解決，難道就可以不用這樣嚴格的條件嗎？

這正是十分尊重我們的精神上的要求。我們買一畝田，賣二間屋，尚且要一張契據；關於人生的最高希望的根據，豈可沒有證據就胡亂信仰嗎？

這種「拿證據來」的態度，可以稱為近世宗教的「理智化」。

從前人類受自然的支配，不能探討自然界的秘密，沒有能力抵抗自然的殘酷，所以對於自然常懷着畏懼之心。拜物，拜畜牲，怕鬼，敬神，「小心翼翼，昭事上帝」，都是因為人類不信任自己的能力，不能不倚靠一種超自然的勢力。現代的人便不同了。人的智力居然征服了自然界的無數質力，上可以飛行無礙，下可以潛行海底，遠可以窺算星辰，近可以觀察極微。這個兩隻手一個大腦的動物——人——已成了世界的主人翁，他不能不尊重自己了。一個少年的革命詩人曾這樣的歌唱：

我獨自奮鬥，勝敗我獨自承當，
我用不着誰來放我自由，
我用不着甚麼耶穌基督
妄想他能替我贖罪替我死。

I fight alone and win or sink,

I need no one to make me free,

I want no Jesus Christ to think

That he could ever die for me.

這是現代人化的宗教。信任天不如信任人，靠上帝不如靠自己。我們現在不妄想甚麼天堂天國了，我們要在這個世界上建造「人的樂國」。我們不妄想做不死的神仙了，我們要在這個世界上做個活潑健全的人。我們不妄想甚麼四禪定六神通了，我們要在這個世界上做個有聰明智慧可以戡天縮地的人。我們也許不輕易信仰上帝的萬能了，我們卻信仰科學的方法是萬能的，人的將來是不可限量的。我們也許不信靈魂的不滅了，我們卻信人格是神聖的，人權是神聖的。

這是近世宗教的「人化」。

但最重要的要算近世道德宗教的「社會化」。

古代的宗教大抵注重個人的拯救，古代的道德也大抵注重個人的修養。雖然也有自命普渡眾生的宗教，雖然也有自命兼濟天下的道德，然而終苦於無法下手，無力實行，只好仍舊回到個人的身心上用工夫，做那向內的修養。越向內做工夫，越看不見外面的現實世界；越在那不可捉摸的心性上玩把戲，越沒有能力應付外面的實際問題。即如中國八百年的理學工夫居然看不見二萬萬婦女纏足的慘無人道！明心見性，何補於人道的苦痛困窮！坐禪主敬，不過造成許多「四體不勤，五穀不分」的廢物！

近世文明不從宗教下手，而結果自成一個新宗教；不從道德入門，而結果自成一派新道德。十五十六世紀的歐洲國家簡直都是幾個海盜的國家，哥侖布（Columbus）、馬汲倫（Magellan）、都芮克（Drake）一班探險家都只是一些大海盜。他們的目的只是尋求黃金、白銀、香料、象牙、黑奴。然而這班海盜和海盜帶來的商人開闢了無數新地，開拓了人的眼界，抬高了人的想像力，同時又增加了歐洲的富力。工業革命接着起來，生產的方法根本改變了，生產的能力更發達了。二三百年間，物質上的享受逐漸增加，人類的同情心也逐漸擴大。這種擴大的同情心便是新宗教新道德的基礎。自己要爭自由，同時便想到別人的自由。所以不但自由須以不侵犯他人的自由為界限，並且還進一步要要求絕大多數人的自由。自己要享受幸福，同時便想到人的幸福。所以樂利主義（Utilitarianism）的哲學家便提出「最大多數的最大幸福」的標準來做人類社會的目的。這都是「社會化」的趨勢。

十八世紀的新宗教信條是自由，平等，博愛。十九世紀中葉以後的新宗教信條是社會主義。這是西洋近代的精神文明，這是東方民族不曾有過的精神文明。

固然東方也曾有主張博愛的宗教，也曾有公田均產的思想。但這些不過是紙上的文章，不曾實地變成社會生活的重要部分，不曾變成範圍人生的勢力，不曾在東方文化上發生多大的影響。在西方便不然了。「自由，平等，博愛」成了十八世紀的革命口號。美國的革命，法國的革命，一八四八年全歐洲的革命運動，一八六二年的南北美戰爭，都是在這三大主義的旗幟之下的大革命。美國的憲法，法國的憲法，以至於南美洲諸國的憲法，都是受了這三大主義的絕大影響的。舊階級的打倒，專制政體的推翻，法律之下人人平等的觀念的普遍，「信仰、思想、言論、出版」幾大自由的保障的實行，普及教育的實施，婦女的解放，女權的運動，婦女參政的實現，……都是這個新宗教新道德的實際的表現。這不僅僅是三五個哲學家書本子裏的空談，這都是西洋近代社會政治制度的重要部分，這都已成了範圍人生，影響實際生活的絕大勢力。

十九世紀以來，個人主義的趨勢的流弊漸漸暴白於世了，資本主義之下的苦痛也漸漸明瞭了。遠識的人知道自由競爭的經濟制度不能達到真正「自由，平等，博愛」的目的。向資本家手裏要求公道的待遇，等於「與虎謀皮」。救濟的方法只有兩條大路：一是國家利用其權力，實行裁制資本家，保障被壓迫的階級；一是被壓迫的階級團結起來，直接抵抗資本階級的壓迫與掠奪。於是各種社會主義的理論與運動不斷地發生。西洋近代文明本建築在個人求幸福的基礎之上，所以向來承認「財產」為神聖的人權之一。但十九世紀中葉以後，這個觀念根本動搖了；有的人竟說「財產是賊贓」，有的人竟說「財產是掠奪」。現在私有財產制雖然還存在，然而國家可以徵收極重的所得稅和遺產稅，財產久已不許完全私有了。勞動是向來受賤視的；但資本集中的制度使勞工有大組織的可能，社會主義的宣傳與階級的自覺又使勞工覺悟團結的必要，於是幾十年之中有組織的勞動階級遂成了社會上最有勢力的分子。十年以來，工黨領袖可以執掌世界強國的政權，同盟總罷工可以屈服最有勢力的政府，俄國的勞農階級竟做了全國的專政階級。這個社會主義的大運動現在還正在進行的時期。但他的成績已很可觀了。各國的「社會立法」（Social Legislation）的發達，工廠的視察，工廠衛生的改良，兒童工作與婦女工作的救濟，紅利分配制度的推行，縮短工作時間的實行，工人的保險，合作制之推行，最低工資（Minimum Wage）的運動，失業的救濟，級進制的（Progressive）所得稅與遺產稅的實行，……這都是這個大運動已經做到的成績。這也不僅僅是紙上的文章，這也都已成了近代文明的重要部分。

這是「社會化」的新宗教與新道德。

東方的舊腦筋也許要說：「這是爭權奪利，算不得宗教與道德。」這裏又正是東西文化的一個根本不同之點。一邊是安分，安命，安貧，樂天，不爭，認吃虧；一邊是不安分，不安貧，不肯吃虧，努力奮鬥，繼續改善現成的境地。東方人見人富貴，說他是「前世修來的」；自己貧，也說是「前世不曾修」，說是「命該如此」。西方人便不然，他說，「貧富的不平等，痛苦的待遇，都是制度的不良的結果，制度是可以改良的。」他們不是爭權奪利，他們是爭自由，爭平等，爭公道；他們爭的不僅僅是個人的私利，他們奮鬥的結果是人類絕大多數人的福利。最大多數人的最大幸福，不是袖手念佛號可以得來的，是必須奮鬥力爭的。

朋友們，究竟是哪一種文化能滿足你們的心靈上的要求呢？

＊

我們現在可綜合評判西洋近代的文明了。這一系的文明建築在「求人生幸福」的基礎之上，確然替人類增進了不少的物質上的享受。然而他也確然很能滿足人類的精神上的要求。他在理智的方面，用精密的方法，繼續不斷地尋求真理，探索自然界無窮的秘密。他在宗教道德的方面，推翻了迷信的宗教，建立合理的信仰，打倒了神權，建立人化的宗教；拋棄了那不可知的天堂淨土，努力建設「人的樂國」、「人世的天堂」；丟開了那自稱的個人靈魂的超拔，儘量用人的新想像力和新智力去推行那充分社會化了的新宗教與新道德，努力謀人類最大多數的最大幸福。

東方的文明的最大特色是知足。西洋的近代文明的最大特色是不知足。知足的東方人自安於簡陋的生活，故不求物質享受的提高；自安於愚昧，自安於「不識不知」，故不注意真理的發現與技藝器械的發明；自安於現成的環境與命運，故不想征服自然；只求樂天安命，不想改革制度；只圖安分守己，不想革命，只做順民。

這樣受物質環境的拘束與支配不能跳出來，不能運用人的心思智力來改造環境改良現狀的文明，是懶惰不長進的民族的文明，是真正唯物的文明。這種文明只可以遏抑而決不能滿足人類精神上的要求。

西方人大不然。他們說「不知足是神聖的」（Divine Discontent）。物質上的不知足產生了今日鋼鐵世界，汽機世界，電力世界。理智上的不知足產生了今日的科學世界。社會政治制度上的不知足產生了今日的民權世界，自由政體，男女平權的社會，勞工神聖的喊聲，社會主義的運動。神聖的不知足是一切革新一切進化的動力。

這樣充分運用人的聰明智慧來尋求真理以解放人的心靈，來制服天行以供人用，來改造物質的環境，來改革社會政治的制度，來謀人類最大多數的最大幸福，——這樣的文明應該能滿足人類精神上的要求。這樣的文明是精神的文明，是真正理想主義的（Idealistic）文明，決不是唯物的文明。

固然，真理是無窮的，物質上的享受是無窮的，新器械的發明是無窮的，社會制度的改善是無窮的。但格一物有一物的愉快，革新一器有一器的滿足，改良一種制度有一種制度的滿意。今日不能成功的，明日明年可以成功；前人失敗的，後人可以繼續助成。盡一分力便有一分的滿意；無窮的進境上，步步都可以給努力的人充分的愉快。所以大詩人鄧內孫（Tennyson）借古英雄 Ulysses 的口氣歌唱道：

然而人的閱歷就像一座穹門，
從那裏露出那不曾走過的世界，
越走越遠，永永望不到他的盡頭。
半路上不幹了，多麼沉悶呵！
明晃晃的快刀為甚麼甘心上銹！
難道留得一口氣就算得生活了？
……

朋友們，來罷！
去尋一個更新的世界是不會太晚的。
……
用掉的精力固然不回來了，剩下的還不少呢。
現在雖然不是從前那樣掀天動地的身手了，
然而我畢竟還是我們，——
光陰與命運頹唐了幾分壯志！
終止不住那不老的雄心，
去努力，去探尋，去發現，
永不退讓，不屈服。

試評所謂「中國本位的文化建設」

（一九三五年三月三十日）

新年裏，薩孟武、何炳松先生等十位教授發表的一個《中國本位的文化建設宣言》，在這兩三個月裏，很引起了國內人士的注意。我細讀這篇宣言，頗感覺失望。現在把我的一點愚見寫出來，請薩、何諸先生指教，並請國內留意這問題的朋友們指教。

我們十教授在他們的宣言裏，曾表示他們不滿意於「洋務」、「維新」時期的「中學為體西學為用」的見解。這是很可驚異的！因為他們的「中國本位的文化建設」正是「中學為體西學為用」的最新式的化裝出現。說話是全變了，精神還是那位《勸學篇》的作者的精神。「根據中國本位」，不正是「中學為體」嗎？「採取批評態度，吸收其所當吸收」，不正是「西學為用」嗎？

我們在今日必須明白「維新」時代的領袖人物也不完全是盲目的抄襲，他們也正是要一種

「中國本位的文化建設」。他們很不遲疑的「檢討過去」，指出八股、小腳、鴉片等等為「可詛咒的不良制度」；同時他們也指出孔教、三綱、五常等等為「可讚美的良好制度，偉大思想」。他們苦心苦口的提倡「維新」，也正如薩、何諸先生們的理想，要「存其所當存，去其所當去」。

他們的失敗是薩、何諸先生們在今日所應該引為鑒戒的。他們的失敗只是因為他們的主張裏含的保守的成分多過於破壞的成分，只是因為他們太捨不得那個他們心所欲而口所不能言的「中國本位」。他們捨不得那個「中國本位」，所以他們的維新政綱到後來失敗了。到了辛亥革命成功之後，帝制推翻了，當年維新家所夢想的改革自然在那大變動的潮流裏成功了。辛亥的革命是戊戌維新家所不敢要求的，因為推翻帝制，建立民主，豈不要毀了那個「中國本位」了嗎？然而在辛亥大革命之後，「中國本位」依然存在，於是不久大家又都安之若固有之了！

辛亥以來，二十多年了，中國經過五四時代的大震動，又經過民國十五六年國共合作的國民革命的大震動。每一次大震動，老成持重的人們，都疾首蹙額，悲歎那個「中國本位」有隕滅的危險。尤其是民十五六的革命，其中含有世界最激烈的社會革命思潮，所以社會政治制度受的震撼也最厲害。那激烈震盪在一刹那間過去了，雖然到處留下了不可磨滅的創痕，始終沒有打破那個「中國本位」。然而老成持重的人們卻至今日還不曾擱下他們悲天憫人的遠慮。何鍵、陳濟棠、戴傳賢諸公的復古心腸當然是要維持那個「中國本位」，薩孟武、何炳松諸公的文化建設宣言也只是要護持那個「中國本位」。何鍵、陳濟棠諸公也不是盲目的全盤復古：他們購買飛機槍砲，當然也會挑選一九三五的最新模特兒；不過他們要用二千五百年前的聖經賢傳來教人做人罷了。這種精神，也正是薩、何十教授所提倡的「存其所當存，吸收其所當吸收」。

我們不能不指出，十教授口口聲聲捨不得那個「中國本位」，他們筆下儘管宣言「不守舊」，其實還是他們的保守心理在那裏作怪。他們的宣言也正是今日一般反動空氣的一種最時髦的表現。時髦的人當然不肯老老實實的主張復古，所以他們的保守心理都托庇於折衷調和的煙幕彈之下。對於固有文化，他們主張「去其渣滓，存其精英」；對於世界新文化，他們主張「取長捨短，擇善而從」：這都是最時髦的折衷論調。陳濟棠、何鍵諸公又何嘗不可以全盤採用十教授的宣言來做他的煙幕彈？他們並不主張八股小腳，他們也不反對工業建設，所以他們的新政建設也正是「取長捨短，擇善而從」；而他們的讀經祀孔也正可以掛起「去其渣滓，存其精英」的金字招牌！十教授的宣言，無一句不可以用來替何鍵、陳濟棠諸公作有力的辯護的。何也？何、陳諸公的中心理論也正是要應付「中國此時此地的需要」，建立一個中國本位的文化。

薩、何十教授的根本錯誤在於不認識文化變動的性質。文化變動有這些最普遍的現象：第一，文化本身是保守的。凡一種文化既成為一個民族的文化，自然有他的絕大保守性，對內能抵抗新奇風氣的起來，對外能抵抗新奇方式的侵入。這是一切文化所公有的惰性，是不用人力去培養保護的。

第二，凡兩種不同文化接觸時，比較觀摩的力量可以摧陷某種文化的某方面的保守性與抵抗力的一部分。某被摧陷的多少，其抵抗力的強弱，都和那一個方面的自身適用價值成比例：最不適用的，抵抗力最弱，被淘汰也最快，被摧陷的成分也最多。如鐘錶的替代銅壺滴漏，如槍砲的替代弓箭刀矛，是最明顯的例。如泰西曆法之替代中國與回回曆法，是經過一個時期的抵抗爭鬥而終於實現的。如飲食衣服，在材料方面雖不無變化，而基本方式則因本國所有也可以適用，所以至今沒有重大的變化：吃飯的，決不能改吃「番菜」，用筷子的，決不能全改用刀叉。

第三，在這個優勝劣敗的文化變動的歷程之中，沒有一種完全可靠的標準可以用來指導整個文化的各方面的選擇去取。十教授所夢想的「科學方法」，在這種鉅大的文化變動上，完全無所施其技。至多不過是某一部分的主觀成見而美其名為「科學方法」而已。例如婦女放腳剪髮，大家在今日應該公認為合理的事。但我們不能濫用權力，武斷的提出標準來說：婦女解放，只許到放腳剪髮為止，更不得燙髮，不得短袖，不得穿絲襪，不得跳舞，不得塗脂抹粉。政府當然可以用稅則禁止外國奢侈品和化妝品的大量輸入，但政府無論如何聖明，終是不配做文化的裁判官的，因為文化的淘汰選擇是沒有「科學方法」能做標準的。

第四，文化各方面的激烈變動，終有一個大限度，就是終不能根本掃滅那固有文化的根本保守性。這就是古今來無數老成持重的人們所恐怕要隕滅的「本國本位」。這個本國本位就是在某種固有環境與歷史之下所造成的生活習慣；簡單說來，就是那無數無數的人民。那才是文化的「本位」。那個本位是沒有毀滅的危險的。物質生活無論如何驟變，思想學術無論如何改觀，政治制度無論如何翻造，日本人還只是日本人，中國人還只是中國人。試看今日的中國女子，腳是放了，髮是剪了，體格充分發育了，曲線美顯露了，但她無論如何摩登化，總還是一個中國女人，和世界任何國的女人都絕不相同。一個徹底摩登化的都市女人尚且如此，何況那無數無數僅僅感受文化變動的些微震盪的整個民族呢？所以「中國本位」，是不必勞十教授們的焦慮的。戊戌的維新，辛亥的革命，五四時期的潮流，民十五六的革命，都不曾動搖那個攀不倒的中國本位。在今日有先見遠識的領袖們，不應該焦慮那個中國本位的動搖，而應該焦慮那固有文化的惰性之太大。今日的大患並不在十教授們所痛心的「中國政治的形態，社會的組織，和思想的內容與形式，已經失去它的特徵」。我們的觀察，恰恰和他們相反。中國今日最可令人焦慮的，是政治的形態，社會的組織，和思想的內容與形式，處處都保持中國舊有種種罪孽的特徵。太多了，太深了，所以無論甚麼良法美意，到了中國都成了踰淮之橘，失去了原有的良法美意。政治的形態，從娘子關到五羊城，從東海之濱到峨嵋山腳，何處不是中國舊有的把戲？社會的組織，從破敗的農村，到簇新的政黨組織，何處不具有「中國的特徵」？思想的內容與形式，從讀經祀孔，國術國醫，到滿街的性史，滿牆的春藥，滿紙的洋八股，何處不是「中國的特徵」？

我的愚見是這樣的：中國的舊文化的惰性實在大的可怕，我們正可以不必替「中國本位」擔憂。我們肯往前看的人們，應該虛心接受這個科學工藝的世界文化和它背後的精神文明，讓那個世界文化充分和我們的老文化自由接觸，自由切磋琢磨，借它的朝氣銳氣來打掉一點我們的老文化的惰性和暮氣。將來文化大變動的結晶品，當然是一個中國本位的文化，那是毫無可疑的。如果我們的老文化裏真有無價之寶，禁得起外來勢力的洗滌衝擊的，那一部分不可磨滅的文化將來自然會因這一番科學文化的淘洗而格外發輝光大的。

總之，在這個我們還只僅僅接受了這個世界文化的一點皮毛的時候，侈談「創造」固是大言不慚，而妄談折衷也是適足為頑固勢力添一種時髦的煙幕彈。

（《胡適文存》四集卷四）

充分世界化與全盤西化

（一九三五年六月二十二日）

二十年前，美國《展望週報》（*The Outlook*）總編輯阿博特（Lyman Abbott）發表了一部自傳，其第一篇裏記他的父親的談話，說：「自古以來，凡哲學上和神學上的爭論，十分之九都只是名詞上的爭論。」阿博特在這句話的後面加上一句評論，他說：「我父親的話是不錯的。但我年紀越大，越感覺到他老人家的算術還有點小錯。其實剩下的那十分之一，也還只是名詞上的爭論。」

這幾個月裏，我讀了各地雜誌報章上討論「中國本位文化」，「全盤西化」的爭論，我常常想起阿博特父子的議論。因此我又聯想到五六年前我最初討論這個文化問題時，因為用字不小心，引起的一點批評。那一年（一九二九年）《中國基督教年鑑》（*Christian Year-book*）請我做一篇文字，我的題目是「中國今日的文化衝突」。我指出中國人對於這個問題，曾有三派的主張：一是抵抗西洋文化，二是選擇折衷，三是充分西化。我說，抗拒西化在今日已成過去，沒有人主張了。但所謂「選擇折衷」的議論，看去非常有理，其實骨子裏只是一種變相的保守論。所以我主張全盤的西化，一心一意的走上世界化的路。

那部年鑑出版後，潘光旦先生在《中國評論週報》裏寫了一篇英文書評，差不多全文是討論我那篇短文的。他指出我在那短文裏用了兩個意義不全同的字，一個是 Wholesale westernization，可譯為「全盤西化」；一個是 Wholehearted modernization，可譯為「一心一意的現代化」，或「全力的現代化」，或「充分的現代化」。潘先生說，他可以完全贊成後面那個字，而不能接受前面那個字。這就是說，他可以贊成「全力現代化」，而不能贊成「全盤西化」。

陳序經、吳景超諸位先生大概不曾注意到我們在五六年前的英文討論。「全盤西化」一個口號所以受了不少的批評，引起了不少的辯論，恐怕還是因為這個名詞的確不免有一點語病。這點語病是因為嚴格說來，「全盤」含有百分之一百的意義，而百分之九十九還算不得「全盤」。其實陳序經先生的原意並不是這樣，至少我可以說我自己的原意並不是這樣。我贊成「全盤西化」，原意只是因為這個口號最近於我十幾年來「充分」世界化的主張。我一時忘了潘光旦先生在幾年前指出我用字的疏忽，所以我不曾特別聲明「全盤」的意義不過是「充分」而已，不應該拘泥作百分之百的數量的解釋。

所以我現在很誠懇的向各位文化討論者提議：為免除許多無謂的文字上或名詞上的爭論起見，與其說「全盤西化」，不如說「充分世界化」。「充分」在數量上即是「儘量」的意思，在精神上即是「用全力」的意思。

我的提議的理由是這樣的：

第一，避免了「全盤」字樣，可以免除一切瑣碎的爭論。例如我此刻穿着長袍，踏着中國緞鞋子，用的是鋼筆，寫的是中國字，談的是「西化」，究竟我有「全盤西化」的百分之幾，本來可以不生問題。這裏面本來沒有「折衷調和」的存心，只不過是為了應用上的便利而已。我自信我的長袍和緞鞋和中國字，並沒有違反我主張「充分世界化」的原則。我看了近日各位朋友的討論，頗有太瑣碎的爭論，如「見女人脫帽子」，是否「見男人也應該脫帽子」；如我們「能吃番菜」，是不是我們的飲食也應該全盤西化；這些事我看都不應該成問題。人與人交際，應該「充分」學點禮貌；飲食起居，應該「充分」注意衛生與滋養：這就夠了。

第二，避免了「全盤」的字樣，可以容易得着同情的贊助。例如陳序經先生說：「吳景超先生既能承認了西方文化十二分之十以上，那麼吳先生之所異於全盤西化論者，恐怕是釐毫之間罷。」我卻以為，與其希望別人犧牲那「毫釐之間」來牽就我們的「全盤」，不如我們自己拋棄那文字上的「全盤」來包羅一切在精神上或原則上贊成「充分西化」或「根本西化」的人們。依我看來，在「充分世界化」的原則之下，吳景超、潘光旦、張佛泉、梁實秋、沈昌曄……諸先生當然都是我們的同志，而不是論敵了。就是那發表「總答覆」的十教授，他們既然提出了「充實人民的生活，發展國民的生計，爭取民族的生存」的三個標準，而這三件事又恰恰都是必須充分採用世界文化的最新工具和方法的，那麼，我們在這三點上邊可以歡迎「總答覆」以後的十教授做我們的同志了。

第三，我們不能不承認，數量上的嚴格「全盤西化」是不容易成立的。文化只是人民生活的方式，處處都不能不受人民的經濟狀況和歷史習慣的限制，這就是我從前說過的文化惰性。你儘管相信「西菜較合衛生」，但事實上決不能期望人人都吃西菜，都改用刀叉。況且西洋文化確有不少的歷史因襲的成分，我們不但理智上不願採取，事實上也決不會全盤採取。你儘管說基督教比我們的道教、佛教高明的多多，但事實上基督教有一兩百個宗派，他們自己就互相詆譭，我們要的是那一派？若說，「我們不妨採取其宗教的精神」，那也就不是「全盤」了。這些問題，說

「全盤西化」則都成爭論的問題，說「充分世界化」則都可以不成問題了。

鄙見如此，不知各位文化討論者以為如何？

（《胡適文存》四集卷四）

眼前世界文化的趨向①

（一九四七年八月一日）

今天我要講的題目，發表出來的是「眼前文化的趨向」，後來我想了想恐怕要把題目修改幾個字，這題目叫做「眼前世界文化的趨向」。「眼前世界文化的趨向」，有他的自然的趨向，也有他理想的方向。依着自然趨向，世界文化，在我們看起來，漸漸朝混合統一的方向。但是這統一混合自然的趨向當中，也可以看出共同理想的目標。現在我先談談自然的統一趨向：

自從輪船與火車出來之後，世界上的距離一天天縮短，地球一天天縮小，人類一天天接近。七十年前，有一部小說叫做《八十天環遊全世界》，這還是一種理想。諸位還記得，今年六月裏，十九位美國報界領袖，坐了一隻新造飛機，六月十七日從紐約起飛，繞了全球一週，六月三十日飛回紐約，在路共計十三天，飛了兩萬一千四百二十四英里，而在飛行的時間不過一百點鐘，等於四天零幾點鐘。更重要的，是傳播消息，傳播新聞，傳播語言文字，傳播思想的工具：

電報的發明是第一步，海底電線的成功是第二步，電話的發明是第三步，無線電報與無線電話的成功是第四步。

有了無線電報、無線電話，高山也擋不住消息，大海也隔不斷新聞，戰爭砲火也截不斷消息的流通。我們從前看過《封神榜》小說，諸位總是記得「千里眼，順風耳」的故事。現在北平可以和南京通電話，上海可以同紐約通電話。人同人可以隔着太平洋談話談天，可以和六大洲通電報，人類的交通已遠超過小說裏面的「千里眼，順風耳」的神話世界了！人類進步到了這個地步，文化的接觸，文化的交換，文化的打通混合，就更有機會了，就更有可能了。

所以我們說，一百四十年的輪船，一百二十年的火車，一百年的電報，五十年的汽車，四十年的飛機，三十年的無線電報，——這些重要的交通工具，在區區一百年之內，把地面更縮小了，把種種自然的阻隔物都打破了，使各地的貨物可以流通，使東西南北的人可以往來交通，使各色各樣的風俗習慣，信仰思想，都可以彼此接觸，彼此瞭解，彼此交換。這一百多年，民族交通，文化交流的結果，已經漸漸的造成了一種混同的世界文化。

以我們中國來說，無論在都市，在鄉村，都免不了這個世界文化的影響。電燈，電話，自來水，公路上的汽車，鐵路上的火車，電報，無線電廣播，電影，空中飛來飛去的飛機，這都是世界文化的一部分，不用說了。紙煙捲裏的煙草，機器織的布，機器織的毛巾，記算時間的鐘錶，也都是世界文化的一部分。甚至於我們人人家裏自己園地和大豆，老玉米，也都是世界文化的一部分。大豆是中國的土產，現在已成為世界上最有用的一種植物了。老玉米是美洲的土產，在四五百年當中，傳遍了全世界，久已成為全世界公用品，很少人知道他是從北美來的。

反過來看，在世界別的角落裏，在歐洲美洲的都市與鄉村裏，我們也可以隨地看見許多中國的東西變成了世界文化的一部分。中國的瓷器，中國的銅器，中國畫，中國雕刻，中國刻絲，中國刺繡，是隨地可以看見的。人人喝的茶葉是中國去的，橘子、菊花是中國去的。桐油是全世界工業必不可少的。中國春天最早開的迎春花，現在已成為了西方都市與鄉村最常見的花了。西方女人最喜歡的白茶花，梔子花，都是中國去的。西方家園裏，公園裏，我們常看見的藤蘿花，芍藥花，丁香花，玉蘭花，也都是中國去的。

文化的交流，文化的交通，都是自由挑選的，這裏面有一個大原則，就是「以其所有，易其所無，交易而退，各得其所」。釋成白話是「我要甚麼，我挑甚麼來，他要甚麼，他挑甚麼去。」老玉米現在傳遍世界，難道是洋槍大砲逼我們種的麼。桐油，茶葉，傳遍了世界，也不是洋槍大砲來搶去的。小的小到一朵花，一個豆，大的大到經濟政治學術思想都逃不了這個文化自由選擇，自由流通的大趨向。三四百年的世界交通，使各色各樣的文化有個互相接近的機會，互相接近了，才可以互相認識，互相瞭解，才可以自由挑選，自由採用。

今日的世界文化就是這樣自然的形成，這是我說的第一句話。

我要說的第二句話是「眼前的世界文化」，在剛才說過的自由挑選的自然趨向之下，還可以看出幾個共同的大趨向，有幾個共同的理想目標。這幾個理想的目標是世界上許多聖人提倡的，鼓吹的。幾個改造世界的大方向，經過了幾百年的努力，幾百年的宣傳，現在差不多成了文明國家共同努力的目標了。到現在是有那些世界文化共同的理想目標呢，總括起來共有三個：

第一，用科學的成績解除人類的痛苦，增進人生的幸福。

第二，用社會化的經濟制度來提高人類的生活，提高人類生活的程度。

第三，用民主的政治制度來解放人類的思想，發展人類的才能，造成自由的獨立的人格。

先說第一個理想，用科學的成果來增進人生的幸福，減除人生的痛苦。

這個世界文化的最重要成分是三四百年的科學成績。有些悲觀的人，看了兩次世界大戰，尤其是看了最近幾年的第二次世界大戰，他們常常說，科學是殺人的利器，是毀滅世界文化的大魔王，他們讀了兩個原子彈毀滅了日本兩個大城市，殺了幾十萬人的新聞，他們就想像將來的世界大戰一定要把整個世界文明都毀滅完了，所以他們害怕科學，咒罵科學。這種議論是錯誤的。在一個大戰爭的時期，為了國家的生存，為了保存人類文明，為了縮短戰爭，科學不能不盡他的最大努力，發明有力量的武器，如第二次大戰爭裏雙方發明的種種可怕武器。但這種戰時工作，不是科學的經常工作，更不是科學的本意。科學的正常使命是充分運用人的聰明才智來求真理，求自然界的定律，要使人類能夠利用這種真理這種定律來管理自然界種種事物力量，譬如叫電氣給我們趕車，叫電波給我們送信，這才是科學的本分，這才是利用科學的成果來增進人生的幸福。

這幾百年來的科學成績，卻是朝着這個方向做去的。無數聰明才智的人，抱着求真理的大決心，終身埋頭在科學實驗室裏，一點一滴的研究，一步一步的進步，幾百年繼續不斷的努力，發明了無數新事實，新理論，新定律，造成了人類歷史上空前的一個科學新世界。在這個新世界裏，人類的病痛減少了，人類的傳染病在文明國家裏差不多沒有了，平均壽命延長了幾十年。科學的成果應用到工業技術上，造出了種種替代人工的機器，使人們可以減輕工作的勞力，增加工作的效能，使人們可以享受無數機械的奴隸服侍。總而言之：科學文明的結果使人類痛苦減除，壽命延長，增加生產，提高生活。

因為科學可以減除人類的痛苦，提高人生的幸福，所以現代世界文化的第一個理想目標是充分發展科學，充分利用科學，充分利用科學的成果來改善人們的生活。近世科學雖然是歐洲產生的，但在最近三十年中，科學的領導地位，已經漸漸地從歐洲轉到美國了。科學是沒有國界的，科學是世界公有的。只要有人努力，總可以有成績，所以新起來的國家如日本，如蘇聯，如印度，如中國，有一分的努力就可以有一分的科學成績，我希望我們在世界文化上有這種成分。

其次談到第二個理想目標，用社會的經濟制度來提高生活程度。

我特別用「社會化的經濟制度」一個名詞，因為我要避掉「社會主義」一類的名詞。「社會化的經濟制度」就是要顧到社會大多數人民的利益的經濟制度。最近幾十年的世界歷史有一個很明顯的方向，就是無論在社會主義的國家，或在資本主義的國家，財產權已經不是私人的一種神聖不可侵犯的人權了。社會大多數人的利益是一切經濟制度的基本條件。美國英國號稱資本主義的國家，但他們都有級進的所得税和遺產税。前四年的英國所得税，每年收入在一萬鎊的人，要抽百分之八十，而每年收入在二百五十鎊以下的人，只抽百分之三的所得税。同年，美國所得税率，單身人（沒有結婚的）每年收入一千元的，只抽一百零七元；每年收入一百萬元的，要抽八十九萬九千五百元，等於百分之九十的所得税。這樣的經濟制度，一方面並不廢除私有財產和自由企業，一方面節制資本，徵收級進的所得税，供給全國的用度，同時還可以縮短貧富的距離。

這樣的經濟制度可以稱為「社會化的」。此外，如保障勞工組織，規定最低工資，限制工作時間，用國家收入來救濟失業者，這都是「社會化」的立法。英國民族在各地建立的自治新國家，如澳洲，如紐西蘭，近年來都是工黨當國，都傾向於社會主義的經濟立法。英國本身最近在工黨執政之下，也是更明顯的推行經濟制度的社會化。美國在羅斯福總統的十三年的「新法」政治之下，也推行了許多「社會化」的經濟政策。至於北歐西歐的許多民主國家，如瑞典，丹麥，挪威，都是很早就在實行各種社會化的立法的國家。

這種很明顯的經濟制度的社會化，是世界文化的第二個共同的理想目標。我們中國本來有「不患貧而患不均」的傳統思想，我們更應該朝這個方面多多的努力，才可以在經濟世界文化上佔一個地位。

最後，世界文化還有第三個共同的理想目標，就是民主的政治制度。

有些人聽了我這句話，也許要笑我說錯了。他們說最近三十年來，民主政治已不時髦了，時髦的政治制度是一個代表勞農階級的少數黨專政，剷除一切反對黨，用強力來統治大多數的人民。個人的自由是資本主義的遺產，是用不着的。階級應該有自由，個人應該犧牲自由，以謀階級的自由。這一派的理論在眼前的世界裏，代表一個很有力的大集團。而胡適之偏要說民主政治是文化的一個共同的理想目標，這不是大錯了嗎？

我不承認這種批評是對的。我是學歷史的人，從歷史上來看世界文化的趨向，那民主自由的趨向是三四百年來的一個最大目標，一個最明白的方向。最近三十年的反自由，反民主的集體專制的潮流，在我個人看來，不過是一個小小的波折，一個小小的逆流。我們可以不必因為中間起了這一個三十年的逆流，就抹煞那三百年的民主自由大潮流，大方向。

俄國的大革命，在經濟方面要爭取勞農大眾的利益，那是我們同情的。可是階級鬥爭的方法，造成了一種不容忍，反自由的政治制度，我認為那是歷史上的一件大不幸的事。這種反自由，不民主的政治制度是不好的，所以必須依靠暴力強力來維持他，結果是三十年很殘忍的壓迫與消滅反對黨，終於從一黨的專制走上一個人的專制。三十年的苦鬥，人民所得到的經濟利益，還遠不如民主國家從自由企業與社會立法得來的經濟利益那末多。這是很可惋惜的。

我們縱觀這三十年的世界歷史，只看見那些模仿這種反自由，不容忍的專制制度一個一個的都被打倒了，都毀滅了。今日的世界，無論是在老文明的歐洲，或是在新起的亞洲，都還是朝着爭民主，爭自由的大方向走。印度的獨立，中國的結束一黨訓政，都是明顯的例子。

所以我毫不遲疑的說：世界文化的第三個理想目標是爭取民主，爭取更多更合理的民主。

有些人看見現在世界上有兩個大集團的對立，「兩個世界」的明朗化，就以為第三次世界大戰禍不久即將來臨了。將來勝敗不知如何，我們不要押錯了寶，將來後悔無及！

這是很可憐的敗北主義！所謂「兩個世界」的對壘，其實不過是那個反自由不容忍的專制集團，自己害怕自己氣餒的表現。這個集團至今不敢和世界上別的國家自由交通，這就是害怕的鐵證，這就是氣餒。我們認清了世界文化的方向，儘可以不必擔憂，儘可以放大膽子，放開腳步，努力建立我們自己的民主自由的政治制度。我們要解放我們自己，我們要自由，我們要造成自由獨立的國民人格。只有民主的政治可以滿足我們的要求。

（一九四七年八月三日北平《華北日報》）

注　釋

①本文係作者在北平電台的廣播講話。

中國傳統與將來①

（一九六〇年七月十日）

我代表出席會議的中國人說一句話：華盛頓大學主動積極地負責召集籌備這個中美學術會議，我們都要表示很熱誠的感謝。最早有開這個會議的想法的人是泰勒先生（George Taylor）。然而如果沒有華盛頓大學的奧德伽校長（President Odegaard），台灣大學的錢思亮校長熱心贊助，會議是開不成的。這個國際學術合作的大膽嘗試的幾位發起人，幾位合力支持的人，都抱着很高的期待，我們盼望這五天會議的收穫不致於辜負他們的期待。

我被指定在會議開幕儀式裏擔任一篇演講，是我很大的榮幸，我非常感激。但我必須說，指定給我的題目，「中國傳統與將來」，是一個很難的題目。中國傳統是甚麼？這個傳統的將來又怎樣？這兩個問題，隨便一個對我們的思想都是絕大的考驗。可是現在要我在一篇簡短的開幕儀式演講裏回答這兩個問題，我知道我一定要失敗的。我只盼望我的失敗可以刺激會議裏最能思想的諸位先生，讓他們更進一步，更深刻地想想這個大題目。

一、中國傳統

我今天提議，不要把中國傳統當作一個一成不變的東西看，要把這個傳統當作一長串重大的歷史變動進化的最高結果看。這個歷史的看法也許可以證明是一種很有用的方法，可以使人更能瞭解中國傳統，——瞭解這個傳統的性質，瞭解這個傳統的種種長處和短處——這一切都要從造成這個傳統的現狀的那些歷史變動來看。

中國的文化傳統，在我的看法，是歷史進化的幾個大階段的最後產物：

一、上古的「中國教時代」。很豐富的考古資料證明，在商朝已經發展出來一個高度進步的文明，有很發達的石雕骨雕，有精美的銅器手工，有千萬件甲骨卜辭上所見的夠進步的象形會意文字，有十分浪費的祀祖先的國教，顯然包括相當大規模的人殉人祭。後來，到了偉大的周朝，文明的種種方面又都再向前發展。好多個封建諸侯長成了大國，而幾個有力量的獨立國家並存競爭，自然會使戰時與平時用的種種知識技術都提高。政治的方策術略愈來愈要講求了，有才智的人得到鼓勵了。《詩三百篇》漸漸成了通用的語文課本。詩的時代又漸漸引出來哲學的時代。

二、中國固有哲學思想的「經典時代」，也就是老子、孔子、墨子和他們的弟子們的時代。這個時代留給後世的偉大遺產有老子的自然主義的宇宙觀，他的無為主義的政治哲學；有孔子的人本主義，他的看重人的尊嚴，看重人的價值的觀念，他的愛知識，看重知識上的誠實的教訓，他的「有教無類」的教育哲學；還有大宗教領袖墨子的思想，那就是反對一切戰爭，鼓吹和平，表揚一個他心目中的重「兼愛」的「天志」，想憑表揚這個「天志」來維護並且抬高民間宗教的地位。

中國的古文明在這個思想的「經典時代」的幾百年（公元前六〇〇至二二〇）裏，經過了一個基本的變化，這是無可疑的。中國文化傳統的基本特色，多少都是這個「經典時代」的幾大派哲學塑造磨琢出來的。到了後來的各個時代，每逢中國陷入非理性、迷信、出世思想，——這在中國很長的歷史上確有過好幾次——總是靠孔子的人本主義，靠老子和道家的自然主義，或者靠自然主義、人本主義兩樣合起來，努力把這個民族從昏睡裏救醒。

三、第三段歷史的大進化是公元前二二一年軍國主義的秦國統一了戰國。接着有公元前二〇六年第二個帝國，漢帝國的建立。以後就是兩千多年裏中國人在一個大統一帝國之下的生活、經驗，——這兩千多年裏沒有一個鄰國的文明可以與中國文明比。這樣一個孤立的帝國生活裏的很長很特殊的政治經驗，完全失去了列國之間那種有生氣的對抗競爭，也就是造成中國思想的「經典時代」的那種列國的對抗戰爭，——是構成中國傳統的特性的又一個重要因素。

我們可以舉出這兩千多年的帝國生活的幾個特別色彩。（一）中國對於一個大一統帝國裏君主專制的問題始終無法解決。（二）一個有補救作用的特點是漢朝（公元前二〇〇至公元二二〇）在頭幾十年裏有意採用無為的政治哲學，使一個極廣大的帝國在政治規模上有了一個儘量放任、尊重自由、容許地方自治的傳統，使這樣一個大帝國沒有龐大的常備軍，也沒有龐大的警察勢力。（三）再一個有補救作用的特點是逐漸發展出來一個挑選文官人才的公開競爭的考試制度，這就是世界上最早的文官考試制度。（四）漢朝定出來一套統一的法律，這套法律在以後各朝代裏又經過一次次的修改。不過中國的法制有一個缺點，就是不曾容許公開辯護，不能養成律師這種職業。（五）帝國生活的又一個特點是長期繼續使用已成了死文字的古文作為文官考試用的文字，作為極廣大的統一帝國裏通行的書寫交通媒介。兩千多年裏，這種古文始終是公認的教育工具，是做詩做文用的高尚工具。

四、第四段歷史的大進化，實在等於一場革命，就是中國人大量改信了外來的佛教。中國古代的固有宗教不知道有樂園似的天堂，也不知道有執行最後審判的地獄。佛教的大力量，佛教的一切豐富的想像，美麗的儀式，大膽的宇宙論和形而上學，很輕易地壓倒征服了那個固有宗教。佛教送給中國的不是一層天，而是幾十層天，不是一層地獄，而是好多層地獄，一層層的森嚴恐怖各各不同。輪迴觀念，三生宿業的鐵律，很快地替代了舊的簡單的福善禍淫的觀念。世界是不實在的，人生是痛苦而空虛的，性是不清潔的，家庭是淨修的障礙，獨身齋化是佛家生活不可少的條件，布施是最高美德，愛要推及於一切有情生物，應當吃素，應當嚴厲禁慾，說話唸咒可以有神奇的力量，——這一切，還有其他種種由海陸兩面從印度傳進來的非中國的信仰風尚，都很快地被接受了，都變成中國人的文化生活的一部分了。

這是一場真正的革命。試舉一個例說，儒家的《孝經》告訴人，身體是受自父母，不可毀傷的。古代中國的思想家說過，生是最可寶貴的。然而佛教說，人生是一場夢，生就是苦。這種教條又引出來種種絕對違反中國傳統的風氣。用火燒自己的拇指，燒一根或幾根手指，甚至於燒整條臂，作為對佛教一位神的捨身奉獻：成了佛門弟子的一種「功德」！有時候，一個和尚預先宣布他遺身的日子。到了那一天，他自己手拿一把火點着那用來燒死他自己的一堆柴，不斷唸着佛號，直唸到他自己被火燒得整個身體倒下去。

中國已經印度化了，在一段奇怪的宗教狂熱裏着了魔了。

五、再下一段歷史的大進化可以叫做中國對佛教的一串反抗。反抗的一種形式就是中古道教的開創和推廣。本土的種種信仰和制度統一起來，加上一點新的民族願望的刺激，想模仿那個外來的佛教的每一個特點而把佛教壓倒、消滅，這就是道教。道教徒採取了佛教的天和地獄，給它們起了中國式的名字，還造了一些中國的神去作主宰，整部《道藏》是用佛教經典作範本編造成的。好些佛教的觀念。例如輪迴，前生來世的因緣，都被整個兒借過來當作自己的。男女道士的清規是仿照佛教僧尼的戒律定的。總而言之，道教是一個民族主義的排佛運動，用的方法只是造出一種仿製品來奪取市場。運動的真正目的只是消滅那個外來的宗教。所以幾次政府對佛教的迫害，最著名的是公元四四六年（北魏太平真君七年）和八四五年（唐武宗會昌五年）兩次，都有道教勢力的操縱。

中國的佛教內部也起了對佛教的種種反抗。這種種反抗的一個共同特點是要把佛教裏中國人不能接受不能消化的東西都丟掉。早在四世紀，中國的佛教徒已漸漸看出佛教的精華只是「漸修」與「頓悟」，這兩樣合起來就是禪法（dhyana 或 ch'an，日語讀作 zen）。禪的意思是潛修，但也靠哲學上的覺悟。從公元四〇〇年到七〇〇年，中國佛教的各派（如菩提達摩開創的楞伽宗，如天台宗）大半都是禪宗。

禪宗的所謂「南宗」——在八世紀以後禪宗成了南宗專用的名字——更進一步宣告，只要頓悟就夠了，漸修都可以不要。說這句話的是神會和尚（公元六七〇至七六二，據我的研究，是南宗的真正開創人）。

整個兒所謂「南宗」的運動，全靠一串很成功的說謊造假。他們說的菩提達摩故事是一篇謊，他們的西天二十八祖故事是捏造的，他們的袈裟傳法故事是騙人的，他們的《「六祖」傳》也大部分完全是假的。但是他們最偉大的編造還是那個禪法起源的故事：如來佛在靈山會上說法，他只在會眾面前拈了一朵花，沒有說一句話。沒有人懂得他的意思。只有一個聰明的伽葉尊者懂得了，他只對着佛祖微微一笑。據說這就是禪法的源頭，禪法的開始。

最足以表示禪宗運動的歷史意義的一句作戰口號是：「不著語言，不立文字，直指本心。」一篇幅多得數不盡的經卷，算到八世紀的中文翻譯保存下來已有五千萬字之多（不算幾千萬字中國人寫的注疏講說），全沒有一點用處！這是何等驚人的革命！那些驚人的編謊家、捏造家，真正值得讚頌。因為他們只靠巧妙的大謊竟做到了一個革命，打倒了五千萬字的神聖經典。

六、中國傳統的再下一段大進化可以叫做「中國的文藝復興時代」或「中國的幾種文藝復興時代」，因為不只有一種復興。

第一是中國的文學復興，在八、九世紀已經蓬蓬勃勃地開始，一直繼續發展到我們當代。唐朝的幾個大詩人——八世紀的李白、杜甫，九世紀的白居易——開創了一個中國詩歌的新時代。韓愈（死在八二四年）做到了復興古文，使古文成了以後八百年裏散文作品的一個可用而且很有力量的利器。

八、九世紀的禪門和尚最先用活的白話記錄他們的談話和討論。十一世紀的禪宗大師繼續使用活的文字。十二世紀的理學家也用這種活文字，他們的談話都是用語錄體記下來的。

普通男女唱歌講故事用的都只是他們懂得的話，也就是他們自己說的話。有了九世紀的木版印刷，又有了十一世紀的活字版印刷，於是民間的，「俗」的故事、小說、戲曲、歌詞，都可以印給多數人看了。十六、十七世紀有些民間故事和偉大的小說成了幾百年銷行很廣的作品。這些小說就把白話寫定了。這些小說就是白話的教師，就是推廣白話的力量。假如沒有這些偉大的故事和小說，現代的文學革命決不會在短短幾年裏就得到勝利。

第二是中國哲學的復興，到十一、二世紀已經入了成熟期，產生了理學的幾個派別，幾個運動。理學是一個有意使佛教進來以前的中國固有文化復興起來，代替中古的佛教與道教的運動。

這個運動的主要目的只是恢復孔子、孟子的道德哲學和政治哲學，並且重新解釋，用來替代那個為己的，反社會的，出世的佛教哲學。有一個禪門和尚提到，儒家的學說太簡單太沒有趣味，不能吸引國中第一等的人。因此，理學的任務只是使先佛教期的中國的非宗教性的思想，變得像佛教像禪法一樣有趣味有吸引力。這些中國哲學家居然能夠弄出來一套非宗教性的，合理的理學思想，居然有了一套宇宙論，一套或幾套關於知識的性質和方法的理論，一套道德與政治哲學。

理學也有好幾個派別，大半是因為對於知識的性質和方法的觀點不同而發生的。經過一段時間，理學的各派也居然能夠吸引最能思想的人了，居然使他們不再成羣追隨佛門的禪師了。而最能思想的人一旦對佛教不再感興趣，那個偉大過來的宗教就漸漸衰落到無人理會的地步了，幾乎到了死的時候聽不見一聲哀悼。

第三，中國文藝復興的第三方面可以叫做學術復興，是在一種科學方法——考據方法——刺激之下發生的學術復興。

「無徵則不信」，是孔子以後一部很早的名著裏的一句話。孔子也曾鄭重說，「知之為知之，不知為不知，是知也。」然而淹沒了中古中國的宗教狂熱與輕信是很有力量的大潮。很容易捲走那些求真求證的告誡，只有最好的訊案的法官還能夠保持靠證據思想的方法和習慣。但是有些第一流的經學大師居然也能夠有這種方法和習慣，這是最可慶幸的。要等到有了刻印書的流行，中國學者才容易有比較參考的資料，容易校正古書的文字，容易搜求證據，評判證據。有書籍印刷以來的頭二三百年裏，金石學的開創，一部根據仔細比較審定的資料寫成的大歷史著作的出現，都可以看得出有考證或考據的精神和方法。又有一派新的經學起來，也是大膽應用這種精神和方法去審查幾部儒家的神聖經典。朱子（一一三〇—一二〇〇）就是這一派新經學的一個創始人。

考證或考據的方法到了十七世紀更走上有意的發展。有一位學者肯舉出一百六十條證據來論定一個單字的古音，又有一位學者花了幾十年工夫找證據來證明儒家一部大經書幾乎一半是很晚的僞作。這種方法漸漸證明是有用處的。有收穫的，所以到了十八、九世紀竟成了學問上的時髦。整三百年的一個年代（一六〇〇—一九〇〇）往往被稱做考據的時代。

二、大對照與將來

以上的歷史敍述已把中國傳統文化帶到了歷史變動最後階段的前夕，——這個最後階段就是中國文明與西方文明對照、衝突的時代。西方與中國和中國文明的第一次接觸是十六世紀的事。但是真正對照和衝突的時代到十九世紀才開始。這一個半世紀來，中國傳統才真正經過了一次力量的測驗，這是中國文化史上一次最嚴重的力量的測驗，生存能力的測驗。

在我們談過的歷史綱要裏，我們已看到古代中國的固有文明，因為有了經典時代豐富的滋養和適當的防疫，足可以應付佛教傳入引起來的文化危機。不過因為本土的宗教過於單純，中國人在一段時間裏是被那個高度複雜又有吸引力的佛教壓倒了，征服了。差不多整一千年，中國幾乎接受了印度輸入的每一樣東西，中國的文化生活大體上是「印度化」了。但是中國很快地又覺醒過來，開始反抗佛教。於是佛教受了迫害、抵制，同時又有人認真努力把佛教本國化。有了禪宗的起來，佛教內部也做到了一種革命，公開拋棄了不止五千萬字的全部佛教經典。因此，到了最後，中國已能做到一串文學的、哲學的、學術的復興，使自己的文化繼續存在，有了新生命。儘管中國不能完全脫掉兩千年信佛教與印度化的影響，中國總算能解決自己的文化問題，能繼續建設一個在世的文化，一個基本上是「中國的」文化。

早在十六世紀的末尾幾年和十七世紀的頭幾十年，有一個新奇的但又是高度進步的文化來敲中華帝國的大門。最初到中國來的那些耶穌會士都是仔細挑選出來的，都是有準備的。他們的使命是把歐洲文明和基督教開始介紹給當時歐洲以外最文明的民族。最初的接觸是很友善又很成功的。經過一段時間，那些偉大的教士已不止能把歐洲數學、天文學上最好最新的成就介紹給中國頭腦最好的人，而且憑他們的聖人似的生活榜樣介紹了基督教。

中國與西方的強烈對照和衝突是大約一百五十年前開始的。對着諸位這樣有學問的人，這樣特別懂得近代歷史的人，我用不着重說中國因為無知、自大、自滿，遭了怎樣可悲的屈辱。我也用不着提中國在民族生活各方面的改革工作因為不得其法，又總是做得太晚，遭了怎樣數不清的失敗。我更用不着說中國在晚近，尤其是民國以來，怎樣認真努力對自己的文明重新估價，又在文化傳統的幾個更基本的方面，如文字方面、文學方面、思想方面、教育方面，怎樣認真努力發動改革。諸位和我都是親眼看見了這種種努力和變化的，我們中國代表團裏年長些的人有大半都是親身參與過這些活動的。

我今天的任務是請諸位注意與「中國傳統的將來」這個題目直接或間接有關係的幾件事。我想我們要推論中國傳統的將來，應當先給這個傳統在與西方有了一百五十年的對照之後的狀況開一份清單。我們應當先大致估量一下：中國傳統在與西方有了這樣的接觸之後，有多少成分確是被破壞或被丟棄了？西方文化又有多少成分確是被中國接受了？最後，中國傳統還有多少成分保存下來？中國傳統有多少成分可算禁得住這對照還能存在？

我在好些年前説過，中國已經確實熱心努力打掉自己的文化傳統裏種種最壞的東西：「短短幾十年裏，中國已經廢除了幾千年的酷刑，一千年以上的小腳，五百年的八股……」。我們還要記得，中國是歐洲以外第一個廢除君主世襲的民族。中國的帝制存在了不止五千年之久，單單「皇帝也要走開」這一件事對廣大國民心理的影響就夠大了。

這些以及其他幾百件迅速的崩潰或慢慢的消蝕，都只是這個文化衝突激盪時期的自然犧牲。

這些文化的犧牲都不值得惋惜哀悼。這種種革除或崩潰都應當看作中國從孤立的舊文明枷鎖之下得到解放的一部分現象。幾千年來中國的政治思想家從沒有解決如何限制一個大一統帝國裏君主專制的問題。然而幾十年與西方民主國家的接觸就夠提出解決的方法了：「趕掉皇帝，廢除帝制」。其他許多自動的改革也是一樣。八百年的理學不能指出裹小腳是不人道的野蠻的行為，然而幾個傳教士帶來了一個新觀點就夠喚起中國人的道德意識，夠把小腳永遠廢了。

中國從西方文明自動採取吸收的又有多少成分呢？這個清單是開不完的。中國自動採取的東西，——無論是因為從來沒有那些東西，或者沒有相當的東西，還是因為雖然有相當的東西但要差一等——確實總有幾千件。中國人採取了奎寧、玉蜀黍、花生、煙草、眼鏡，還有論千種別的東西，都是因為以前沒有這些東西，所以願意要這些東西。用鐘錶是很早的事，不要多久滴漏就被淘汰了。這是一個高一等的機械代替一個次一等的東西的最明顯的例。從鐘錶到飛機和無線電，論千件的西方科學工藝文明的產物都可以列在我們的清單上。就知識與藝術的範圍而論，這份清單可以從歐幾里德起一直開到當代的許多科學家、音樂家、電影明星，這個單子真是開不完的。

然後還有一個問題，——從舊文明裏丟掉沖刷掉這一切，又從近代西方文明自動採取了這上千個項目，然後中國傳統保存下來的成分又還有多少呢？

不止四分之一世紀以前，在一九三三年，我有一回演講，專論中國與日本文化反應的不同型態。我指出日本的現代化可以叫做「中央統制型」，而中國，因為沒有一個統治階級，所以中國的現代化是文化反應的另一個型態，可以叫做「長期曝露與慢慢滲透造成的文化變動」。我接着說：

「這樣，我們實在是讓一切觀念、信仰、制度很自由地與西方文明慢慢接觸，慢慢接受感染，接受影響，於是有時起了一步步漸進的改革，也有時起了相當迅速或激烈的變動。……我們沒有把哪一件東西封閉起來，我們也不武斷禁止哪一樣東西有這種接觸和變化。

……」

過了幾年，我又抱着差不多同樣的看法說：

「中國的西方化只是種種觀念漸漸傳播滲透的結果，往往是先有少數幾個人的提倡，漸漸得着些人贊成，最後才有夠多的人相信這些觀念是很合用或很有效驗的，於是引起來一些影響深遠的變化。從穿皮鞋到文學革命，從用口紅到推翻帝制，一切都是自動的，都是經過廣義的『理智判斷』的。中國沒有一件東西神聖到不容有這樣的曝露和接觸，也沒有一個人，或一個階級，有力量防止那一種制度受外來文化感染浸蝕的影響。」

我從前說過的話的要點只是：我認為那許多慢慢的，但是自動的變化，正好構成一個可以算是民主而又可取的文化變動的型態，——一個長期曝露，自動吸收的型態。我的意思也是要說，那種種自動的革除淘汰，那種種數不清的採納吸收，都不會破壞這個站在受方的文明的性格與價值。正好相反，革除淘汰掉那些要不得的成分，倒有一個大解放的作用；採納吸收進來新文化成分，只會使那個老文化格外發輝光大。我決不擔憂站在受方的中國文明因為拋棄了許多東西，又採納了許多東西，而蝕壞、毀滅。我正是說：

「慢慢地、悄悄地，可又是非常明顯地，中國的文藝復興已經漸漸成了一件事實了。這個再生的結晶品看起來似乎使人覺得是帶着西方的色彩，但是試把表面剝掉，你就可以看出做成這個結晶品的材料在本質上正是那個飽經風雨侵蝕而更可以看得明白透徹的中國根底，——正是那個因為接觸新世界的科學民主文明而復活起的人本主義與理智主義的中國。」

這是我在一九三三年說的話。我在當時可是過分樂觀了嗎？隨後這幾十年來的事變可曾把我的話推翻了嗎？

然而將來又怎樣呢？「中國根底」，「人本主義與理智主義的中國」，現在成了甚麼樣子呢？在整個中國大陸經過十一年來的共產統治之後，這個中國根底又將要變得怎樣呢？鐵幕統治決不容許接觸自由世界的毒素影響，決不容許受這種影響的感染，當然更決不容許「長期曝露」。試問那個「人本主義與理智主義的中國」，長期受了這樣的統治，是不是還能夠繼續存在呢？

預料將來總是一件冒險的事。但是，我近幾年來看了不止四百萬字的「清算」文獻。每一篇清算文獻都告訴我們，中國共產黨和他們的政府所怕的是甚麼，他們費盡了心機想要連根消滅的是甚麼。看了這種大量的清算文獻，我深信我有根據可以說：今日控制大陸的那些人還是怕自由精神，怕獨立思想的精神，怕懷疑的精神或方法，怕考據的工夫。作家胡風被判了罪，因為他和追隨他的人表示了自由精神，表示了獨立的思考，而且竟敢反抗黨對文學藝術的控制。梁漱溟，我的朋友，也是老同事，逃不掉整肅，只因為他表示了可怕的懷疑精神。「胡適的幽靈」也值得用三百萬字討伐，因為胡適對於傳統經學大師的考據精神和方法的傳布負的責任最大，更因為胡適有不可饒恕的膽量說那種精神和方法就是科學方法的精華。

看了這許多整肅文獻，我才敢相信我所推崇的那個「人本主義與理智主義的中國」在中國大陸上還存在着，才敢相信那個曾盡大力量反抗中古中國那些大宗教，而且把那些宗教終於推倒的大膽懷疑，獨立思想，獨立表示異議的精神，即使在最不可忍的極權控制壓迫之下，也會永久存在，繼續傳布。總而言之，我深信，那個「人本主義與理智主義的中國」的傳統沒有毀滅，而且無論如何沒有人能毀滅。

（《胡適演講集》一）

注　釋

①本文係作者在美國西雅圖中美學術會議的演講，原文為英文，由徐高阮譯為中文。

你只有這一個做夢的機會，豈可不振作一番，做一個痛痛快快轟轟烈烈的夢！

六 教育與人生

非留學篇（節錄）

（一九一四年）

吾緒論留學而結論曰，留學之目的，在於為己國造新文明。又曰，留學當以不留學為目的。是故派遣留學至數十年之久，而不能達此目的之萬一者，是為留學政策之失敗。

嗟夫！吾國留學政策之失敗也，無可諱矣。……

夫留學政策之失敗，果何故歟？曰是有二因焉：一誤於政府教育方針之舛誤；再誤於留學生志趣之卑下。

曷言之一誤於政府也？曰政府不知振興國內教育，而唯知派遣留學。其誤也，在於不務本而逐末。前清之季，政府以廷試誘致留學生，其視國外之大學，都如舊日之書院，足為我儲才矣。當美國之退還賠款也，其數甚鉅，足以建一大學而有餘。乃不此之圖，而以之送學生留學美國。其送學生也，又以速成致用為志，而不為久遠之計。於是崇實業工科，而賤文哲政法之學。又不立留學年限，許其畢業即歸，不令久留為高深之學。其賠款所立之清華學校，其財力殊可作大學，而唯以預備留美為志，歲擲鉅萬之款，而僅為美國辦一高等學校，豈非大誤也哉！此前清之誤也。今民國成立，不唯於前清之教育政策無所改進，又從而効之，乃以官費留學為賞功之具。於是有中央政府賞功留學之舉，於是有廣東、陝西、湖南、江西賞功留學之舉。其視教育之為物，都如舊日之紅頂花翎，今日之嘉禾文虎，可以作人情贈品相授受也。民國成立以來，已二年矣，獨未聞有人建議增設大學，推廣國內高等教育者，但聞北京大學之解散耳。推其意以為外國大學，其多如鯽，獨不可假為吾國高等教育之外府耶。而不知留學乃一時緩急之計，而振興國內高等教育，乃萬世久遠之圖。留學收效速而影響微，國內教育收效遲而影響大。今政府歲遣學生二百人，則歲需美金十九萬二千元，合銀元四十萬有奇。今歲費四十萬元，其所造就僅二百人耳。若以此四十萬元為國內振興高等教育之費，以吾國今日生計之廉，物價之賤，則年費四十萬元，可設大學二所，可容學生三千人，可無疑也。……今若專恃留學，而無國內大學以輔之，則留學而歸者，僅可為衣食利祿之謀，而無傳授之地；又無地可為繼續研究高等學業之計，則雖年年遣派留學，至於百年千年，其於國內文明，無補也，終無與他國教育文明並駕齊驅之一日耳。蓋國內大學，乃一國教育學問之中心。無大學，則一國之學問無所折衷，無所歸宿，無所附麗，無所繼長增高。以國內大學為根本，而以留學為造大學教師之計；以大學為鵠，以留學為矢。矢者所以至鵠之具也。如是則吾國之教育前途，或尚有萬一之希冀耳。

曷言之再誤於留學生也？曰留學生志不在為祖國造新文明，而在一己之利祿衣食；志不在久遠，而在於速成。今縱觀留學界之現狀，可得三大缺點焉。

一曰苟且速成。夫留學生既無心為祖國造文明，則其志所在，但欲得一紙文憑，以為噉飯之具。故當其未來之初，已作亟歸之計。既抵此邦，首問何校易於插班，何校易於畢業。既入校，則首詢何科為最易，教師中何人為最寬，然後入最易之校，擇最寬之教師。讀最易之課。遲則四年，早則二三年，而一紙羊皮之紙，已安然入手。儼然大學畢業生矣，可以歸矣。

二曰重實業而輕文科。吾所謂文科，不專指文字語言之學，蓋包哲學、文學、歷史、政治、法律、美術、教育、宗教諸科而言。今留學界之趨向，乃偏重實科，而輕文科。以晚近調查所得，蓋吾國留美四百餘大學學生中，習文科者僅及百人，而習工程者倍之。加入農學化學醫學之百餘人，則習實科者之數，幾三倍於文科云。然試問即令工程之師遍於中國，遂可以致吾國於富強之域乎。吾國今日政體之得失，軍事之預備，政黨之紛爭，外交之受侮，教育之不興，民智之不開，民德之污下，凡以此種種，可以算學之程式，機械之圖型解決之乎！可以汽機輪軌鋼鐵木石整頓之乎！為重實科之說者，徒見國家之患貧，實業之不興，物質文明之不進步。而不知一國治亂盛衰之大原，實業工藝，僅其一端。若政治之良窳，法律之張弛，官吏之貪廉，民德之厚薄，民智之高下，宗教之善惡，凡此種種之重要，較之機械工程，何啻什伯倍。一國之中，政惡而官貪，法敝而民偷，教化衰而民愚，則雖有鐵道密如蛛網，煤鐵富於全球，又安能免於蠻野黑暗之譏，而自臻於文明之域也哉。

三曰不講求祖國之文字學術。今留學界之大病，在於數典忘祖。吾見有畢業大學而不能執筆作一漢文家書者矣，有畢業大學而不能自書其名者矣，有畢業工科而不知中國有佛道二教者矣。……吾以為留學生而不講習祖國文字，不知祖國學術文明，其流弊有二。

（一）無自尊心。英人褒克有言曰，人之愛國，必其國有可愛者存耳。今吾國留學生，乃不知其國古代文化之發達，文學之優美，歷史之光榮，民俗之敦厚；一入他國，目眩於其物質文明之進步，則驚歎顛倒，以為吾國視此真有天堂地獄之別。於是由驚歎而艷羨，由艷羨而鄙棄故國，而出主入奴之勢成矣。於是人之唾餘，都成珠玉；人之瓦礫，都成瓊瑤。及其歸也，遂欲舉吾國數千年之禮教文字風節俗尚，一掃而空之，以為不如是不足以言改革也。

（二）不能輸入文明。祖國文字，乃留學生傳播文明之利器，吾所謂帆舵篙櫓者是也。今之不能漢文之留學生，既不能以國文教授，又不能以國語著書，則其所學，雖極高深精微，於莽莽國人，有何益乎？其影響所及，終不能出於一課堂之外也。即如嚴幾道之哲學，吾不知其淺深。然吾國今日學子，人人能言名學羣學之大旨，物競天擇之微言者，伊誰之力歟？伊誰之力歟？又吾國晚近思想革命、政治革命，其主動力多出於東洋留學生，而西洋留學生寂然無聞焉。其故非東洋學生之學問高於西洋學生也。乃東洋留學生之能著書立說者之功耳。

右所論三者，一曰苟且速成，二曰偏重實科，三曰昧於祖國文字學術。唯其欲速也，故無登岸造極之人才。唯其趨重實科也，故其人多成工師機匠，其所影響，不出一路一礦之微。而於吾所謂為祖國造文明者，無與焉。唯其昧於祖國之文字學術也，故即有飽學淹博之士，而無能自傳其學於國人，僅能作一外國文教員以終身耳。於祖國之學術文化何所裨益哉？何所裨益哉？故吾以為留學之効所以不著者，其咎亦由留學生自取之也。

（《留美學生年報》）

愛國運動與求學

（一九二五年八月三十一日）

當五月七日北京學生包圍章士釗宅，警察拘捕學生的事件發生以後，北京各學校的學生團體即有罷課的提議。有些學校的學生因為北大學生會不曾參加五七的事，竟在北大第一院前辱罵北大學生不愛國。北大學生也有很憤激的，有些人竟貼出布告攻擊北大代理校長蔣夢麟媚章媚外。然而幾日之內，北大學生會舉行總投票表決罷課問題，共投一千一百多票，反對罷課者八百餘票，這件事真使一班留心教育問題的人心裏歡喜。可喜的不在罷課案的被否決，而在一、投票之多，二、手續的有秩序，三、學生態度的鎮靜。我的朋友高夢旦在上海讀了這段新聞，寫了一封長信給我，討論此事。說，這樣做去，便是在求學的範圍以內做救國的事業，可算是在近年學生運動史上開一個新紀元。——只可惜我還沒有回高先生的信，上海五卅的事件已發生了，前二十天的秩序與鎮靜都無法維持了。於是六月三日以後，全國學校遂都罷課了。

這也是很自然的。在這個時候，國事糟到這步田地，外間的刺激這麼強：上海的事件未了，漢口的事件又來了，接着廣州、南京的事件又來了：在這個時候，許多中年以上的人尚且忍耐不住，許多六十老翁尚且要出來慷慨激昂地主張宣戰，何況這無數的少年男女學生呢？

我們觀察這七年來的「學潮」，不能不算民國八年的五四事件與今年的五卅事件為最有價值。這兩次都不是有甚麼作用，事前預備好了然後發動的。這兩次都只是一般青年學生的愛國血誠，遇着國家的大恥辱，自然爆發；純然是爛漫的天真，不顧利害地幹將去，這種「無所為而為」的表示是真實的，可愛敬的。許多學生都是不願意犧牲求學的時間的。只因為臨時發生的問題太大了，刺激太強烈了，愛國的感情一時迸發，所以甚麼都顧不得了：功課也不顧了，秩序也不顧了，辛苦也不顧了。所以北大學生總投票表決不罷課之後，不到二十天，也就不能不罷課了。二十日前不罷課的表決可以表示學生不願意犧牲功課的誠意；二十日後毫無勉強地罷課參加救國運動，可以證明此次學生運動的犧牲的精神。這並非前後矛盾：有了前回的不願犧牲，方才更顯出後來的犧牲之難能而可貴。豈但北大一校如此？國中無數學校都有這樣的情形。

但羣眾的運動總是不能持久的。這並非中國人的「虎頭蛇尾」，「五分鐘的熱度」。這是世界人類的通病。所謂「民氣」，所謂「羣眾運動」，都只是一時的大問題刺激起來的一種感情上的反應。感情的衝動是沒有持久性的；無組織又無領袖的羣眾行動是最容易鬆散的。我們不是看見北京大街的牆上大書着「打倒英日」，「不要五分鐘的熱度」嗎？其實寫那些大字的人，寫成之後，自己看着很滿意，他的「熱度」早已消除大半了。他回到家裏，坐也坐得下了，睡也睡得着了。所謂「民氣」，無論在中國、在歐美，都是這樣：突然而來，悠然而去。幾天一次的公民大會，幾天一次的示威遊行，雖然可以勉強多維持一會兒，然而那回天安門打架之後，國民大會也就不容易召集了。

我們要知道，凡關於外交的問題，民氣可以督促政府，政府可以利用民氣：民氣與政府相為聲援方才可以收效。沒有一個像樣的政府，雖有民氣，終不能單獨成功。因為外國政府決不能直接和我們的羣眾辦交涉；民眾運動的影響（無論是一時的示威或是較有組織的經濟抵制）終是間接的。一個健全的政府可以利用民氣作後盾，在外交上可以多得勝利，至少也可以少吃點虧。若沒有一個能運用民氣的政府，我們可以斷定民眾運動的犧牲的大部分是白白地糟蹋了的。

倘使外交部於六月二十四日同時送出滬案及修改條約兩照會之後即行負責交涉，那時民氣最盛，海員罷工的聲勢正大，滬案的交涉至少可以得一個比較滿人意的結果。但這個政府太不像樣了：外交部不敢自當交涉之衝，卻要三個委員來代掮末梢；三個委員都是很聰明的人，也就樂得三揖三讓，延擱下去。他們不但不能用民氣，反懼怕民氣了！況且某方面的官僚想藉這風潮延長現政府的壽命；某方面的政客也想藉這問題展緩東北勢力的侵逼。他們不運用民氣來對付外人，只會利用民氣來便利他們自己的私圖！於是一誤，再誤，至於今日，滬案及其他關連之各案絲毫不曾解決，而民氣卻早已成了強弩之末了！

上海的罷工本是對英日的，現在卻是對郵政當局、商務印書館、中華書局了。北京的學生運動一變而為對付楊蔭榆，又變而為對付章士釗了。廣州對英的事件全未了結，而廣州城卻早已成為共產與反共產的血戰場了。三個月的「愛國運動」的變相竟致如此！

這時候有一件強差人意的事，就是全國學生總會議決秋季開學後各地學生應一律到校上課，上課後應努力於鞏固學生會的組織，為民眾運動的中心。北京學聯會也決議北京各校同學於開學前務必到校，一面上課，一面仍繼續進行。

這是很可喜的消息。全國學生總會的通告裏並且有「五卅運動並非短時間所可解決」的話。我們要為全國學生下一轉語：救國事業更非短時間所能解決：帝國主義不是赤手空拳打得倒的；「英日強盜」也不是幾千萬人的喊聲咒得死的。救國是一件頂大的事業：排隊遊街，高喊着「打倒英日強盜」，算不得救國事業；甚至於砍下手指寫血書，甚至於蹈海投江，殺身殉國，都算不得救國的事業。救國的事業須要有各式各樣的人才；真正的救國的預備在於把自己造成一個有用的人才。

易卜生說的好：

真正的個人主義在於把你自己這塊材料鑄造成個東西。

他又說：

有時候我覺得這個世界就好像大海上翻了船，最要緊的是救出我自己。

在這個高唱國家主義的時期，我們要很誠懇的指出：易卜生說的「真正的個人主義」正是到國家主義的唯一大路。救國須從救出你自己下手！

學校固然不是造人才的唯一地方，但在學生時代的青年卻應該充分地利用學校的環境與設備來把自己鑄造成個東西。我們須明白瞭解：

救國千萬事，
何一不當為？
而吾性所適，
僅有一二宜。

認清了你「性之所近，而力之所能勉」的方向，努力求發展，這便是你對國家應盡的責任，這便是你的救國事業的預備工夫。國家的紛擾，外間的刺激，只應該增加你求學的熱心與興趣，而不應該引誘你跟着大家去吶喊。吶喊救不了國家。即使吶喊也算是救國運動的一部分，你也不可忘記你的事業有比吶喊重要十倍百倍的。你的事業是要把你自己造成一個有眼光有能力的人才。

你忍不住嗎？你受不住外面的刺激嗎？你的同學都出去吶喊了，你受不了他們的引誘與譏笑嗎？你獨坐在圖書館裏覺得難為情嗎？你心裏不安嗎？——這也是人情之常，我們不怪你；我們都有忍不住的時候。但我們可以告訴你一兩個故事，也許可以給你一點鼓舞：——

德國大文豪葛德（Goethe）在他的年譜裏（英譯本頁一八九）曾說，他每遇着國家政治上有大紛擾的時候，他便用心去研究一種絕不關係時局的學問，使他的心思不致受外界的擾亂。所以拿破崙的兵威逼迫德國最厲害的時期裏，葛德天天用功研究中國的文物。又當利俾瑟之戰的那一天，葛德正關着門，做他的名著 *Essex* 的「尾聲」。

德國大哲學家費希特（Fichte）是近代國家主義的一個創始者。然而他當普魯士被拿破崙踐破之後的第二年（一八〇七年）回到柏林，便着手計劃一個新的大學——即今日之柏林大學。那時候，柏林還在敵國駐兵的掌握裏。費希特在柏林繼續講學，在很危險的環境裏發表他的「告德意志民族」（Reden an die deutsche nation）。往往在他講學的堂上聽得見敵人駐兵操演回來的笳聲。他這一套講演——「告德意志民族」——忠告德國人不要灰心喪志，不要驚慌失措。他說，德意志民族是不會亡國的。這個民族有一種天付的使命，就是要在世間建立一個精神的文明，——德意志的文明。他說，這個民族的國家是不會亡的。

後來費希特計劃的柏林大學變成了世界的一個最有名的學府；他那部「告德意志民族」不但變成了德意志帝國建國的一個動力，並且成了十九世紀全世界的國家主義的一種經典。

上邊的兩段故事是我願意介紹給全國的青年男女學生的。我們不期望人人都做葛德與費希特。我們只希望大家知道：在一個擾攘紛亂的時期裏跟着人家亂跑亂喊，不能就算是盡了愛國的責任，此外還有更難更可貴的任務：在紛亂的喊聲裏，能立定腳跟，打定主意，救出你自己，努力把你這塊材料鑄造成個有用的東西！

（《胡適文存》三集卷九）

贈與今年的大學畢業生

（一九三二年六月二十七日）

這一兩個星期裏，各地的大學都有畢業的班次，都有很多的畢業生離開學校去開始他們的成人事業。學生的生活是一種享有特殊優待的生活，不妨幼稚一點，不妨吵吵鬧鬧，社會都能縱容他們，不肯嚴格的要他們負行為的責任。現在他們要撐起自己的肩膀來挑他們自己的擔子了。在這個國難最緊急的年頭，他們的擔子真不輕！我們祝他們的成功，同時也不忍不依據我們自己的經驗，贈與他們幾句送行的贈言，——雖未必是救命毫毛，也許作個防身的錦囊罷！

*

你們畢業之後，可走的路不出這幾條：絕少數的人還可以在國內或國外的研究院繼續作學術研究；少數的人可以尋着相當的職業；此外還有做官、辦黨、革命三條路；此外就是在家享福或者失業閒居了。第一條繼續求學之路，我們可以不討論。走其餘幾條路的人，都不能沒有墮落的危險。墮落的方式很多，總括起來，約有這兩大類：

第一是容易拋棄學生時代的求知識的欲望。你們到了實際社會裏，往往所用非所學，往往所學全無用處，往往可以完全用不着學問，而一樣可以胡亂混飯吃，混官做。在這種環境裏，即使向來抱有求知識學問的決心的人，也不免心灰意懶，把求知的欲望漸漸冷淡下去。況且學問是要有相當的設備的，書籍，試驗室，師友的切磋指導，閒暇的工夫，都不是一個平常要餬口養家的人所能容易辦到的。沒有做學問的環境，又誰能怪我們拋棄學問呢？

第二是容易拋棄學生時代的理想的人生追求。少年人初次與冷酷的社會接觸，容易感覺理想與事實相去太遠，容易發生悲觀和失望。多年懷抱的人生理想，改造的熱誠，奮鬥的勇氣，到此時候，好像全不是那麼一回事。渺小的個人在那強烈的社會爐火裏，往往經不起長時期的烤煉就鎔化了，一點高尚的理想不久就幻滅了。抱着改造社會的夢想而來，往往是棄甲曳兵而走，或者做了惡勢力的俘虜。你在那俘虜牢獄裏，回想那少年氣壯時代的種種理想主義，好像都成了自誤誤人的迷夢！從此以後，你就甘心放棄理想人生的追求，甘心做現成社會的順民了。

要防禦這兩方面的墮落，一面要保持我們求知識的欲望，一面要保持我們對於理想人生的追求。有甚麼好法子呢？依我個人的觀察和經驗，有三種防身的藥方是值得一試的。

第一個方子只有一句話：「總得時時尋一兩個值得研究的問題！」問題是知識學問的老祖宗；古今來一切知識的產生與積聚，都是因為要解答問題，——要解答實用上的困難或理論上的疑難。所謂「為知識而求知識」，其實也只是一種好奇心追求某種問題的解答，不過因為那種問題的性質不必是直接應用的，人們就覺得這是「無所為」的求知識了。我們出學校之後，離開了做學問的環境，如果沒有一個兩個值得解答的疑難問題在腦子裏盤旋，就很難繼續保持追求學問的熱心。可是，如果你有了一個真有趣的問題天天逗你去想他，天天引誘你去解決他，天天對你挑釁笑你無可奈何他，——這時候，你就會同戀愛一個女子發了瘋一樣，坐也坐不下，睡也睡不安，沒工夫也得偷出工夫去陪她，沒錢也得撙衣節食去巴結她。沒有書，你自會變賣家私去買書；沒有儀器，你自會典押衣服去置辦儀器；沒有師友，你自會不遠千里去尋師訪友。你只要能時時有疑難問題來逼你用腦子，你自然會保持發展你對學問的興趣，即使在最貧乏的知識環境中，你也會慢慢的聚起一個小圖書館來，或者設置起一所小試驗室來。所以我說：第一要尋問題。腦子裏沒有問題之日，就是你的知識生活壽終正寢之時！古人說，「待文王而興者，凡民也。若夫豪傑之士，雖無文王猶興。」試想葛理略（Galileo）和牛敦（Newton）有多少藏書？有多少儀器？他們不過是有問題而已。有了問題而後，他們自會造出儀器來解答他們的問題。沒有問題的人們，關在圖書館裏也不會用書，鎖在試驗室裏也不會有甚麼發現。

第二個方子也只有一句話：「總得多發展一點非職業的興趣。」離開學校之後，大家總得尋個吃飯的職業。可是你尋得的職業未必就是你所學的，或者未必是你所心喜的，或者是你所學而實在和你的性情不相近的。在這種狀況之下，工作就往往成了苦工，就不感覺興趣了。為餬口而作那種非「性之所近而力之所能勉」的工作，就很難保持求知的興趣和生活的理想主義。最好的救濟方法只有多多發展職業以外的正當興趣與活動。一個人應該有他的職業，又應該有他的非職業的玩藝兒，可以叫做業餘活動。凡一個人用他的閒暇來做的事業，都是他的業餘活動。往往他的業餘活動比他的職業還更重要，因為一個人的前程往往全靠他怎樣用他的閒暇時間。他用他的閒暇來打馬（麻）將，他就成個賭徒；你用你的閒暇來做社會服務，你也許成個社會改革者；或者你用你的閒暇去研究歷史，你也許成個史學家。你的閒暇往往定你的終身。英國十九世紀的兩個哲人，彌兒（J. S. Mill）終身做東印度公司的秘書，然而他的業餘工作使他在哲學上，經濟學上，政治思想史上都佔一個很高的位置；斯賓塞（Spencer）是一個測量工程師，然而他的業餘工作使他成為前世紀晚期世界思想界的一個重鎮。古來成大學問的人，幾乎沒有一個不是善用他的閒暇時間的。特別在這個組織不健全的中國社會，職業不容易適合我們性情，我們要想生活不苦痛或不墮落，只有多方發展業餘的興趣，使我們的精神有所寄託，使我們的剩餘精力有所施展。有了這種心愛的玩藝兒，你就做六個鐘頭的抹桌子工夫也不會感覺煩悶了。因為你知道，抹了六點鐘的桌子之後，你可以回家去做你的化學研究，或畫完你的大幅山水，或寫你的小說戲曲，或繼續你的歷史考據，或做你的社會改革事業。你有了這種稱心如意的活動，生活就不枯寂了，精神也就不會煩悶了。

第三個方子也只有一句話：「你總得有一點信心。」我們生當這個不幸的時代，眼中所見，耳中所聞，無非是叫我們悲觀失望的。特別是在這個年頭畢業的你們，眼見自己的國家民族沉淪到這步田地，眼看世界只是強權的世界，望極天邊好像看不見一線的光明，——在這個年頭不發狂自殺，已算是萬幸了，怎麼還能夠希望保持一點內心的鎮定和理想的信任呢？我要對你們說：這時候正是我們要培養我們的信心的時候！只要我們有信心，我們還有救。古人說：「信心（Faith）可以移山。」又說：「只要工夫深，生鐵磨成繡花針。」你不信嗎？當拿破崙的軍隊征服普魯士佔據柏林的時候，有一位窮教授叫做菲希特（Fichte）的，天天在講堂上勸他的國人要有信心，要信仰他們的民族是有世界的特殊使命的，是必定要復興的。菲希特死的時候（一八一四年），誰也不能預料德意志統一帝國何時可以實現。然而不滿五十年，新的統一的德意志帝國居然實現了。

一個國家的強弱盛衰，都不是偶然的，都不能逃出因果的鐵律的。我們今日所受的苦痛和恥辱，都只是過去種種惡因種下的惡果。我們要收將來的善果，必須努力種現在的新因。一粒一粒的種，必有滿倉滿屋的收。這是我們今日應該有的信心。

我們要深信：今日的失敗，都由於過去的不努力。

我們要深信：今日的努力，必定有將來的大收成。

佛典裏有一句話：「福不唐捐。」唐捐就是白白的丟了。我們也應該說：「功不唐捐！」沒有一點努力是會白白的丟了的。在我們看不見想不到的時候，在我們看不見想不到的方向，你瞧！你下的種子早已生根發葉開花結果了！

你不信嗎？法國被普魯士打敗之後，割了兩省地，賠了五十萬萬佛郎的賠款。這時候有一位刻苦的科學家巴斯德（Pasteur）終日埋頭在他的試驗室裏做他的化學試驗和微菌學研究。他是一個最愛國的人，然而他深信只有科學可以救國。他用一生的精力證明了三個科學問題：（一）每一種發酵作用都是由於一種微菌的發展；（二）每一種傳染病都是由於一種微菌在生物體中的發展；（三）傳染病的微菌，在特殊的培養下，可以減輕毒力，使牠從病菌變成防病的藥苗。——這三個問題，在表面上似乎都和救國大事業沒有多大的關係。然而從第一個問題的證明，巴斯德定出做醋釀酒的新法，使全國的酒醋業每年減除極大的損失。從第二個問題的證明，巴斯德教全國的蠶絲業怎樣選種防病，教全國的畜牧農家怎樣防止牛羊瘟疫，又教全世界的醫學界怎樣注重消毒以減除外科手術的死亡率。從第三個問題的證明，巴斯德發明了牲畜的脾熱瘟的療治藥苗，每年替法國農家減除了二千萬佛郎的大損失；又發明了瘋狗咬毒的治療法，救濟了無數的生命。所以英國的科學家赫胥黎（Huxley）在皇家學會裏稱頌巴斯德的功績道：「法國給了德國五十萬萬佛郎的賠款，巴斯德先生一個人研究科學的成績足夠還清這一筆賠款了。」

巴斯德對於科學有絕大的信心，所以他在國家蒙奇辱大難的時候，終不肯拋棄他的顯微鏡與試驗室。他絕不想他的顯微鏡底下能償還五十萬萬佛郎的賠款，然而在他看不見想不到的時候，他已收穫了科學救國的奇迹了。

朋友們，在你最悲觀最失望的時候，那正是你必須鼓起堅強的信心的時候。你要深信：天下沒有白費的努力。成功不必在我，而功力必不唐捐。

（《胡適文存》四集卷四）

九一八的第三週年紀念

告全國的青年

（一九三四年九月十七日）

在這個慘痛的紀念日，我們應該最誠懇的反省，應該這樣自省：

第一，為甚麼我們把東北四省丟了？是不是因為我們自己太腐敗了？是不是因為我們自己太不爭氣了？是不是因為我們自己事事不如我們的敵人？

第二，在這三年之中，我們自己可曾作何種懺悔的努力？可曾作何種補救的努力？可曾作何種有實效的改革？

第三，從今天起，我們應該從甚麼方向去準備我們自己？應該如何訓練磨練我們自己？應該怎樣加速我們自己和國家民族的進步來準備洗刷過去的恥辱，來應付這眼前和未來的大危機？

我們口頭和筆下的紀念都是廢話，我們的敵人不是口舌紙筆所能打倒的；我們的失地也不是口舌紙筆所能收回的。

我們的唯一的生路是努力工作，是拚命做工。我們的敵人所以能夠這樣侵犯我們，欺辱我們，只是因為他們曾經兢兢業業的努力了六十年，而我們只在醉生夢死裏鬼混了這六十年。現在我們懊悔也無用了，只有咬緊牙根，努力趕做我們必須做的工作。

努力一分，就有一分的效果。努力百分，就有百分的效果。

奇恥在前，大難在後，我們的唯一生路是努力，努力，努力！

教育破產的救濟方法還是教育

（一九三四年八月十七日）

我們中國人有一種最普遍的死症，醫書上還沒有名字，我姑且叫他做「沒有胃口」。無論甚麼好東西，到了我們嘴裏，舌頭一舔，剛覺有味，才吞下肚去，就要作嘔了。胃口不好，甚麼美味都只能「淺嚐而止」，終不能下咽。所以我們天天皺起眉頭，做出苦樣子來，說：沒有好東西吃！這個病症，看上去很平常，其實是死症。

前些年，大家都承認中國需要科學；然而科學還沒有進口，早就聽見一班妄人高唱「科學破產」了；不久又聽見一班妄人高唱「打倒科學」了。前些年，大家又都承認中國需要民主憲政；然而憲政還沒有入門，國會只召集過一個，早就聽見一班「學者」高唱「議會政治破產」，「民主憲政是資本主義的副產物」了。

更奇怪的是今日大家對於教育的不信任。我做小孩子的時候，常聽見人說這類的話：「普魯士戰勝法蘭西，不在戰場上而在小學校裏。」「英國的國旗從日出處飄到日入處，其原因要在英國學堂的足球場上去尋找。」那時的中國人真迷信教育的萬能！山東有一個乞丐武訓，他終身討飯，積下錢來就去辦小學堂。他開了好幾個小學堂，當時全國人都知道「義丐武訓」的大名。這件故事，最可以表示那個時代的人對於教育的狂熱。民國初元，范源濂等人極力提倡師範教育。他們的見解雖然太偏重「普及」而忽略了「提高」的方面，然而他們還是向來迷信教育救國的一派的代表。民國六年以後，蔡元培等人注意大學教育。他們的弊病恰和前一派相反，他們用全力去做「提高」的事業，卻又忽略了教育「普及」的方面。但無論如何，范蔡諸人都還絕對信仰教育是救國的唯一路子。民八至民九，杜威博士在中國各地講演新教育的原理與方法，也很引起了全國人的注意。那時閻錫山在娘子關內也正在計劃山西的普及教育，太原的種種補充小學師資的速成訓練班正在極熱烈的猛進時期。當時到太原遊覽參觀的人都不能不深刻的感覺山西的一班領袖對於普及教育的狂熱。

曾幾何時，全國人對於教育好像忽然都冷淡了！漸漸的有人厭惡教育了，漸漸的有人高喊「教育破產」了。

從狂熱的迷信教育，變到冷淡的懷疑教育，這裏面當然有許多複雜的原因。第一是教育界自己毀壞他們在國中的信用。自從民八雙十節以後北京教育界抬出了「索薪」的大旗來替代了「造新文化」的運動，甚至於不恤教員罷課至一年以上以求達到索薪的目的。從此以後，我們真不能怪國人瞧不起教育界了。第二是這十年來教育的政治化，使教育變空虛了。往往學校所認為最不滿意的人，可以不讀書，不做學問，而僅僅靠着活動的能力取得祿位與權力。學校本身又因為政治的不安定，時時發生令人厭惡的風潮。第三，這十幾年來（直到最近時期），教育行政的當局無力管理教育，就使私立中學與大學儘量的營業化。往往失業的大學生與留學生，不用甚麼圖書儀器的設備，就可以掛起中學或大學的招牌來招收學生。野雞學校越多，教育的信用當然越低落了。第四，這十幾年來，所謂高等教育的機關，添設太快了，國內人才實在不夠分配。所以大學地位與程度都降低了，這也是教育招人輕視的一個原因。第五，粗製濫造的畢業生驟然增多了，而社會上的事業不能有同樣速度的發展；政府機關又不肯充分採用考試任官的方法，於是「粥少僧多」的現象就成為今日的嚴重問題。做父兄的，擔負了十多年的教育費，眼見子弟拿着文憑尋不到飯碗，當然要埋怨教育本身的失敗了。

這許多原因（當然不限於這些），我們都不否認。但我要指出，這種種原因都不夠證成教育的破產。事實上，我們今日還只是剛開始試辦教育，還只是剛起了一個頭，離那現代國家應該有的教育真是去題萬里！本來還沒有「教育」可說，怎麼談得到「教育破產」？產還沒有置，有甚麼可破？今日高唱「教育破產」的妄人，都只是害了我在上文說的「沒有胃口」的病症。他們在一個時代也曾跟着別人喊着要教育，等到剛嚐着教育的味兒，他們早就皺起眉頭來說教育是吃不得的了！我們只能學耶穌的話來對這種人說：「啊！你們這班信心淺薄的人啊！」

我要很誠懇的對全國人訴說：今日中國教育的一切毛病，都由於我們對教育太沒有信心，太不注意，太不肯花錢。教育所以「破產」，都因為教育太少了，太不夠了。教育的失敗，正因為我們今日還不曾真正有教育。

為甚麼一個小學畢業的孩子不肯回到田間去幫他父母做工呢？並不是小學教育毀了他。第一，是因為田間小孩子能讀完小學的人數太少了。他覺得他進了一種特殊階級，所以不屑種田學手藝了。第二，是因為那班種田做手藝的人也連小學都沒有進過，本來也就不歡迎這個認得幾擔大字的小學生。第三，他的父兄花錢送他進學堂，心眼裏本來也就指望他做一個特殊階級，可以誇耀鄰里，本來也就最不指望他做塊「回鄉豆腐乾」重回到田間來。

對於這三個根本原因，一切所謂「生活教育」、「職業教育」，都不是有效的救濟。根本的救濟在於教育普及，使個個學齡兒童都得受義務的（不用父母花錢的）小學教育；使人人都感覺那一點點的小學教育並不是某種特殊階級的表記，不過是個個「人」必需的東西，——和吃飯睡覺呼吸空氣一樣的必需的東西。人人都受了小學教育，小學畢業生自然不會做游民了。

中學教育和大學教育的許多怪現狀，也不全是教育本身的毛病，也往往是這個過渡時期（從沒有教育過渡到剛開始有教育的時期）不可避免的現狀。因為教育太稀有，太貴；因為小學教育太不普及，所以中等教育更成了極少數人家子弟的專有品，大學教育更不用說了。今日大多數升學的青年，不一定都是應該升學的。只因為他們的父兄有送子弟升學的財力，或者因為他們的父兄存了「將本求利」的心思勉力借貸供給他們升學的。中學畢業要貼報條向親戚報喜，大學畢業要在祠堂前豎旗杆，這都不是今日已絕迹的事。這樣稀有的寶貝（今日在初中的人數約佔全國人口一千分之一；在高中的人數約佔全國人口四千分之一；在專科以上學校的人數約佔全國人口一萬分之一！）當然要高自位置，不屑回到內地去，寧作都市的失業者而不肯做農村的導師了。

今日中等教育與高等教育所以還辦不好，基本的原因還在於學生的來源太狹，在於下層的教育基礎太窄太小（十九年度全國高中普通科畢業生數不滿八千人，而二十年度專科以上學校一年級新生有一萬五千多人！）。來學的多數是為熬資格而來，不是為求學問而來。因為要的是資格，所以只要學校肯給文憑便有學生。因為要的是資格，所以教員越不負責任，越受歡迎。而嚴格負責的訓練管理往往反可以引起風潮。學問是可以犧牲的，資格和文憑是不可以犧牲的。

欲要救濟教育的失敗，根本的方法只有用全力擴大那個下層的基礎，就是要下決心在最短年限內做到初等義務教育的普及。國家與社會在今日必須拚命擴充初等義務教育，然後可以用助學金和免費的制度，從那絕大多數的青年學生裏，選拔那些真有求高等知識的天才的人去升學。受教育的人多了，單有文憑上的資格就不夠用了，多數人自然會要求真正的知識與技能了。

這當然是絕大的財政負擔，其經費數目的偉大可以駭死今日中央和地方天天叫窮的財政家。但這不是絕不可能的事。在七八年前，誰敢相信中國政府每年能擔負四萬萬元的軍事？然而這個鉅大的軍費數目在今日久已是我們看慣毫不驚訝的事實了！

所以今日最可慮的還不是沒有錢，只是我們全國人對於教育沒有信心。我們今日必須堅決的信仰：五千萬失學兒童的救濟比五千架飛機的功效至少要大五萬倍！

（《胡適文存》四集卷四）

領袖人才的來源

北京大學教授孟森先生前天寄了一篇文字來，題目是論「士大夫」（見《獨立》第十二期）。他下的定義是：

> 「士大夫」者，以自然人為國負責，行事有權，敗事有罪，無神聖之保障，為誅殛所可加者也。

雖然孟先生說的「士大夫」，從狹義上說，好像是限於政治上負大責任的領袖。然而他又包括孟子說的「天民」一級不得位而有絕大影響的人物。所以我們可以說，若用現在的名詞，孟先生文中所謂「士大夫」，應該可以叫做「領袖人物」，省稱為「領袖」。孟先生的文章是他和我的一席談話引出來的。我讀了忍不住想引伸他的意思，討論這個領袖人才的問題。

孟先生此文的言外之意是歎息近世居領袖地位的人缺乏真領袖的人格風度，既拋棄了古代「士大夫」的風範，又不知道外國的「士大夫」的流風遺韻，所以成了一種不足表率人羣的領袖。他發願要搜集中國古來的士大夫人格可以做後人模範的，做一部「士大夫集傳」；他又希望有人搜集外國士大夫的精華，做一部「外國模範人物集傳」。這都是很應該做的工作，也許是很有效用的教育材料。我們知道《新約》裏的幾種耶穌傳記影響了無數人的人格；我們知道布魯達克（Plutarch）的英雄傳影響了後世許多的人物。歐洲的傳記文學發達的最完備，歷史上重要人物都有很詳細的傳記，往往有一篇傳記長至幾十萬言的，也往往有一個人的傳記多至幾十種的。這種傳記的翻譯，倘使有審慎的選擇和忠實明暢的譯筆，應該可以使我們多知道一點西洋的領袖人物的嘉言懿行，間接的可以使我們對於西方民族的生活方式得一點具體的瞭解。

中國的傳記文學太不發達了。所以中國的歷史人物往往只靠一些乾燥枯窘的碑版文字或史家列傳流傳下來。很少的傳記材料是可信的，可讀的已很少了。至於可歌可泣的傳記，可說是絕對沒有。我們對於古代大人物的認識，往往只全靠一些很零碎的軼事瑣聞。然而我至今還記得我做小孩子時代讀的朱子《小學》裏面記載的幾個可愛的人物，如汲黯、陶淵明之流。朱子記陶淵明，只記他做縣令時送一個長工給他兒子，附去一封家信，說：「此亦人子也，可善遇之。」這寥寥九個字的家書，印在腦子裏，也頗有很深刻的效力，使我三十年來不敢輕用一句暴戾的辭氣對待那幫我做事的人。這一個小小例子可以使我承認模範人物的傳記，無論如何不詳細，只須剪裁的得當，描寫的生動，也未嘗不可以做少年人的良好教育材料，也未嘗不可介紹一點做人的風範。

但是傳記文學的貧乏與忽略，都不夠解釋為甚麼近世中國的領袖人物這樣稀少而又不高明。領袖的人才決不是光靠幾本「士大夫集傳」就能鑄造成功的。「士大夫」的稀少，只是因為「士大夫」在古代社會裏自成一個階級，而這個階級久已不存在了。在南北朝的晚期，顏之推說：

吾觀《禮經》，聖人之教，箕帚匕箸，咳唾唯諾，執燭沃盥，皆有節文，亦為至矣。但《禮經》既殘缺非復全書，其有所不載，及世事變改者，學達君子自為節度，相承行之。故世號「士大夫風操」。而家門頗有不同，所見互稱長短。然其阡陌亦自可知。（《顏氏家訓》「風操」第六）

在那個時代，雖然經過了魏晉曠達風氣的解放，雖然經過了多少戰禍的摧毀，「士大夫」的階級還沒有完全毀滅，一些名門望族都竭力維持他們的門閥。帝王的威權，外族的壓迫，終不能完全消滅這門閥自衛的階級觀念。門閥的爭存不全靠聲勢的煊赫，子孫的貴盛。他們所倚靠的是那「士大夫風操」，即是那個士大夫階級所用來律己律人的生活典型。即如顏氏一家，遭遇亡國之禍，流徙異地，然而顏之推所最關心的還是「整齊門內，提撕子孫」。所以他著作家訓，留作他家子孫的典則。隋唐以後，門閥的自尊還能維持這「士大夫風操」至幾百年之久。我們看唐朝柳氏和宋朝呂氏、司馬氏的家訓，還可以想見當日士大夫的風範的保存是全靠那種整齊嚴肅的士大夫階級的教育的。

然而這士大夫階級終於被科舉制度和別種政治和經濟的勢力打破了。元明以後，三家村的小兒只消讀幾部刻板書，念幾百篇科舉時文，就可以有登科作官的機會。一朝得了科第，像「紅鸞禧」戲文裏的丐頭女婿，自然有送錢投靠的人來擁戴他去走馬上任。他從小學的是科舉時文，從來沒有夢見過甚麼古來門閥裏的「士大夫風操」的教育與訓練，我們如何能期望他居士大夫之位，要維持士大夫的人品呢？

* * *

以上我說的話，並不是追悼那個士大夫階級的崩壞，更不是希冀那種門閥訓練的復活。我要指出的是一種歷史事實。凡成為領袖人物的，固然必須有過人的天資做底子，可是他們的知識見地，做人的風度，總得靠他們的教育訓練。一個時代有一個時代的「士大夫」，一個國家有一個國家的範型式的領袖人物。他們的高下優劣，總都逃不出他們所受的教育訓練的勢力。某種範型的訓育自然產生某種範型的領袖。

這種領袖人物的訓育的來源，在古代差不多全靠特殊階級（如中國古代的士大夫門閥，如日本的貴族門閥，如歐洲的貴族階級及教會）的特殊訓練。在近代的歐洲則差不多全靠那些訓練領袖人才的大學。歐洲之有今日的燦爛文化，差不多全是中古時代留下的幾十個大學的功勞。近代文明有四個基本源頭：（一）是文藝復興，（二）是十六七世紀的新科學，（三）是宗教革新，（四）是工業革命。這四個大運動的領袖人物，沒有一個不是大學的產兒。中古時代的大學誠然是幼稚的可憐。然而意大利有幾個大學都有一千年的歷史；巴黎，牛津，康橋都有八九百年的歷史。歐洲的有名大學，多數是有幾百年的歷史的。最新的大學，如莫斯科大學也有一百八十多年了，柏林大學是一百二十歲了。有了這樣長期的存在，才有積聚的圖書設備，才有集中的人才，才有繼長增高的學問，才有那使人依戀崇敬的「學風」。至於今日，西方國家的領袖人物，那一個不是從大學出來的？即使偶有三五個例外，也沒有一個不是直接間接受大學教育的深刻影響的。

在我們這個不幸的國家，一千年來，差不多沒有一個訓練領袖人才的機關。貴族門閥是崩壞了，又沒有一個高等教育的書院是有持久性的，也沒有一種教育是訓練「有為有守」的人才的。五千年的古國，沒有一個三十年的大學！八股試帖是不能造領袖人才的，做書院課卷是不能造領袖人才的，當日最高的教育，——理學與經學考據——也是不能造領袖人才的。現在這些東西都快成了歷史陳迹了。然而這些新起的「大學」，東鈔西襲的課程，朝三暮四的學制，七零八落的設備，四成五成的經費，朝秦暮楚的校長，東家宿而西家餐的教員，十日一雨五日一風的學潮，——也都還沒有造就領袖人才的資格。

丁文江先生在「中國政治的出路」（《獨立》第十一期）裏曾指出，「中國的軍事教育比任何其他的教育都要落後」，所以多數的軍人都「因為缺乏最低的近代知識和訓練，不足以擔任國家的艱鉅」。其實他太恭維「任何其他的教育」了！茫茫的中國，何處是訓練大政治家的所在？何處是養成執法不阿的偉大法官的所在？何處是訓練財政經濟專家學者的所在？何處是訓練我們的思想大師或教育大師的所在？

領袖人物的資格在今日已不比古代的容易了。在古代還可以有劉邦、劉裕一流的梟雄出來平定天下，還可以像趙普那樣的人妄想用「半部《論語》治天下」。在今日的中國，領袖人物必須具備充分的現代見識，必須有充分的現代訓練，必須有足以引起多數人信仰的人格。這種資格的養成，在今日的社會，除了學校，別無他途。

我們到今日才感覺整頓教育的需要，真有點像「臨渴掘井」了，然而治七年之病，終須努力求三年之艾。國家與民族的生命是千萬年的。我們在今日如果真感覺到全國無領袖的苦痛，如果真感覺到「盲人騎瞎馬」的危機，我們應當深刻的認清只有咬定牙根來徹底整頓教育，穩定教育，提高教育的一條狹路可走。如果這條路上的荊棘不掃除，虎狼不驅逐，奠基不穩固；如果我們還想讓這條路去長久埋沒在淤泥水潦之中；——那麼，我們這個國家也只好長久被一班無知識無操守的渾人領導到沉淪的無底地獄裏去了。

（《胡適文存》四集卷四）

爭取學術獨立的十年計劃

（一九四七年九月十八日）

我很深切的感覺中國的高等教育，應該有一個自覺的十年計劃。其目的是要在十年之中建立起中國學術獨立的基礎。

我說的「學術獨立」，當然不是一班守舊的人們心裏想的「漢家自有學術，何必遠法歐美」。我決不想中國今後的學術可以脫離現代世界的學術而自己尋出一條孤立的途徑；我也決不主張十年之後就可以沒有留學外國的中國學者了。

我所謂「學術獨立」必須具有四個條件：（一）世界現代學術的基本訓練，中國自己應該有大學可以充分擔負，不必向國外去尋求。（二）受了基本訓練的人才，在國內應該有設備夠用與師資良好的地方，可以繼續做專門的科學研究。（三）本國需要解決的科學問題、工業問題、醫藥與公共衛生問題、國防工業問題等等，在國內都應該有適宜的專門人才與研究機構可以幫助社會國家尋求得解決。(四)對於現代世界的學術，本國的學人與研究機關應該和世界各國的學人與研究機關分工合作，共同擔負人類學術進展的責任。

要做到這樣的學術獨立，我們必須及早準備一個良好的、堅實的基礎。所以我提議，中國此時應該有一個大學教育的十年計劃。在十年之內，集中國家的最大力量，培植五個到十個成績最好的大學，使他們盡力發展他們的研究工作，使他們成為第一流的學術中心，使他們成為國家學術獨立的根據地。

這個十年計劃也可以分做兩個階段。第一個五年，先培植起五個大學；五年之後，再加上五個大學。這個分兩期的方法有幾種好處：第一、國家的人才與財力恐怕不夠同時發展十個第一流的大學；第二、先用國家力量培植五所大學，可以鼓勵其他大學努力向上，爭取第二期五個大學的地位。

我提議的十年計劃，當然不是只顧到那五個十個大學而不要其餘的大學和學院了。說的詳細一點，我提議：

(一)政府應該下大決心，在十年之內，不再添設大學或獨立學院。

(二)本年憲法生效之後，政府必須嚴格實行憲法第一百六十四條的規定：「教育文化科學之經費，在中央不得少於其預算總額百分之十五，在省不得少於其預算總額百分之二十五，在市縣不得少於其預算總額百分之三十五。」全國人民與人民團體應該隨時監督各級政府嚴格執行。

（三）政府應該有一個高等教育的十年計劃，分兩期施行。

（四）在第一個五年裏，挑選五個大學，用最大的力量培植他們，特別發展他們的研究所，使他們能在已有的基礎之上，在短期間內；發展成為現代學術的重要中心。

（五）在第二個五年裏，繼續培植前期五個大學之外，再挑選五個大學，用同樣的大力量培植他們，特別發展他們的研究所，使他們在短期內發展成為現代學術的重要中心。

（六）在這十年裏，對於其餘的四十多個國立大學和獨立學院，政府應該充分增加他們的經費，擴充他們的設備，使他們有繼續整頓發展的機會，使他們成為各地最好的大學。對於有成績的私立大學和獨立學院，政府也應該繼續民國二十二年以來補助私立學校的政策，給他們適當的補助費，使他們能繼續發展。

（七）在選擇每一期的五個大學之中，私立的學校與國立的學校應該有同樣被挑選的機會。選擇的標準應該注重人才、設備、研究成績。

（八）這個十年計劃應該包括整個大學教育制度的革新，也應該包括「大學」的觀念的根本改換。近年所爭的幾個學院以上才可稱大學，簡直是無謂之爭。今後中國的大學教育應該朝着研究院的方向去發展，凡能訓練研究工作的人才的，凡有教授與研究生做獨立的科學研究的，才是真正的大學。凡只能完成四年本科教育的，儘管有十院七八十系，都不算是將來的最高學府。從這個新的「大學」觀念出發，現行的大學制度應該及早徹底修正，多多減除行政衙門的干涉，多多增加學術機關的自由與責任。例如現行的學位授予法，其中博士學位的規定最足以阻礙大學研究所的發展。這部分的法令公布了十六年，至今不能實行，政府應該早日接受去年中央研究院評議會的建議：「博士候選人之平時研究工作及博士論文，均應由政府核準設立研究所五年以上並經特許收受博士候選人之大學或獨立學院自行審查考試。審查考試合格者，由該校院授予博士學位。」今日為了要提倡獨立的科學研究，為了要提高各大學研究的尊嚴，為了要減少出洋鍍金的社會心理，都不可不修正學位授予法，讓國內有資格的大學自己擔負授予博士學位的責任。

這是我的建議的大概。這裏面我認為最重要又最簡單易行而收效最大最速的，是用國家最大力量培植五個到十個大學的計劃。眼前的人才實在不夠分配到一百多個大學與學院去。（照去年夏天的統計，全國有廿八個國立大學，十八個國立學院，二十個私立大學，十三個省立學院，廿一個私立學院，共一百個。此外還有四十八個公私立專科學校。）試問中國第一流物理學者，國內外合計，有多少人？中國專治西洋歷史有成績的，國內外合計，有多少人？這都是大學必不可少的學科，而人才稀少如此。學術的發達，人才是第一要件。我們必須集中第一流的人才，替他們造成最適宜的工作條件，使他們可以自己做研究，使他們可以替全國訓練將來的師資與工作人員。有了這五個十個最高學府做學術研究的大本營，十年之後，我相信中國必可以在現代學術上得着獨立的地位。

這不是我過分樂觀的話，世界學術史上有許多事實可以使我說這樣大膽的預言。

在我出世的那一年（一八九一年），羅氏基金會決定捐出二千萬美金來創辦芝加哥大學。第一任校長哈勃爾（W. R. Harper）擔任籌備的事。他周遊全國，用當時空前的待遇（年俸七千五百元），選聘第一流人物做各院系的主任教授，美國沒有的，他到英國歐洲去挑。一年之後，人才齊備了，設備夠用了。開學之日，芝加哥大學就被公認為第一流大學。一個私家基金會能做到的事，一個堂堂的國家當然更容易做得到。

更數上去十多年，一八七六年，吉爾門校長（D. C. Gilman）創立霍鏗斯大學，專力提倡研究的工作。那時候，美國的大學還都只有大學本科的教育。耶魯大學的研究院成立於一八七一年，哈佛大學的研究院成立於一八七二年。吉爾門在霍鏗斯大學才創立了專辦研究院的新式大學，打開了「大學是研究院」的新風氣。當時霍鏗斯大學的人才盛極一時，哲學家如杜威，如羅以斯（Royce），經濟家學如伊黎（Eiy），政治學家如威爾遜總統，都是霍鏗斯大學研究院出來的博士。在醫學方面，當霍鏗斯大學開辦時（一八七六年），美國全國還沒有一個醫學院是有研究實驗室的設備的！吉爾門校長選聘了幾個有研究成績的青年醫學家，如倭斯勒（Oiler）、韋爾渠（Welch）諸人，創立了第一個注重研究提倡實驗的醫學院，就奠定美國新醫學的基礎。所以美國史家都承認美國學術獨立的風氣是從吉爾門校長創立大學研究院開始的。一個私人能倡導的風氣，一個堂堂的國家當然更容易做得到。

所以我深信，用國家的大力來造成五個十個第一流大學，一定可以在短期間內做到學術獨立的地位。我深信只有這樣集中人才，集中設備——只有這一個方法可以使我們這個國家走上學術獨立的路。

（一九四七年九月二十八日天津《大公報》）

＊與葉英論教育

（一九三六年三月二十一日）

你的文章寫的很好，但你誤信了科舉時代的教育是做人與做事雙方兼顧的。我毫不遲疑的對你說：中國的舊式教育既不能教人做事的能力，更不能教人做人的道德。

你若有興趣，可以看看我的《論學近著》的第四卷，特別是我給孟心史先生的一封信。

你讀過《儒林外史》沒有？那是中國教育史的最好史料。你想，范進、周進、嚴貢生、匡超人受的教育是不是可以做人做事？

你看過京戲《紅鸞禧》沒有？一個丐頭的女婿，一旦中了進士，立刻就有人來「投靠」，豈不是很有趣的社會組織？然而你看這位進士老爺受的教育是不是夠他做事做人？

你說起書院時代的山長的責任心，這更是誤會。書院的山長，院中人每月只會見一二次而已，他的工作至多不過是看看書院課藝而已。有時候，山長完全可以不到書院，只看看課藝。

做人的本領不全是學校的教員能教給學生的。它的來源最廣大。從母親、奶媽、僕役……到整個的社會，——當然也包括學校——都是訓練做人的場所。在那個廣大的「做人訓練所」裏，家庭佔的成分最大，因為「三歲定八十」是不磨的名言。中國的家庭環境太壞，所以一般人對於學校教育責望過大。你也是其中之一人。這個責望，平心而論，也有點理由。第一是學校的教師的平均知識比平常家庭中的父母高的多，也許父兄不能教的，教師可以教罷？第二，學生入學校的年齡，還在可善可惡的彈性時期（Formative），家庭養成的壞習慣，也許學校可以改革罷？

這兩層都不錯。不幸中國今日的學校大多數還沒有這種設備。中學的宿舍，大學的宿舍，都沒有做到英國學校的宿舍生活，少數教會學校有了一個起點。——所以除了傳授一點知識技能之外，做人的教育無從下手。課堂的生活當然是知識技能的生活居絕大部分。課堂以外的生活，才是做人的訓練。凡遊戲、社交、開會、競賽、選舉、自治、互助、旅行、做團體生活，……等等，才是訓練做人的機會。

中國今日之多數教員，他們自己也就沒有受過這種做人生活的訓練，他們自己開個會就往往要鬧到吵架而散，遊戲是不會的居多，團體生活是沒有的，能埋頭做學問已是了不得的了！何能教人做人？

然而平心而論，新式教育雖然還很幼稚，究竟比舊式教育寬廣的多，其中含有做人教育的成分比舊教育多的多了。上文所舉的遊戲、社交、自治、團體生活等等，都是舊日學堂書院所無。若能充分利用，今日之學校也未嘗不可以用作做人的訓練。只可惜教員能挑起這種責任的人還不多。更可惜中小學太壞，學生在小學中學沒有受過良好的團體生活的訓練，到了大學，不但不能學做人，往往還不肯受教員的指導。他們覺得受中年人指導是可恥的！

我對於你的重視做人教育，是同情的。但因為你誤信舊教育的好處，有菲薄新教育的危險，也許還有點「復古」的潛意識，所以我寫這信答你。

（據原信底稿）

人生有何意義

（一九二八—一九二九年）

一、答某君書

……我細讀來書，終覺得你不免作繭自縛。你自己去尋出一個本不成問題的問題，「人生有何意義？」其實這個問題是容易解答的。人生的意義全是各人自己尋出來，造出來的：高尚、卑劣、清貴、污濁、有用、無用，……全靠自己的作為。生命本身不過是一件生物學的事實，有甚麼意義可說？生一個人與一隻貓，一隻狗，有甚麼分別？人生的意義不在於何以有生，而在於自己怎樣生活。你若情願把這六尺之軀葬送在白晝作夢之上，那就是你這一生的意義。你若發憤振作起來，決心去尋求生命的意義，去創造自己的生命的意義，那麼，你活一日便有一日的意義，作一事便添一事的意義，生命無窮，生命的意義也無窮了。

總之，生命本沒有意義，你要能給他甚麼意義，他就有甚麼意義。與其終日冥想人生有何意義，不如試用此生作點有意義的事。……

十七・一・二十七

二、為人寫扇子的話

知世如夢無所求，無所求心普空寂。
還似夢中隨夢境，成就河沙夢功德。

王荊公小詩一首，真是有得於佛法的話。認得人生如夢，故無所求。但無所求不是無為。人生固然不過一夢，但一生只有這一場做夢的機會，豈可不努力做一個轟轟烈烈像個樣子的夢？豈可糊糊塗塗懵懵懂懂混過這幾十年嗎？

十八・五・十三

（《胡適文存》三集卷九）

＊不老①

（一九一九年四月）

漱溟先生這封信，討論他父親巨川先生自殺的事，使人讀了都很感動。他前面說的一段，因陶先生已去歐洲，我們且不討論。後面一段論「精神狀況與思想有關係」一個問題，使我們知道巨川先生精神生活的變遷，使我們對於他老先生不能不發生一種誠懇的敬愛心。這段文章，乃是近來傳記中有數的文字。若是將來的孝子賢孫替父母祖宗做傳時，都能有這種誠懇的態度，寫實的文體，解釋的見地，中國文學也許發生一些很有文學價值的傳記。

我讀這一段時，覺得內中有一節很可給我們少年人和壯年人做一種永久的教訓，所以我把他提出來鈔在下面：

「當四十歲時，人的精神充裕，那一副過人的精神便顯起效用來，於甚少的機會中追求出機會，攝取了知識，構成了思想，發動了志氣，所以有那一番積極的作為。在那時代便是維新家了。到六十歲時，精神安能如昔？知識的攝取力先減了，思想的構成力也退了，所有的思想都是以前的遺留，沒有那方興未艾的創造，而外界的變遷卻一日千里起來，於是乎就落後成為舊人物了。」

我們少年人讀了這一段，應該問自己道：「我們到了六七十歲時，還能保存那創造的精神，做那時代的新人物嗎？」這個問題還不是根本問題。我們應該進一步，問自己道：「我們該用甚麼法子方才可使我們的精神到老還是進取創造的呢？我們應該怎麼預備做一個白頭的新人物呢？」

從這個問題上着想，我覺得漱溟先生對於他父親平生事實的解釋還不免有一點「倒果為因」的地方。他說，「到了六十歲時，精神安能如昔？知識的攝取力先減了，思想的構成力也退了。」這似乎是說因為精神先衰了，所以不能攝取新知識，不能構成新思想。但他下文又說巨川先生老年的精神還是過人，「真所謂老當益壯」。這可見巨川先生致死的原因不在精神先衰，乃在知識思想不能調劑補助他的精神。二十年前的知識思想決不夠培養他那三十年後「老當益壯」的舊精神，所以有一種內部的衝突，所以竟致自殺。

我們從這個上面可得一個教訓：我們應該早點預備下一些「精神不老丹」，方才可望做一個白頭的新人物。這個「精神不老丹」是甚麼呢？我說是永遠可求得新知識新思想的門徑。這種門徑不外兩條：一、養成一種歡迎新思想的習慣，使新知識新思潮可以源源進來；二、極力提倡思想自由和言論自由，養成一種自由的空氣，布下新思潮的種子，預備我們到了七八十歲時，也還有許多簇新的知識思想可以收穫來做我們的精神培養品。

今日的新青年！請看看二十年前的革命家！

（《胡適文存》一集卷四）

注釋

①本文係作者為梁漱溟的信所作的跋，標題為編者所擬。

不朽（節錄）①

（一九二一年五月）

……

三、社會的不朽論　社會的生命，無論是看縱剖面，是看橫截面，都像一種有機的組織。從縱剖面看來，社會的歷史是不斷的；前人影響後人，後人又影響更後人；沒有我們的祖宗和那無數的古人，又那裏有今日的我和你？沒有今日的我和你，又那裏有將來的後人？沒有那無量數的個人，便沒有歷史，但是沒有歷史，那無數的個人也決不是那個樣子的個人：總而言之，個人造成歷史，歷史造成個人。從橫截面看來，社會的生活是交互影響的：個人造成社會，社會造成個人；社會的生活全靠個人分工合作的生活，但個人的生活，無論如何不同，都脫不了社會的影響；若沒有那樣這樣的社會，決不會有這樣那樣的我和你；若沒有無數的我和你，社會也決不是這個樣子。來勃尼慈（Leibnitz）說得好：

「這個世界乃是一片大充實（Plenum，為真空 Vacuum 之對），其中一切特質都是接連着的。一個大充實裏面有一點變動，全部的物質都要受影響，影響的程度與物體距離的遠近成正比例。世界也是如此。每一個人不但直接受他身邊親近的人的影響，並且間接又間接的受距離很遠的人的影響。所以世間的交互影響，無論距離遠近，都受得着的。所以世界上的人，每人受着全世界一切動作的影響。如果他有周知萬物的智慧，他可以在每人的身上看出世間一切施為，無論過去未來都可看得出，在這一個現在裏面便有無窮時間空間的影子。」

（見 *Monadology* 第六十一節）

從這個交互影響的社會觀和世界觀上面，便生出我所說的「社會的不朽論」來。我這「社會的不朽論」的大旨是：

我這個「小我」不是獨立存在的，是和無量數小我有直接或間接的交互關係的；是和社會的全體和世界的全體都有互為影響的關係的；是和社會世界的過去和未來都有因果關係的。種種從前的因，種種現在無數「小我」和無數他種勢力所造成的因，都成了我這個「小我」的一部分。我這個「小我」，加上了種種從前的因，又加上了種種現在的因，傳遞下去，又要造成無數將來的「小我」。這種種過去的「小我」，和種種現在的「小我」，和種種將來無窮的「小我」，一代傳一代，一點加一滴；一線相傳，連綿不斷；一水奔流，滔滔不絕：——這便是一個「大我」。「小我」是會消滅的，「大我」是永遠不滅的。「小我」是有死的，「大我」是永遠不死，永遠不朽的。「小我」雖然會死，但是每一個「小我」的一切作為，一切功德罪惡，一切語言行事，無論大小，無論是非，無論善惡，一一都永遠留存在那個「大我」之中。那個「大我」，便是古往今來一切「小我」的紀功碑，彰善祠，罪狀判決書，孝子慈孫百世不能改的惡諡法。這個「大我」是永遠不朽的，故一切「小我」的事業，人格，一舉一動，一言一笑，一個念頭，一場功勞，一樁罪過，也都永遠不朽。這便是社會的不朽，「大我」的不朽。

……

一個生肺病的人在路上偶然吐了一口痰。那口痰被太陽曬乾了，化為微塵，被風吹起空中，東西飄散，漸吹漸遠，至於無窮時間，至於無窮空間。偶然一部分的病菌被體弱的人呼吸進去，便發生肺病，由他一身傳染一家，更由一家傳染無數人家。如此展轉傳染，至於無窮空間，至於無窮時間。然而那先前吐痰的人的骨頭早已腐爛了，他又如何知道他所種的惡果呢？

一千五六百年前有一個人叫做范縝說了幾句話道：「神之於形，猶利之於刀；未聞刀沒而利存，豈容形亡而神在？」這幾句話在當時受了無數人的攻擊。到了宋朝有個司馬光把這幾句話記在他的《資治通鑑》裏。一千五六百年之後，有一個十一歲的小孩子，——就是我，——看到《通鑑》這幾句話，心裏受了一大感動，後來便影響了他半生的思想行事。然而那說話的范縝早已死了一千五百年了！

二千六七百年前，在印度地方有一個窮人病死了，沒人收屍，屍首暴露在路上，已腐爛了。那邊來了一輛車，車上坐着一個王太子，看見了這個腐爛發臭的死人，心中起了一念；由這一念，展轉發生無數念。後來那位王太子把王位也拋了，富貴也拋了，父母妻子也拋了，獨自去尋思一個解脱生老病死的方法。後來這位王子便成了一個教主，創了一種哲學的宗教，感化了無數人。他的影響勢力至今還在；將來即使他的宗教全滅了，他的影響勢力終久還存在，以至於無窮。這可是那腐爛發臭的路斃所曾夢想到的嗎？

以上不過是略舉幾件事，説明上文説的「社會的不朽」，「大我的不朽」。這種不朽論，總而言之，只是説個人的一切功德罪惡，一切言語行事，無論大小好壞，一一都留下一些影響在那個「大我」之中，一一都與這永遠不朽的「大我」一同永遠不朽。

上文我批評那「三不朽論」的三層缺點：一、只限於極少數的人，二、沒有消極的裁制，三、所說「功，德，言」的範圍太含糊了。如今所說「社會的不朽」，其實只是把那「三不朽論」的範圍更推廣了。既然不論事業功德的大小，一切都可不朽，那第一第三兩層短處都沒有了。冠絕古今的道德功業固可以不朽，那極平常的「庸言庸行」，油鹽柴米的瑣屑，愚夫愚婦的細事，一言一笑的微細，也都永遠不朽。那發現美洲的哥侖布固可以不朽，那些和他同行的水手火頭，造船的工人，造羅盤器械的工人，供給他糧食衣服銀錢的人，他所讀的書的著作家，生他的父母，生他父母的父母祖宗，以及生育訓練那些工人商人的父母祖宗，以及他以前和同時的社會，……都永遠不朽。社會是有機的組織，那英雄偉大可以不朽，那挑水的，燒飯的，甚至於浴堂裏替你擦背的；甚至於每天替你家掏糞倒馬桶的，也都永遠不朽。至於那第二層缺點，也可免去。如今說立德不朽，行惡也不朽；立功不朽，犯罪也不朽；「流芳百世」不朽，「遺臭萬年」也不朽；功德蓋世固是不朽的善因，吐一口痰也有不朽的惡果。我的朋友李守常先生說得好：「稍一失腳，必致遺留層層罪惡種子於未來無量的人，——即未來無量的我，——永不能消除，永不能懺悔。」這就是消極的裁制了。

中國儒家的宗教提出一個父母的觀念，和一個祖先的觀念，來做人生一切行為的裁制力。所以說，「一出言而不敢忘父母，一舉足而不敢忘父母。」父母死後，又用喪禮祭禮等等見神見鬼的方法，時刻提醒這種人生行為的裁制力。所以又說，「齋明盛服，以承祭祀，洋洋乎如在其上，如在其左右。」又說，「齋三日，則見其所為齋者；祭之日，入室，僾然必有見乎其位；周還出戶，肅然必有聞乎其容聲；出戶而聽，愾然必有聞乎其歎息之聲。」這都是「神道設教」，見神見鬼的手段。這種宗教的手段在今日是不中用了。還有那種「默示」的宗教，神權的宗教，崇拜偶像的宗教，在我們心裏也不能發生效力，不能裁制我們一生的行為。以我個人看來，這種「社會的不朽」觀念很可以做我的宗教了。我的宗教的教旨是：

我這個現在的「小我」，對於永遠不朽的「大我」的無窮過去，須負重大的責任；對於那永遠不朽的「大我」的無窮未來，也須負重大的責任。我須要時時想着，我應該如何努力利用現在的「小我」，方才可以不辜負了那「大我」的無窮過去，方才可以不遺害那「大我」的無窮未來？

（《胡適文存》一集卷四）

注釋

①本文初稿寫於一九一九年八月二十九日，一九二〇年二月修訂後用英文發表，這裏發表的是一九二一年五月根據英文改定的中文原稿。

新生活

——為《新生活雜誌》第一期做的

（一九一九年八月）

那樣的生活可以叫做新生活呢？

我想來想去，只有一句話。新生活就是有意思的生活。

你聽了，必定要問我，有意思的生活又是甚麼樣子的生活呢？

我且先說一兩件實在的事情做個樣子，你就明白我的意思了。

前天你沒有事做，閒的不耐煩了，你跑到街上一個小酒店裏，打了四兩白干，喝完了，又要四兩，再添上四兩。喝的大醉了，同張大哥吵了一回嘴，幾乎打起架來。後來李四哥來把你拉開，你氣忿忿的又要了四兩白干，喝的人事不知，幸虧李四哥把你扶回去睡了。昨兒早上，你酒醒了，大嫂子把前天的事告訴你，你懊悔的很，自己埋怨自己：「昨兒為甚麼要喝那麼多酒呢？可不是糊塗嗎？」

你趕上張大哥家去，作了許多揖，賠了許多不是，自己怪自己糊塗，請張大哥大量包涵。正說時，李四哥也來了，王三哥也來了。他們三缺一，要你陪他們打牌。你坐下來，打了十二圈牌，輸了一百多弔錢。你回得家來，大嫂子怪你不該賭博，你又懊悔的很，自己怪自己道：「是呵，我為甚麼要陪他們打牌呢？可不是糊塗嗎？」

諸位，像這樣子的生活，叫做糊塗生活，糊塗生活便是沒有意思的生活。你做完了這種生活，回頭一想，「我為甚麼要這樣幹呢？」你自己也回不出究竟為甚麼。

諸位，凡是自己說不出「為甚麼這樣做」的事，都是沒有意思的生活。

反過來說，凡是自己說得出「為甚麼這樣做」的事，都可以說是有意思的生活。

生活的「為甚麼」，就是生活的意思。

人同畜牲的分別，就在這個「為甚麼」上。你到萬牲園裏去看那白熊一天到晚擺來擺去不肯歇，那就是沒有意思的生活。我們做了人，應該不要學那些畜牲的生活。畜牲的生活只是糊塗，只是胡混，只是不曉得自己為甚麼如此做。一個人做的事應該件件事回得出一個「為甚麼。」

我為甚麼要幹這個？為甚麼不幹那個？回答得出，方才可算是一個人的生活。

我們希望中國人都能做這種有意思的新生活。其實這種新生活並不十分難，只消時時刻刻問自己為甚麼這樣做，為甚麼不那樣做，就可以漸漸的做到我們所說的新生活了。

諸位，千萬不要說「為甚麼」這三個字是很容易的小事。你打今天起，每做一件事，便問一個為甚麼，——為甚麼不把辮子剪了？為甚麼不把大姑娘的小腳放了？為甚麼大嫂子臉上搽那麼多的脂粉？為甚麼出棺材要用那麼多叫化子？為甚麼娶婦也要用那麼多叫化子？為甚麼罵人要罵他的爹媽？為甚麼這個？為甚麼那個？——你試辦一兩天，你就會覺得這三個字的趣味真是無窮無盡，這三個字的功用也無窮無盡。

諸位，我們恭恭敬敬的請你們來試試這種新生活。

（《胡適文存》一集卷四）

一個人生觀（節錄）①

（一九五九年一月七日）

……

很多人認為個人主義是洪水猛獸，是可怕的，但我所說的是個平平常常，健全而無害的。乾乾脆脆的一個個人主義的出發點，不是來自西洋，也不是完全中國的。中國思想上具有健全的個人主義思想，可以與西洋思想互相印證。王安石是個一生自己刻苦，而替國家謀安全之道，為人民謀福利的人，當為非個人主義者。但從他的詩文中，可以找出他個人主義的人生觀，為己的人生觀。因為他曾將古代極端為我的楊朱與提倡兼愛的墨子相比。在文章中說：「為己是學者之本也，為人是學者之末也。學者之事必先為己為我，其為己有餘，則天下事可以為人，不可不為人。」這就是說，一個人在最初的時候應該為自己，在為自己有餘的時候，就該為別人，而且不可不為別人。

……十九世紀的易卜生，他晚年曾給一位年輕的朋友寫信說：「最期望於你的只有一句話，希望你能做到真實的、純粹的為我主義，要你有時覺得天下事只有自己最重要，別人不足想，你要想有益於社會，最好的辦法就是把你自己這塊材料鑄造成器。」另外一部自由主義的名著《自由論》，有一章「個性」，也一再的講人最可貴的是個人的個性，這些話，便是最健全的個人主義。一個人應該把自己培養成器，使自己有了足夠的知識、能力與感情之後，才能再去為別人。

孔子的門人子路，有一天問孔子說：「怎樣才能做成一個君子？」孔子回答說：「修己以敬」。這句話的意思，也就是要把自己慎重的培養、訓練、教育好的意思。「敬」在古文解釋為慎重。子路又說，這樣夠了嗎？孔子回答說：「修己以安人」。這句話的意思，就是先把自己培養、訓練、教育好了，再為別人。子路又問，這樣夠了嗎？孔子回答說：「修己以安人」。這句話的意思，就是先把自己培養、訓練，教育好了，再為別人。子路又問，這樣子夠了嗎？孔子回答說：「修己以安百姓，修己以安百姓，堯舜其猶病諸。」這句話的意思就是培養、訓練、教育好了自己，再去為百姓，培養好了自己再去為百姓，就是聖人如堯舜，也很不易做到。孔子這一席話，也是以個人主義為起點的。自此可見，從十九世紀到現在，從現在回到孔子時代，差不多都是以修身為本。修身就是把自己訓練、培養、教育好。因此個人主義並不是可怕的，尤其是年輕人確立一個人生觀，更是需要慎重的把自己這塊材料培養、訓練、教育成器。

……我認為最值得與年輕人談的便是知識的快樂。一個人怎樣能使生活快樂？人生是為追求幸福與快樂的。《美國獨立宣言》中曾提及三種東西，即就是（1）生命，（2）自由，（3）追求幸福。但是人類追求的快樂範圍很廣，例如財富、婚姻、事業、工作等等。但是一個人的快樂，是有粗有細的，我在幼年的時候不用說，但自從有知以來，就認為，人生的快樂，就是知識的快樂，做研究的快樂，找真理的快樂，求證據的快樂。從求知識的慾望與方法中深深體會到人生是有限，知識是無窮的；以有限的人生，去探求無窮的知識，實在是非常快樂的。

二千年前有一位政治家問孔子門人子路說，你的老師是個怎樣的人？子路不答。後來孔子知道了，說：「你為甚麼不告訴他？你的老師『其為人也，發憤忘食，樂以忘憂，不知老之將至。』」從孔子這句話，可以體會到知識的樂趣。希臘科學家阿基米德在澡堂洗澡時，想出了如何分析皇冠的金子成分的方法，高興得赤身從澡堂裏跳了出來，沿街跑去，口中喊着：「我找到了，我找到了。」這就是説明知識的快樂，一旦發現證據或真理的快樂。

……英國兩位大詩人勃朗寧和丁尼生的兩首詩，……都是代表十九世紀冒險的，追求新的知識的精神。……

……一個人總是有一種制裁的力量的，相信上帝的人，上帝是他的制裁力量。我們古代講孝，於是孝便成了宗教，成了制裁。現在在台灣宗教很發達，有人信最高的神，有人信很多的神，許多人為了找安慰都走上宗教的道路。我説的社會宗教，乃是一種説法。中國古代有此種觀念，就是三不朽：立德，是講人格與道德；立功，就是建立功業；立言，就是思想語言。在外國也有三個，就是 Worth, Work, Words。這三個不朽，沒有上帝，亦沒有靈魂，但卻不十分民主。究竟一個人要立德，立功，立言到何種程度？我認為範圍必須擴大，因為人的行為無論為善為惡都是不朽的。我國的古語：「留芳百世，遺臭萬年」，便是這個意思。……因此，我們的行為，一言一動，均應向社會負責，這便是社會的宗教，社會的不朽……我們千萬不能叫我們的行為在社會上發生壞的影響，因為即使我們死了，我們留下的壞的影響仍是永久存在的。「我們要一出言不敢忘社會的影響，一舉步不敢忘社會的影響」。即使我們在社會上留一白點，但我們也絕不能留一污點，社會即是我們的上帝，我們的制裁者。

（一九五九年一月八日《新生報》）

注　釋

①本文係作者在國際學會對僑生所作的演講。

附錄一 胡適年表要略

一八九一年	十二月十七日	●生於上海。
一九〇四年	春	●到上海，先後入梅溪學堂、澄衷學堂，開始受嚴復、梁啟超的影響。
一九〇六年	夏	●入中國公學讀書。
一九〇八年		●主編《競業旬報》，是年秋，中國公學因起風潮而分裂。
一九〇九年	春	●辭去《競業旬報》主編。
	秋	●新舊公學合併，離開公學。
一九一〇年	六月	●赴北京參加庚款留美考試，以第五十五名錄取。
	九月	●入讀美國康奈爾大學農科。
一九一二年		●改入文科。從此常應邀赴各地講演中國時勢、民俗，並廣泛參加校內外各種活動。
一九一四年		●以《論英詩人卜朗吟之樂觀主義》一文得徵文獎。
一九一五年		●始研究中國文學問題，與梅光迪、任鴻雋、楊銓等時有爭論。
	九月	●轉入哥倫比亞大學跟杜威學哲學。

一九一六年		● 開始提出文學革命的具體主張。
一九一七年	一月	● 在《新青年》上發表《文學改良芻議》，揭開文學革命的序幕。
	六月	● 離美回國，應蔡元培、陳獨秀之邀，就任北京大學文科教授。
	十二月	● 創辦北大哲學研究所。同月，回鄉與江冬秀女士完婚。
一九一八年	一月	● 《新青年》改組為責任編輯制，與陳獨秀等六人輪流編輯。
	四月	● 發表《建設的文學革命論》。
	六月	● 發表《易卜生主義》，為個性解放最有力的宣言。
	十一月	● 赴天津講演，訪晤梁啟超。
一九一九年	一月	● 支持傅斯年等創辦《新潮》雜誌。
	二月	● 《中國哲學史大綱》（上）出版。
	四月	● 發表《實驗主義》。月底，赴上海迎接來華講學的杜威。 ● 「五四」運動爆發後，蔡元培為抗議北洋政府而辭職。乃北上協助維持北大。
	六月	● 陳獨秀被捕，接編《每周評論》。
	七—八月	● 就「問題與主義」與李大釗、藍公武等展開爭論。 ● 八月底，《每周評論》被查封。

	十一月	●與馬裕藻、錢玄同等提出《請頒行新式標點符號議案》。
	十二月	●發表《新思潮的意義》，提出「研究問題，輸入學理，整理國故，再造文明」的基本主張。
一九二〇年	三月	●《嘗試集》出版。
	七月	●寫成《〈水滸傳〉考證》。
	八月	●與蔣夢麟等聯名發表《爭自由的宣言》。
一九二一年		●《新青年》同人為今後方向、辦法問題發生分歧，此後移上海編輯出版。
	五月	●與友人丁文江等組織一個不公開的「努力會」。
	十一月	●寫成《清代學者的治學方法》，提出「大膽的假設，小心的求證」。
		●同時寫成《〈紅樓夢〉考證》。
	十二月	●《胡適文存》出版。
一九二二年	二月	●《章實齋年譜》出版。
	五月	●創辦《努力周報》，第二期上發表《我們的政治主張》，引起熱烈而廣泛的討論。
	九月	●發起《讀書雜誌》作為《努力周報》的附刊發行。

一九二三年	四月	●南下到杭州養病。其間，《努力周報》就科學與人生觀問題展開熱烈的爭論。
	十月	●《努力周報》停刊。
	十一月	●寫成《〈科學與人生觀〉序》。
一九二四年	十一月	●為馮玉祥國民軍逐清廢帝出宮事向北洋政府提出抗議。 ●《胡適文存》二集出版。
一九二五年	二月	●以「有特殊資望學術經驗者」的身分出席善後會議。後以戰事再起，退出會議。
		●「五卅」慘案發生後，先後發表《對於滬漢事件的感想》、《愛國運動與求學》等文，並曾致信外交部長，提出解決慘案本身與解決不平等條約問題分兩步進行的建議。
一九二六年	六月	●寫成《我們對於西洋近代文明的態度》。
	八月	●到倫敦，曾到大英博物館，後又到巴黎法國國家圖書館，查閱敦煌寫經卷子，發現神會和尚語錄。
一九二七年	二月	●到母校哥倫比亞大學講演。
	五月二十日	●抵滬。從此留居上海。

	六月	●被推為管理美國退還庚款的中華教育文化基金董事會（簡稱中基會）的董事。
	八月	●受聘為光華大學教授。
一九二八年	三月	●創辦《新月》雜誌。
	四月	●接任中國公學校長。
	六月	●《白話文學史》出版。
一九二九年	四月	●開始為人權問題連續發表文章批評國民黨當局，遭到圍攻。
一九三〇年	三—八月	●寫《中古思想史長編》，成七章。
	五月	●辭去中公校長。
	九月	●《胡適文存》三集出版。
	十一月	●攜眷北上，重返北京大學任教。是年，《胡適文選》、《神會和尚遺集》出版。
一九三一年	九月十八日	●日軍進攻瀋陽，是為「九．一八事變」。發起自覺救國會。
	十月	●到上海主持太平洋國際學會。
一九三二年	二月	●接任北大文學院長。
	五月	●《獨立評論》創刊。

一九三三年	六月	●受聘為德國普魯士國家學院哲學史學部通訊會員。發表《論對日外交方針》，主張與日本談判。
	一月	●加入民權保障同盟，並成立該盟的北平支會。
	二月	●因與總部有分歧而退出。
	七月	●在芝加哥大學講演《中國的文藝復興》。後赴加拿大出席太平洋國際學會。
		●《四十自述》出版。
一九三四年	五月	●完成《說儒》一文。
一九三五年	一月一日	●自上海赴香港，接受香港大學所贈名譽博士學位。
	四月	●發表《試評所謂中國本位的文化建設》，批評「十教授」的「本位文化」宣言。
	十二月	●發生「一二·九」運動，表示同情青年學生的愛國感情，但反對學生罷課。
一九三六年	七月	●由海路赴美參加太平洋國際學會。在美國、加拿大許多城市作講演。
	十二月十二日	●西安事變爆發，作《張學良的叛國》，表示支持蔣介石。

一九三七年	三月七日	• 致信宋哲元，為上年十一月《獨立評論》開罪於宋而遭停刊事，向宋表示道歉。該刊於四月十八日復刊。
	七月	• 「七·七」事變爆發後，南下參加廬山談話會。
	九月	• 受蔣介石之託，赴美作民間外交。
一九三八年	上半年	• 在美各地旅行演說，宣傳中國抗戰。
	七月	• 赴歐，先到法國、英國，然後去瑞士出席國際歷史學會議。
	九月	• 被任命為駐美大使。
	十月初	• 抵美上任。
	十二月	• 心臟發病，住院治療。
一九三九年	二月二十日	• 出醫院，恢復工作。為爭取美國會同情中國抗戰事奔走。與陳光甫一起與美國政府談判借款。仍時常作旅行演說，宣傳中國抗戰。
一九四〇年	一月	• 謁羅斯福總統及美國政府官員，談第二次借款。
	四月	• 補選中央研究院院長，被推為候選人之一，以使美任重，由朱家驊代理院長。
一九四一年	一月二十日	• 參加羅斯福總統連任就職儀式。

	四月十五日	●與宋子文同謁羅斯福總統及其財政部長，要求續予援助。
	十一月	●數訪國務卿赫爾，瞭解美日談判情況，對美政府一度表示妥協，提出抗議。
一九四二年	二—五月	●在美國及加拿大等多處地方旅行演說中國抗戰。
	九月八日	●卸大使職。十八日，離華盛頓，寓居紐約。
一九四三年	一月	●接受美國國會圖書館東方部顧問名義。
	二月二十八日	●寫成《〈易林〉斷歸崔篆的判決書——考證學方法論舉例》，這是「離開大使館後第一篇考證文字」。
	十一月	●因王重民一信，而提起對《水經注》疑案的興趣。此後，重審《水經注》疑案——即戴震竊用趙一清《水經注》的問題，成為其晚年最大的學術課題。
一九四四年	三月二十一日	●寫成《全校〈水經注〉辨偽》一文。
	十二月	●以私人身分寫信給美陸軍部長和財政部長，謀求軍援。
一九四五年	四月	●出席聯合國制憲會議，因反對安理會常任理事國否決權的條款，拒絕在聯合國憲章上簽字。
	八月二十四日	●發電給毛澤東，要求中國共產黨放棄武力，做和平的第二大黨。

	九月三日	●朱家驊電告政府已決定任命胡適為北京大學校長，回國前由傅斯年暫代。
一九四六年	九月	●就任北大校長。
	十月	●在《大公報》闢《文史》周刊。
	十一月十五日	●在南京出席「國民大會」，為主席團成員。
	十二月二十四日	●北平發生美兵強姦北大女生事，學生羣情憤慨，紛紛罷課示威。
一九四七年	二月間	●蔣介石擬邀胡適加入政府，相繼請傅斯年、王世杰勸促。
	三月上旬	●曾有南京之行，蔣氏面勸，意有所動。經傅斯年説明利害，始決心謝辭。是時，各大城市學生運動蜂起，胡適仍以餘暇治《水經注》疑案，在天津圖書館發現全祖望五校本《水經注》。
	五月	●組織「獨立時論社」。
	七月	●發起平津市民治促進會，自任理事長。
	八月	●向蔣介石提出發展教育的十年計劃的建議。
	十二月	●在南京期間，蔣介石再次請其從政。仍婉謝。
一九四八年	三月	●在南京參加「國大」，蔣介石再度動員其從政，終於謝辭。
	夏	●學生反內戰、反飢餓、反迫害運動甚厲，一度想辭校長職。

	八月	●與梅貽琦聯名致電政府，極力阻止「軍警入校」。
	九月	●在南京參加中央研究院第一屆院士大會。會後相繼到武漢、杭州等地講演。
	十一月	●蔣介石又一次動員其接翁文灝行政院長職，謝辭。
	十二月十五日	●乘蔣派專機離北平飛南京。
一九四九年	三月	●受蔣介石之託，準備赴美活動，送家屬到台灣。
	四月	●赴美寓居。
	六月	●國民政府逃遷廣州，行政院長閻錫山委其擔任外交部長，電辭。
	十一月	●《自由中國》雜誌在台北創刊，擔任發行人。寓美期間，繼續考證《水經注》疑案。
一九五〇年	五月	●受聘為普林斯頓大學東方圖書館館長，為期兩年。
	十月	●在美《外交季刊》上發表《斯大林雄圖下的中國》。
一九五一年	八月	●為台灣當局壓迫《自由中國》的言論自由而寫信要求辭去發行人名義，以示抗議。
一九五二年	十一月	●到台灣講學和講演。
一九五三年	一月	●離台赴美。

一九五四年	二月	●辭去《自由中國》發行人名義。
	二月	●到台灣參加「國大」二次會議。
	三月	●被推為史學會主席。在「國大」會議期間，向蔣介石建議，將國民黨一分為二，以行兩黨政治，未果。
	四月	●離台赴美。
一九五五年	三月	●在紐約召集在美中研院院士談話會。
	十二月	●開始撰寫《丁文江的傳記》。
一九五六年	三月十二日	●《丁文江的傳記》脱稿。
	九月	●赴加州大學講《中國文化史》。
	十二月	●因發表《述艾森豪威爾總統的兩個故事給蔣總統祝壽》及《自由中國》的「祝壽專號」，而觸蔣介石父子之忌。蔣經國秘發「特種指示」的小冊子，「向毒素思想總攻擊」。
一九五七年	一月底	●結束在加州大學的講學，返紐約。
	七月二十六日	●寫信給趙元任談到受當局「圍剿」的事，表示想回台灣的意向。
	九月	●出席聯合國大會，發表攻擊新中國政府的演説。
	十一月	●被任命為中央研究院院長，到任前，由李濟代理。

一九五八年	四月	●回台灣就任中研院院長。
	九月	●在華盛頓主持中基會年會。
	十月	●召集在美中研院院士談話會。
	十一月	●回台北。
一九五九年	二月	●任「國家長期發展科學委員會」主席。
	七月	●赴夏威夷大學參加「東西方哲學討論會」。隨後在美逗留。
	十月	●返台北。
	十一月十五日	●訪張羣，請其轉達勸蔣介石不再連任的意思。
一九六〇年	一月二十九日	●致信梅貽琦，謝絕擔任孔孟學會的發起人。
	二月	●參加「國大」三次會議。
	三月	●心臟病發，入醫院。
	四月五日	●出院。
	七月	●赴美參加華盛頓大學舉行的「中美學術合作會議」，在美停留。
	九月四日	●《自由中國》雜誌主持人雷震，因組織反對黨而被蔣介石下令逮捕，雜誌停刊。

	十月下旬	●返台北。
	十一月十八日	●見蔣介石，談海外對雷震案的反應。
一九六一年	二月二十五日	●心臟病發，入醫院，
	四月二十二日	●出院。
	八月	●出席「陽明山談話會」。
	十一月六日	●在「亞東區科學教育會」上作開幕講演：《科學發展所需要的社會改革》，嚴厲批評中國傳統文化，為此，頗遭到文化界和政治界一些人的攻擊。
	十一月二十六日	●心臟病復發，入醫院。
一九六二年	一月十日	●出醫院。
	二月二十四日	●主持中研院第五次院士會議。
	下午	●在歡迎新院士酒會上，心臟病猝發而死。

附錄二　補充選目（以寫作或發表時序排列）

《歷史的文學觀念論》　《胡適文存》卷一　一九一七年五月

《先秦名學史導言》　《先秦名學史》　一九一七年

《中國哲學史大綱（上）導言》　《中國哲學史大綱》　一九一九年二月

《杜威的教育哲學》　《新教育》一卷三期　一九一九年五月

《嘗試集自序》　《胡適文存》卷一　一九一九年八月

《三論問題與主義》　《胡適文存》卷二　一九一九年八月

《四論問題與主義》　《胡適文存》卷二　一九一九年八月

《論國故學》　《胡適文存》卷二　一九一九年八月

《大學開女禁的問題》　《少年中國》一卷四期　一九一九年十月

《非個人主義的新生活》　《胡適文存》卷四　一九二〇年一月

《水滸傳考證》　《胡適文存》卷三　一九二〇年七月

《提高和普及》　《胡適演講集（二）》　一九二〇年九月

《自述古史觀書》　《古史辨》第一冊　一九二一年一月

《紅樓夢考證》 《胡適文存》卷三 一九二一年三月
《杜威先生與中國》 《胡適文存》卷二 一九二一年七月
《清代學者的治學方法》 《胡適文存》卷二 一九二一年十一月
《五十年來中國之文學》 《胡適文存》二集卷二 一九二二年三月
《我們的政治主張》 《胡適文存》二集卷三 一九二二年五月
《讀梁漱溟先生的東西文化及其哲學》 《胡適文存》二集卷二 一九二三年三月
《詞的起源》 《胡適文存》三集卷八 一九二五年六月
《今日教會教育的難關》 《胡適文存》三集卷九 一九二六年三月
《介紹幾部新出的史學書》 《現代評論》四卷九一至九二期 一九二六年九月
《漫遊的感想》 《胡適文存》三集卷一 一九二七年八月
《白話文學史自序》 《白話文學史》 一九二八年六月
《祝賀女青年會》 《胡適文存》三集卷九 一九二八年六月
《我們甚麼時候才可以有憲法》 《新月》二卷四期 一九二九年六月
《荷澤大師神會傳》 《胡適論學近著》 一九三〇年一月
《蒲松齡生年考》 《胡適論學近著》 一九三一年九月
《憲政問題》 《獨立評論》一號 一九三二年五月

《論學潮》　《獨立評論》九號　一九三二年七月
《四十自述》　一九三三年九月
《逼上梁山》　《中國新文學大系·建設理論集》　一九三三年十二月
《再論信心與反省》　《胡適論學近著》　一九三四年六月
《三論信心與反省》　《胡適論學近著》　一九三四年六月
《從私立學校談到燕京大學》　《獨立評論》一〇八號　一九三四年七月
《中國無獨裁的必要與可能》　《獨立評論》一三〇號　一九三四年十二月
《答丁在君先生論民主與獨裁》　《獨立評論》一三三號　一九三四年十二月
《人與醫學中譯本序》　《胡適書評序跋集》　一九三五年十一月
《再談談憲政》　《又見胡適詩存》　《獨立評論》二三六號　一九三七年五月
《兩種根本不同的政黨》　《獨立時論》一集　一九四七年七月
《師門五年記序》　《師門五年記》　一九四八年八月
《陳獨秀最後對民主政治的見解》　《我們必須選擇我們的方向》　一九四九年四月
《杜威哲學》　《胡適演講集》（二）　一九五二年十二月
《水經注考》　《胡適演講集》（一）　一九五二年十二月
《三百年來世界文化的趨勢與中國應採取的方向》　《胡適演講集》（三）　一九五三年一月

《搜集史料重於修史》 《胡適演講集》(三) 一九五三年一月
《從爭取言論自由談到反對黨》 《胡適演講集》(三) 一九五八年五月
《大學的生活》 《胡適演講集》(二) 一九五八年六月
《致陳之藩的信》 《胡適選集·書信卷》 一九五九年五月
《科學精神與科學方法》 《中央日報》 一九五九年十一月三十日
《一個防身藥方的三味藥》 《胡適演講集》(二) 一九六〇年二月
《科學發展所需要的社會改革》 《胡適演講集》(二) 一九六一年十一月

附錄三　文獻要目

A 胡適主要論著目錄

《中國哲學史大綱》（上）　上海商務印書館　一九一九年
《短篇小說》第一集　上海亞東圖書館　一九一九年
《嘗試集》　上海亞東圖書館　一九二〇年
《胡適文存》　上海亞東圖書館　一九二一年
《先秦名學史》　英文原本於一九二二年由商務代排印，由亞東圖書館出版；一九八三年，上海學林出版社出版中文譯本
《章實齋先生年譜》　上海商務印書館　一九二二年
《胡適文存二集》　上海亞東圖書館　一九二四年
《戴東原的哲學》　上海亞東圖書館　一九二七年
《白話文學史》（上）　上海新月書店　一九二八年
《廬山遊記》　上海新月書店　一九二八年

《人權論集》（與羅隆基等合著） 上海新月書店 一九二九年
《胡適文存三集》 上海亞東圖書館 一九三〇年
《胡適文選》 上海亞東圖書館 一九三〇年
《中國中古思想史長編》 上海中國公學一九三〇年油印本；一九七一年台北胡適紀念館影印手稿本；一九八六年台北遠流出版社《胡適作品集》第廿一、廿二冊
《神會和尚遺集》 上海亞東圖書館 一九三〇年
《淮南王書》 上海新月書店 一九三一年
《中國中古思想史提要》 北京大學出版部 一九三二年
《短篇小說》第二集 上海亞東圖書館 一九三三年
《四十自述》 上海亞東圖書館 一九三三年
《胡適論學近著》第一集 上海商務印書館 一九三五年
《南遊雜憶》 上海良友圖書公司 一九三五年
《中國章回小說考證》 實業印書館 一九四二年
《胡適留學日記》 商務印書館 一九四七年
《胡適的時論》一集 北平六藝書局 一九四八年
《齊白石年譜》（與黎錦熙、鄧廣銘合著） 上海商務印書館 一九四九年

《胡適言論集》 台北「自由中國」社出版 一九五三年
《丁文江的傳記》 台北啟明書局 一九六〇年
《胡適選集》 台北文星書店 一九六六年
《胡適手稿》 台北胡適紀念館印行 一九六六—一九七〇年
《胡適給趙元任的信》 台北萌芽出版社 一九七〇年
《胡適禪學案》（日本柳田聖山編） 京都中文出版社 一九七五年；同年有台北正中書局本
《胡適任駐美大使期間往來電稿》 北京中華書局 一九七九年
《胡適演講集》 台北大陸出版社 一九七九年
《胡適來往書信選》 北京中華書局 一九七九、一九八〇年
《胡適口述自傳》（唐德剛譯注本） 台北傳記文學出版社 一九八一年
《胡適之先生晚年談話錄》（胡頌平輯） 台北聯經出版事業公司 一九八四年
《胡適的日記》（上、下兩冊） 北京中華書局 一九八五年
《胡適作品集》 台北遠流出版公司 一九八六年
《胡適〈紅樓夢〉研究論述全編》 上海古籍出版社 一九八八年
《胡適古典文學研究論集》 上海古籍出版社 一九八八年
《胡適的日記》（影印本十八冊） 台北遠流出版公司 一九九〇年

The Development of the logical method in Ancient China (Shanghai, the Oriental Book Co, 1922)

The Chinese Renaissance (The Haskell Lectures delivered at the University of Chicago in 1933), (Chicago, The University of Chicago Press, 1934)

B 胡適研究重要文獻目錄

王鑒平、楊國榮著：《胡適與中西文化》 四川人民出版社 一九九〇年

石原皋著：《閒話胡適》 安徽人民出版社 一九八五年

朱文華著：《胡適評傳》 重慶人民出版社 一九八八年

李季著：《胡適〈中國哲學史大綱〉批判》 上海神州國光社 一九三二年

李敖著：《胡適評傳》 台北文星書店 一九六四年

李敖著：《胡適研究》 台北文星書店 一九六四年

沈寂著：《胡適政論與近代中國》 香港商務印書館 一九九四年

沈衛威著：《胡適傳》 河南大學出版社 一九八八年

周策縱等著：《胡適與近代中國》 台北時報文化出版企業有限公司 一九九一年

周質平著：《胡適與魯迅》 台北時報文化出版企業有限公司 一九八八年

易竹賢著：《胡適傳》　湖北人民出版社　一九八七年
胡不歸著：《胡適之傳》　萍社　一九四一年
胡頌平著：《胡適之先生年譜長編初稿》　台北聯經出版事業公司　一九八四年
胡懷琛編：《〈嘗試集〉批評與討論》　上海泰東書局　一九二三年
耿雲志著：《胡適研究論稿》　四川人民出版社　一九八五年
耿雲志著：《胡適年譜》　四川人民出版社　一九八九年
耿雲志、聞黎明編：《現代學術史上的胡適》　北京三聯書店　一九九三年
耿雲志編：《胡適語萃》　北京華夏出版社　一九九三年
耿雲志主編：《胡適遺稿與秘藏書信》　黃山書社　一九九四年
唐德剛著：《胡適雜憶》　台北商務印書館　一九八〇年
張忠棟著：《胡適五論》　台北允晨文化實業股份有限公司出版　一九八七年
葉青著：《胡適批判》　辛墾書店　一九三三年
費海璣著：《胡適著作研究論文集》　台北商務印書館　一九七〇年
曹伯言、季維龍著：《胡適年譜》　安徽教育出版社　一九八九年
楊承彬著：《胡適的哲學思想》　台北商務印書館　一九六六年
楊承彬著：《胡適的政治思想》　台北商務印書館　一九六七年

顏振吾編：《胡適研究叢錄》　北京三聯書店　一九八九年

《胡適思想批判》　北京三聯書店　一九五五年

《胡適研究資料》　北京十月文藝出版社　一九八九年

《胡適之先生紀念集》　台北學生書局　一九六二年

《胡適與他的朋友》一、二輯　紐約天外出版社　一九九一，一九九二年

Jerome B. Grieder, Hu Shih and the Chinese Renaissance: Liberalism in the Chinese Revolution, 1917-1937 (Cambridge, mass Harvard University Press, 1970)

Min-chih Chou, Hu Shih and Intelleatual choice in Modern China (The University of michigan Press)

胡適著作選 / 耿雲志編. --臺灣初版. --臺
北市：臺灣商務, 1998[民87]
面； 公分
參考書目：面

ISBN 957-05-1473-6(平裝)

848.6　　87007177

胡適著作選

定價新臺幣三五〇元

編　者　耿雲志
責任編輯　溫銳光　雷成敏
出版者　臺灣商務印書館股份有限公司
印刷所　臺北市重慶南路一段三十七號
電話：（〇二）二三一一六一一八
傳真：（〇二）二三七一〇二七四
郵政劃撥：〇〇〇〇一六五一一號
出版事業登記證：局版北市業字第九九三號

• 一九九七年十月香港初版
• 一九九八年八月臺灣初版第一次印刷
• 一九九九年九月臺灣初版第二次印刷

本書經商務印書館(香港)有限公司授權出版
(原書名：胡適卷)

ISBN 957-05-1473-6(平裝)　　b 43423000